人民共和國文化與文學叢書

十 編

李 怡 主編

第 7 冊

狂歡博物館：八十年代巴蜀先鋒詩群

胡 亮 著

花木蘭文化事業有限公司

國家圖書館出版品預行編目資料

狂歡博物館：八十年代巴蜀先鋒詩群／胡亮 著 -- 初版 -- 新
北市：花木蘭文化事業有限公司，2022〔民 111〕
目 4+212 面；19×26 公分
（人民共和國文化與文學叢書 十編；第 7 冊）
ISBN 978-986-518-947-1（精裝）
1.CST：中國詩 2.CST：當代詩歌 3.CST：詩評
820.8　　　　　　　　　　　　　　　111009789

特邀編委（以姓氏筆畫為序）：

吳義勤　孟繁華　張　檸
張志忠　張清華　陳思和
陳曉明　程光煒　劉福春
（臺灣）宋如珊
（日本）岩佐昌暲
（新西蘭）王一燕
（澳大利亞）鄭　怡

ISBN-978-986-518-947-1

9 789865 189471

人民共和國文化與文學叢書
十 編　第七 冊　　　　　　ISBN：978-986-518-947-1

狂歡博物館：八十年代巴蜀先鋒詩群

作　　者　胡亮
主　　編　李怡
企　　劃　四川大學中國詩歌研究院
總 編 輯　杜潔祥
副總編輯　楊嘉樂
編輯主任　許郁翎
編　　輯　張雅淋、潘玟靜、劉子瑄　美術編輯　陳逸婷
出　　版　花木蘭文化事業有限公司
發 行 人　高小娟
聯絡地址　235 新北市中和區中安街七二號十三樓
　　　　　電話：02-2923-1455／傳真：02-2923-1452
網　　址　http://www.huamulan.tw 信箱 service@huamulans.com
印　　刷　普羅文化出版廣告事業
初　　版　2022 年 9 月
定　　價　十編 17 冊（精裝）新台幣 43,000 元　　版權所有·請勿翻印

狂歡博物館：八十年代巴蜀先鋒詩群

胡亮　著

作者簡介

胡亮，生於 1975 年，詩人，學者，隨筆作家。著有論集或隨筆集《闐釋之雪》《琉璃脆》《虛掩》《窺豹錄》及《無果》，即出詩集《片羽》及專著《朝霞列傳》，編有詩集《出梅入夏》《永生的詩人》及《力的前奏》，與人合編有論集《敬隱漁研究文集》及《關於陳子昂：獻詩、論文與年譜》。獲頒第 2 屆袁可嘉詩歌獎、第 9 屆四川文學獎、第 3 屆建安文學獎。巴金文學院及成都文學院簽約作家。現居蜀中遂州。

提　　要

　　《狂歡博物館：八十年代巴蜀先鋒詩群》既是一部「夾敘夾議」的新詩斷代史，又是一部「半遮半掩」的小型文化史或小型思想史。分為十個部分：弁言，「1979 年：駱耕野與新星詩社」；卷一，「從第三代人到第三代詩」；卷二，「四川大學：一個抒情詩派？」；卷三，「莽漢俱樂部」；卷四，「整體主義與漢詩」；卷五，「大學生詩派或『反騎士』」；卷六，「紅非非，藍非非，白非非」；卷七，「四川五君與『南方性競猜』」；尾聲，「1990 年：蕭開愚與中年寫作」；附錄，「巴蜀先鋒詩紀事（1979 ～ 1990）」。本書的研究或追憶角度，既包括宏觀歷史學，又包括微觀歷史學，既包括發生學，又包括知識考古學，既包括詩學或比較詩學，又包括哲學，既包括語言學，又包括修辭學，既注重義理、考據和辭章，又注重現場、細節和氛圍，既有理性，又有感性，既用寫意，又用工筆，既用文論筆法，又用隨筆乃至小說筆法。作者寄望於不但要把「被研究者」（也就是傳主），而且要把「研究者」（不限於作者），同時推向一個錙銖必較的競技場。「研究者」的文體學自覺，多麼艱難地，頡頏於「被研究者」的文體學自覺，並試圖在學術規範與未知邊界之間求得一種「獨樹」。

人民共和國時代的現代文學研究——
《人民共和國文化與文學叢書·十編》引言

李 怡

　　中華人民共和國成立七十餘年，書寫了風雨兼程的當代中國史，與民國時期的學術史不同，中國現代文學研究被成功地納入了國家社會發展體制當中，成為國家文化事業的有機組成部分，因此，我們的學術研究理所當然地深植於這一宏大的國家文化發展的機體之上，每時每刻無不反映著國家社會的細微的動向，尤其是中國現代文學研究，幾乎就是呈現中國知識分子對於新中國理想奮鬥的思想的過程，表達對這一過程的文學性的態度，較之於其他學科更需要體現一種政治的態度，這個意義上說，七十年新中國歷史的風雨也生動體現在了中國現代文學的學術發展之中。從新中國建立之初的「現代文學學科體制」的確立，到1950～1970年代的對過去歷史的評判和刪選，再到新時期的「回到中國現代文學本身」，一直到1990年代以降的「知識考古」及多種可能的學術態勢的出現，無不折射出新中國歷史的成就、輝煌與種種的曲折。文學與國家歷史的多方位緊密聯繫印證了中國現代文學研究在當下的一種有影響力的訴求：文學與社會歷史的深入的對話。

　　研究共和國文學，也必須瞭解共和國時代之於中國現代文學的學術態度。

一、納入國家思想系統的中國現代文學研究

　　中國現代文學研究伴隨著五四新文學的誕生就出現了，作為現代文學的開山之作《狂人日記》發表的第二年，傅斯年就在《新潮》雜誌第1卷第2號上介紹了《狂人日記》並作了點評。1922年胡適應上海《申報》之邀，撰寫

了《五十年來中國之文學》，已經為僅僅有五年歷史的新文學闢專節論述。但是整個民國時期，新文學並未成為一門獨立學科。在一開始，新文學是作為或長或短文學史敘述的一個「尾巴」而附屬於中國古代文學史或近代文學史之後的，諸如上世紀二十年代影響較大的文學史著作如趙景深《中國文學小史》（1926 年）、陳之展《中國近代文學之變遷》（1929 年），分別以「最近的中國文學」和「十年以來的文學革命運動」附屬於古代文學和近代文學之後。朱自清 1929 年在清華大學開設「中國新文學研究」，但到了 1933 年這門課不再開設，為上課而編寫的《中國新文學研究綱要》，也並沒有公開發行。1933年王哲甫《中國新文學運動史》出版，這部具有開創之功的新文學史著作，最重要的貢獻就在於新文學獲得了獨立的歷史敘述形態。1935 年上海良友圖書公司出版了由趙家璧主編的十卷本《中國新文學大系》，作為對新文學第一個十年的總結，由新文學歷史的開創者和參與者共同建立了對新文學的評價體系。至此，新文學在文學史上獲得了獨立性而成為人們研究關注的對象。但是，從總體上看，民國時期的中國現代文學研究還是學者和文學家們的個人興趣的產物，這裡並沒有國家學術機構和文化管理部門的統一的規劃和安排，連「中國現代文學」這一門學科也沒有納入為教育部的統一計劃，而由不同的學校根據自身情況各行其是。

新中國的成立徹底改變了這一學術格局。中華人民共和國的成立，意味著歷史進入一個新的階段。被作為中國現代革命史重要組成部分的現代文學史，成為建構革命意識形態的重要領域，中國現代文學在性質上就和以往文學截然分開。雖然中國現代文學僅僅有三十多年的歷史，但其所承擔的歷史敘述和意識形態建構功能卻是古代文學無法比擬的。由此拉開了在國家思想文化系統中對中國現代文學性質與價值內涵反覆闡釋的歷史大幕。現代文學既在國家思想文化的大體系中獲得了建構現代民族國家的非凡意義，但也被這一體系所束縛甚至異化。王瑤《中國新文學史》的寫作和出版就是標誌性的事件。按教育部 1950 年所通過的《高等學校文法兩學院各系課程草案》，「中國新文學史」是大學中文系核心必修課，在教材缺乏的情況下，王瑤應各學校要求完成《中國新文學史稿》（上冊）並於 1951 年 9 月由北京開明書店出版，下冊拖至 1952 年完稿並於 1953 年 8 月由上海新文藝出版社出版。但隨之而來的批判則可以看出，一方面是國家層面主動規劃和關心著中國現代文學的學術發展，使得學科真正建立，學術發展有了更高層面的支持和更

大範圍的響應，未來的空間陡然間如此開闊，但是，不言而喻的是，國家政治本身的風風雨雨也將直接作用於一個學科學術的內部，在某些特定的時刻，產生的限制作用可能超出了學者本身的預期。王瑤編寫和出版《中國新文學史》最終必須納入集體討論，不斷接受集體從各自的政策理解出發做出的修改和批評意見。面對各種批判，王瑤自己發表了《從錯誤中汲取教訓》，檢討自己「為學術而學術的客觀主義傾向。」〔註1〕

新中國成立，意味著必須從新的意識形態的需要出發整理和規範「現代文學」的傳統。十七年期間出現了對20年代到40年代已出版作品的修改熱潮。1951年到1952年，開明書店出版了兩輯作品選，稱之為「開明選集本」。第一輯是已故作家選集，第二輯是仍健在的12位作家的選集。包括郭沫若、茅盾、葉聖陶、曹禺、老舍、丁玲、艾青等。許多作家趁選集出版對作品進行了修改。1952年到1957年，人民文學出版社又出版了一批被稱為「白皮」和「綠皮」的選集和單行本，同樣作家對舊作做了很大的修改。像「開明選集本」的《雷雨》，去掉了序幕和尾聲，重寫了第四幕；老舍的《駱駝祥子》節錄本刪去了近7萬多字，相比原著少了近五分之二。這些在建國前曾經出版了的現代文學作品，都按當時的政治指導思想做了不同程度的修改，向主流意識更加靠攏。通過對新文學的梳理甄別，標識出新中國認可的新文學遺產。

伴隨著對已出版作品的修改與甄別，十七年時期現代文學研究的重心是通過文學史的撰寫規範出革命意識形態認可的闡釋與接受的話語模式。1950年代以來興起的現代文學修史熱，清晰呈現出現代文學在向政治革命意識形態靠攏的過程中如何逐步消泯了自身的特性，到了文革時期，文學史完全異化成路線鬥爭的傳聲筒，這是1960年代與1950年代的主要差異：從蔡儀的《中國新文學史講話》（1952年），到丁易的《中國現代文學史略》、張畢來的《新文學史綱（第1卷）》（1955年），劉綬松《中國新文學史初稿》（1956年）。1950年代，雖然政治色彩越來越濃厚，但多少保留了一些學者個人化的評判和史識見解。到了1958年之後，隨著「反右」運動而來的階級鬥爭擴大化，個人性的修史被群眾運動式的集體編寫所取代，經過所謂的「拔白旗，插紅旗」的雙反運動，群眾運動式的學術佔領了所謂的「資產階級知識分子」的學術領地。全國出現了大量的集體編寫的文學史，多數未能出版發行，當時有代表性是復旦大學中文系學生集體編寫的《中國現代文學史》和《中國現

────────

〔註1〕 王瑤：從錯誤中汲取教訓〔N〕，文藝報，1955-10-30（27）。

代文藝思想鬥爭史》，吉林大學中文系和中國人民大學語文系師生分別編寫的兩種《中國現代文學史》。充斥著火藥味濃烈的戰鬥豪情，文學史徹底淪為政治鬥爭的工具。文革時期更是出現了大量以工農兵戰鬥小組冠名文學史和作品選講，學術研究的正常狀態完全被破壞，以個人獨立思考為基礎的學術研究已經被完全摒棄了。正如作為歷史親歷者的王瑤後來所反思的，「一次又一次的政治運動，批判掉了一批又一批的現代文學作家和作品，到『文化大革命』的十年動亂中，在『否定一切，打倒一切』的思潮影響下，三十年的現代文學史只能研究魯迅一人，政治鬥爭的需要代替了學術研究，滋長了與馬克思主義根本不相容的實用主義學風，講假話，隱瞞歷史真相，以致造成了現代文學這門歷史學科的極大危機」。〔註2〕

至此，中國現代文學的學術危機可謂是格外深重了。

二、1980 年代：作為思想啟蒙運動一部分的學術研究

中國現代文學研究重新煥發出生命力是在 1980 年代。伴隨著國家改革開放的大潮，中國現代文學迎來了重要的發展期。

新時期中國現代文學研究的首要任務是盡力恢復被極左政治掃蕩一空的文學記憶，展示中國現代文學歷史原本豐富多彩的景觀。一系列「平反」式的學術研究得以展開，正如錢理群所總結的，「一方面，是要讓歷次政治運動中被排斥在文學之外的作家作品歸位，恢復其被剝奪的被研究的權利，恢復其應有的歷史地位；另一方面，則是對原有的研究對象與課題在新的研究視野、觀念與方法下進行新的開掘與闡釋，而這兩個方面都具有重新評價的性質與意義」。〔註3〕在這樣的「平反」式的作家重評和研究視野的擴展中，原來受到批判的胡適、新月派、七月派等作家流派、被忽略的自由主義作家沈從文、錢鍾書、張愛玲等開始重新獲得正視，甚至以鴛鴦蝴蝶派為代表的通俗文學也在現代文學發展的整體視野中獲得應有的地位。突破了僅從政治立場審視文學的狹窄視野，以現代精神為追求目標的歷史闡釋框架起到了很好的「擴容」作用，這就是所謂的「主流」、「支流」與「逆流」之說，借助於這一原本並非完善的概括，我們的現代文學終於不僅保有主流，也容納了若干

〔註2〕王瑤：中國現代文學研究的歷史和現狀〔J〕，華中師大學報，1984（4）：2。
〔註3〕錢理群：我們所走過的道路——《中國現代文學研究叢刊》100 期回顧〔J〕，中國現代文學研究叢刊，2004（4）：5。

支流，理解了一些逆流，一句話，可以研究的空間大大的擴展了。

在研究空間內部不斷拓展的同時，80年代現代文學研究視野的擴展更引人注目，這就是在「走向世界」的開闊視野中，應用比較文學的研究方法，考察中國現代文學與外國文學的關係，建立起中國現代文學和世界文學之間廣泛而深入的聯繫。代表作有李萬鈞的《論外國短篇小說對魯迅的影響》（1979年）、王瑤的《論魯迅與外國文學的關係》、溫儒敏的《魯迅前期美學思想與廚川白村》（1981年）。陝西人民出版社推出了「魯迅研究叢書」，魯迅與外國文學的關係成為其中重要的選題，例如戈寶權的《魯迅在世界文學上的地位》、王富仁《魯迅前期小說與俄羅斯文學》、張華的《魯迅與外國作家》等。80年代的現代文學研究首先是以魯迅為中心，建立起與世界文學的廣泛聯繫，這樣的比較研究有力地證明了現代文學的價值不僅僅侷限於革命史的框架內，現代文學是中國社會由傳統向現代的轉變中並逐步融入世界潮流的精神歷程的反映，現代化作為衡量文學的尺度所體現出的「進化」色彩，反映出當時的研究者急於思想突圍的歷史激情，並由此激發起人們對「總體文學」——「世界文學」壯麗圖景的想像。曾小逸主編的《走向世界》，陳思和的《中國新文學整體觀》、黃子平、陳平原和錢理群的《二十世紀中國文學三人談》，對20世紀80年文學史總體架構影響深遠的這幾部著作都洋溢著飽滿的「走向世界」的激情。掙脫了數十年的文化封閉而與世界展開對話，現代文學研究的視野陡然開闊。「走向世界」既是我們主動融入世界潮流的過程，也是世界湧向中國的過程，由此出現了各種西方思想文化潮水般湧入中國的壯麗景象。在名目繁多的方法轉換中，是人們急於創新的迫切心情，而這樣的研究方法所引起的思想與觀念的大換血，終於更新了我們原有的僵化研究模式，開拓出了豐富的文學審美新境界，讓中國現代文學的學術研究有了自我生長的基礎和未來發展的空間。與此同時，國外漢學家的論述逐步進入中國，帶給了我們新的視野，如夏志清《中國現代小說史》、司馬長風《中國新文學史》，給予中國學者極大的衝擊。在多向度的衝擊回應中，現代文學的研究成為1980年代學術研究的顯學。

相對於在和西方文學相比較的視野中來發掘現代文學的世界文學因素並論證其現代價值而言，真正有撼動力量的還是中國學者從思想啟蒙出發對中國現代文學學術思想方法的反思和探索。一系列名為「回到中國現代文學本身」的研究決堤而出，大大地推進了我們的學術認知。這其中影響最大的包

括王富仁對魯迅小說的闡釋，錢理群對魯迅「心靈世界」的分析，汪暉對「魯迅研究歷史的批判」，以及凌宇的沈從文研究，藍棣之的新詩研究，劉納對五四文學的研究，陳平原對中國現代小說模式的研究，趙園對老舍等的研究，吳福輝對京派海派的研究，陳思和對巴金的研究，楊義對眾多小說家創作現象的打撈和陳述等等。這些研究的一個鮮明特點，就是立足於中國現代作家的獨立創造性，展現出現代文學在中國思想文化發展史上所具有的獨特認識價值和審美價值。作為 1980 年代文學史研究的兩大重要口號（概念）也清晰地體現了中國學者擺脫政治意識形態束縛，尋找中國現代文學獨立發展規律的努力，這就是「二十世紀中國文學」與「重寫文學史」，如今，這兩個口號早已經在海內外廣泛傳播，成為國際學界認可的基本概念。

今天的人們對「文學」更傾向於一種「反本質主義」的理解，因而對 1980 年代的「回到本身」的訴求常常不以為然。但是，平心而論，在新時期思想啟蒙的潮流之中，「回到本身」與其說是對文學的迷信不如說是借助這一響亮的口號來祛除極左政治對學術發展的干擾，使得中國的現代文學研究能夠在學術自主的方向上發展，理解了這一點，我們就能夠進一步發現，1980 年代的中國學術雖然高舉「文學本身」的大旗，卻並沒有陷入「純文學」的迷信之中，而是在極力張揚文學性的背後指向「人性復歸」與精神啟蒙，而並非是簡單地回到純粹的文學藝術當中。同樣借助回到魯迅、回到五四等，在重新評估研究對象的選擇中，有著當時人們更為迫切的思想文化問題需要解決。正如王富仁在回顧新時期以來的魯迅研究歷史時所指出的：「迄今為止，魯迅作品之得到中國讀者的重視，仍然不在於它們在藝術上的成功……中國讀者重視魯迅的原因在可見的將來依然是由於他的思想和文化批判。」〔註4〕「回到魯迅」的學術追求是借助魯迅實現思想獨立，「這時期魯迅研究中的啟蒙派的根本特徵是：努力擺脫凌駕於自我以及凌駕於魯迅之上的另一種權威性語言的干擾，用自我的現實人生體驗直接與魯迅及其作品實現思想和感情的溝通。」。〔註5〕80 年代現代文學研究中無論是影響研究下對現代文學中西方精神文化元素的勘探，還是重寫文學史中敘史模式的重建，或是對歷史起源的

〔註4〕王富仁：中國魯迅研究的歷史與現狀（連載十一）〔J〕，魯迅研究月刊，1994（12）：45。
〔註5〕王富仁：中國魯迅研究的歷史與現狀（連載十）〔J〕，魯迅研究月刊，1994（11）：39。

返回，最核心的問題就是思想解放，人們相信文學具有療傷和復歸人性的作用，同時也是獨立精神重建的需要。80 年代的主流思想被稱之為「新啟蒙」，其意義就是借助國家改革開放和思想解放的歷史大趨勢，既和主流意識形態分享著對現代化的認可與想像，也內含著知識分子重建自我獨立精神的追求。因此 80 年現代文學不在於多麼準確地理解了西方，而是借助西方、借助五四，借助魯迅激活了自身的學術創造力。相比 90 年代日益規範的學術化取向，80 年代現代研究最主要的貢獻就是開拓了研究空間，更新了學術話語，激活了研究者獨立的精神創造力。當然，感性的激情難免忽略了更為深入的歷史探尋和更為準確東西對比。在思想解放激情的裏挾下，難免忽略了對歷史細節的追問和辨析。這為 90 年代的知識考古和文化研究留下展開空間，但是 80 年代的帶有綜合性的學術追求中，文化和歷史也是 80 年代現代文學研究的自覺學術追求。錢理群當時就指出：「我覺得『二十世紀中國文學』這個概念還要求一種綜合研究的方法，這是由我們的研究對象所決定的。現代中國很少『為藝術而藝術』的純文學家，很少作家把自己的探索集中於純文學的領域，他們涉及的領域是十分廣闊的，不僅文學，更包括了哲學、歷史學、倫理學、宗教學、經濟學、人類學、社會學、民俗學、語言學、心理學，幾乎是現代社會科學的一切領域。不少人對現代自然科學也同樣有很深的造詣。不少人是作家、學者、戰士的統一。這一切必然或多或少、或隱或顯地體現到他們的思想、創作活動和文學作品中來。就像我們剛才講到的，是一個四面八方撞擊而產生的一個文學浪潮。只有綜合研究的方法，才能把握這個浪潮的具體的總貌。」〔註 6〕，80 年代對現代文學研究綜合性的強調，顯然認識到現代文學與社會歷史文化廣闊的聯繫，只不過 80 年代更多的是從靜態的構成要素角度理解現代文學的內部和外部之間的聯繫，而不是從動態的生產與創造的角度進行深入開掘，但 80 年代這樣的學術理念與追求也為 90 年代之後學術規範之下現代文學研究的「精耕細作」奠定了基礎。

三、1990 年代：進入「規範」的中國現代文學研究

　　1990 年代，中國社會發生了很大的改變。在國家政治的新的格局中，知識分子對 1980 年代啟蒙過程中「西化」傾向的批判成為必然，同時，如何借

〔註 6〕陳平原、錢理群、黃子平：「二十世紀中國文學」三人談‧方法〔J〕，讀書，
　　　　1986（3）。

助「學術規範」建立起更「科學」、「理智」也更符合學術規則的研究態度開始佔據主流，當然，這種種的「規範」之中也天然地包含著知識分子審時度勢，自我規範的意圖。在這個時代，不是過去所謂的「救亡」壓倒了「啟蒙」，而是「規範化」的訴求一點一點地擠乾了「啟蒙」的激情。

1990 年代的現代文學研究首先以學術規範為名的對 1980 年代現代文學研究進行反思與清理。《學人》雜誌的創刊通常被認為是 1990 年代學術轉型的標誌，值得一提的，三位主編中陳平原和汪暉都是 1980 年代中國現代文學研究的代表性人物。

進入「規範」時代的中國現代文學研究有兩個值得注意的傾向：

一是學術研究從激情式的宣判轉入冷靜的知識考古，將學術的結論蘊藏在事實與知識的敘述之中。從 1990 年代開始，《中國現代文學叢刊》開始倡導更具學術含量的研究選題。分別在 1991 年第 2 期開設「現代作家與地域文化專欄」，1993 年第 4 期設「現代作家與宗教文化」專欄，1994 年第 1 期開闢「淪陷區文學研究專號」，1994 年第 4 期組織了「現代女性文學研究」專欄。這種學術化的取向，極大地推進了現代文學向縱深領域拓展，出現了一批富有代表性的成果。如嚴家炎主持的「二十世紀中國文學與區域文化叢書」（1995 年）和「二十世紀中國文學研究叢書」（1999～2000 年），前者是探討地域文化和現代文學的關係，後者側重文學思潮和藝術表現研究。在某一個領域深耕細作的學者大多推出自己的代表作，如劉納的《嬗變──辛亥革命時期的中國文學》（1998 年），從中國文學發展的內部梳理五四文學的發生；范伯群主編的《中國近現代通俗文學史》（2000 年），有關現代文學的擴容討論終於在通俗文學的研究上有了實質性的成果；再如文學與城市文化的研究包括趙園的《北京：城與人》（1991 年）、李今的《海派文化與都市文化》（2000 年）等研究成果。隨著學術對象的擴展，不但民國時期的舊體詩詞、地方戲劇等受到關注，而且和現代文學相關的出版傳媒，稿酬制度，期刊雜誌，文學社團，中小學及大學的文學教育等作為社會生產性的制度因素一併成為學術研究對象。劉納的《創造社與泰東書局》（1999）；魯湘元的《稿酬怎樣攪動文壇──市場經濟與中國近代文學》（1998 年）；錢理群主編的「二十世紀中國文學與大學文化叢書」等都是這方面具有代表性的研究成果。90 年代中期，作為現代文學學科重要奠基人的樊駿曾認為「我們的學科，已經不再年輕，正在走向成熟。」而成熟的標誌，就是學術性成果的陸續推出，「就整體而言，

我們正努力把工作的重點和目的轉移到學術建設上來，看重它的學術內容學術價值，注意科學的理性的規範，使研究成果具有較多的學術品格與較高的學術品位，從而逐步成為真正意義上的學術工作。」〔註7〕

二是對文獻史料的越來越重視，大量的文獻被挖掘和呈現，同時提出了現代文獻的一系列問題，例如版本、年譜、副文本等等，文獻理論的建設也越發引起人們的重視。從 80 年代學界不斷提出建立「中國現代文學文獻學」的呼籲。《中國現代文學研究叢刊》1985 年第 1 期刊登了馬良春《關於建立中國現代文學「史料學」的建議》，提出了文獻史料的七分法：專題性研究史料、工具性史料、敘事性史料、作品史料、傳記性史料、文獻史料和考辨史料。1989 年《新文學史料》在第 1、2、4 期上連續刊登了樊駿的八萬多字的長文《這是一項宏大的系統工程——關於中國現代文學史料工作的總體考察》，樊駿先生就指出：「如果我們不把史料工作僅僅理解為拾遺補缺、剪刀漿糊之類的簡單勞動，而承認它有自己的領域和職責、嚴密的方法和要求，特殊的品格和價值——不只在整個文學研究事業中佔有不容忽視、無法替代的位置，而且它本身就是一項宏大的系統工程，一門獨立的複雜的學問；那麼就不難發現迄今所做的，無論就史料工作理應包羅的眾多方面和廣泛內容，還是史料工作必須達到的嚴謹程度和科學水平而言，都還存在許多不足。」1989 年成立了中華文學史料學會，並編輯出版了會刊《中華文學史料》。借助 90 年代「學術性」被格外強調，「學術規範」問題獲得鄭重強調和肯定的大環境，許多學者自覺投入到文獻收藏、整理與研究的領域，涉及現代文學史料的一系列新課題得以深入展開，例如版本問題、手稿問題、副文本問題、目錄、校勘、輯佚、辨偽等，對文獻史料作為獨立學科的價值、意義和研究方法等方面都展開了前所未有的討論。其中的重要成果有賈植芳、俞桂元主編的《中國現代文學總書目》（1993 年）、陳平原、錢理群等編《二十世紀中國小說理論資料》五卷（1997 年），錢理群主編的「中國淪陷區文學大系」（1998～2000），延續這一努力，劉增人等於 2005 年推出了 100 多萬字的《中國現代文學期刊史論》，既有「中國現代文學期刊敘錄」，又有「中國現代文學期刊研究資料目錄」的史料彙編。不僅史料的收集整理在學術研究上獲得了深入發展，「五四」以來許多重要作家的全集、文集和選集在 90 年代被重新編輯出版。如浙

〔註7〕 樊駿：我們的學科，已經不再年輕，正在走向成熟〔J〕，中國現代文學研究叢刊，1995（2）：196～197。

江文藝出版社推出的《中國現代經典作家詩文全編書系》，共 40 種，再如冠
以經典薈萃、解讀賞析之類的更是不勝枚舉。這些選本文集的出版，現代文
學研究領域的許多學者都參與其中，既普及了現代文學的影響力，又在無形
中重新篩選著經典作家。比如 90 年代隨著有關張愛玲各種各樣的全集、選集
本的推出，在全國迅速形成了張愛玲熱，為張愛玲的經典化產生了重要作用。

　　1990 年代現代文學研究的學術化轉向，包含著意味深長的思想史意義。
作為這一轉向的倡導者的汪暉，在 1990 年代就解釋了這一轉向所包含的思想
意義：「學術規範與學術史的討論本是極為專門的問題，但卻引起了學術界以
至文化界的廣泛注意，此事自有學術發展的內在邏輯，但更需要在 1989 年之
後的特定歷史情境中加以解釋。否則我們無法理解：這樣專門的問題為什麼
會變成一個社會文化事件，更無從理解這樣的問題在朋友們的心中引發的理
性的激情。學者們從對 80 年代學術的批評發展為對近百年中國現代學術的主
要趨勢的反思。這一面是將學術的失範視為社會失範的原因或結果，從而對
學術規範和學術歷史的反思是對社會歷史過程進行反思的一種特殊方式；另
一方面則是借助於學術，內省晚清以來在西學東漸背景下建立的現代性的歷
史觀，雖然這種反思遠不是清晰和自覺的。參加討論的學者大多是 80 年代學
術文化運動的參與者，這種反思式的討論除了學術上的自我批評以外，還涉
及在政治上無能為力的知識者在特定情境中重建自己的認同的努力，是一種
化被動為主動的社會行為和歷史姿態。」〔註8〕汪暉為 1990 年代的學術化轉
向設定了這麼幾層意思：1990 年代的學術化轉向是建立在對 1980 年代學術
的反思基礎上，而且將學術的失範和社會的失範聯繫起來，進而對學術規範
和學術史的反思也就對社會歷史的一種特殊反思，由此對所謂主導學術發展
的現代性歷史觀進行批判。汪暉後來甚至認為：「儘管『新啟蒙』思潮本身錯
綜複雜，並在 80 年代後期發生了嚴重的分化，但歷史地看，中國『新啟蒙』
思想的基本立場和歷史意義，就在於它是為整個國家的改革實踐提供意識形
態的基礎的。」〔註9〕一方面認為 80 年代以新啟蒙為特點的學術追求是造成
社會失範的原因或結果，一方面又認為這一學術追求為改革實踐提供了意識

〔註 8〕羅崗、倪文尖編：90 年代思想文選（第一卷）〔C〕，南寧：廣西人民出版社，
　　　　2000 年：6～7。
〔註 9〕羅崗　倪文尖編：90 年代思想文選（第一卷）〔C〕，南寧：廣西人民出版社，
　　　　2000 年：280。

形態基礎，在這帶有矛盾性的表述中，依然跳不出從社會政治框架衡量學術意義的思維。但由此所引發的問題卻是值得深思的：現代文學作為一門學科的根本基礎和合法性何在？1990年代的學術轉向，試圖以學術化的取向在和政治保持適當的距離中重建學科的合法性，即所謂的告別革命，回歸學術，學術研究只是社會分工中的一環，即陳思和所言的崗位意識：「我所說的崗位意識，是知識分子在當代社會中的一種自我分界。……（崗位的）第一種含義是知識分子的謀生職業，即可以寄託知識分子理想的工作。……另一層更為深刻也更為內在的意義，即知識分子如何維繫文化傳統的精血」〔註10〕這就更顯豁的表達出1990年代學術轉型所抱有的思想追求，現代文學不再是批判性知識和思想的策源地，而是學科分工之下的眾多門類之一，消退理想主義者曾經賦予自身的思想光芒和啟蒙幻覺，回歸到基本謀生層面，以工匠的精神維持一種有距離的理性主義清醒。

不過，這種學術化的轉型和1990年代興起的後學思潮相互疊加，卻也開始動搖了現代文學這門學科的基礎。如果說學術化轉向是帶著某種認真的反思，並在學術層面上對現代文學研究做出了一定的推進，而90年代伴隨著後學理論的興起，則從思想觀念上擾亂了對現代文學的認識和評價。借助於西方文化內部的反叛和解構理論，將對西方自文藝復興至啟蒙運動所形成的「現代性」傳統展開猛烈批判的後現代主義（還包括解構主義、後殖民主義等等）挪用於中國，以此宣布中國的「現代性終結」，讓埋頭於現代化追求和想像的人們無比的尷尬和震驚：

> 「現代性」無疑是一個西方化的過程。這裡有一個明顯的文化等級制，西方被視為世界的中心，而中國已自居於「他者」位置，處於邊緣。中國的知識分子由於民族及個人身份危機的巨大衝擊，已從「古典性」的中心化的話語中擺脫出來，經歷了巨大的「知識」轉換（從鴉片戰爭到「五四」的整個過程可以被視為這一轉換的過程，而「五四」則可以被看作這一轉換的完成），開始以西方式的「主體」的「視點」來觀看和審視中國。〔註11〕

〔註10〕陳思和：知識分子在現代社會轉型期的三種價值取向〔J〕，上海文化，1993（1）。

〔註11〕張頤武：「現代性」終結——一個無法迴避的課題〔J〕，戰略與管理，1994（3）：106。

以西方最新的後學理論對五四以來的現代文學做出了理論上的宣判，作為「他者」狀況反映的現代文學的價值受到了懷疑。「現代性」作為 90 年代現代文學研究的核心關鍵詞，就是在這樣的質疑聲中登陸中國學術界。人們既在各種意義飄忽不定的現代性理論中進行知識考古式的辨析和確認，又在不斷的懷疑和顛覆中迷失了對自我感受的判斷。這種用最新的西方理論宣判另一種西方理論的終結的學術追求卻反諷般地認為是在維護我們的「本土性」和「中華性」，而其中的曖昧，恰如一位學人所指出的：「在我看來，必須意識到 90 年代大陸一些批評家所鼓吹的『後現代主義』與官方新意識形態之間的高度默契。比如，有學者把大眾文化褒揚為所謂『社會主義初級階段特色』，異常輕易地把反思都嘲弄為知識分子的精英立場；也有人脫離本土的社會文化經驗，激昂地宣告『現代性』的終結，歡呼中國在『走向一個小康』的理想時刻。這就不僅徹底地把『後現代』變成了一個完全『不及物』的能指符號，而且成為了對市場和意識形態地有力支持和論證。」〔註 12〕

正是在「現代性」理論的困擾中，1990 年代後期，人們逐漸認識到源自於西方的「現代性」理論並不能準確概括中國的歷史經驗，而文學做為感性的藝術，絕非是既定思想理念的印證。1980 年代我們在急於走向世界的激情中，只揭示了西方思想文化如何影響了現代文學，還沒有更從容深入的展示出現代作家作為精神文化創造者的獨立性和主體性。但是無論十七年時期現代文學作為新民主主義革命的有力組成部分，還是 1980 年代的現代化想像，現代文學都是和國家文化的發展建設緊密聯繫在一起，學科合法性並未引起人們的思考。1990 年代的學術化取向和現代性內涵的考古發掘，都在逼問著現代文學一旦從總體性的國家文化結構中脫離出來，在資本和市場成為社會主導的今天，現代文學如何重建自身的學科合法性，就成為新世紀以來現代文學學術研究的核心問題。作為具有強烈歷史實踐品格和批判精神的現代文學，顯然不能在純粹的學術化取向中獲得自身存在的意義，需要在與社會政治保持適度張力的同時激活現代文學研究在思想生產中的價值和意義。

四、新世紀以後：思想分化中的現代文學研究

1980 年代的現代文學研究貫穿著思想解放與觀念更新的歷史訴求：1990

〔註 12〕張春田：從「新啟蒙」到「後革命」——重思「90 年代」的中國現代文學研究〔J〕，現代中文學刊，2010（3）：59。

年代則是探尋學科研究的基礎與合法性何在，而新世紀開啟的文史對話則屬於重新構建學術自主性的追求。

面對遭遇學科危機的現代文學研究，1990 年代後期已經顯現的知識分子的思想分化在中國現代文學研究中更加明顯地表現了出來。圍繞對二十世紀重要遺產——革命的不同的認知，不同思想派別對中國現代文學的肯定和否定趨向各自發展，距離越來越大。「新左派」認定「革命」是 20 世紀重要的遺產，對左翼文學價值的挖掘具有對抗全球資本主義滲透的特殊價值，「再解讀」思潮就是對左翼——延安一直至當代文學「十七年」的重新肯定，這無疑是打開了重新認識中國現代文學「革命文化」的新路徑，但是，他們同時也將 1980 年代的思想啟蒙等同於自由主義，並認定正是自由主義的興起、「告別革命」的提出遮蔽了左翼文學的歷史價值，無疑也是將史複雜的歷史演變做了十分簡略的歸納，而對歷史複雜的任何一次簡單的處理都可能損害分歧雙方原本存在的思想溝通，讓知識分子陣營的分化進一步加劇。當然，所謂自由主義知識分子群體也未能及時從 1980 年代的「平反「邏輯中深化發展，繼續將歷史上左翼文化糾纏於當代極左政治，放棄了發掘左翼文化正義價值的耐性，甚至對魯迅與左翼這樣的重大而複雜的話題也作出某些情緒性的判斷，這便深深地影響了他們理論的說服力，也阻斷了他們深入觀察當代全球性的左翼思潮的新的理論基礎，並基於「理解之同情」的方向與之認真對話。

新世紀以來中國現代文學研究的推進和發展，首先體現在超越左／右的對立思維、在整合過往的學術發展經驗的基礎上建構基於真實歷史情境的文學發展觀，對中國現代文學研究更有推動性的努力是文學史觀念的繼續拓展，以及新的學術方法的嘗試。

我們看到，1980 年代後期的「重寫文學史」的願望並沒有就此告終，在新世紀，出現了多種多樣的探索。

一是從語言角度嘗試現代文學史的新寫作。展開了中國現代文學研究的語言維度的努力，先後出現了曹萬生主編的《中國現代漢語文學史》（2007 年）和朱壽桐主編的《漢語新文學通史》（2010 年）。這兩部文學史最大的特點是從語言的角度整合以往限於歷史性質判別和國別民族區分而呈現出某種「斷裂」的文學史敘述。曹著是從現代漢語角度來整合中國現代文學和當代文學，從而將五四之後以現代漢語寫作的文學作品作為文學史分析的整體，「中國現代漢語文學包容了啟蒙論、革命論、再啟蒙論、後現代論、消費性與傳媒論

所主張的內容」。〔註 13〕那些曾經矛盾重重的意識形態因素在工具性的語言之下獲得了某種統一。在這樣的語言表達工具論之下的文學史視野中，和現代文學並行的文言寫作自然被排除在外，而臺灣文學港澳文學甚至旅外華人以現代漢語寫作的文學都被納入，甚至網絡文學、影視文學和歌詞也受到關注。但其中內涵的問題是現代漢語作為僅有百年歷史的語言形態，其未完成性對把握現代漢語的特點造成了不小的困擾，以這樣一種仍在變化發展的語言形態作為貫穿所有文學發展的歷史線索，依然存在不少困難。如果說曹著重在語言表達作為工具性的統一，那麼朱著則側重於語言作為文化統一體的意義。文學作為一種文化形態，其基礎在於語言，「由同一種語言傳達出來的『共同體』的興味與情趣，也即是同一語言形成的文化認同」，「文學中所體現的國族氣派和文化風格，最終也還是落實在語言本身」，〔註 14〕那麼作為語言文化統一形態的「漢語新文學」這一概念所承擔的文學史功能就是：「超越乃至克服了國家板塊、政治地域對於新文學的某種規定和制約，從而使得新文學研究能夠擺脫政治化的學術預期，在漢語審美表達的規律性探討方面建構起新的學術路徑」〔註 15〕。顯然朱著的重點在以語言的文化和審美為紐帶，打破地域和國別的阻隔、中心與邊緣的區分。朱著所體現的龐大的文學史擴容問題，體現出可貴的學術勇氣，但在這樣體系龐大的通史中，語言的維度是否能夠替代國別與民族的角度，還需要進一步思考。

二是嘗試從國家歷史的具體情態出發概括百年來文學的發展，提出了「民國文學史」、「共和國文學史」等新概念。早在 1999 年陳福康借助史學界的概念，建議「現代文學」之名不妨用「民國文學」取代。後來張福貴、丁帆、湯溢澤、趙步陽等學者就這一命名有了進一步闡發。〔註 16〕在這帶有歷史還原意味的命名的基礎上，李怡提出了「民國機制」的觀點，這一概念就是希望進入文史對話的縱深領域，即立足於國家歷史情境的內部，對百年來中國文學轉換演變的複雜過程、歷史意義和文化功能提出新的解釋，這也就是從國

〔註 13〕曹萬生主編：中國現代漢語文學史〔M〕，北京：中國人民大學出版社，2007：8。
〔註 14〕朱壽桐主編：漢語新文學通史〔M〕，廣州：廣東人民出版社，2010：12～13。
〔註 15〕朱壽桐主編：漢語新文學通史〔M〕，廣州：廣東人民出版社，2010：8。
〔註 16〕參見張福貴：從「現代文學」到「民國文學」——再談中國現代文學的命名問題〔J〕，文藝爭鳴，2011（11）及丁帆：給新文學史重新斷代的理由——關於「民國文學」構想及其他的幾點補充意見〔J〕，中國現代文學研究叢刊，2011（3）等。

家歷史情境中的社會機制入手,分析推動和限制文學發展的歷史要素。〔註17〕
這些探索引起了學術界不同的反應,也先後出現了一些質疑之聲,不過,重
要的還是究竟從這一視角出發能否推進我們對現代文學具體問題的理解。在
這方面花城出版社先後推出了「民國文學史論」第一輯、第二輯,共 17 冊,
山東文藝出版社也推出了 10 冊的「民國歷史文化與中國現代文學研究」的大
型叢書,數十冊著作分別從多個方面展示了民國視角的文學史意義,可以說
是初步展示了相關研究的成果,在未來,這些研究能否深入展開是決定民國
視角有效性的關鍵。

值得一提的還有源於海外華文文學界的概念——華語語系文學。目前,
這一概念在海外學界影響較大,不過,不同的學者(如史書美與王德威)各
自的論述也並不相同,史書美更明確地將這一概念當作對抗中國大陸現代文
學精神統攝性的方式,而王德威則傾向於強調這一概念對於不同區域華文文
學的包容性。華語語系文學的提出的確有助於海外華文寫作擺脫對中國中心
的依附,建構各自獨特的文學主體性,不過,主體性的建立是否一定需要在
對抗或者排斥「母國」文化的程序中建立?甚至將對抗當作一種近於生理般
的反應?是一個值得認真思考的問題。

新世紀以來,方法論上的最重要的探索就是「文史對話」的研究成為許
多人認可並嘗試的方法。「文史對話」研究取向,從 1980 年代的重返歷史和
1990 年代的文化研究的興起密切相關。1980 年代在「撥亂反正」政策調整下
的作家重評就是一種基於歷史事實的文史對話,而在 1980 年代興起的「文化
熱」,也可以看成是將歷史轉化為文化要素,以「文化視角」對現代文學文本
與文學發展演變進行的歷史分析。在 1980 年代非常樸素的文史對話方式中,
我們看到一面借助外來理論,一面在「原始」史料的收集整理、作品閱讀的
基礎上,艱難地形成屬於中國文學發展實際的學術概念。而隨著 1990 年代西
方大量以文化研究和知識考古為代表的後學理論湧入中國後。特別是受文化
理論的影響,1980 年代基於樸素的文化視角研究現代文學的歷史化取向,轉
變為文化研究之下的泛歷史化研究。1990 年代的「文化研究」不同於 1980 年
代「文化視角」的區別在於:1980 年代文化只是文學文本的一個構成性或背
景性的要素,是以文學文本為中心的研究;而受西方文化研究理論的影響,

〔註17〕李怡:民國機制:中國現代文學的一種闡釋框架〔J〕,廣東社會科學,2010
　　　　(6):132。

1990 年代的文化研究是將社會歷史看成泛文本，歷史文化本身的各種元素不再是論述文學文本的背景性因素，它們也是作為文本成為研究考察的對象。在文化研究轉向影響下的 90 年代中後期的現代文學研究，突破了以文學文本為中心，而從權力話語的角度將文學文本放在複雜的歷史文化中進行分析，這樣文化研究就和歷史研究獲得了某種重合，特別是受福柯、新曆史主義等理論的影響，文學文本和其他文本之間的權力關係成為關注的重點。

　　這樣就形成了 1980 年代作家重評與文化視角之下的文史對話，和 9190 年中後期已降的在文化研究理論啟發和構造之下的文史對話，而這兩種文史對話之間的矛盾或者說差異，根本的問題在於如何基於中國經驗而重構我們學術研究的自主性問題。1980 年代的文史對話是置身在中國學術走出國門、引入西方思潮的強烈風浪中，緊張的歷史追問後面飄動著頗為扎眼的「西化」外衣，而對中國問題的思考和關注則容易被後來者有意無意的忽略，特別在西方理論影響和中國問題發現之間的平衡與錯位中的學術創新焦慮，更讓我們容易將自己的學術自主性建構問題遮蔽。文化研究之下的權力話語分析確實打開了進入堅硬歷史骨骼的有效路徑，但這樣的分析在解構權力、拆解宏達敘述的同時，則很容易被各種先行的理論替代了歷史本身，而真實的歷史實踐問題則很容易被規整為各種脫離實際的理論構造。而且在瓦解元敘述的泛文本分析中，歷史被解構成碎片，文學本身也淹沒在各種繁複的話語分析中而不再成為審美經驗的感性表達，歷史和文學喪失了區分，實質上也消解了文史對話的真正展開。所以當下文史對話的展開，必須在更高的層次上融合過往的學術經驗。中國學術研究的自主性必須基於對自身歷史經驗的分析和提煉，形成符合中國文學自身發展的學術概念和話語體系，但是這樣強調本土經驗的優先性，特別是對「中國特色」和「中國道路」的道德化強調中，我們卻要警惕來自狹隘的民族主義的干擾和破壞；同時對於西方理論資源，必須看成是不斷打開我們認識外界世界的有力武器，而不能用理論替代對歷史經驗的分析。因此當下以文史對話為追求的現代文學研究，不僅僅是對西方理論話語的超越，更是對自身學術發展經驗的反思與提升。質言之，應該是對 1980 年代啟蒙精神與 1990 年代學術化取向的深度融合。

　　在以文史對話為導向的學術自主性建構中，作為可借鑒的資源，我們首先可以激活有著深厚中國學術傳統的「大文學」史觀，這一「大文學」概念的意義在於：一是突破西方純文學理論的文體限制，將中國作家多樣化的寫作

納入研究範圍，諸如日記、書信及其他思想隨筆，包括像現代雜文這種富有爭議的形式也由此獲得理所當然的存在理由；二是對文學與歷史文化相互對話的根據與研究思路有自覺的理論把握，特別是「大文學」這一概念本身的中國文化內涵，將為我們「跨界」闡釋中國文學提供理論支撐。當然在今天看來，最需要思考的問題是如何在「文史對話」之中呈現「文學」的特點，文史對話在我們而言還是為了解決文學的疑問而不是歷史學的考證。如此在呈現中國文學的歷史複雜性的同時，也建構出屬於我們自己的具有自主性的學術話語體系，從而為未來的現代文學研究開闢出廣闊的學術前景。

此文與王永祥先生合著

目次

弁言　1979 年：駱耕野與新星詩社

　　1979 年 5 月 10 日，《詩刊》第五期刊出《不滿》。這首百行小長詩，很快引起廣泛關注和熱烈討論。作者是誰？駱耕野。駱耕野又是誰？駱耕野，1951 年生於四川巴縣，1969 年下鄉（在簡陽），不詳何年就業於溫江文工團，1984 年畢業於中國文學講習所。這樣一份簡歷，當時鮮有人知。於是乎，紛紛打聽底細。「終於有同志提供了線索，他是一個地區文工團的舞蹈演員」，據說，文化程度為「初中」，當過「學生會主席」，背過「《湖南農民運動考察報告》」，經歷過「亞瑟〔註 1〕式的幻滅」，閱讀過「普希金、泰戈爾的詩集」〔註 2〕。《詩刊》同期作者，還有李瑛、邵燕祥、艾青、黃永玉、孫靜軒和劉征——當代文學史，或新詩史，傾向於把他們稱為「歸來的一代」。孫靜軒（原名孫業河），1930 年生於山東肥城，1943 年參加八路軍，1955 年供職於《西南文藝》，1956 年調入重慶市作家協會，1975 年調入四川省社會科學院，1979 年調入省作家協會，2003 年病逝於成都。歸來的一代歷經劫波，滿面塵霜，正小心地交換著眼色。而駱耕野，就像一頭年輕的長鬃野牛，闖進了一群戴著黑框眼鏡的老山羊。雖然這群老山羊，大都也曾經是花豹或老虎。

　　那是一個什麼時代呢？一邊懷疑，一邊改革。1978 年 5 月 11 日，《光明日報》發表《實踐是檢驗真理的唯一標準》。同年 12 月 18 日至 22 日，中國共產黨召開十一屆三中全會。政治開明，思想解放，文學勃發——1978 年

〔註 1〕伏尼契（Ethel Lilian Voynich）《牛虻》中的人物。此書，在當時，乃是流行讀物。
〔註 2〕鍾文《「我是沸泉」——駱耕野和他的詩》，《詩探索》1982 年第 3 期，第 142
　　　　～143 頁。

12 月，《天安門詩抄》出版；同月 23 日，《今天》創刊；1979 年 3 月 10 日，4 月 10 日，《詩刊》先後發表《回答》和《致橡樹》，作者分別是北島和舒婷，而北島正是《今天》的主要發起人。

《回答》《致橡樹》和《不滿》，三個作品，堪稱三篇宣言。如果拋開駱耕野所謂「個人與民族命運的一致性」〔註3〕，縮小了來看，《回答》是「兒子」對「老子」的宣言，「告訴你吧，世界／我——不——相——信」；《致橡樹》是「女性」對「男性」的宣言，「我如果愛你——／絕不像攀援的淩霄花，／借你的高枝炫耀自己」；《不滿》則是「新我」對「舊我」的宣言，「像鮮花憧憬著甘美的果實，／像煤核懷抱著燃燒的意願；／我心中孕育著一個『可怕』的思想。／對現狀我要大聲地喊叫出：／——『我不滿』」。從「不相信」，到「絕不像」，再到「不滿」，這種接踵絕非偶然。或如鍾鳴所說，「都有對立面」，乃是「類推法的勝利」〔註4〕。類推法就類推法，不管怎麼樣，北島在北方，舒婷在東南，駱耕野在西南，或已分別代表了「懷疑的兒子」、「獨立的女性」和「改革的新我」。由此可見，就在 1979 年，經《詩刊》的推波助瀾，新詩改革派業已形成一個不對稱的鐵三角。如此說來，似有拔高駱耕野之嫌；而在當年，駱耕野與北島和舒婷相比也未遑多讓。

對這個不對稱的鐵三角，今天已經可以顯微得更清楚：北島、舒婷和駱耕野，聲口相似，調門相當，都把詩寫成了鏗鏘大字報，把破折號用成了高音喇叭，令人念及政治抒情詩、大躍進民歌或紅衛兵詩歌。可謂既有遺風又有新風，既是宿命又是革命，幾乎同時呈現出一種「延異性」（différance）。德里達（Jacques Derrida）生造的這個術語，卻也有兩個詞根：一個是「延緩」（deferment），一個是「差異」（difference）。很顯然，北島、舒婷和駱耕野的意義，絕非來自「延緩」，而是來自「差異」。

與此前十餘年的主流文學相比，《不滿》體現了何種「差異」？答曰：思辨性也，真誠度也，而非形式感也（比如，行雲流水般的尾韻）。這件作品認為，「不滿」乃是人類的進階。正是因為「不滿」，哥倫布才發現了大洋彼岸，哥白尼才揭開了宇宙奇觀，人猿才找到了火種，祖先才學會了種田，也才有了巧妙的華佗和魯班。「科學在不滿中衝破了禁區，／指標在不滿中跨上了火箭；

〔註3〕駱耕野《後記》，駱耕野《再生》，人民文學出版社 1989 年版，第 130 頁。下引駱耕野 亦見此文
〔註4〕鍾鳴《旁觀者》，海南出版社 1998 年版，第 808 頁。

／思想在不滿中睜開了慧眼，／真理在不滿中延伸了航線」。故而「不滿」既不是「異端」，也不是「背叛」，既不是「不愛」，也不是「抱怨」，既不是「背棄」，也不是「褻瀆」；而是「變革的希冀」，「創造的發端」，「告別港灣的頭一陣笛鳴」，「嚮往黎明的第一聲啼喚」，「一個絕妙的議事日程」，「一部嶄新的行動提案」，「兩個矛盾間過渡的橋樑」或「一粒細胞中產生的裂變」。由此可以看出，所謂「不滿」，正好回應了「改革」和「創新」。白航談及這件作品，也就松了一口氣，「其實，不滿就是矛盾，任何事物的發展，都是由於矛盾，矛盾存在於一切事物發展的過程當中。社會主義祖國的前進，搞四個現代化，就要解決無數個大大小小的矛盾」〔註 5〕。白航（原名劉新民，又叫謝燕白或辛心），1926 年生於河北高陽，1948 年畢業於華北聯合大學（在張家口），1957年領銜創辦《星星詩刊》（在成都）。白航所持「矛盾論」，恰是馬克思主義和毛澤東思想的精義。前文做了這麼多鋪墊，現在或已可以得出這樣的小結——至少對八十年代巴蜀先鋒詩而言，駱耕野乃是一位響亮的先驅，《不滿》乃是一件具有柱礎地位的傑作。

　　駱耕野的傑作除了《不滿》，還有《車過秦嶺》和《再生》——後者構思於 1979 年，成稿於 1986 年，構思於成都而成稿於北京。所有這些作品，都致力於「以史詩方式昭示民族魂」。詩人認為「史詩的創作主體，已不再是隱退於幕後的客觀敘述人，而是自我表現的前臺主人公」，故而，「英雄主義、理想主義的人格理想不是對普通人性的壓制和泯滅，而是有助於豐富和提升普通人性」。此類見解，堪稱不凡。可惜，今天已經無人論及，而駱耕野也已重歸於無名。

　　就在《不滿》發表後不久，駱耕野動議組建新星詩社（一說星星詩社）。社長自然就是駱耕野，顧問則有孫靜軒和流沙河，成員至少包括賀星寒、鍾文、游小蘇、郭健、陳瑾珂、翟永明和歐陽江河。這些成員尤其是年輕成員，大都還將再見於本書各卷。流沙河（原名余勳坦），1931 年生於四川金堂，1952 年調入四川省文聯，1957 年參與創辦《星星詩刊》，2019 年病逝於成都。賀星寒，1941 年生於成都，1958 年畢業於成都第九中學，1959 年盲流新疆，1963 年就業於東北鐵路局，不詳何年調入四川省曲藝團，1995 年病逝於成都。卻說這個新星詩社，定期不定期舉行聚會，或朗誦新詩，或討論新詩、小說、

〔註 5〕白航《東風吹開花千樹——1979～1980 新詩評選漫記》，《詩刊》1981 年第 7期。

文化和藝術。激情破閘，氣氛如夏。那麼，他們大都聚會於何處？要麼在清雅多竹的望江公園，要麼在文廟後街，要麼在東城根上街或東城根下街。駱耕野家住文廟後街，省曲藝團位於東城根下街。流沙河攜夫人何潔偶有光臨，孫靜軒卻幾乎每次都參加此類聚會。從兩者的微妙差異，也就不難理解：後來，何以流沙河終成為表面寧靜的學者，而孫靜軒則成為越來越偏激的詩人。孫靜軒和流沙河，都供職於《星星詩刊》。該刊創刊於 1957 年 1 月，停刊於 1960 年 10 月，復刊於 1979 年 10 月。復刊後次月，就有刊出駱耕野的《杜鵑》及賀星寒的《山的啟示》。據說，駱耕野和歐陽江河，都曾拜孫靜軒為老師。薪火相傳，大抵如斯。後來，歐陽江河也曾憶起，「反正我也忘了是什麼原因，我就認識了孫靜軒。然後孫靜軒又介紹我認識了駱耕野。我的文學事業，就是從和這兩個人認識開始。」〔註6〕新星詩社的意義或在於，成都詩人恢復了結社與雅集的傳統，並有可能把這個傳統移交給八十年代巴蜀先鋒詩群。

　　大約與新星詩社參差同時，亦即 1979 年 6 月，四川大學（在成都）成立錦江文學社，創辦《錦江》（共出了三期），其主事者乃是在校生龔巧明。1980 年 11 月，西南師範學院（在重慶）成立普通人文學社，創辦《普通人》（付印前夭折）和《課間文學》（共出了五期），其主事者乃是在校生王康〔註7〕。這樣兩個文學事件，看似偶然，也算是呼應了新星詩社；與此同時，還提前揭櫫了本書的主題——「青春」，揭櫫了本書的地理學構架——「巴蜀」。然則，何者為「巴」？晉人常璩答曰：「其地東至魚複，西至僰道，北接漢中，南極黔涪。」〔註8〕「魚複」，亦即奉節；「僰道」，亦即宜賓，大約包括嘉陵江和涪江流域；「漢中」，亦即米倉山和大巴山南麓；「黔」，大約包括貴州北部及湖南西北部；「涪」，亦即涪陵，涪陵本在正東，轄地曾延及南部。何者為「蜀」？答曰：「其地東接於巴，南接於越，北與秦分，西奄峨嶓。」〔註9〕「巴」，大約包括重慶及四川東北部；「越」，大約包括雲南北部及貴州西北部，兩地與兩廣曾密佈百越；「秦」，大約包括陝西與甘肅東部；「峨嶓」，亦即峨眉山和

〔註6〕楊黎《站在虛構那邊：歐陽江河訪談》，楊黎編著《燦爛》，青海人民出版社 2004 年版，第 430 頁。
〔註7〕據鍾鳴回憶，早在 1978 年，也在西南師範學院，他就曾參與創辦《一二三四》（油印民刊）。
〔註8〕常璩《華陽國志》卷一。
〔註9〕常璩《華陽國志》卷三。

嶓塚山，大約泛指西北山區。「巴蜀」亦即四川和重慶，既是一個地理學概念，又是一個文化學概念。就空間而言，本書主要聚焦於「巴蜀」；就時間而言，本書主要聚焦於「八十年代」（其時，當代詩正在大量分泌荷爾蒙）。因而，本書將是一部關於「青春」的雙城記，或一部關於「巴蜀」的朝霞列傳。

卻說 1980 年 12 月 12 日，普通人文學社和美術系學生會，在西南師範學院承辦了一場特殊的講座。主講人黃銳和馬德升，一個是皮件廠工人，一個是描圖員，兩者都來自北京「星星畫會」。「星星畫會」的成員，還包括王克平、曲磊磊（曲波之子）、鍾阿城、邵飛、尹光中、嚴力和艾未未（艾青之子）。真是無巧不成書——邵飛，正是北島的愛人；黃銳，則是《今天》的美編。1979 年 9 月 27 日，他們在一個街頭小公園舉辦第一屆「星星畫展」，有點類似於重慶沙坪壩公園的「野草畫展」，或歐陽江河曾提及的成都人民南路的「謝三娃畫展」。這幾個露天畫展，南北異地而參差同時。卻說這個街頭小公園，毗鄰於中國美術館，而前者只是一個在野的未名空間，後者才是主導性的廟堂式空間（相當於《詩刊》）。中國美術館有關人員也來參觀了星星畫展，他們最終破例同意，畫展作品當晚可以存放於中國美術館。「存放」，就是信號，就是契機，也可能就是奇跡。1980 年 8 月 20 日，他們在中國美術館舉辦第二屆「星星畫展」，《人民日報》也發出廣告，終於引發美術界關於「自我表現」的大討論〔註 10〕。從第一屆，到第二屆，其間經歷了太多的屈辱、曲折和風險。不管怎麼樣，他們現在終於能提高聲量，回答曾經難以招架的連珠炮：「你們是搞什麼的？你們是藝術家嗎？如果是，為什麼沒進美術館去展覽，而選擇了美術館外面的街邊？」〔註 11〕

當代藝術與先鋒詩具有相似的處境與命運，向來彼此鼓勵，正如詩人駱耕野也可以改行去當藝術策展人。2015 年 5 月 20 日，筆者終於見到了這位前詩人：他身體發福，鬚髮如瀑，衣衫閃亮，既像是一個藝術策展人，又像是一個前臺經理，還像是一個不甘心的演員，渾身散發出藝術與商業交融出來的某種艱難氣息。筆者甚是錯愕，難道，真是眼前此翁寫了《不滿》？

〔註 10〕 參讀呂澎《美術的故事：從晚清到今天》，北京大學出版社 2010 年版，第 279
　　　　 ～291 頁。
〔註 11〕 易丹《星星歷史》，湖南美術出版社 2002 年版，第 19 頁。

卷一　從第三代人到第三代詩

一、語義遷徙與地理學遷徙

　　「第三代」的語義遷徙，及其地理學遷徙，恰好呈現出相反的態勢。其語義遷徙，由人，而詩人，而詩，內涵越來越狹窄；其地理學遷徙，出巴，而蜀，而關東，而全國，外延越來越遼闊。語義遷徙的收緊，與地理學遷徙的放鬆，兩者交錯，就形成了複雜的文化學景觀。關於第三代的兩個遷徙，詩界與學界，迄今並未給出精準而歷歷可見的線路圖。與此相反，以訛傳訛，將錯就錯，假作真時真亦假，倒是已經大為盛行。

　　為了弄清這個問題，筆者將次第談及四個概念：「第三代人」「第三代人詩會」「第三代詩」和「第三代詩人」。這四個概念，並非並列關係，而是派生關係。也就是說，從第三代人，派生出第三代人詩會，由校園內的第三代人詩會，派生出刊物上的第三代人詩會，由第三代人詩會，最後派生出第三代詩和第三代詩人。這是從概念史的角度而言；而從歷史或文學史的角度來看，筆者當然難以否認這樣的事實：作為具體作品的第三代詩，很有可能，就要早於作為概念或術語的第三代人。比如，王小龍的名作，《出租汽車總在絕望時開來》，就寫於 1981 年 5 月。

　　下文即將敘及的關於第三代的概念史，於詩的研究，也許沒有切膚的意義；於詩之語境的研究，似乎就有難以窮盡的錐心的意義。

二、郭紹才與《第三代人宣言》

　　要談論「第三代人」，首先應該提及廖希和郭紹才。廖希，1963 年生於成都，1979 年考入西南師範學院（在重慶），1983 年分配到成都西鄉路中學，

1985 年移居香港（後來當了導演）。郭紹才（又叫子午或馬拉），1963 年生於重慶沙坪壩，1980 年考入西南師範學院，1984 年分配到重慶衛生學校，1999 年調入重慶晨報社。廖希和郭紹才，讀的都是中文系。這個並非平庸的中文系，已經進入「後吳宓時代」。最強還是古典文學，尚有曹慕樊、鄭思虞、譚優學、荀運昌、徐無聞、秦效侃諸位先生肅然坐鎮。郭紹才剛邁進這所學院，就聽到了法國大哲薩特（Jean Paul Sartre）的死訊。薩特對榮譽——包括諾貝爾文學獎——的拒絕，讓郭紹才覺得很酷。是的，拒絕！後來孫文波也說：「詩歌實際上是一種拒絕」〔註 1〕。此後一兩年，郭紹才已經能夠不斷讀到《今天》。據廖希回憶：貴陽寄來了《崛起的一代》，北京寄來了《今天》，而他作為一個中轉站，促進了這些刊物在校友尤其是師弟師妹中的傳播。《今天》帶來了啟示錄，也帶來了緊箍咒。「假北島」，「小顧城」，一時滿天飛。廖希和郭紹才，忽而心生戒備，交相產生了強烈的代際自覺。這種代際自覺，在西南師範學院，可以溯源到兩份刊物——其一，《普通人》（付印前夭折），由中文系七八級學生創辦於 1980 年；其二，《同代人》（出了約三期），由中文系七九級學生創辦於 1981 年。據向以鮮回憶，在《普通人》發刊前夜，張魯曾對一撥文學少年如是陳詞：「我們畢生都在往高處爬，一直爬啊，直到爬到普通人的位置！」《普通人》和《同代人》，都具有「非英雄」（non-hero）傾向。針對性所在，矛頭所指，可能延及學院裏的「五月詩社」和《五月》詩刊。這份詩刊，半官方，彌漫著第一代人和第二代人的氛圍。而廖希和郭紹才當時已有共識，「不能再寫蒲公英了」〔註 2〕，要反對英雄或半人半神，要摘除北島和朦朧詩的父蔭。

　　至於郭紹才起草的《第三代人宣言》，目前存有兩個版本，亦即草稿與定稿；存有兩種寫作時間，亦即 1982 年 9 月 8 日和 1982 年 10 月 8 日。根據黛小冰——她與郭紹才同級同班——日記所載，1982 年 11 月 2 日，後者向她出示了一份《第三代人宣言》（草稿）。11 月 3 日，「星期三」，她在日記中抄錄了這份草稿。筆者找到並確認了這兩頁日記的照片，可以看出，這份草稿對三代人進行了劃分：「第一代人隨共和國的國旗一同升起」，「第二代人生成於那個十年」，「我們是第三代人」。按照這樣的劃分，郭小川和賀敬之算是第一代人，食指和北島算是第二代人，六十年代生人才是標準的第三代人。

〔註 1〕孫文波《洞背筆記》，長江文藝出版社 2019 年版，第 168 頁。
〔註 2〕郭紹才語。此處，及下引郭紹才語，均為筆者採訪所得。

0

這份草稿，當然也有勾勒出第三代人：「我們是在被大火和槍聲裝飾的時代裏度過童年和少年的。大火和槍聲從根本上不屬於我們。它們只是逝去不久的時空和油墨強留給我們的東鱗西爪的夢魘。從整體上看，我們是在母親的愛撫下，沉睡著滑過十年——那個別人的時代的」；「我們沒有歷史；沒有親歷『丟失鑰匙之後，尋找、波動，最後宣告：走向冬天』的沉痛的故事或童話」；「帶著逐漸現代起來的心、眼睛和筆，越過整體上仍被我們死死依附著的第二代人，不管他們現在是否不幸在『綠色的淫蕩中墮落』，我們還是喊出一聲：讓我們平行地走，平行地去表現」；「我們尚未從心靈，從狹小的空間走出，去接受住哪怕是平靜的現代。也許可以說，沒有第二次絕對的動盪，我們就會在世襲的一天，一天又一天的悄無聲息中墮落」，「把握住這種現在，克己內省，沉默，在自己的指引下，宿命地淡入充滿奢望的，也許是虛假的未來」。黛小冰同時抄錄了這份草稿的寫作時間，「1982 年 9 月 8 日」；以及寫作地點，「西師桃園 207 室」。這是目前所能發現，關於第三代人的最早的文獻。

黛小冰提及的西師桃園 207 室，更準確地說，桃園 2 舍 207 室，事實上不是郭紹才——而是廖希——的學生寢室。郭紹才命名第三代人以後，立即講給廖希，很快就得到了後者的共鳴。「我是第一個，而廖希是第二個第三代人；」郭紹才曾對筆者這樣講，「當然，袍澤之誼，這樣說也許更好：我和廖希是世界上最早的兩位第三代人。」

到了 1983 年 1 月 10 日，郭紹才改定了一首詩，《致北島或致第二代人》。這首詩堪稱弒父詩，通過「我」，對「你」和「你們」，表達了這代人對上代人的懷疑和反詰。「你在黑夜裏念你的詩」，「你們在冬天成了雕塑」，而「我」——作為第三代人——更關心的是「現在幾點」？可謂刻不容緩，一觸即發，直奔向天際朝霞。此後大約是在 3 月，郭紹才還寫過一篇長文，《第三代人——作為潛流的創作群》，投給了當時甚為著名的《當代文藝思潮》（可惜被退稿）。

所以說關於第三代人的命名，郭紹才，才是源頭性的人物。這才是真相，但是呢，是個幾乎已經被捂死了的真相。從現有幾部相關專著來看，陳仲義的《詩的嘩變——第三代詩面面觀》，李振聲的《季節輪換》，楊黎的《燦爛——第三代人的寫作和生活》，王學東的《「第三代詩」論稿》，劉波的《「第三代」詩歌研究》，梅真的《性別視角下的「第三代」詩歌》，以及張濤所編

《第三代詩歌研究資料》〔註3〕，都隻字未提郭紹才。郭紹才的忘年交，少年郎楊典，後來說：「沒有人知道子午。」〔註4〕這個說法，因為賭氣，或生氣，而顯得有些絕對。就筆者目力所及，就有何衛東，還了郭紹才一個公道。何衛東（又叫川江或谷風），1961年生於成都，1979年考入西南師範學院，1983年留校任教，1995年調入南京經濟學院，2022年病逝於成都。他是廖希的同學，郭紹才的師兄，其《「第三代人」：命名內外的往事》〔註5〕，在新詩史上首次揭露了這個真相卻又並未引起足夠的注意。很顯然，郭紹才給何衛東留下了極深的印象：「還有總是肩挎黃書包、厚厚鏡片內閃動著一雙神采眼睛的中文系八〇級郭紹才，以他厚實的閱讀和沉思常常為我們掀起不小的討論由頭。」楊典則將這個「黃書包」，落實為「舊軍書包」：「他穿一件白襯衫，背著舊軍書包，胸前還掛著一串鑰匙。」楊典同時認為，郭紹才像是個魏晉的隱逸貴族，或明朝的遺民式詩人，而且是他早年所遇最堪稱博學的人，「他無所不談，無所不熟知，包括音樂、繪畫、哲學、宗教、巫術、文學、先鋒戲劇、中醫、書法、氣候學、地質學、天文學、植物學、動物學、童話……當然最多的還是詩。」

三、論劍於西南師範學院

現在要回過頭說到廖希，並不為無因地，轉而說到廖希正在追求的帥青。也是在西南師範學院，帥青就讀於七九級外語系。帥青畢業於成都十中文科班，與萬夏是同學（或少年玩伴），萬夏則與胡冬是高中同學。萬夏，1962年生於重慶，後來移居成都，1980年考入南充師範學院，1984年拒絕分配直入江湖。卻說1982年的暑假，成都，帥青讓萬夏和胡冬認識了廖希。楊黎曾經描述過這樣的動人情景：「我說的就是1982年夏天，少女帥青坐在成都商業場旁邊一家燈光明亮的國營冷飲店裏」，「我們的少女帥青，穿著一件淡藍色的連衣裙，安靜地坐在能夠看見春熙路的位子上」，「這個時候，有兩個風華正茂的少年，正穿過春熙路，向她走來。他們就是萬夏和胡冬。長頭髮，牛仔褲，

〔註3〕分別為鷺江出版社1994年版，學林出版社1996年版，青海人民出版社2004年版，巴蜀書社2010年版，河北大學出版社2012年版，九州出版社2014年版，百花洲文藝出版社2018年版。

〔註4〕《第一個詩人》，楊典《打坐：我的少年心史、人物志和新浮生六記》，國際文化出版公司2012年版，第63頁。下引楊典，亦見此文。

〔註5〕川江《讀方》，開謀書坊2006年版，第114～121頁。《大學人文》第6輯，廣西師範大學出版社2006年版，第164～169頁。下引何衛東，亦見此文。

和一件隨便的襯衫」，「後來又來了一個人，年齡和萬夏、胡冬一樣大，身高和萬夏、胡冬一樣高，而且也是那麼英俊，那麼意氣風發。只是我不知道，他是不是也穿的牛仔褲？是不是也留著長頭髮？少女帥青向萬夏和胡冬介紹說，他是廖希。」〔註6〕帥青不寫詩，卻這樣，詩意地促成了廖希、萬夏和胡冬的意外見面。三位熱血青年，相見恨晚，慨當以慷，當場約定是年國慶節聚會重慶，並由胡冬邀約四川大學代表，萬夏邀約南充師範學院代表，廖希邀約西南師範學院代表並籌辦接待事宜。做出這樣的決定，與廖希的代際自覺不無關係。後來，柏樺把這次見面，稱為「第一次詩歌新麥的收割儀式」〔註7〕。當其時，郭紹才還沒有寫出《第三代人宣言》（草稿）。

　　1982 年 9 月 30 日，四川大學的胡冬、唐亞平、趙野和陳梁，南充師範學院的萬夏、朱智勇、李雪明和甘建中，與西南師範學院的廖希、何衛東、王亞西、羅正強、陳丁、郭紹才、程寧和夏宜洪，果然相聚在美麗得感人的縉雲山，相聚在燠熱到過分的西南師範學院。趙野，1964 年生於四川古宋，1981年考入四川大學，因曠課或生病而留級，1986 年才分配到中國科技情報所重慶分所（柏樺曾在這裡待了半年），1988 年辭去公職。話說當晚，大夥兒背上吉他，點燃篝火，唱歌，跳舞，發瘋，發情，反覆驚醒了深夜的嘉陵江。10 月1 日，從在桃園 2 舍 206 室和 207 室，到 1209 教室，大夥兒開始熱烈地討論——並爭論——詩歌。據若干當事人回憶，共有十多個與會者，把詩稿都拿出來，一摞摞，放滿了桌子、床和地板。郭紹才也拿出了《第三代人宣言》（草稿），供大家討論。為了籌備這次聚會，廖希與其同學和師弟，賣掉了手錶和衣服，用光了飯票和菜票。據郭紹才回憶，此後一個月，他與程寧只能站在五食堂門口向女生乞討。很多年以後，柏樺，這位激動和反覆激動的詩人，用《青春之歌》式的熱烈之辭描述過這次聚會：「這是一次盛況空前的青春飛行聚會，一次詩歌最紅色的火線聚會。近三十名詩人聚集在西南師範大學桃園學生宿舍。學生們變賣衣服、收集飯票、騰空房間，以中國學生特有的八十年代初的隆重方式歡迎這批詩歌中的『紅軍之鷹』。他們一道唱起了《少年先鋒隊之歌》或《青年近衛軍之歌》。」讓筆者感到奇怪的是，對這次聚會，後來的大多數詩人或學者，卻偏偏以成都——而不是重慶——為中心來展開敘述，這樣就形成了一個不大不小的假象：成都的會，在重慶開。

〔註 6〕楊黎編著《燦爛》，青海人民出版社 2004 年版，第 42～43 頁。
〔註 7〕柏樺《左邊》，江蘇文藝出版社 2009 年版，第 132 頁。下引柏樺，亦見此書。

最終導致 10 月 2 日不歡而散的原因，與兩個爭論有關。其一，是否與朦朧詩派決裂的問題。這個爭論，焦點肯定就是趙野。據趙野回憶：「分歧是從討論具體的詩歌作品上開始的，而我成了引爆人物。那時我少不更事，內心有著嚴格的詩歌標準，完全不懂江湖裏那種微妙的感覺。先是我覺得廖希和他的朋友們的詩作問題較大，以我的審美，認為那些作品不夠成熟，不夠好，並且直言出來。接著對方指責我的作品不具備獨創性，沒有擺脫朦朧詩的影響。」〔註8〕就詩而論，趙野與郭紹才形成了對壘。四川大學和南充師範學院——可能出於友情——都支持趙野，這反而讓西南師範學院的態度更加決絕。趙野後來也承認，他們的指謫不無道理，當時雙方勢成水火卻已難以避免。很多年以後，執拗的郭紹才，仍然堅持站在第三代人的立場，這樣評價趙野晚近的詩：「還是一個站在山上的老頭的形象在抒情，所有的『我』，都是『我們』」，「仍舊是第二代人那種『我們』式的集體抒情主人公：只不過北島的『我們』是一個英雄，楊煉的『我們』是一個男神或皇帝，而趙野的『我們』換成了一個鄉紳或地主而已」，「兄弟們改革開放掙扎了三十多年，但在他的詩中，看不到現代生活迷人的複雜性和當代詩人生活緊張的真實性」。與郭紹才相比，誠然，趙野更宜於得到楊典或胡赳赳的此類評語：一個魏晉的隱逸貴族，一個明朝的遺民式詩人，一個小乘的佛教徒。其實趙野的早期詩，受過游小蘇影響，後者風格近於舒婷而非北島。筆者將另擇更合適的時機來談這個問題；但是在此處也應知曉，正如重慶隊之明示，趙野確乎具有某種「非第三代人特徵」。

其二，是否接受第三代人這個命名的問題。這個爭論，焦點可能就是郭紹才。據趙野回憶：「那晚聚會的主旨是命名，一次革命的命名，一代人的命名。我們都自覺是開路先鋒，在淘汰了一批各色各樣奇奇怪怪的名字後，『第三代人』這個注定要進入歷史的名詞，得到了與會所有人的首肯。」據郭紹才回憶：他提出早已想好的這個命名，得到了成都—南充隊的認可，以及隨後的反對，卻得到了重慶隊的自始至終的支持。郭紹才語速極快，楊典笑他，「一秒鐘大約能說十三個字」，他也自嘲，「好像一匹快速奔馳的馬在打噴嚏」。這種連珠炮，容易聽不清。當時現場很混亂，七嘴八舌，東拉西扯，很快開始爭奪命名權，最後鬧到要放棄這個命名的田地。雙方——或者說三方

〔註 8〕趙野《一些雲煙，一些樹》，《今天》2011 年第 1 期，總第 92 期，第 128 頁。下引趙野，亦見此文。

——眼看定然談不攏，於是乎，陳丁——當時的旁觀者和中立者、未來的劇作家和導演——就模仿達達主義（Dadaism）作派，拿出一本書〔註9〕，隨便一翻，連翻三次，就選定當頁第一個詞。「特爾」。這本來是個戲謔，沒想到成都—南充隊一起起鬨，真要用「特爾」來代替「第三代人」。郭紹才大爆粗口，問大家：「我們這麼做，還像一個詩人嗎？」言畢，摔門而去——這也是一種拒絕！趙野——還有萬夏——後來的回憶，都沒有提及郭紹才。這次聚會的義務書記員，唐亞平女同學，記錄了全過程點滴，並曾複製多份分寄詩友。但是呢，似乎沒有誰留存。筆者試圖採訪唐亞平，卻未得到後者的回應。

　　好在，還有何衛東和黛小冰。據何衛東回憶：1982 年 10 月 2 日，晚，郭紹才與廖希共同推敲，由前者執筆起草了《第三代人宣言》（定稿）。這個時間，可能有誤。據黛小冰日記所載：1982 年 11 月 15 日，她摘錄了《第三代人宣言》（定稿），並注明了寫作時間：「1982 年 10 月 8 日」。定稿沿襲了草稿，有所增刪，卻更加簡潔、明確而迫在眉睫。且引來一個段落：「我們是第三代人，這個時代是我們的。帶著逐漸現代起來的心理、眼睛和筆，表現自身所有真實的體驗——這就是我們的責任和使命。」這個定稿出現了一個新詞，「廢墟」，就很有可能來自廖希，因為後者習慣於把北島稱為「廢墟上的詩人」。這個定稿，算是郭紹才和廖希的合作成果；而草稿，乃是郭紹才的個人成果。草稿與定稿，二而一，一而二，筆者把這兩個文獻合稱為「第一份《第三代人宣言》」。

四、從重慶到成都，從成都到南充

　　從 1982 年 9 月 30 日，到 10 月 2 日，這次無名聚會，歷時三天三夜，筆者樂於稱之為「第三代人詩會」或「校園內的第三代人詩會」。就在西南師範學院，重慶隊和成都—南充隊最後約定，分頭創辦同名刊物《第三代人》。據郭紹才回憶：成都—南充隊原擬回去創辦《特爾》。

　　成都—南充隊離開重慶後，廖希和郭紹才，立即著手相關工作。他們的想法，要讓《第三代人》比《特爾》更快印行。郭紹才者負責組稿編稿刻蠟版，廖希負責油印成刊。他們還請美術系的徐勇——此君現居美國——割下一塊課桌抽屜隔板，雕成一幀珂勒惠支（Katie Kollwitz）風格的木刻封面。

〔註9〕據廖希和郭紹才回憶：乃是波林（Edwin Garrigues Boring）的《實驗心理學史》。

收到蠟版和木刻後，廖希卻產生了猶豫。他曾因為打架，被校方記過，不想再節外生枝。到了 1983 年畢業前，廖希把蠟版和木刻還給了郭紹才。「希哥身上作為成都大袍哥的後代的搖擺性和複雜性，最後就毀了我們這事。還是毛主席說對了：革命最後是不能靠哥老會的。」郭紹才很傷心，扔掉了「都有點化了」的蠟版。至於那塊木刻，後來也便下落不明。這件事兒雖說虎頭蛇尾，有頭無尾，胡冬後來卻也自有判斷：「對西師諸公我一直懷著巨大的敬意和感激，他們都是真正的才子，是那個時候啟發了我的立場徹底的第三代人。」〔註10〕

卻說胡冬當年回到四川大學，聽說何繼明曾來訪未遇，就於 10 月 3 日或 5 日，與陳梁往訪成都科技大學，向何繼明細說了重慶之爭。何繼明（又叫狼狗或北望），1962 年生於四川旺蒼，1979 年考入成都科技大學，1983 年分配到秦安國營第八七一廠（在甘肅），1993 年辭去公職。胡冬問：「你怎麼看？」北望答：「我們就是第三代人。」在某種程度上，對這個概念，北望進行了及時而必要的確認和加固。萬夏回到南充師範學院，不到半個月，另寫出一份《第三代人宣言》。他立即邀約胡冬、趙野和北望，自成都，而南充，參與討論這份宣言。在南充，在一家茶館，四個青年詩人改定了這份宣言。萬夏沒有提供這份宣言，筆者把這個迄未目睹的文獻稱為「第二份《第三代人宣言》」。這次聚會，算是第三代人詩會的小組會。據趙野回憶：「我們商量了三個學校結盟辦刊物的諸多細節，氣氛和諧美好，還是一樣的意氣風發，一樣的江湖熱腸。我們還就詩歌的寫作技藝和修辭手段作了大量研討，自以為發明了好多新的方法。南充之行似乎非常成功，清澈的天空彷彿也映照著我們高遠的理想。」這裡所說的「三個學校」，不包括西南師範學院，而是指四川大學、南充師範學院和成都科技大學。也正是在此前後，萬夏開始組稿編稿。後來，卻也沒有下文和結果。當然，歲月悠悠，萬夏終將數倍彌補。

然而廖希並未就此罷手，到了 1986 年，他補償式地編成「四川詩人小輯」，悉數刊於香港刊物《大拇指》。作者包括鍾鳴、彭逸林、孫文波、子午（郭紹才）、谷風（何衛東）、游小蘇、柏樺、胡小波（胡曉波）、翟永明、廖希和歐陽江河，分別刊出一份簡介、一則詩話及兩首新詩。這份名單，兼顧巴蜀。廖希生於成都，長於成都，後來負笈於重慶。手心手背都是肉，他並沒有地理學的偏心。此舉頗有始料未及的意義，且容筆者另文詳敘，此處姑且

〔註10〕胡冬致鄧翔信，2021 年 1 月 23 日。

言其較次的意義──他將一個「第三代人小輯」，像楔子那樣，悄然插入了這個「四川詩人小輯」。無限感慨，不動聲色。廖希的詩話怎麼說？「在另一釋放的空間，我感到了存在的優美。」郭紹才的詩話怎麼說？「詩人應恒守孤獨，以此臻於與神的共體。」〔註11〕後面這句話，似乎不太像是第三代人的口氣？

　　回頭卻說重慶隊和成都─南充隊，均未成功創辦詩刊，「裏面的『無褲黨人』，後來多數成了暴發戶和商人」〔註12〕。到了 1996 年，趙野念及重慶舊事，寫出了一首悲情隊歌，亦即《1982 年 10 月，第三代人》：「鐵路和長途汽車的革命者／詩歌陰謀家，生活的螺絲釘／還要整整十年，才接受命運／習慣卑微，被機器傳送」。比趙野更早，1991 年 2 月 28 日，周倫佑獨坐峨山打鑼坪，寫出過一首滑稽隊歌，亦即《第三代人》：「依然寫一流的詩／讀二流的書，抽廉價煙，玩三流的女人／歷經千山萬水之後，第三代詩人／正在修煉成正果，突然被一支鳥槍擊落」。悲情隊歌曾提及胡冬、萬夏和趙野，滑稽隊歌則提及周倫佑、L、李亞偉、尚仲敏和于堅。兩首隊歌，都秉持了成都中心主義。

五、北望與《第三代人》（詩刊）

　　第三代人詩會的結果極富戲劇性，不是西南師範學院，不是四川大學，也不是南充師範學院，而是成都科技大學的北望成功創辦詩刊，並加速了第三代人從重慶到成都的地理學遷徙。據北望回憶，早在 1981 年，他就寫過《我們》，「我站到你的面前／而你說／你站在了我們對面」，可見此君很早也有代際自覺。此君為詩，據說承芬於布勒東（André Breton）：一個達達主義者，超現實主義者，而兼共產主義者（革命者）。1983 年 6 月 12 日，望江公園，成都科技大學的北望、鄧翔、洪國良（又叫牛荒）、李小瀛，四川醫學院的陳紹陟，四川大學的趙野、唐亞平、胡曉波、陳梁、浦林（又叫浦晚），發起成立了包括成都十四所院校在內的成都大學生詩歌藝術聯合會。據說，入會者約有八十，參與者多達千人，短短幾個月就領了風騷。鄧翔（又叫寒川），1963 年生於四川營山，1979 年考入成都科技大學，1983 年分配到葛洲壩電廠（在宜昌），1985 年調入西南石油學院（在南充），1991 年考入四川大學（從廖君沛

〔註11〕《大拇指》第 218 期，1986 年 7 月 15 日。
〔註12〕鍾鳴《旁觀者》，海南出版社 1998 年版，第 759 頁。下引鍾鳴，亦見此書。

讀碩士），1997 年調入四川大學（次年從廖君沛讀博士）。北望幹練，大度，慷慨，極具號召力、組織力和行動力。1983 年 6 月，在成都科技大學水利館，北望就已牽頭編定這份詩刊。參與其事的編輯，還有趙野，以及成都科技大學的葉綠，成都大學的王谷，四川醫學院的沙亞瑟。8 月 1 日，北望畢業離校，卻在旺蒼，油印出《第三代人》創刊號。這份詩刊主辦單位為成都大學生詩歌藝術聯合會，主編為趙野──趙野詩名已顯，風頭正健，如魚得水，就被公推為名義主編。這份詩刊此後沒有續出；創刊號共印五百八十冊，其中三百冊，由四川師範學院的曾春帶給李小瀛分發到各高校。這是由第三代人創辦──以第三代人命名──的第一份文學刊物。

　　北望為這份詩刊起草了《第三代人──代序》，筆者把這個文獻稱為「第三份《第三代人宣言》」。這份宣言也對三代人進行了劃分：「以十年動亂為界，上界為第一代，動亂中成熟的一代為第二代，下界為第三代。這就是第三代人的年齡含義。」這個劃分，緣於郭紹才，卻似乎更加精確。這份宣言除了「年齡含義」，當然還有──姑且表述為──「非年齡含義」。且引來若干個段落：「以主人的勇氣和精神直面人世的第三代人，歷史地並且自覺地承擔著復興民族的重託」；「在史詩般沉思的年代裏突出，貫注著強烈的責任行動」；「以我們的熱烈和集聚制止這種呆滯，我們每個人都是一個炸彈」。北望宣言，是工科生宣言，郭紹才宣言，是文科生宣言，兩者當然存有顯而易見的差異性：後者致力於人文醒世，前者卻寄望於產業興國。當然，這兩個宣言，存有一個共性：「人」，比「詩」更重要。北望認為：「詩人」只是「旗手」，或「號角」，第三代人「不只是活躍在詩的領地」〔註13〕。郭紹才也說：第三代人不限於「詩人」，而是指「所有創造者」，「甚至重點也不在代際劃分，而在於人的覺醒，人的覺醒是一個永遠的任務」。從 1986 年，到 1987 年，北望與牛荒、任燄華、晚幼全、呂火燿等人謀劃實體，註冊建立敘永縣經濟技術開發中心。詩學交叉於經濟學，或是交叉於社會學，有時候就會導致悲劇或悲喜劇。而這樣的自我期許和價值鎖定，已經超出文學。因而敘永縣之事件，以及當事人之坎壈，也就逸出了本文關注之範圍。

　　《第三代人》詩刊的卷首詩，乃是濟坤（羅濟坤）的《早熟的向日葵》。北望甚是看重此詩，或緣於，此詩可視為第三代人的自畫像：「夏天說過『能成熟的都成熟吧』！／於是，在一個火樣的夏天裏／我以失望和痛苦為代價／

〔註13〕北望《第三代人》,《第三代人》詩刊第 1 期，1983 年 8 月，第 1～2 頁。

換來了一個身體托不住的思想／像原野上一棵早熟的向日葵」。除了濟坤，這份詩刊的作者還有：趙野、翔（鄧翔）、牛荒、鄭欣、唐亞萍（唐亞平）、康柱（王康柱）、北望、欲窮（陳紹陟）、王瑋、小谷（王谷）、曉波（胡曉波）、向永生、沙亞瑟、李從國和閒夢（覃閒夢）——這些作者，大都是理工科，輕裝到根本就沒有讀過《今天》。那麼，刊出作品最多的作者是誰？答曰：鄧翔，共有五件作品——《一個漢子》《講個故事吧》〔註14〕《去年夏天，那彩色的玻璃》《印第安人》和《男子》。鄧翔早在 1982 年春夏，已寫出若干出色的抒情詩，現在他成了這份詩刊的當然主角。來讀《一個漢子》，也是寫夏天：「這點了火的土地，深紅色的潮石頭；／與黏合在它上面的小巧的柏樹。」再來讀《印第安人》，還是寫夏天：「我躺在一塊石頭上，後面是一棵樹。／這天空就像微微燒紅的生鐵。」此類抒情詩似乎帶有俄羅斯敘事風格，呈現出詩人獨有的語調（tone of voice）：欲說還休，藏我於物，像一支孤身逆溯的白銀號。到了 1988 年，鄧翔曾對友人談及他的詩之理想：反對「形形色色的偽實驗」，提倡「嚴肅的內心生活」，企圖重整「現代抒情詩」〔註15〕。後來，連趙野也曾歎息著承認，當他尚處於習作期，鄧翔已經一蹴而就，「語言質樸，意象清新，完全擺脫了青春的感傷」，「詩行裏有河流的流淌、風的挑動和樹葉的沙沙聲」。據說袁可嘉從鄧翔讀出了勃萊（Robert Bly），鄧翔向筆者補充說，還應該有賴特（James Wright）。也就是說，除了「口語」，還有「深度意象」。筆者還在一個小範圍的交流中發現：周東升指認其詩為「不幸的早熟」，柏樺直呼其人為「秘密的詩歌天才」。上文提及的濟坤等十六位作者，只有極個別，才將文學視為一生之志業。鄧翔後來也作為知名的經濟學家，遊學於各國，足跡幾乎遍於全球；而作為埋名的詩人，直到今天，他都被嚴重低估乃至於忽視。

六、《現代主義同盟》之坎壈

　　《第三代人》詩刊只出過一期創刊號，視野較窄，印製太差，流佈未廣，影響不大，並沒有得到大多數新詩史家的關注。第三代人的名聲大噪，仍然有賴於幾乎無處不在的萬夏，有賴於專注而生氣勃勃的《現代詩內部交流資料》。

〔註14〕又題《故事》。
〔註15〕鄧翔致楊政信，1988 年 6 月 12 日。

要說這份民刊（其實也有主管單位，鍾鳴曾力辯其非民刊），先要說四川省青年詩人協會。《現代詩內部交流資料》刊登過一份《四川省青年詩人協會簡介》：「四川省青年詩人協會是在團省委和青年自學總部〔註16〕領導下獨力工作的四川青年詩歌作者的群眾團體」，「協會目前有本會會員一百一十名，分會會員近兩千名，正在積極籌建的地區分會五個」，「協會目前有詩歌研究團體三個：東方文化研究學會、整體主義研究學會和第三代人同盟」，「推選了駱耕野同志為會長，江河、付天琳、黎正光、萬夏同志為副會長，石光華同志為代任秘書長」〔註17〕。四川省青年詩人協會成立於1984年11月，最初，其會長為駱耕野，副會長為周倫佑、歐陽江河和黎正光，秘書長為周倫佑，副秘書長有萬夏、楊黎和趙野，成員有很多都是成都大學生詩歌藝術聯合會的殘部。後來，趁周倫佑返回西昌，萬夏等三位副秘書長發動事變，重新選舉副會長為楊黎和趙野，秘書長為萬夏。「第三代奪權居然成功了。」〔註18〕駱耕野默認這個結果，周倫佑聞訊，卻立即趕到成都處突。據趙野回憶：「駱耕野、江河、周倫佑，還有我們三個在萬夏家裏僵持了一個通宵，老駱緊緊抱住他那個裝有詩協公章的公事包，每個人的臉都緊繃著，各懷心事，誰也不說話。」後來再次重組，其人員設置，見前文《四川省青年詩人協會簡介》。在接受筆者採訪的時候，駱耕野卻再三強調，事變後他請鍾鳴代任秘書長，並讓後者從萬夏和石光華處接管公章。他還否認這個協會有過副會長，甚至堅稱從未聽說過什麼第三代人。這樣的態度，就值得玩味。

鍾鳴也證實他曾被動代任秘書長，接管公章，為期當然極為短暫。他憶及曾為萬夏開出一份介紹信，而萬夏則憶及他曾私刻過一枚假章。這份介紹信，不管是真是假，在1985年4月，在成都，讓《現代詩內部交流資料》得以順利付印。這份詩刊主辦方為四川省東方文化研究學會和整體主義研究學會，主編為萬夏，副主編為楊黎和趙野，責任編輯為宋煒、胡冬、趙野、石光華、萬夏、楊黎和王谷——趙野和王谷，都是《第三代人》詩刊的作者。楊黎，1962年生於成都，1979年畢業於成都第十三中學（未考上大學），1980年就業於成都市工商銀行，1984年辭去公職。胡冬和楊黎的初衷，是創辦

〔註16〕一說「四川省智力開發工作者協會」。
〔註17〕《現代詩內部交流資料》1985年第1期，第8頁。「江河」即「歐陽江河」，「付天琳」即「傅天琳」。
〔註18〕劉濤《第三代詩人》，《今天》2008年第2期，總第81期，第73頁。

第三代人的詩刊，據說胡冬正在編《第三代詩選》，而楊黎打算編《第三代同盟》。萬夏不願作繭自縛，畫地為牢，他決意編《現代詩》或《現代主義同盟》，後來受到外部阻力，才改為《現代詩內部交流資料》——封面上的英文仍然保留為 Modernists Federation，意即「現代主義同盟」，這似乎是曲折地向某種外部阻力表達抗議〔註19〕。這份詩刊，毫無疑問，也體現了很強的代際自覺：第一個欄目，「結局或開始」，向第二代人致敬，刊出了北島、顧城、楊煉、徐敬亞和駱耕野的詩。第二個欄目，「亞洲銅」，向第二點五代人（這是筆者杜撰）致敬，刊出了江河（歐陽江河）、L、石光華、宋渠宋煒、黎正光、牛波、周倫佑和海子的詩。這些詩，或者說這些詩人，大都有史詩的野心，大都深受楊煉和江河（於友澤）的影響。當然，後來種種跡象表明，第二點五代人傾向於滑翔為第三代人。第三個欄目，「第三代人詩會」，向第三代人致敬，刊出了楊黎、張棗、張小波、趙野、馬松、胡冬、李亞偉、萬夏、鄧翔、胡小波（胡曉波）、黃雲、程寧、郭力家的詩，包括楊黎的《怪客》，張棗的《蘋果樹林》，張小波的《冰大阪》，馬松的《生日》，胡冬的《我想乘上一艘慢船到巴黎去》，以及李亞偉的《我是中國》和《硬漢們》，非常挑剔而又甚為集中地，展覽了第三代人最具殺傷力的「七種武器」。這些詩人和詩，大都來自巴蜀，大都已擺脫第二代人的影響。這個「第三代人詩會」，區別於重慶，正是筆者所謂「刊物上的第三代人詩會」。這個欄目有個小序，「隨共和國旗幟升起的為第一代人，十年鑄造了第二代，在大時代的廣闊背景下，誕生了我們——第三代人」〔註20〕。第四個欄目，「女詩人」，刊出了翟永明、劉濤、李瑤、李靜、李娟、陳小蘩的詩。成都畫家何多苓，早在1984年，就創作過一幀油畫《第三代人》，其人物原型，除了建築師劉家琨，藝術家張曉剛，醒目居中的就是女詩人翟永明。這是閒話不提。第五個欄目，「夏之海」，刊出了柏樺、鍾鳴、王世剛（藍馬）、楊遠宏、陳東、張先德、孫文波和于堅的詩。第二個、第四個、第五個欄目的詩人，很多都生於五十年代，在郭紹才或鄧翔看來，不算第三代人，而是筆者所謂第二點五代人。隨著第三代人的泛化，

〔註19〕《現代詩內部交流資料》印製時間，並非1985年1月，而是1985年4月（不早於4月12日）。1985年3月15日，《現代主義同盟》編輯部印發《徵訂通知》，稱「《現代主義同盟》第1期定於今年4月中旬開始內部發行，16開，80頁，鉛字印刷，計收工本費0.60元（包括郵寄費）」。渠煒致杜愛民信，1985年4月12日，附有這份鉛印的《徵訂通知》。

〔註20〕《現代詩內部交流資料》，前揭，第31頁。

歐陽江河、周倫佑、翟永明、柏樺、鍾鳴、藍馬、孫文波或于堅，等等，才逐漸被視為第三代詩人的中堅。第六個欄目，「外國詩」，刊出了島子和趙瓊翻譯的《愛麗兒》，原作者是美國女詩人西爾維婭·普拉斯（Sylvia Plath）——從今而後，這位女詩人逐漸影響了翟永明和陸憶敏。第七個欄目，「詩窗」，刊登了三則簡訊：《四川省青年詩人協會簡介》《整體主義與詩人》和《莽漢主義》。

《現代詩內部交流資料》很快就受到各方重視，有些學者，甚至將這份詩刊——而不是傳說中的《第三代人》詩刊——視為第三代人的濫觴。

七、《第三代人》（詩報）

四川省青年詩人協會設有邛崍分會，1985 年 10 月，邛崍分會主編鉛印出《第三代人》詩報，四開，四版，責任編輯為何潔民，刊出了楊然、杜衛平、李建忠、陳建文、默然、陳瑞生、席永君的詩，楊然的詩論《「太空詩」初探》，以及臺灣大詩人亞弦〔註 21〕的長詩《深淵》。默然是內蒙古詩人，當時在編輯《這一代》（這個刊名也頗有代際自覺）。《第三代人》詩報有個《小啟》，自稱「本報作為現代詩內部交流資料，致力編發富有時代氣息，具有現代意識的詩歌力作」〔註 22〕，心甘情願地呼應了萬夏主編的《現代詩內部交流資料》。

《第三代人》詩報也只出過一期創刊號，囿於邛崍一隅，更加不為人知，卻是由第三代人創辦——以第三代人命名——的第二份文學刊物。

八、重心轉移，由人而詩

前文費了許多筆墨，從重慶到成都，從命名到創刊，已然談及第三代人和第三代人詩會。現在，從概念史的角度，筆者就要談及「第三代詩」和「第三代詩人」。

先說有關刊物，首先，筆者要談及《關東文學》。這份刊物主辦方為吉林省遼源市文聯，主編為惠萬安和宗仁發，副主編為劉慶鈞和張良玉。1986年 4 月 20 日，《關東文學》新闢一個欄目「第三代詩會」〔註 23〕。自此以後，「洪太尉誤走妖魔」，便如《水滸傳》第一回所寫的那般。1987 年 6 月20 日，1988 年 4 月 20 日，該刊又先後推出「第三代詩專輯」〔註 24〕和「第

〔註 21〕當為「瘂弦」。
〔註 22〕何潔民《小啟》，《第三代人》詩報第 1 期，1985 年 10 月。
〔註 23〕《關東文學》1986 年第 4 期。
〔註 24〕《關東文學》1987 年第 6 期。下文提及的朱凌波文，亦見此刊此期。

三代詩專號」〔註25〕（責任編輯為張旭東）。專號刊出的詩人，共有二十九位。《關東文學》挑起第三代詩的杏黃旗，在很大程度上，既緣於郭力家與宗仁發的共識，又緣於他與李亞偉、胡冬、萬夏和馬松的兄弟情。恰是《關東文學》，不但將李亞偉推選為主角，還讓第三代實現了雙重的遷徙：從民間到官方，從巴蜀到東北。其次，要談及《深圳青年報》。這份報紙總編輯為劉紅軍，副總編輯為 C，副刊編輯有徐敬亞。徐敬亞，1949 年生於吉林長春，1978 年考入吉林大學，1982 年分配到吉林省群眾藝術館《參花》編輯部，1985 年供職於《深圳青年報》。1986 年 9 月 12 日，該報推出「第三代詩專版」〔註26〕。刊出的詩人，共有十七位。一個多月後，亦即 10 月 21 日和 24 日，《深圳青年報》還將與第三代詩重續前緣。其三，要順帶談及臺灣的《創世紀》。這份刊物主編為張默、洛夫和瘂弦，後來參與的青年編輯有江中明、沈志方、周安托、侯吉諒和張漢良。1991 年 1 月和 4 月，《創世紀》總第八十二期和八十三期，先後推出「大陸第三代現代詩人作品展」。刊出的詩人，共二十八位。至此，臺灣詩界和學界也普遍接受了這個概念。

再說有關選本，這裡，重點要談及《第三代詩人探索詩選》〔註27〕。這部詩選主編為溪萍（乃是兩位無名青年編輯共用的化名，卻被有的學者視為一位女性），責任編輯為未凡（本名魏凡）。該書編定於 1987 年 8 月，出版於 1988 年 12 月。收錄的詩人，共有一百七十五位。該書未能獲允發行，以至於連許多入選者——遑論讀者——都不怎麼知曉。這部詩選，以及前文談及的《創世紀》和《關東文學》，所推送的第三代詩人，巴蜀佔有較大比例，卻仍然看不到廖希、郭紹才、北望和鄧翔的身影。

到了八十年代中後期，理論（或評論），也呈現出一定程度的比翼。1986 年 11 月 24 日，徐敬亞完成長文《圭臬之死》〔註28〕，已有論及「第三代」「第三代人」和「第三代詩人」。在此前後，值得提及的學者和文章，還有朱凌波的《第三代詩概觀》，於慈江的《朦朧詩與第三代詩：蛻變期的深刻律動》〔註29〕，陳超的《第三代詩的發生和發展》〔註30〕，周倫佑的《第

〔註25〕《關東文學》1988 年第 4 期。
〔註26〕總第 173 期。當年 8 月，該報還推送過「朦朧詩專版」。
〔註27〕中國文聯出版公司。
〔註28〕《文學研究參考》（內部），1988 年第 7 期；《鴨綠江》，1988 年第 8 期。
〔註29〕《文學評論》1988 年第 3 期，1988 年 5 月。此文同時提出「第三次浪潮」。
〔註30〕《文藝報》1988 年 9 月 3 日。

三代詩論》〔註31〕。從 1988 年 5 月到 12 月，從揚州到北京，從「全國當代詩歌理論研討會」到「第三代詩與當代詩歌多元化問題座談會」，對第三代，理論界（或評論界）已漸趨接受（雖然後來還有反覆）。關於第三代詩的特徵，前述學者大抵都會提及「非崇高」或「反崇高」。他們還會提及其他特徵，比如「宣敘性」「反諷」「喜劇意味」「冷態」「欲望化」「口語化書寫」「稗史敘述」「平面感」「清醒實用的個人主義」「反文化」「反意象」「非兩值化」「非抽象化」和「非確定化」。這些判詞，對不同的對象，自然都有成立的契機。筆者個人則覺得，較有趣的說法，也許出自稍晚的鍾鳴：「非理性的性感，是『第三代』的特徵。但，一種輕鬆感，一種呼吸，壓倒了使命。」壓倒了使命，就壓倒了北島，第三代的成功恰好也是失敗。詩與藝術上的代際鬥爭，大抵如是，不將優勢放大成劣勢就一定不會罷休。

由「第三代人」派生出來的若干概念，在二十世紀八十年代，似乎並沒有取得壓倒性的認同感。並行而不悖的類似概念，八十年代還有「新生代」「後崛起」「新詩潮」「後崛起的一代」「實驗詩」「朦朧後」「新浪潮」「後新詩潮」「第三次浪潮」或「朦朧詩後」〔註32〕。並行而不悖的類似選本，八十年代還有老木所編《新詩潮詩集》，無名氏所編《探索詩集》，唐曉渡和王家新所編《中國當代實驗詩選》，以及徐敬亞等人所編《中國現代主義詩群大觀》〔註33〕（後文會再次論及）。《新詩潮詩集》分為上下兩集，上集收錄北島等詩人，共有十三位；下集收錄柏樺等詩人，共有七十四位（宋渠宋煒昆仲計算為兩位，下同）。也許可以這樣來理解：上集全部收錄第二代詩，下集主要收錄第三代詩，並已將第三代詩呈現為更加寬闊而生猛的趨勢。後來也就有偷懶的學者，複雜問題簡單化，把第二代詩指認為現代主義，第三代詩指認為後現代主義。這樣做，當然，也就過於簡單化。兩個階段，一前一後，只有

〔註31〕《藝術廣角》1989 年第 1 期。

〔註32〕參讀牛漢《詩的新生代——讀稿隨想》，《中國》1986 年第 2 期，1986 年 3 月 18 日；《深圳青年報》總第 178 期，1986 年 9 月 30 日（下引徐敬亞語，亦見此處）；《當代詩歌》1987 年第 1 期；王干《新的轉機—第五代—新生代—後崛起的一代》，唐曉渡《實驗詩：生長著的可能性》，《當代文藝探索》1987 年第 6 期（終刊號），1987 年 11 月；王干《「朦朧後」：詩壇新浪潮》，《文論報》1988 年 8 月 25 日；謝冕《美麗的遁逸——論中國後新詩潮》，《文學評論》1988 年第 6 期，1988 年 11 月。

〔註33〕分別為北京古學五四六學社木倉湖叢書編委會 1985 年版，上海文藝出版社 1986 年版，春風文藝出版社 1987 年版，同濟大學出版社 1988 年版。

犬牙交錯，何來涇渭分明？並行而不悖的類似選本，九十年代還有李麗中所編《朦朧詩後——中國先鋒詩選》，唐曉渡所編《燈心絨幸福的舞蹈》，萬夏和瀟瀟所編《後朦朧詩全集》，陳超所編《以夢為馬》，陳旭光所編《快餐館裏的冷風景》，閻月君和周宏坤所編《後朦朧詩選》，以及周倫佑所編《褻瀆中的第三朵語言花》〔註 34〕。

九、萬夏與《後朦朧詩全集》

　　從二十世紀八十年代，到九十年代，第三代詩的選本，規模和影響最大的要數《中國現代主義詩群大觀》和《後朦朧詩全集》。

　　先說《後朦朧詩全集》。1993 年 8 月，萬夏及瀟瀟，聯手主編出版了一代人的金色巨著——《後朦朧詩全集》，盤點第三代人詩歌十年成果。全書兩千多頁，分為兩卷，以巴蜀為重點，收錄七十四位詩人、一千五百多首詩。萬夏作《序》，瀟瀟作《選編者序》。瀟瀟曾談到命名的困惑感，是的，他們也曾試圖把這部巨著命名為「《朦朧詩之後詩歌全集》《中國當代先鋒詩歌全集》《漢詩》《中國現代詩全集》《第三代人詩歌全集》《中國當代實驗詩全集》」。他們最終還是踩上了章明〔註 35〕的西瓜皮，從貶義的「朦朧詩」，來到褒義的「後朦朧詩」。萬夏則談到此書的重要性，「考慮到詩歌所表達的事物的意味，我設想用青銅的、不銹鋼的、絲綢的，甚至用鋼筋混凝土或昆蟲來裝幀這套書的封面。但我以為與詩歌本質最接近的仍然是黃金，我夢想用金子做一個封面，讓這部詩歌總集在純淨的光輝中表裏如一。」

　　二十年以後，萬夏還是決定，就採用來自重慶隊——他不太知道郭紹才——的命名。2014 年 6 月，年過半百的萬夏，獨力主編出版了一代人的銀色巨著——《第三代人志》〔註 36〕，作為第三代人詩歌卅年紀念。全書兩千兩百多頁，分為四卷：《燦爛》（再版），楊黎編著，乃是訪談錄和回憶錄；《浮水印》，乃是影像集（圖片主要來自蕭全）；《與神語》，柏樺等著，乃是文論集；《明月降臨》，馬松等著，乃是詩歌集，以巴蜀為重點，收錄九十七位

〔註 34〕分別為南開大學出版社 1990 年版，北京師範大學出版社 1992 年版，四川教育出版社 1993 年版（下引瀟瀟及萬夏，亦見此書），北京師範大學出版社 1993 年版，北京大學出版社 1994 年版，春風文藝出版社 1994 年版，敦煌文藝出版社 1994 年版。

〔註 35〕參讀章明《令人氣悶的「朦朧」》，《詩刊》1980 年第 8 期。

〔註 36〕中華工商聯合出版社 2014 年版。下引總序，亦見此書。

詩人、五百多首詩。這套《第三代人志》，有個總序，沒有署名，可能出自萬夏手筆，此處有必要全文引來：「如果沒有詩歌，我們的言說是沒有意義的。或者說有意義，這個意義也與我們沒有任何關係。說一句傻話，回顧人類歷史，上下五千年，是什麼使短暫的二十世紀八十年代突現出來的？又是什麼使它值得被記下，甚至被張揚？我肯定地說：這就是詩歌。第三代人的詩歌。」

我們盡可以挑剔這兩部巨著，比如沒有選入廖希、郭紹才、北望或鄧翔，卻很難否定下面這個結論：萬夏不僅是第三代人的孟嘗君，還是第三代詩的樂府令。孫文波有過感慨，「萬夏何許人也：萬大俠。」〔註37〕筆者頷首，深以為然。

十、不能不提「現代詩群體大展」

再說《中國現代主義詩群大觀》。1986 年 7 月 5 日，8 月 8 日，徐敬亞兩次發出邀稿信。9 月 30 日，徐敬亞在廣東《深圳青年報》，蔣維揚在安徽《詩歌報》，同時發布預告消息，將聯合揭幕 1986 現代詩群體大展。關於這個大展，徐敬亞坦言，乃是基於如下考量：朦朧詩之後，「已經浮蕩起又一次新的藝術詰難」。自 10 月 21 至 24 日，兩報分三輯〔註38〕，陸續推出六十五個現代詩流派、一百一十六位詩人、一百三十八首詩：主要呈現了第三代詩人的創造力，想像力，誇張力，以及破壞力。這是火山大展，或者說，火山群大展。1988 年 9 月，以這個大展為基礎，徐敬亞等人編選出版了《中國現代主義詩群大觀》。

《中國現代主義詩群大觀》，比《後朦朧詩全集》，更具有全國性的視野和襟懷。故而有的詩人或學者，也將 1986 年，視為第三代詩人和第三代詩的源頭或重要節點。2006 年 11 月，由周牆、默默和李亞偉發起，聯合《詩歌月刊》和《天涯》，在黃山之麓的歸園召開了第三代詩──其實是現代詩群體大展──二十週年紀念會。當月 20 日，發布了《歸園共識──第三代詩人立場及倡言》，筆者把這文獻稱為「第四份《第三代人宣言》」。且引來若干段落：

〔註37〕《萬夏》，孫文波《名詞解釋》，2006 年，未刊稿。
〔註38〕《詩歌報》總第 51 期，兩個整版，1986 年 10 月 21 日；《深圳青年報》總第 184 期，兩個整版，1986 年 10 月 21 日；《深圳青年報》總第 185 期，三個整版，1986 年 10 月 24 日。

「第三代詩歌，系指 1980 年代初期發軔，經由 86 詩歌流派大展〔註39〕推動，從而漸次出現的民間詩歌社團和個人的自由創作」；「第三代詩歌以最大的深度與寬度決裂於『文以載道』的封建文化傳統，以史所未有的開放性、包容性和豐富性的詩意構成，過濾並發展了現代漢語」，「第三代詩人超越文本的獨立自救人格和自由健康心態，為現在和未來提供了可資借鑒的詩性生存方式」，「第三代詩歌呼籲詩歌的正面建設，重塑中華民族的讀詩傳統，開創中國現代漢詩自由高貴原創的新時代」。這個文獻用語頗重複，立論較誇張，少了一份沉痛，多了一份酒酣耳熱，少了一份清醒，多了一份功成名就。不管怎麼樣，從郭紹才，經北望，到作為複數的周牆，從人之宣言，到詩之宣言，既意味著暫時的因小失大，也意味著可能的得寸進尺。理想還在，詩歌不死，君子群而不黨。至於歸園，乃是周牆所營，位於黟縣宏村鎮上軸村，「亭臺樓閣，疊山離水，修竹古樟，置身其中，恍若隔世」〔註40〕。其址，還有晚清奇女子賽金花故居。

　　2012 年 12 月，又在歸園召開了第三代人三十週年紀念會。始將 1982 年，而非 1986 年，確定為第三代人的元年。這個紀念會討論了《第三代人志》（初稿或清樣），頒發了傑出人物獎、美食獎、攝影獎、導演獎、陶藝獎、紀錄片獎、民謠獎、傳媒獎、批評獎、散文獎、翻譯獎、藝術獎、小說獎和詩歌獎。詩歌獎，無疑，花落馬松。據聞，計有萬夏、趙野、鄧翔、楊黎、李亞偉、馬松、二毛、王琪博、蕭全、徐敬亞、郭力家、海波、默默、李笠、李森、野夫、賀中、胡赳赳、李少君等四十餘位詩人與會。鄧翔當場出示《第三代人》詩刊，就像出示一塊罕見的化石，出示一段發黃而變脆的史前史。對徐敬亞來說，這的確是個很大的意外——此前，他從未見過這份詩刊。據說徐敬亞睜大了眼睛，連聲問鄧翔：「怎麼是 1983 年呢？不是 1986 年嗎？」來到這個紀念會的李楊——他是一位導演——很快朗誦了北望的代序，又朗誦了鄧翔的詩。什麼詩呢？《講個故事吧》，「講一講爐火熄了，／我們仍圍著爐旁輕聲交談」。這首詩的寫作時間，在這份詩刊，署為「1983 年 3 月 11 日」。

　　曾經孤獨在野的「第三代詩」，到如今，已經得到公認，而且是詩界和

〔註39〕應為「1986 現代詩群體大展」。
〔註40〕周牆《前世今生，只是一個瞌睡蟲》，《今天》2011 年第 1 期，第 162 頁。下引《歸園共識——第三代詩人立場及倡言》，亦見此文。

學界的雙重公認。第三代詩何謂？來聽北京大學洪子誠的作答：「朦朧詩之後青年先鋒詩歌的整體」〔註41〕。第三代詩何為？來聽市井萬夏的作答：「我找到了酒和詩歌，她們給了我夢想，讓我體味到了人生的至高境界：聽到老虎走進翠玉的腳步聲；大雪中臨窗的一場偉大風景；愛人懷裏最香軟之風兒；拍案絕塵而去將美人和黃金拋撒一地。」

〔註41〕洪子誠《序》，洪子誠、程光煒編選《第三代詩新編》，長江文藝出版社 2006 年版，第 11 頁。

卷二　四川大學：一個抒情詩派？

一、錦江兩岸的「亞文化場域」

　　如果要釐出四川大學的「抒情主義」（lyricism）──或「抒情詩」（lyric）──的小傳統，那麼，這個小傳統可以溯源到一個真正的生物學家。他叫周無，又叫周太玄，乃是蜀中新都人氏。其先祖周亮工，其同學郭沫若，皆一時之大名士也。1930 年，周無任教於成都大學和成都師範大學，1931 年，兩所大學均併入四川大學。周無精於細胞學，及腔腸動物研究，卻也有不少新詩刊於頗有影響力的《少年中國》。早在 1919 年，周無遠赴泰西，就曾在途中寫出《過印度洋》。「圓天蓋著大海，／黑水托著孤舟。／遠看不見山，／那天邊只有雲頭。／也看不見樹，／那水上只有海鷗。」這首詩還殘存著古詞曲的格律，雖為胡適所憂，卻為趙元任所喜。後者為之譜曲，廣為傳唱，蜀中旅法青年聞之流涕。筆者少小時所習《語文》，收有散文《我的老師》，幾乎全文引述過《過印度洋》。這篇散文的作者──也就是魏巍──有那麼一點兒可惡：他既沒有交代這首詩的題目，也沒有交代這首詩的作者。試想，如果不是這樣，周無作為詩人早就已經名動中國。

　　而就本文迫在眉睫的任務來說，周無及其《過印度洋》，只是一個司晨者，一個弁言，甚至一個贅肉般的題外話。必須緊扣四川大學，必須緊扣八十年代──也就是說，本文當從抒情詩的清早，飛抵抒情詩的正午。惜別周無的背影，此刻，將升起誰的面龐？縱使確有各種不合適，筆者仍然決定，首先來談柏樺──就像賀拉斯（Quintus Horatius Flaccus）說的那樣，「使聽眾及早

聽到故事的緊要關頭」〔註1〕。柏樺，1956年生於重慶，1975年下鄉（在巴縣），1977年考上廣州外語學院，1978年入校就讀，1982年分配到中國科技情報所重慶分所，同年調入西南農學院（在重慶），1986年考入四川大學（從龔翰熊讀碩士），因拒絕上課，1987年被退學，1988年調入南京農業大學，1992年為自由撰稿人，2004年調入西南交通大學（在成都）。柏樺自重慶赴成都，乃是心有不甘的結果。「我這次考研究生目的在於變動，目標是上海，結果大失所望，去了成都。」〔註2〕除了從這封寫給北島的信，還有其他文獻，均可看出詩人早年對成都——乃至四川大學——的奇怪態度：害怕，氣憤，不可避免，而又無可挽回。詩人在四川大學，果不其然，只待了半年或者說一個學期：起於1986年9月，迄於1987年3月。詩人所選既非古典文學專業，亦非古代文論專業，故而錯過了廣博的繆鉞教授，也錯過了專精的楊明照教授。至於西方文學思潮專業，似乎沒有「錯過」的問題，只有「錯不過」的問題。故而，詩人拒絕上課；若干年以後，攝影家蕭全仍然記得詩人的忿忿之語：「我無法忍受這些『越南人』給我上課。」〔註3〕幾乎可以這樣說，詩人「親歷過」廣州外語學院（啊，「梁宗岱教授」），卻只能算是「路過」或「誤入過」四川大學。況且，在詩人看來，成都也大異於重慶。後來，詩人在回憶錄中給出了這樣的涇渭：「重慶作為一個悲劇城市是抒情的，成都作為一個喜劇城市是反抒情的。」這個頗具詩學含意義的形容詞，亦即「抒情的」（lyrical），後文還將多次使用。卻說柏樺這個結論不容分說，一刀兩斷，就值得細細體味——他天生具有悲劇氣質，這個結論，是在促成「抒情」與「反抒情」的民主性，「悲劇」與「喜劇」的民主性，還是在強調「重慶」與「成都」（包括「四川大學」）的差異性呢？

　　柏樺與四川大學，終至互相嫌棄。然則，事情並非如此簡單。如果說四川大學是一個「文化場域」，那麼方圓數公里以內還隱藏著若干個「亞文化場域」。比如深夜的草坪，錦江南岸，望江公園的竹林（薛濤似乎仍在那裡淺笑

〔註1〕賀拉斯（Quintus Horatius Flaccus）《詩藝》，楊周翰譯，人民文學出版社1982年版，第145頁。「緊要關頭」（in medias res）或被誤譯為「中間部分」：「正像賀拉斯所倡導的那樣，詩歌應從故事的『中間部分』（in medias res）開始。」麥錢特（Paul Merchant）《史詩論》，金惠敏、張穎譯，北嶽文藝出版社1989年版，第83頁。

〔註2〕柏樺致趙振開（北島）信，1986年6月3日。

〔註3〕柏樺《左邊》，牛津大學出版社2001年版，第140頁。下引柏樺，亦見此書，或此書江蘇文藝出版社2009年版。

低吟），九眼橋附近的瓦房和茶館，閒人吳奇章——他是吳玉章的侄兒——的半開放沙龍，陰暗的地下室，無縫鋼管廠，紅星路二段八十五號（北島已經應邀而來），旁觀者鍾鳴在工人日報社的辦公室，攝影家蕭全或詩人歐陽江河的家（堆滿了剛洗出的照片或很難見到的書籍）。假如詩人並未負笈於四川大學，很難想像，他會從「教室」的反方向，一溜煙鑽進了諸如此類的「成都公社」。那麼，都是些什麼人出入其間？「逃學的學生，文學青年，痛苦者，失戀者，愛情狂，夢遊者，算命者，玄想家，畫家，攝影師，浪漫的女人，不停流淚的人，性慾旺盛的人，詩人，最多的永遠是詩人」。「文化場域」為何如？保守，單調，做作。「亞文化場域」為何如？性感，狂熱，生機勃勃。從某種意義上講，恰是後者讓詩人覺知到感官之存在，底線之存在，玲瓏心之存在，本色與魔力之存在，以及苦悶與極樂之存在。柏樺已經接上了「暗號」，找到了「抒情的同志」，加入了並參與建設著「新的抒情組織」。詩人曾經無限纏綿地回憶起，吳奇章起身，為來客分發葡萄酒，「就像分發美或頹廢的重量」——其實呢，又何嘗不是在分發深淵的重量，秘密的重量，熱血、眼淚與抒情詩的重量？那麼，再見，周無！再見，郭沫若！再見，更晚來到四川大學的饒孟侃！1986 年 10 月，柏樺寫出《痛》。他描述的不再是昔日的「我」，而是此時此刻的「我們」：「今天，我們層出不窮，睜大眼睛／對自身，經常有勇氣、忍耐和持久／對別人，經常有憐憫、寬恕和幫助」。

二、何謂「抒情」？何謂「抒情詩」？

　　筆者樂於暫時冷落四川大學，將本文推向必要的旁逸，在這裡稍作休息般地談談「抒情」和「抒情詩」——前者屢見於中國古典詩學，而後者屢見於西方詩學和中國現代詩學。從「文用」的角度來看，抒情與言志、用事、狀物和寫景相併列——當然，時間愈是往後，抒情與言志愈是相混。從「文體」的角度來看，抒情詩（lyric）與戲劇（drama）和史詩（epic）相併列——此所謂文體三分法是也，而西人所謂史詩，也包括敘事詩和後來的小說。雖然屈原早就已經言及抒情，中國古典詩大都是抒情詩，然而抒情詩作為一個詩學術語卻是舶來品無疑。

　　然則什麼是抒情詩？為什麼要寫抒情詩？這樣兩個問題，究其實呢，乃是一個問題。中外詩學專家回答這個問題，或偏重於「抒」（發生學），或偏重於「情」（主題學），或偏重於「詩」（文體學）。其一，讓筆者引來發生學觀點

——述而不作的顧隨認為，「即興詩即抒情詩」，「即興詩要作得快，不宜多，多則重複；不宜長，長則鬆懈」〔註4〕。顧隨的前半個觀點，很明顯受到過朱自清的影響，後者說過，「即興」其實等於「抒情」〔註5〕。其二，讓筆者引來主題學觀點——從男人變成了女人的斯蒂芬妮·伯特（Stephanie Burt）認為，「當情感、態度、感受，成為一首詩中的詞語激發出來的最初、最終或最重要的東西時」，「我們可以將這樣的詩叫做抒情詩。」〔註6〕那麼，會是何種形態的「情感、態度、感受」？顧隨說過，乃是「傷感」，故而「抒情詩人多帶傷感氣氛」。這個更加明確的觀點，可以算是對伯特的耐心補充。其三，讓筆者引來文體學觀點——似乎有點兒口吃的瑪麗·奧利弗（Mary Oliver）認為，「抒情詩簡潔、主題集中，通常只有單一的主題和中心，以及單一的語態，更傾向於使用簡單自然而非複雜合成的音樂性」，「它就像某種簡單盤繞的彈簧，等待著在幾個有限的、清晰的短句中釋放自己的能量。」〔註7〕而陳世驤則似乎兼有發生學、主題學與文體學視角，他一方面強調抒情詩的「音樂性」，亦即「言詞樂章」（word-music），一方面強調抒情詩的「主體性」，亦即「直抒胸臆」（self-expression），故而他最為推崇一個怪異小說家——喬伊斯（James Joyce）——關於抒情詩的定義：「藝術家以與自我直接關涉的方式呈示意象。」〔註8〕

即便已經羅列出若干種關於抒情詩的觀點，筆者仍然很在意柏樺之所持。1986年冬天，詩人寫出《犧牲品》。這件作品明目張膽，念茲在茲，可謂「抒情的同志之歌」。先來讀開篇：「抒情的同志嚼蠟／養成艱巨而絕望的習慣」——這是何意？也許牽涉到抒情詩人的兩種態度：一種是「孤勇」，一種是「虛空」？再來讀結尾：「抒情的同志天長地久／抒情的同志無事生非」——又是

〔註4〕顧隨《駝庵詩話》，生活·讀書·新知三聯書店2018年版，第30頁。下引顧隨，亦見此書。

〔註5〕朱自清《詩言志說》，陳國球、王德威編《抒情之現代性：「抒情傳統」論述與中國文學研究》，生活·讀書·新知三聯書店2014年版，第201頁。

〔註6〕斯蒂芬妮·伯特（Stephanie Burt）《別去讀詩》，袁永蘋譯，北京聯合出版公司2020年版，第14頁。

〔註7〕瑪麗·奧利弗（Mary Oliver）《詩歌手冊》，倪志娟譯，北京聯合出版公司2020年版，第83頁。

〔註8〕參讀《論中國抒情傳統（1971年美國亞洲研究學會比較文學討論組致辭）》，陳世驤《中國文學的抒情傳統：陳世驤古典文學論集》，張暉編，生活·讀書·新知三聯書店2015年版，第4～5頁。

何意？也許牽涉到抒情詩人或抒情詩的兩種功能：一種是「依戀」與「挽留」，一種是「激動」和「冒失」？筆者讀到過另外幾種罕見文獻，比如龐培對柏樺的採訪錄，可以佐證對《犧牲品》的上述讀解並非自以為是或孤立無援。

柏樺很早就已經注意到，到了寒氣逼人的冬天，抒情詩很容易成為一個火堆（或深淵），而圍住這個火堆的所有詩人很容易成為一個集體（病友般的集體）。那麼還得再次洗耳，再次恭聽顧隨的觀點：「好的抒情詩都如傷風病。」這種傷風病，既可以由一個作者傳染給更多讀者，也可以一個作者傳染給更多作者。以其有顧隨所謂「傳染」，故而有柏樺所謂「集體的詩情」。他們這種觀點，算得上是傳播學觀點。無論是關於抒情詩的傳播學觀點，還是發生學、主題學或文體學觀點，都已經在四川大學及其周邊的亞文化場域——在燦爛的八十年代——得到了不同向度與不同程度的驗證。甚至到了 1987 年，從西德，從張棗，也能傳來美妙的應和，「我們千萬不要忘記詩是藝術，藝術就是抒情，而抒情就是極端」〔註9〕。

三、柏樺在成都，帕斯捷爾納克也在成都

早在八十年代前期，從廣州到重慶，柏樺就曾寫出一批重要作品，既包括左邊之詩，比如《表達》《再見，夏天》《光榮的夏天》和《懸崖》，又包括右邊之詩，比如《夏天還很遠》《惟有舊日子帶給我們幸福》《望氣的人》和《李後主》。左邊之詩與右邊之詩，各有半壁，卻明顯呈現出自左至右的趨勢。我們有充分理由相信，單憑這批作品，就可以賦予作者以黃金般的抒情權杖。

從廣州、重慶到成都，不僅是國內旅行。四川大學之於柏樺，似乎並無孕孕之功，亦無迎迓之德。但是我們不能不注意——這位年輕時就很老派的象徵主義詩人，正是在成都，才從「法國」奔向「俄羅斯」。這個繞口令是何講法？在廣州，波德萊爾（Charles Pierre Baudelaire）的一首《露臺》，以「記憶中的母親」，曾經震顫了詩人；而在成都，帕斯捷爾納克（Boris Leonidovich Pasternak）的一首《白夜》，一首《秋天》，以「小地主的女兒」（名叫「娜娜」），同樣震顫了詩人。兩次震顫，勾魂攝魄。詩人痛苦而興奮地察覺到，「俄羅斯成了我們生活中的姐妹」。帕斯捷爾納克及其長篇小說《日瓦戈醫生》（包括附收的若干首詩），如此遙遠，而又近在咫尺，必將在詩人的字裏行間留下俄羅斯式的凜列與熱烈。

〔註 9〕張棗致柏樺信，1987 年 5 月 12 日。

正是在四川大學讀書的這個秋冬，柏樺又新寫出一批重要作品，除了已提及的《痛》和《犧牲品》，還有未提及的《在清朝》《秋天的武器》《側影》和《青春》。總計六件作品，除了《在清朝》，都是極端之詩、尖銳之詩、白得耀眼之詩、高燒之詩、流鼻血之詩，呼應了重慶時期的左邊之詩；只有《在清朝》，才是安閒之詩，逸樂之詩，頹廢之詩，不事營生之詩，飲酒落花與風和日麗之詩，呼應了重慶時期的右邊之詩。「在清朝／安閒和理想越來越深／牛羊無事，百姓下棋／科舉也大公無私／貨幣兩地不同／有時還用穀物兌換／茶葉、絲、瓷器」。由此可以看出，從重慶到成都，詩人從未停止過搖擺，雖說左右之詩比例失調。《在清朝》因何寫出？詩人曾經如是憶來：「我有一天無事去歐陽江河家翻書，讀到美國學者費正清所寫的一本《美國與中國》。此書讀完，此詩完成。我借古喻今，在《在清朝》中展現了成都內在的古典精華（成都是當代中國古風最盛的城市）。」俄羅斯和帕斯捷爾納克，以孔武之力把柏樺推向了左邊之詩；而中國和古老傳統，卻以柔弱之力把他拉回到右邊之詩。張棗對這件作品的點評，知己知彼，可謂清透至極：「《在清朝》作為詩藝，諸美俱臻；作為思想，亦盡了力。」〔註10〕不管怎麼樣，詩人最終用「清朝」隱喻了「成都」，用過去時態的「時間」，點化了現在時態的「空間」。這種膽大包天的修辭，奇妙不可方物。因而，《在清朝》已經表明，詩人試圖開始享受這座積攢了兩千五百年風水的濯錦之城。

四、游小蘇及其《金鐘》

四川大學的抒情詩小傳統，即便只限於八十年代，柏樺也只是分水嶺式人物而並非源頭式人物。那麼，誰才是源頭式人物？游小蘇。不僅柏樺，還有鍾鳴，想來，都願意會心於筆者給出的這個答案。游小蘇，1957 年生於成都，1974 年下鄉（在名山），1976 年返城，1978 年考入四川大學，1982 年分配到省交通廳。鍾鳴的回憶錄，多年以後，為我們重現了他的形象：「游小蘇鶴立雞群。他的氣質是抒情的。個頭高挑，輪廓分明，憂鬱，含蓄。笑容令人難忘。」〔註11〕他就讀於經濟系，最親近的同學，當屬郭健（又叫宇宇）和陳瑾珂（又叫柯柯）。郭健，1954 年生於四川內江，1978 年考入四川大學，1982 年分配到西南林學院（在昆明），1984 年調入四川省社會科學院，1995 年

〔註10〕張棗致柏樺信，1987 年 5 月 1 日。
〔註11〕鍾鳴《旁觀者》，海南出版社 1998 年版，第 809 頁。下引鍾鳴，亦見此書。

辭去公職。筆者曾看到過一張四人合照——郭健一人旁蹲，擁有一張經濟系和評論家的面孔（深沉而富有主見），陳瑾珂、游小蘇、歐陽江河三人並站，各有一張微笑和抒情的面孔（純潔而富有光澤）。歐陽江河並非來自四川大學，他戴著軍帽，頂著五角星，像一個小弟那樣依偎在游小蘇的左側。這樣四位青年才俊，真可謂好花逢春，又可謂玉樹臨風。

　　正是在大學三年級上學期，亦即 1980 年下半年，游小蘇忽而寫出一首《金鐘》。1982 年上半年，刊於鍾鳴主編的民刊《次生林》。這件作品——正如其多數作品——乃是愛情的產物，或者說，愛情饑渴症的產物。全詩共有八節，前七節寫「我」的表白，第八節寫「她」的回答。這種篇幅分配，可謂頭重腳輕。然而，重得很有道理，輕得也很有道理。「我」如何表白？來讀第三節：「多情的詩人在小木屋裏睡了／林深處晃蕩著狼嚎的恐怖／只有月亮折下來，認清了／草坡上每個新鮮的字——／做的我的妻子吧！」——詩人可以代行一點上帝的權力，在這裡，他直接讓「月亮」當了「月老」。這是閒話不提；卻說不僅是在這件作品的第三節，從第一節，到第七節，每節都這樣收尾：「做的我的妻子吧！」七次表白，終至「嘶啞」，真有山谷喊話而音波迴蕩的效果。「她」如何回答？來讀第八節：「她說，我的回答是／草莓、黑土、小鹿和青果……」這件作品最終收束於「轉移話題」，或者說「顧左右而言他」，真真是出人意料而不可方物。表白是那麼直白，又不忘借物起興；回答卻相當於沒答，沒答又相當於已答。男生之主動之緊逼之絕不罷手，女生之被動之矜持之難以啟齒，兩種形象，相反相成，活脫脫如在目前。在那個時代，在成都，很多男生朗誦過這件作品（一時興起），或有更多女生愛上了作者（終生受傷）。鍾鳴也曾證實說：「女孩都喜歡游小蘇。」《金鐘》早就已經見忘於文學史；而在當年，這件作品卻讓體育之星游小蘇，華麗轉身為四川大學——乃至成都所有大學——的抒情之星。對於作為一個美學上游的游小蘇，自負的柏樺如何評價？「首席小提琴手」。自負的歐陽江河如何評價？「詩歌王子」〔註12〕。同樣自負而又挑剔成性的鍾鳴怎麼評價？「南方最卓越的抒情詩人」。

　　游小蘇早在 1980 年，就油印過一部詩集：《黑雪》。其後，截止 1984 年，又油印過三部詩集：《街燈》《匯府》和《散文詩彙編》〔註13〕。《黑雪》由宇宇

〔註12〕楊黎《站在虛構那邊：歐陽江河訪談》，楊黎編著《燦爛》，青海人民出版社2004 年版，第 432 頁。

〔註13〕這三部詩集均為筆者所未見，此處，僅存目而已。

作序（下文簡稱郭序），柯柯作跋，哲學系學生蘇華——後來遠赴新西蘭——友情贊助了封面題字。序的落款時間為「9 月中旬」，跋的落款時間為「1980 年 9 月 14 至 15 日」。這部詩集所收作品，共計三十六件，卻並沒有包括《金鐘》。或可據此判斷，《黑雪》先於《金鐘》。這部詩集還顯示出，早在 1975 年，游小蘇就已經開始寫詩。且慢，還是轉而來說郭序——這算得上是一件珍貴的文獻，因為郭健很快就要迎娶翟永明，很快就要棄寫一切小說與新詩評論。郭序圍繞游小蘇，及其《黑雪》，曾談及某種背景——「社會主義的現代化！民主和文明！科學與技術！大爆炸的知識！存在主義的哲學！抽象派和象徵派！電子音樂與喇叭褲！」感歎號用個不停，排山倒海，可以看出作者的雀躍（多麼天真的雀躍啊）。郭序又曾談及某種譜系——「《黑雪》正是以《今天》為代表的新詩流派的同行者。」游小蘇看過《今天》，風格近於舒婷而非北島，鍾鳴則把他比作食指（兩者都是先驅，都被長期遺忘）。郭序還曾談及某種觀點——「他喚醒了你的美感。然而你所感受到的美不同於他，也不同於我，不同於任何一個人。」〔註 14〕此種主觀主義美學，或唯心主義美學，頗接近西人所謂「讀者反應」（reader-response）。這在那個時候，不能不說，極為大膽。高爾泰在四川師範學院，要知道，就曾經因此獲罪。

到了 1985 年，游小蘇徹底放棄寫詩。其詩齡，參差十年。他曾拒絕把詩交給《星星》，以其為作家協會所辦主流詩刊。然而，似乎並不矛盾——很快，他就成天忙於辦牆報，寫文件，編交通年鑒，先後擔任過交通廳的團委書記，以及廳屬某國營公司的董事長。食指早已成為一件「出土文物」，詩人游小蘇仍然還是一塊「牆裏化石」〔註 15〕。鍾鳴提到過他與翟永明，去看望這位前詩人的情景：「談話是自我揶揄式的，傳統的以庸人自居——英雄主義沒有土壤。他不快活。從他身上，我看到一個旁觀者的極限。」現在，剩下來這樣一個問題：游小蘇作為詩人，是被放逐，還是自我放逐呢？

五、唐亞平與胡冬，抒情詩與反抒情詩

游小蘇就讀於經濟系，而《金鐘》，居然脫稿於歷史系——當其時，他正在歷史系上一門公開課。在他完成這件作品前，有兩個未來詩人，先後進入四川大學。一個學妹，唐亞平，就讀於哲學系。一個學弟，胡冬，就讀於歷史系。

〔註14〕郭健《序》 游小蘇《黑雪》，1980 年，第 1～3 頁。
〔註15〕啞默有本書以此為名。

唐亞平，1962 年生於四川通江，1979 年考入四川大學，1983 年分配到鐵道部第五工程局黨校（在貴陽），1984 年調入貴州電視臺。胡冬，1963 年生於成都，1980 年考入四川大學，1984 年分配到天津和平區文化館，1990 年移居英國。抒情風向標將從經濟系，移向哲學系和歷史系。當游小蘇開寫《金鐘》，一年級新生胡冬，很有可能就坐在同一間大教室。這是閒話不提；筆者現在想要說明，之所以並提唐亞平和胡冬，乃是緣於兩者將呈現出奇妙而令人莞爾的可比性。

先談唐亞平。唐亞平給她的好閨蜜——比如翟永明——留下過什麼印象？「一天一首，一月一本」，「白得炫目的面孔」，「一身白色」，「小紅帽」，「高唱山歌」，還有「野性」和「酒量」〔註16〕。此類印象既來自作為大學生的唐亞平，也來自作為黨校老師、記者或專題片編導的唐亞平。唐亞平寫詩不晚於大學二年級，其勤奮，可謂非常罕見。在大學四年級下學期，1983 年6 月，她寫出一個組詩《田園曲》（多達三十首）。來讀第十一首《叫我小名兒吧》：「種稻穀的時候，／把我喚成你的小秧苗，摘葡萄的／時候，把我喚成你的青葡萄／我會在雨中喊你石榴樹，在風中／呼你白楊樹。」如果說游小蘇是個城市詩人，那麼唐亞平就是個鄉村詩人，前者遊目於風景，後者醉心於田園，前者與風景相隔，後者與田園相泥，前者率領風景追求乖妹，後者陪同戀人守護田園。兩者所寫，都是抒情詩，細細品來卻有霄壤之別。就是這個又白又甜的唐亞平，羞答答的唐亞平，在 1985 年，居然寫出一個狂野組詩《黑色沙漠》（共有十二首）。來讀第六首《黑色洞穴》：「那隻手瘦骨嶙峋／要把陽光聚於五指／在女人乳房上烙下燒焦的指紋／在女人的洞穴裏澆注鍾乳石／轉手為乾扭手為坤」。這乃是詩人的一次大變臉——《田園曲》中的契合，「你」與「我」的契合，迅速被替換為《黑色沙漠》中的刺蝟式擁抱，「誰」「他」「你們」與「她」「我」「女人」的刺蝟式擁抱。明知是刺蝟，還是要擁抱，這是女人和男人的二律背反。那麼，何物可堪信任？不再是浮上心頭的「情感」，而是退到牆角的「身體」。詩人感歎著說：「有什麼比身體更可靠呢？」〔註17〕《黑色沙漠》恰是通過驚世駭俗的身體敘事，提前驗證了翟永明的觀點：

〔註16〕《在一切玫瑰之上》，翟永明《紙上建築》，東方出版中心 1997 年版，第 213頁。下引翟永明，亦見此文。

〔註17〕《我因為愛你而成為女人》，唐亞平《黑色沙漠》，春風文藝出版社 1997 年版，第 220 頁。

「女性的真正力量就在於既對抗自身命運的暴戾，又服從內心召喚的真實，並在充滿矛盾的二者之間建立起黑夜的意識。」〔註18〕1986 年 6 月，《黑色沙漠》陸續刊於《現代詩報》，還有更著名的《詩歌報》和《深圳青年報》。1987 年 6 月，處女詩集《荒蠻月亮》面世〔註19〕。唐亞平的身體敘事，在彼時詩界，輕易製造了一場強震，其衝擊波可謂見佛滅佛。

再談胡冬。在大學四年級兩個學期之間的寒假，1984 年 1 月，胡冬寫出《我想乘上一艘慢船到巴黎去》。來讀第六節：「我要統計巴黎健在的傑出人物／採取收買和沒收的政策／把他們分門別類／用掛號郵包寄到中國」。這件作品橫空出世，乃是毫無爭議的莽漢詩之源，也是提前闖入漢語的後現代主義之詩。筆者將另擇更合適的時機，更深入地論述其意義與價值。而在此處，只好從略。但是目前也亟須知道，這件作品要麼反話正說，要麼正話反說，截然相判於抒情詩的套路——反話反說或正話正說。就是這個滿口粗話或胡話的胡冬，不正經的胡冬，甚至作為邪派高手的胡冬，在 1985 年，居然寫出一個安閒組詩《九行詩》（至少有三首）。來讀第一首：「翻破一本字典／冥想橘中之秘／心若暖玉／故人杳如黃鶴／揣著懷歷〔註20〕／去走一條小路／看見一棵大樹／目光如注／果子應念而落」。這也是詩人的一次大變臉——《我想乘上一艘慢船到巴黎去》中的喜劇關聯，「中國」與「巴黎」的關聯，迅速被替換為《九行詩》中的傷感關聯，「我」與「物」或「人」與「天」的傷感關聯。這件作品抱樸懷素，餘味綿遠，頗得古典美學和傳統哲學的氣韻。莽漢詩只是胡冬的創意鬼臉，一次性鬼臉，他還將自置於更加豐富而危險的美學地形：一方面急欲創造「語言的奇蹟」，一方面不斷感歎「天才的靈感毀於拙劣的詩句」。他逐漸陷入卓越、孤傲而秘密的寫作，哪怕遠赴英倫，也從未忘或像鮭魚那樣重返清澈、羞澀而正派的漢語，恰如其早年的夫子自道：「詩人的任務在於賦予一首詩以經久的美玉般的光輝。」〔註21〕

唐亞平的《田園曲》是當行的抒情詩，正如胡冬的《九行詩》；《黑色沙漠》卻是赤裸裸的反抒情詩，正如《我想乘上一艘慢船到巴黎去》。何謂反抒情詩？筆者亦無計回答，或指反向的——逆行的——抒情詩？不管怎麼樣，

〔註18〕翟永明《黑夜的意識》，《詩歌報》總第 42 期，1986 年 6 月 6 日。

〔註19〕貴州人民出版社。

〔註20〕原文如此，疑有錯訛。

〔註21〕胡冬《詩人同語言的鬥爭》，楊政、熊劍主編《王朝》（詩報），1988 年 10 月 1 日。

事情已經很清楚。四川大學給了唐亞平一個起點站——抒情詩的起點站，貴陽卻給了她一個中轉站——反抒情詩的中轉站。四川大學給了胡冬一個起點站——反抒情詩的起點站，天津卻給了他一個中轉站——抒情詩的中轉站。這個繞口令的中心思想，不免讓人犯糊塗——兩位詩人都待在四川大學，卻在美學上相向而行乃至擦肩而過。抒情詩和反抒情詩，表面看來，乃是遙遙而互斥的兩極。然而，唐亞平和胡冬，都算得上是精通縮地術。從抒情詩到反抒情詩，唐亞平只用了兩年；而從反抒情詩到抒情詩，胡冬甚至只用了不到兩年。唐亞平早已轉型為電視藝術家；而胡冬卻是雖九死其猶未悔的詩人，當他最後打開抽屜，天知道他會給倫敦、漢語乃至世界帶來何種震驚？

六、趙野與「山河詩」

　　四川大學有一座文科樓（乃是老蘇式建築），1982 年 3 月，胡冬在文科樓入口處看到一塊黑板報。這塊黑板報是詩報，叫做《白色花》，編者兼作者是化學系的浦寧和外文系的趙野，以及兩者的敘永同鄉許庭楊——此君途徑成都，投宿在四川大學。趙野，1964 年生於四川古宋，1981 年考入四川大學，因曠課或生病而留級，1986 年才分配到中國科技情報所重慶分所（柏樺曾在這裡待了半年），1988 年辭去公職。「白色花」其來有自，來讀阿壠的《無題》：「要開作一枝白色花——／因為我要這樣宣告，我們無罪，然後我們凋謝。」趙野考入四川大學前後，已經讀過《雕蟲紀曆》〔註22〕，《馮至詩選》〔註23〕，以及七月派詩選《白色花：二十人集》〔註24〕。阿壠的《無題》寫於 1944 年，而在此前，馮至和卞之琳都已經卓犖成家。趙野的閱讀史，再次證明了一個文學史真相：八十年代文學——非徒趙野為然——之所接續，不是所謂十年文學，也不是所謂十七年文學，而是狹義上的現代文學（從二十年代到四十年代）。這是閒話不提；卻說胡冬很快找到趙野，兩者如切如磋，如兄如弟，聯袂組建了「白色花詩社」。正是在此前後，唐亞平、胡冬和趙野頗有過從。他們每週推出一塊——後來增加為兩塊——黑板報，引發了好幾十張大字報參與討論。後來憶及此事，趙野頗為自得，「我們收穫了最初的自信、虛名和成就感」；而在胡冬找到趙野以前，趙野已經找到游小蘇，「我非常喜歡他

〔註22〕卞之琳著，人民文學出版社 1979 年版。
〔註23〕四川人民出版社 1980 年版。
〔註24〕綠原、牛漢編，人民文學出版社 1981 年版。

那些美妙的抒情詩，很快也結識了他身邊那些傑出的朋友。」〔註25〕

　　如果說游小蘇遊目於風景而唐亞平醉心於田園，那麼，趙野則寄情於「山河」。「山河」不等於「山水」，前者意味著「家國」，後者則意味著「風景」。只有在這樣的角度上，才能領會周伯仁的痛言：「風景不殊，正自有山河之異！」〔註26〕卻說胡冬在某個階段，似乎也是如此，而趙野早已將山河——哪怕殘山剩水——作為一生跪拜的聖物。在大學畢業前後，1985年，他寫出一個組詩《河》（至少有四首）。《河》第三首的第七行——「果子紛紛墜落」，呼應了《九行詩》第一首的第九行——「果子應念而落」。胡冬與趙野，誰傳染了誰，現在已經很難查考。此類作品過于謙遜而安靜，受到冷落，那是當然；詩人成為抒情之星，則得益於同年所作的一首情詩《阿蘭》——這件作品，可與《金鐘》相頡頏。鑒於此處意在山河，便只好忍痛割愛從略。1986年，趙野寫出《忠實的河流》。來讀第四節：「當河面飄起白霧，我聽見／風琴在嗚咽／因此遠離人群／十倍小心，保衛祖傳的孤獨」。1988年，他又寫出《字的研究》。來讀第十節：「此刻，流水繞城郭，我的斗室昏暗／玉帛崩裂，天空發出迴響／看啊，在我的凝視裏／多少事物恢復了名稱」。由此可以看出，對於詩人來說，山河自帶文化學而非物理學意義。就如王維、范寬或黃公望所暗示的那樣，山河乃是傳統哲學的載體，或者反過來說，傳統哲學、天道、古典詩、記憶和本色漢語都是山河的載體。詩人既非全然承恩於——亦非全然受制於——傳統，而是在一個夾道裏出色地回答了何謂新詩。傳統在新詩中的內化，新詩在傳統中的外溢，恰好更好地證明了兩者的生命力。甚至可以這樣講，正是傳統，讓詩人將創造力引向了坦途。在談到趙野的時候，臧棣說得真是特別好：「記憶」就是「想像力」，甚至還是「詩人的命運」〔註27〕。故而詩人之所熱衷，並非抱殘守缺的事業，而是想像力和創造力的事業。

　　胡冬具有一蹴而就的異稟，一望而知的先鋒性，而這兩樣，恰好都為趙野所缺。後者寫出的所有作品，退步而行，逆風而立，並不具有迅速讓人周知的醒目度。1987年夏天，鄧翔去重慶看望了原本寡言的趙野，他注意到後者的「人」之變化——「他不斷激動地提到毀滅、生命的瑣屑，以及高尚的

〔註25〕趙野《一些雲煙，一些樹》，《今天》2011年第1期，總第92期，第127頁，第131頁。下引趙野，亦見此文。

〔註26〕劉義慶《世說新語‧言語第二》。

〔註27〕臧棣《出自固執的記憶》，趙野《逝者如斯》，作家出版社2003年版，第7頁。

無助」，以及「詩」之變化——「他的詩歌開始消瘦起來，開始了一種素食主義者的收縮。」〔註28〕人之變化讓人驚訝；而詩之變化，則更加決絕地躲開了當時頗為流行的各種注意力。大器晚成，他不著急。還要到很多年以後，比如 2015 年，趙野才能寫出重要到不可被繞開的作品。比如《剩山》，「這片雲有我的天下憂」，將一種士大夫的傷心懷抱託付給山河。西風東漸，古韻今非，風雅斷絕而禮樂崩壞。詩人獨能暗結珠胎，先是「吾從周」，繼而「吾從宋」，逐漸得了先賢之氣場、心性之佳境與乎漢語之秘美。他將要恢復美妙的山河詩傳統，更重要的，還將要恢復儒家、道家或佛家的平靜的生活態度（外在的消極，內在的積極）。柏樺有一首詩《在古宋》，贈給趙野、鄧翔和北望，來讀其結句：「我們已經漫遊過，英語的、經濟的、數學的／還有，還有……還有一天我們會在古宋／感覺到一種朝鮮邊境的悲歌……」這裡的省略號，就省略了一萬字。不管怎麼樣，如前所述，還要到很多年以後，趙野才能被少數人——比如柏樺、敬文東或胡赳赳——發現和珍視為罕見的古典派詩人。

七、扭坤為乾：唐丹鴻及其《機關槍新娘》

　　白色花詩社有三十多個成員，現在已經很難全部查實。但是，胡曉波既為白色花詩社的成員，又為新野詩社——鍾山曾任社長——的成員則屬無疑。胡曉波，1964 年生於四川資陽，1982 年考入四川大學，1986 年分配到四川省社會科學院，2012 年辭去公職。據趙野回憶，胡曉波雖「靦腆」，而胡冬「驚歎其才華」。白色花詩社某次搞活動，胡冬讓胡曉波出了十塊錢，這筆鉅款有去無回，胡曉波不免心痛了兩個月。這個喜劇故事，也許早有預兆——很快，胡曉波就選擇放棄寫作。胡曉波，當然還有郭健，都不相信貧窮是詩人的事業，他們轉而用商業平息了抒情熱血。當年，胡曉波是經濟系的抒情之星，如今，他是成都的中產階級。這個掉頭而去的前詩人，早已避談文學，聽任初期作品散佚於茫茫江湖。

　　應該是在 1985 年 4 月以前（具體時間不詳），胡曉波寫出《玫瑰 1 號》，刊於《現代詩內部交流資料》。這件作品乃是一個詩與散文的混合體，又像是一齣童話劇——中心舞臺是「宮殿」，主要道具是「玫瑰」，主要人物是「王子」，次要人物有「仙女」「盲女人」「王子」「舞劍的白衣少年」「宮女」

〔註28〕鄧翔《在明淨的日子裏》，趙野《逝者如斯》，前揭，第 129～130 頁。

「公主」「裸體舞女」和「畫匠」。詩人之所講述，根本不是一個有頭有尾的故事，而是很多個忽東忽西的場景。這件作品頗有歐洲浪漫派之風，新得很舊，這裡引來一個片段：「馬戲團的女主角緊追飛奔馬車，塵土飛揚；不知誰靜靜坐在陽臺上讀一本最老版本的抒情詩集，剛漿洗過的內衣在舊沙發上芬芳」。

　　為了將本文引向預先設定好的環節，筆者不憚於展開艾柯（Umberto Eco）所謂「過度詮釋」（overinterpretation），將上文的「馬戲團的女主角」和「誰」，斗膽——或故意——理解為兩種詩人形象：一種是緊張的加速的詩人，一種是安閒的懷舊的詩人，兩者分別對應左邊之詩和右邊之詩。如果說趙野和胡曉波屬於後者，那麼唐丹鴻就屬於前者。唐丹鴻，1965 年生於成都，1983 年考入四川大學，1986 年分配到華西醫科大學圖書館，1990 年辭去公職，2005 年移居以色列。唐丹鴻給她的好閨蜜——也是翟永明——留下過什麼印象？「臉若白瓷」，「前額略向外突」，「微微上翹的雙唇」，還有「淡綠色的方格線織外衣」。唐丹鴻和胡曉波曾結連理，很多人都認為，前者更具有詩人的天賦（天才）。唐丹鴻卻從來不在乎自己的詩人身份，她更為看重的身份，也許包括圖書情報系的女生，詩人的女友，畫廊的工人，紀錄片工作室的編導，西藏的骨灰級遊客，或成都仁厚街四十一號附二號卡夫卡書店（Kafka Bookstore）的老闆？

　　唐丹鴻的作品可謂極其罕見，甚至，比胡曉波更為罕見。大約是在八十年代末期，或九十年代初期，不會晚於 1995 年，她寫出《機關槍新娘》，刊於《他們》第八期。「機關槍」是一個名詞，「新娘」也是一個名詞，兩個名詞相距甚遠，卻被強行焊接成一個雌雄同體的新詞，「新娘」因而獲得了「機關槍」的殺傷力和攻擊性。來讀第一節：「那是純潔的燃燒的星期幾？／穿高筒絲襪的交叉的美腿一挺／我吹哨：機關槍新娘，機關槍／你轉動了我全身的方向盤／你命令我駛向了瘋人院」。這件作品甚是難懂，究其原因，在於人稱的變幻莫測。甚至連詩人藍藍都認為，「你」是「新娘」，「我」亦是「新娘」，兩者相加才等於「抒情主體」：「女人本身就是武器，她進攻的身體變成了失控的汽車、爆炸的火藥、錯亂的扳機，而被擊中的目標則是頭髮、乳房、赤裸的身體。」〔註29〕那麼，「抒情主體」的左右互搏有何「意義」？也許根本沒有

〔註29〕蔡天新主編《現代漢詩 110 首》，生活・讀書・新知三聯書店 2017 年版，第 302 頁。

「語義」層面的意義，而徒有「形式」層面的意義？筆者不願意陷入這個泥淖，而要提出不同的看法——「你」是「你」，「我」是「我」，「抒情主體」是「你」不是「我」。那麼，「我」又是誰？當是作者偽託或借用的「男性」。「詩人」變成「你」（亦即「機關槍新娘」），乃是抒情主體的客體化；「男性」變成「我」，乃是抒情客體的主體化。於是乎，我們得到一個作為「男性」的「假性抒情主體」。故而，《機關槍新娘》乃是角色反串之詩。這件作品有個姊妹篇，亦即《突然弔橋升起⋯⋯》，也寫到「我」，寫到「我」之所見——「高抬的左腿」「乳房」和「嘹亮的裸體正四蹄狂奔」。當然，也有必要參讀《次曲美人》。可見詩人總是借助於「男性」的打量，縱容了「女性」的肉體驕傲。這讓對女性問題極為敏感的翟永明，想到了一個女作家對其作品的自我評價：「它不屬於那些放肆、邪惡、富於刺激的書，不過在它格外平滑的表面上當然也有幾個稍許褻瀆的段落。」如果說游小蘇是一個孤獨的前奏，那麼唐丹鴻就一個尖銳的不協調音。且引來《機關槍新娘》的最後兩行，作為無數「男性」或「男性詩人」——又豈止胡曉波——的不情願的臺詞：「我是閃身讓你加速的高速公路／我是棉花、水銀和⋯⋯嗚咽」。

八、兩個乃至多個溫恕

在言及胡曉波的時候，筆者難以自抑，已用更多筆墨言及唐丹鴻；然則，還有一位詩人溫恕，與胡曉波同時入校，卻比唐丹鴻更晚離校。溫恕，1966年生於四川德陽，1982年考入四川大學，因曠課和考試不及格而兩次留級，1988年被退學，1990年就業於德陽製藥廠，1993年考入重慶師範學院（從李敬敏讀碩士），1996年分配到渝州大學，2000年考入四川大學（從馮憲光讀博士），2003年調入重慶師範大學，2016年病逝於重慶。溫恕的本科，為何讀了六年，為何多出兩年？筆者樂於給出一個主觀的、詩意的或神秘主義的解釋——他似乎一直在等待柏樺考入四川大學。據說，在柏樺進校以前，溫恕已經四處宣揚：「有大詩人來也。」1986年秋冬某日，銀杏葉變黃，兩者必須見面。據說溫恕去見柏樺亦有挑釁之意，當他看見後者失神之態，才臨時改變了主意，這也可以說是不打不相識。溫恕給柏樺留下過什麼印象？「川大年輕學生瘋狂和痛苦的代表」，「猛烈」，「瘦弱、急躁、好說話」，「無所謂」，「少見的大氣」，「頭腦極其混亂」，「動輒自殺」，「除了喝酒、逢人就傾訴外，就是睡覺或走馬燈式的戀愛」。溫恕又曾如何夫子自道？「全部青春是亂中取勝」。

就這樣，一拍即合，兩者很快就成為詩心相印而怪癖相通的密友。「那個時候，」楊政對筆者說，「柏樺把溫恕搞瘋了。」楊政，1968 年生於上海，1969年遷至四川江油，1985 年考入四川大學，1989 年分配到福建省新聞出版總社，2000 年下海並移居北京。正是溫恕和楊政，將把抒情風向標一把拽向等待已久的中文系。

柏樺曾經很爽快地承認過，溫恕長得跟他很像。這件事情，殊難理解——因為，兩者不僅形貌，還有性格、風格乃至知識譜系都很像。比如，1982年 11 月，柏樺寫出《抒情詩一首》，1986 年 11 月到 12 月，溫恕寫出《抒情詩三首》；1987 年 8 月，1988 年 10 月，溫恕和柏樺先後各寫出一首《往事》。來讀溫恕的《往事》：「我注意到你再度沉思／神情驚惶的雙手／不安發自肺腑／憤怒也身不由己」。這件作品敘及的抒情詩人形象，到底是「左邊」的柏樺，還是「左支右絀」的溫恕呢？到了 1988 年，溫恕寫出一首《波特萊爾〔註30〕》，一首《帕斯捷爾納克》。這是他在向自己的「美學上級」——還是柏樺的「精神父親」——致敬呢？而在 1989 年 6 月，溫恕又寫出一首《娜娜》，這是他在對自己的「娜娜」——還是柏樺的「小地主的女兒」——抒情呢？這些難分難解的問題，恐怕連詩人也不能回答。後來，在一篇無題未刊稿中，楊政曾這樣談及溫恕和柏樺：「他們互相凝視、碰撞，並結合成一片，借由向對方致敬來宣示自身的合法性。」

柏樺的抒情詩主要有兩個向度：他有時候寫出幾首左邊之詩，有時候——似乎是為了自救——寫出幾首右邊之詩。這就構成了一種平衡，一種治療。而溫恕有所不同，他總是在一件作品的內部，同時寫作右邊之詩與左邊之詩。或者可以這樣來說，他的很多作品都有兩個針鋒相對的聲部。這就構成了一種對峙，一種煎熬。來讀《抒情詩三首》（其三）：「看看這一個，敵人或者同伴／這一面玻璃如此巨大／這是我的影子／哪一個更加虛弱、更加抒情」。詩人同時擁有兩個「我」：作為「敵人」的「我」，作為「同伴」的「我」，在大多數情況下，前者帶來左邊之詩，後者帶來右邊之詩，而左邊之詩總是橫掃右邊之詩。至於柏樺，他最激賞溫恕哪件作品呢？當然是就《奧斯卡・王爾德的最後時光》——這件作品，據柏樺回憶，脫稿於八十年代。來讀第二十八行，「一個王爾德反對另一個王爾德」。溫恕看到了兩個王爾德（Oscar Wilde），筆者也看到了兩個乃至多個溫恕。兩個乃至多個溫恕？是的，他既是

〔註30〕今通譯作「波德萊爾」。

一個精通英文的博士或副教授，又是一個天真的小孩子；既是一個謙謙君子，又是一個說話刺耳的「惡棍」；既是一個被迫的隱士，又是一個臨時的「流氓」；既是一個智識之士，又是一個坐在桌子邊痛哭的酒鬼；既是一個長久的沉默者，又是一個即興的話癆；既是一個憂鬱王子，又是一個努力扮演出來的「粗人」；既是一個精神上的貴族，又是一個幾乎無家可歸的浪蕩子；當然，他既在右邊枯坐，同時又在左邊來回踱步。這裡需要再次提及楊政，引來他對溫恕的點穴式點評：「他的寫作不過是在這個二律背反中虛構出一個中間地帶，一處懸空的樓閣」，「他越是在現實世界撞得頭破血流，就越會在那個中間地帶享受某種生命的饋贈。」〔註31〕楊政還有一首散文體自況詩《旋轉的木馬》，也可以看成是對溫恕的連環問：「你從哪一個自我出發？又將回到哪一個？後面推動你的是哪一個？前方牽引你的是哪一個？你在哪一個裡面睡眠？在哪一個裡面喧嘩？一心一意的是哪一個？冷眼旁觀的是哪一個？一個衝向一個，一個逃離一個。我是多麼不同的我！」溫恕——當然還有楊政——各是一組「旋轉的木馬」，明乎此，就不難理解溫恕為何不斷寫到鏡子，寫到鏡子中的影子，寫到自己的不同肖像，寫到自己與自己的短兵相接，就像他的四周總是豎立著很多面搬不走打不碎的鏡子。

　　然而誰又能否定這樣一個至為簡單的常識——鏡子越多，越是看不清影子、肖像和命運？在一封信裡面，溫恕談到了一種堪稱高尚而天真的困惑：「我常常望著房子另一面的天主教堂的十字架尖頂發呆：耶穌受難是因為崇高的使命，我這樣的凡人受難是為了什麼？我不過喜歡寫作而已。」〔註32〕生活和寫作，特別是受難式的生活，受難式的寫作，很可能真是一件要命的事情。2016年7月24日，溫恕仙遊，享年僅有五十歲。他在死前給柏樺留言，這樣說到他和他的愛人：「世界只剩下我們兩個人了。」柏樺為這位密友寫過四首贈詩或挽詩，其中一首《青春》，他在三十多年裡至少改了三遍。來讀最新版的前六行：「川大少年的海市蜃樓／怎麼成了彼得堡的白夜？／愛抱怨的他找不到醫生／他開始皮包骨頭抒情／哭聲一年一年的耳朵／懷才不遇，當街撞車！」這件作品的曾廣為流傳的初版，寫於1986年冬天，那個時候溫恕只有二十歲。

〔註31〕無題未刊稿。
〔註32〕轉引自孫青青《懷著敬意看待您經受的苦難》，《溫恕詩集》，重慶出版社2017年版，第5頁。

九、楊政的「獨立日」

　　四川大學舉行了一次徵文活動，讓溫恕發現了中文系新生楊政。大約在1985 年秋天，前者主動找到後者，並向後者鄭重推薦了里爾克（Rainer Maria Rilke）及其《致青年詩人的信》。楊政後來認為，里爾克乃是四川大學的一個小傳統。「檢查一下這原因是否扎根於你心靈的最深處，坦率地承認，假如你不寫，你是否一定會尋死？」里爾克給青年詩人提出的這個問題，對楊政和溫恕來說，簡直就不是什麼問題。楊政同時認為，葉芝（William Butler Yeats）是對里爾克的必要補充，「他們皆為浪漫主義和象徵主義的糅合體」〔註 33〕。抒情的同志，既找到了上級，又找到了戰友。「我開始抽煙、熬夜、蓄長髮、過府穿州、放蕩襟懷，參加各種文學社團活動，並不再上課（有什麼可上的呢），代以宏大的讀書計劃」，這是楊政的青春回憶錄；「身材瘦削，鼻樑奇高，頗有古代陌上薄面郎之風神」〔註 34〕，這是楊政留給向以鮮的少年肖像；「飽滿，張揚、自知限度、暗藏理想」〔註 35〕，這是楊政留給敬文東的中年肖像。向以鮮，1963 年生於四川萬源，1979 年考入西南師範學院，1983 年考入南開大學（從王達津讀碩士），1986 年分配到四川大學。

　　參照楊政的上述有關看法，筆者也可以這樣說——游小蘇也是趙野的一個小傳統，柏樺則是溫恕的一個小傳統。溫恕像柏樺那樣不斷寫到夏天，又像張棗那樣不斷寫到鏡子，就像寫到耳朵裏面的一大把鋼針。溫恕既學柏樺，又學張棗，以至於漸能區別於柏樺和張棗。而楊政，先學柏樺，後學鍾鳴，以至於頗能區別於柏樺和鍾鳴。楊政曾用自行車，駝著柏樺去工人日報社見鍾鳴。如果楊政對柏樺的影響不以為然，也許還有更加圓滑的表述：所謂「集體的詩情」既孵化了柏樺，又孵化了趙野、溫恕或楊政。如問母雞是誰？那個時代，那些亞文化場域。1988 年，楊政寫出《星星》和《湖蕩》。首先，來讀《湖蕩》第十三行：「黃金！愛情！炸藥！淚水集中營，盲目的青春力量」。接著，來讀《星星》第十行：「再會吧，再會！紅色、脆弱的芬芳」。《湖蕩》既有一種葉芝風，又有一種柏樺風，似乎毋須展開來說。《星星》則可謂上承柏樺的《再見，夏天》，來讀後者第十六行，「忘卻吧、記住吧、再見吧，

〔註 33〕參讀《走向孤絕》，楊政《蒼蠅》，海豚出版社 2016 年版，第 4～5 頁。下引楊政，亦見此書。

〔註 34〕向以鮮《誰是楊政》，未刊稿。

〔註 35〕敬文東《成我未遂乃成灰》，楊政《蒼蠅》，前揭，第 257 頁。下引敬文東，亦見此文。

夏天」；下啟溫恕的《回答》，來讀此詩第十二行：「再見了，朋友、再見了，敵人」。兩件作品都善用頓號，可謂妙手生春，出奇制勝，這是閒話不提；卻說《再見，夏天》寫於 1984 年 8 月，而《回答》則寫於 1989 年 4 月 2 日。那麼，似乎可以這樣來說——柏樺、趙野、溫恕和楊政，幾乎參差同時，共同修訂了關於抒情詩的定義：這既是一門關於挽留的藝術，又是一門關於告別的藝術。

楊政經歷過一次非常罕見的「天啟」，類似於瓦雷里（Paul Valery）的「熱那亞之夜」，或帕斯卡爾（Blaise Pascal）的「咖啡館之夜」。時間是在 1988 年初冬，地點是在四川大學旁文化路上的留曉咖啡館。「大地上的一切排列不可能是無緣無故的，在表象世界的背後，我分明看見一架奏鳴著無窮數字的琴鍵，還有那隻敲擊著它的手」。在這樣一個奇蹟般的時刻，詩人忽而覺悟了「自身主體性」，以及「語言主體性」，並帶領著豁然洞開的「自身」和「語言」，立刻奔赴或搭建一個「秘密」，一個「從未呈現的景象」，當然也就是「一個新世界」。詩人把這次經歷視為他的自主寫作的「發軔」，並把隨後寫出的《小木偶》視為半生寫作的「分水嶺」。這件作品至關重要，來讀第二至第四節：「你虛構了這個哭泣的世界／一半冰涼，一半是火焰／我在其中冥思和睡眠／／直到那條蒼白的繩索／引領我去生活／我是個迷人的小木偶／／啊，高高的帷布下面／潛伏著一隻虛榮的巨手／它在向時光的女王敬禮！」「小木偶」之於「巨手」，正如「琴鍵」之於「敲擊著它的手」。至於詩意的「琴鍵」，為何被替換為非詩意的「小木偶」，這裡面，可能就隱含著一種難以細說的心酸感。這且不論；卻說「小木偶」和「琴鍵」都是「表象世界」，而「巨手」和「敲擊著它的手」才是那個唯一的「秘密」。詩人「鑿空」了「表象世界」和「秘密」之間的黑暗走廊，讓作品在一個無人區確立了只屬於自己的態度與風格。只有自己剝掉自己的皮，反穿前輩的緇衣，才有可能得到這樣的結果。2015 年 2 月，詩人寫出《水碾河》，紀念了他的獨立曰：「揮汗如雨的緇衣／正被我們反穿，來自明天的人面面相覷」。鍾鳴就曾一眼看出，這件緇衣的主人正是柏樺〔註36〕。

楊政在高中時代就開始寫詩，到大學時代，已完成為數不少的作品。從八十年代中期，到九十年代初期，他已先後自印三部詩集：1986 年，自印《往事》；1989 年，自印《十九首抒情詩》；1991 年，自印《奔向二十一世紀的玩偶》

〔註36〕鍾鳴《當代英雄》，楊政《蒼蠅》，前揭，第 15 頁。

（這個「玩偶」，或即「小木偶」）。然而，如果只討論楊政——還有趙野——的八十年代，對他們來說，就會顯得很不公平。這是因為，他們還有更低調也更炫目的未來。比如楊政，他將在一個痛定思痛的中年，秉持一種公共知識分子式的獨立觀察，將洛爾迦（Federico García Lorca）式的民謠、蜀中方言、古典、小地理、反諷修辭學和時事交錯為更加複雜而豐富的作品。比如2016年，就在溫恕仙遊前後，楊政再次接受漢語的召喚，寫出一首後來備受讚美的《蒼蠅》（當然，這件作品或已不是抒情詩）。詩人在不斷提高寫作難度的同時，已然預知，並認領了自己的命運：「鄙人屬於半成品，還在速成班上苦修成灰」〔註37〕。

十、抒情的險情：冷抒情

1986年9月是一個重要時間段，很多青年詩人，都在這個時間段來到四川大學。這些青年詩人，既有入讀的碩士生（比如柏樺、潘家柱和張同道），又有進修人員（比如漆維和張浩），還有新分來的青年教師（比如向以鮮），他們的嘯聚，既擾動著四川大學的抒情血統，又吸引了校外成都詩人的關注和參加。潘家柱（又叫三郎或趙楚），1962年生於安徽肥西，1979年考入解放軍國際關係學院（在南京），1983年分配到解放軍通信學院（在重慶），1986年考入四川大學（從王世德讀碩士），1989年肄業，1991年調入西藏大學，1992年辭去公職，2000年擔任《國際展望》執行主編。漆維（又叫傅維），1963年生於重慶北碚，1981年考入重慶師範學院，1985年分配到重慶重型汽車職工大學，1986年進修於四川大學，1989年調入《廠長經理報》（正當此報從重慶遷往成都），1993年辭去公職。真謂可鮮衣怒馬，風雲際會。恰是在1986年深冬，由溫恕參與促成，在四川大學舉行了一個詩歌朗誦會。從校內，或校外，來了很多詩人和藝術家：除了前輩詩人孫靜軒，還有青年詩人和藝術家翟永明、郭健、吳奇章、蕭全、向以鮮、潘家柱、漆維、殷英、馮軍和溫恕。朗誦會當天，據柏樺回憶，他纏了「一條黑白相間的大圍巾」，很像流行讀物《青春之歌》裏的「盧嘉川」；而吳奇章穿著「鮮紅的夾克衫」，就像「一個藝術家或一個有錢的花花公子」。柏樺在重慶的舊作《再見，夏天》，先被一個漂亮女生用普通話朗誦；而他在成都的新作《在清朝》，則被一位青年教師用達州話朗誦。這位青年教師正是向以鮮，他是柏樺在重慶的老友，

〔註37〕楊政原文為「燒灰」，被敬文東誤作「成灰」，堪稱歪打正著和應手生春。

「一位眼睛總是浸滿淚水的詩人」。朗誦會結束，很多詩人興猶未盡，一起走向四川大學後門的小酒館。這個美妙而令人沉醉的詩酒之夜，似乎頗有花絮，「其間詩酒夾雜，一個燈下的女孩在哭泣，她突然抬起蒼白的小臉勇敢地飲下半杯白酒」。

筆者在此處還是要重點談及向以鮮，他在分來四川大學以前，已經形成了較為複雜而偏於傳統的知識譜系——來自父親的通俗歷史學和現代文學，來自中學班主任的德語氣息和古詩詞風韻，來自西南師範學院鄭思虞、秦效侃、荀運昌和曹慕樊等教授的古典文學，來自南開大學王達津教授的莊子和古典文學，以及吳宓和何其芳在西師，穆旦和朱維之在南開的流風遺韻。就在這個階段，向以鮮已熟讀莊子和杜詩。如果說天津通過向以鮮，給燠熱的成都帶來了一種北方式的冷硬；那麼前述知識譜系，則給詩人的寫作帶來了一種越來越豐富的互文性（intertextuality）景觀。

從 1983 年到 1987 年，亦即從天津到成都，向以鮮寫出一個組詩《石頭動物園》（共有十六首）。來讀這個組詩的題記：「石頭？／石頭。／在石頭的外面？／不！在石頭的背後或裏面」。詩人的工作為何如？把「石頭」寫成「動物」，讓「石頭」獲得肉身；或把「動物」刻入「石頭」，讓「動物」獲得永恆。從絕對意義上講，連「人」和「詩人」也是「動物」，只有「詩」才是不朽的「石頭」。可參讀《老虎》《幼獅》《玻璃獸》《羞貓》或《狐面蝴蝶》——其中，前面第二首所寫，正是澳大利亞的艾爾斯巨石（Ayers Rock）。詩人對「物」或「動物」的迷戀，可能受到過古羅馬盧克萊修（Titus Lucretius Carus）的浸潤——早在 1983 年夏天，他就讀到過方書春譯來的《物性論》。他一直保持了這種迷戀，後來寫出兩百多首動物詩。此類動物詩或詠物詩，大都是自況，因而也算是抒情詩。來讀《無色之馬》第二節：「無色之馬小心謹慎／叩擊向晚精緻的石橋／細瀾多麼孤獨啊／暮秋的郵亭黃葉無數」。這種抒情詩看起來有點冷有點硬，詩人自喻為「水中的刀鋒」〔註38〕，筆者稱之為「物化抒情詩」或「冰鎮抒情詩」，或已給四川大學的抒情主義製造了一次險情或一個急轉彎。

與《石頭動物園》參差同時，從 1983 年到 1989 年，詩人還寫有一批作品，比如《割玻璃的人》《蘇小小》和《尾生》。《割玻璃的人》尚在「物」與

〔註38〕向以鮮《玄珠》，徐永、向以鮮、凸凹《詩三人行》，海風出版社 2009 年版，第 120 頁。

「人」之間遊弋，《蘇小小》和《尾生》則在「物」和「動物」以外發揮。由此還可以牽出另外一個重要問題：《蘇小小》和《尾生》都有「上游文本」，分別是李賀的《蘇小小墓》和莊子的《盜跖篇》。當詩人終於棄寫舊體詩，卻用新詩重構了「傳統」或「古典文學」。此種派生性的寫作，還將在其將來發為大端。看來，詩人是想一直待在營養過剩的古籍所──這個古籍所鄰於荷花池塘，附近栽種了若干銀杏和法國梧桐。

十一、抒情主義列島

　　還是接著來談向以鮮，因為，現在重點要談與四川大學相關的刊物（主要是民刊）。對於這段小歷史來說，詩人既是重要的見證者，重要的參與者，亦是情有獨鍾的梳理者〔註39〕。

　　1987 年冬天，向以鮮曾經參與編輯《紅旗》。與他無涉而又值得敘及的民刊，此前尚有《錦江》和《第三代人》。首先來談《錦江》。這是一份綜合性文學刊物，主編有龔巧明和瀟瀟，創辦於 1979 年 6 月。創刊號刊有鄭嘉的新詩《向著太陽，飛奔》：「即使有些悲觀、頹廢／也比熱情被利用、青春被強姦／強上百倍萬分／有眼，就要睜開來觀雲測風／有腿，就要邁開去走西奔東」。到 1980 年春天，出完第三期，擬出第四期，這個刊物忽然有疾而終。第四期，據游小蘇回憶，本已編入他的一組作品。《錦江》曾經試賣於何處？除了四川大學，還有九眼橋、鹽市口、春熙路和錦江賓館。據說所到之處，均被哄搶一空。某個七九級的學生，把這個刊物帶回江油，並在一個工廠裏面舉行文學聚會。少年郎楊政由是讀到這個刊物，迷醉於其青春氣息，經實地考察後決定報考四川大學。凡此種種，可見一斑。故而向以鮮認為，《錦江》創造了「最迷人最熱烈的風景」：「青春、熱血、理想、詩歌、漢語、先鋒、無所畏懼！」《錦江》停刊，《錦水》創刊──溫恕和楊政都曾編過《錦水》。接著來談《第三代人》。這是一份詩刊或同仁詩刊，名義主編為趙野（這讓他出盡風頭），執行主編為何繼明，創辦於 1983 年 8 月。據鄧翔回憶，胡冬也貢獻過力量。胡冬和趙野來自四川大學，何繼明卻來自成都科技大學。這個微妙細節，或可見出某種消長。但是，四川大學為這份詩刊，仍然輸送過幾個作者，至少包括趙野、唐亞平和胡曉波。

〔註39〕參讀向以鮮《八十年代：錦江邊的詩歌弄潮兒》，《草堂》2017 年第 8 期。下引向以鮮，亦見此文。

　　無論是《錦江》還是《第三代人》，對向以鮮來說，都已如同開元天寶間事。那麼，還是來談《紅旗》。這是一份詩刊，編輯為孫文波、漆維、向以鮮和潘家柱，創辦於 1987 年歲暮。除了孫文波，另外三位編輯都來自四川大學。向以鮮至今記得那個冬天，孫文波帶著潘家柱和漆維，推著一輛破舊的二八自行車，來到向陽村四舍教師集體宿舍的情景。就在當晚，他們把刊物定名為《紅旗》。刊名由向以鮮在鋼板上刻出，刊物採用油印並用訂書機裝訂。那麼，何謂「紅旗」？柏樺有過解釋，「紅旗即抒情，即血染的風采」。可見這個命名，既包含了對寫作的認知，也包含了對寫作之處境或命運的認知。《紅旗》創刊號，曾在扉頁印有毛澤東的《清平樂·蔣桂戰爭》：「紅旗越過汀江，直下龍巖上杭。收拾金甌一片，分田分地真忙。」到了如今，向以鮮也許更願意引來宋人潘閬的《酒泉子·長憶觀潮》：「弄潮兒向濤頭立，手把紅旗旗不濕。別來幾向夢中看，夢覺尚心寒。」兩首詞，兩種心境，細品來天地翻覆。《紅旗》一共出了四期，終刊號問世於 1988 年 12 月。第三期似已散佚，不為筆者所見。創刊號的作者，包括孫文波、傅維（漆維）、林莽、郭豫斌、王永貴、柏樺、向以鮮和三郎（潘家柱）。潘家柱寫了一份《導言》，其間赫然有句，「詩的命定的抒情品格乃是詩作為生命的內在規定的呈現」。第二期的作者，包括孫文波、趙野、三郎、桑子、傅維、向以鮮、彭逸林、萬夏、柏樺和張棗，刊出了柏樺的《痛》和《犧牲品》。終刊號的作者和譯者，包括傅維、雪迪、張棗、嚴力、萬夏、孫文波、大衛·蓋斯科因（David Gascoyme）、董繼平，刊出了張棗的《木蘭樹》。《紅旗》雖然創刊於四川大學，張貼於研究生樓旁的水泥牆，其觸鬚卻很快伸向了校外、省外乃至國外的抒情峽谷。

　　就在《紅旗》終刊號問世以前，1988 年 10 月，向以鮮還曾參與《王朝》和《天籟》。首先來談《王朝》。這是一份四開詩報，主編為楊政和熊劍，創辦於 1988 年 10 月 1 日。刊名由向以鮮集來蘇東坡的兩個隸字，詩報採用鉛印而非油印。《王朝》創刊號的作者，包括李青慧、鄭單衣、張棗、趙野、楊政、青森、向以鮮、胡冬、李亞偉、浪子、漆維、鄧翔、王志、熊劍和柏樺，刊出了柏樺的《瓊斯敦》和《青春》。在這份詩報創刊以前，鄭單衣已廁混於四川大學，而劉蘇（又叫浪子）也進修於四川大學。接著來談《天籟》。這是一份詩刊，編者為鄭單衣、向以鮮、查常平、長風（張同道）、戴光郁和浪子，執行編者為浪子和鄭單衣，創辦於 1988 年 10 月。刊名可能來自四川音樂學院何訓田剛在國外獲了大獎的音樂作品《天籟》，也可能來自向以鮮正在讀的

奇書《莊子》，還有可能來自浪子才寫好的新詩《天籟》，刊物封面設計為戴光郁（一個「憤怒畫家」〔註40〕，後來在藝術界得了大名）。《天籟》創刊號的作者和譯者，包括鄭單衣、向以鮮、趙野、浪子、愛倫・坡（Edgar Allan Poe）、張同道、島崎藤村、查常平、張棗和柏樺。筆者注意到有好幾件作品，既見於《王朝》，又見於《天籟》。《天籟》出過第二期，似已散佚，據說乃是關於成都先鋒舞蹈家張平的一個小專輯。既然上文已經說到鄭單衣，那就必須提到《寫作間》。這是一份詩刊，主編為漆維、鍾山和鄭單衣，創辦於 1989 年。《寫作間》一共出了兩期，被柏樺視為「一個提倡忘我勞動的超現實主義寫作車間」，並把溫恕視為其所奉獻的「一顆詩歌之星」。

　　無論是上述民刊的編者群和作者群，還是下述民刊的作者群，都可以看到來自四川大學的身影。比如，1985 年 4 月，萬夏主編《現代詩內部交流資料》，編輯包括胡冬和趙野，作者包括趙野、胡冬、胡小波（胡曉波）。1986 年 12 月，及 1989 年 1 月，石光華等先後編印兩期《漢詩》，創刊號作者包括柏樺和趙野，終刊號作者包括潘家柱。1988 年 11 月，大川和青森創辦《黑旗》，編者包括大川，作者包括溫恕、吳昊、陳大川和劉澤。1989 年 10 月，鍾鳴主編《象罔》，命名者是向以鮮，作者包括趙野、柏樺、楊政和向以鮮。

　　前述刊物（主要是民刊）通過非主流渠道，只在小範圍傳播，並未形成較大影響力。然則，另有一部公開發行的《藍色風景線》〔註41〕，主編為仲先（乃是楊政之室友也），選稿者包括向以鮮、鄭萬勇、陳健、劉澤、王強和龔淵文，作序者為孫靜軒，作者（以在校教師和學生為主）共有四十六家，作品接近一百三十件，出版於 1988 年 9 月，較為全面地托舉和浮現出了四川大學的抒情主義列島。

十二、串珠式景觀，團花式景觀

　　前述絕大多數四川大學詩人及其作品，都具有「抒情偏向」（lyrical bend），或「抒情性」（lyricality），最終形成了兩種潛在性的、相互纏繞的「抒情主義」（lyricism）。也就是說，這是抒情主義的麻花瓣——既可以拆分為左邊之詩與右邊之詩，又可以拆分為抒情詩與反抒情詩，還可以拆分為抒情主義的串珠式景觀與團花式景觀。

〔註40〕鄭單衣《昨晚我寫詩了嗎》，未刊稿。
〔註41〕四川大學出版社 1988 年版。

　　本文由游小蘇和郭健，而唐亞平，而胡冬，而趙野，而胡曉波和唐丹鴻，而溫恕，而楊政，一路逶迤，已清晰呈現為一種串珠式景觀；及至柏樺入校，就逐漸呈現為一種團花式景觀：溫恕和楊政為一組，向以鮮、潘家柱和漆維為一組，向以鮮、查常平、張同道和劉蘇為一組，三組交錯，群芳爭豔。所謂串珠式景觀，就需要歷時性敘述。好比《儒林外史》；又好比《水滸傳》前七十回：由史大郎，而花和尚，而小霸王，而林教頭，而小旋風，而青面獸，而急先鋒，而赤髮鬼，而吳學究，而阮氏三雄，而入雲龍公孫勝。魯迅對《儒林外史》的評語，「驅使各種人物，行列而來，事與其來俱起，亦與其去俱訖」〔註42〕，當然也可以適用於《水滸傳》前七十回。團花式景觀則需要共時性敘述，好比《水滸傳》後五十回：一百單八將聚齊，大塊吃肉，大碗喝酒，全都加入了一種集體生活。四川大學的集體生活怎麼樣？除了酒，除了詩，還有漂亮女生——就有好些詩人，為了一個女生而集體發瘋。來讀柏樺的《鄭單衣》：「惹是生非，豔福不斷／（那女生好像姓楊）」。至於前文談到的若干民刊，《錦江》也罷，《第三代人》也罷，《紅旗》也罷，《王朝》也罷，《天籟》也罷，《寫作間》也罷，如同野山寨，恰是這種集體生活的空間依據。非徒漂亮女生而已，這些好風光，真個就如汪元量之所驚豔：「萬里揚鞭到益州，旌旗小隊錦江頭。紅船載酒環歌女，搖盪百花潭水秋。」

　　那麼是否確如柏樺所說——四川大學存有一個「新的抒情組織」，甚而至於，存有一個「抒情詩派」？向以鮮傾向於給出肯定性答案，如果筆者附議，當是基於前述團花式景觀而非串珠式景觀。所謂串珠式景觀，頗有串斷珠脫之虞。「游小蘇不會寫詩，」楊政就曾說，「那是柏樺的謊言。」可見串珠式景觀，隨時都有可能，散落為一堆互不相識或互不相關的碎錦。

　　就在從四川大學畢業那年，楊政離開了蜀地。周無當年走得遠，去了泰西；楊政如今不算遠，只到閩東。敬文東認為，這個楊政「必將成為故鄉的人質」；筆者則認為，所有楊政「必將成為八十年代的人質」。楊政客居福州，柏樺枯坐重慶，兩者都孤獨，於是不斷地通信。他們會說些什麼？且讓筆者引來兩者各一段文字，虛構出一場隔空對話——也許，楊政會提前收到柏樺的一聲歎息：「抒情的月經已經流盡」；而柏樺也會提前收到楊政的喃喃自語：「未來會變成怎麼樣呢？不知道。卡內蒂說，未來永遠是錯的——因為我們對它發揮了太多的影響。」

〔註42〕魯迅《中國小說史略》，東方出版社 1996 年版，第 176 頁。

卷三　莽漢俱樂部

一、從成都到南充，從萬夏到李亞偉

　　時間看似隨便地來到了 1984 年 1 月，人民教師李亞偉同志，忽然很想念低年級的師妹，或醫專的女生，也很想念他的若干弟兄，就飛速趕回了南充師範學院。李亞偉，1963 年生於酉陽，1979 年考入南充師範學院，1983 年分配到酉陽第三中學，1992 年自動離職。南充師範學院是他的「母校」——這樣說來有點彆扭，也許可以換個說法，這個學院是他的「老窩子」。他從來就不會空手而返，在學院外，李亞偉正好遇到老夥計萬夏——兩者寫詩，都始於 1982 年。萬夏，1962 年生於重慶，後來移居成都，1980 年考入南充師範學院，1984 年拒絕分配直入江湖。他比李亞偉低一級，仍然廝混於中文系，還要熬到當年 7 月才能畢業。彼時之大學，盛行辦詩歌牆報。李亞偉和胡玉辦的是《剎那》，萬夏、李雪明和朱智勇辦的是《彩虹》。胡玉（又叫胡鈺），1962 年生於成都，1979 年考入南充師範學院。大學畢業後，李亞偉回到酉陽，胡玉留在南充。這兩個牆報——《剎那》和《彩虹》——很快又合併為《金盾》。當時流行的一種筆記本，「金盾牌」，就這樣成了兩夥詩人的防禦性的共識。

　　且說兩個老夥計見了面，歡喜無限，自然要去找家小酒館。還在路上，萬夏就告訴李亞偉，他最近在寫「莽漢詩」，當即背誦出不下五首，包括萬夏的《紅瓦》〔註1〕，還有胡冬的《我想乘上一艘慢船到巴黎去》。胡冬，1963 年生於成都，1980 年考入四川大學，1984 年分配到天津市和平區文化館，

―――――――――――――――

〔註 1〕「紅瓦」可能與成都紅瓦寺有關。

1989 年移居英國。據云此君家學甚厚，天賦亦高，思路出奇，行為立異。萬夏，以及萬夏背誦出的胡冬，讓已經寫出某種「混蛋詩」的李亞偉如受電擊，目瞪口呆，「由此推斷出一種『新東西』已然發生——那是一種形式上幾乎全用口語，內容大都帶有故事性，色彩上極富挑釁、反諷的全新的作品。」〔註2〕哥倆在小酒館坐定，頻頻乾杯，在萬夏的鼓動下，決定一起搞個「莽漢詩派」。

李亞偉並不認識遠在成都的胡冬，而萬夏，興奮地向前者敘及他與後者如何發明了莽漢詩。當時，萬夏對胡冬的口頭回憶，若干年以後，轉變為李亞偉對萬夏的書面回憶。這樣的書面回憶，「回憶之回憶」，既有可能具有雙重的可信度，也有可能具有雙重的出錯率。筆者毫不懷疑兩者對真相的尊重，但是，也很難排除回憶力——乃至聽力和理解力——的惡作劇。李亞偉如是回憶了萬夏的回憶：「胡冬把這種詩歌最早稱為『媽媽的詩』〔註3〕——《阿Q正傳》誰都讀過，但胡冬最先想當『阿Q詩人』」；很快呢，胡冬改變了主意，「又叫這種詩為『好漢詩』」；萬夏卻不甚滿意，「他認為如此定名這夥人的詩歌，有一種從外貌上自我美化的傾向，這可能導致『詩歌革命』的傳統英雄主義，其結局是『革命』不徹底，因此提出了『莽漢』這個名詞。」

後來接受楊黎的訪談，李亞偉又有所發揮或補充：「萬夏是說『猛漢』，我寫成草莽的『莽』，莽漢。我說如果要搞一個詩歌流派，發音可以叫『猛漢』，但是事實上是『莽漢』。」〔註4〕這段繞口令，很顯然，乃是四川話繞口令。筆者樂於動用語言考古學，向四川方言區以外的讀者略作詮釋。首先來理解李亞偉的意思——萬夏本來是說「猛漢」，經過李亞偉的誤聽，語義轉換為「莽漢」，這是兩者之間的「所指偏移」。接著來探討這樣的可能——萬夏本來是說「莽漢」，經過李亞偉的誤聽，語音轉換為「猛漢」，這是兩者之間的「能指偏移」。總而言之，這是四川方言區內部的一場誤會，是成都話和酉陽話的不打不相識。

筆者願意暫時這樣來做小結：如果萬夏和李亞偉的回憶都很可靠，而萬夏確乎說的「莽漢」，那麼萬夏就是命名者；如果萬夏確乎說的「猛漢」，那麼李亞偉就誤打誤撞地成了連他自己都差點沒有回過神來的命名者。

〔註2〕李亞偉《英雄與潑皮》，《詩探索》1996 年第 2 輯。下引李亞偉，凡未注明，亦見此文。

〔註3〕借鑒了阿Q的名罵「媽媽的」。

〔註4〕楊黎《那酒巷那長長的朝向遠方的酒巷：李亞偉採訪錄》，楊黎編著《燦爛》，青海人民出版社 2004 年版，第 243 頁。

二、回溯到胡冬：莽漢詩之鼻祖

　　對於上文的假設性結論，胡冬卻認為，既不是表面上的事實（fact），也不是深埋在事實下的真相（truth）。胡冬現居倫敦，其詩其文，國內甚為罕見。為了重寫莽漢詩派的良史，筆者及鄧翔，曾多次採訪過胡冬。

　　2020 年 2 月 15 日，胡冬如是回答鄧翔：「三十多年來，你曉得我真的對此不屑，不恥，幾近不聞不問，你曉得，我有更要緊的事要做。我對這種刻板中國語境的形形色色一直是既厭惡又同情，有時只有同情。如果啥子〔註5〕時候我真的寫出一篇回憶，那一定不會是心血來潮，而是記憶對往事或者個人史的尊重。我是一個自身的歷史學者，我挖掘貯藏在我身內的知識，我考自己的古，直到這個『古』涵蓋並連接了古今和東西，成了我手中的耿耿長劍，成了我姓氏中的部分。我走得太遠了，因為龍在等我！其他怪物都不配成為我單挑的對手。問你一個問題，以你對我的瞭解，你覺得『媽媽的詩』，『好漢詩』像是我的修辭嗎？在我一夜之間寫出《我想乘上一艘慢船到巴黎去》的翌日，『莽漢』這個詞從我的丹田脫口而出，或噴礴而出，當然這決然的迸發是因為此前有了很多凝聚和貯存，所以莽莽。這裡就不多說了，也許將來我會細說吧，那時就塵埃落定了。」可知胡冬寫出《我想乘上一艘慢船到巴黎去》在前，提出「莽漢」在後。萬夏當時就睡在胡冬家，他見證了得詩的夜晚，以及緊隨其後的命名的白晝。

　　自 2020 年 3 月 25 日，至 4 月 3 日，筆者也曾多次採訪胡冬。4 月 3 日，胡冬如是回答筆者：「詩人的經驗或曰文字的滄桑，不論生出何種抽象何等理性，它一定不失感性和血肉，它必須跟作品一樣在擁有 ethos〔註6〕和 logos〔註7〕的同時不失那 pathos〔註8〕，它有時甚至需要失口〔註9〕說出。也可以說詞語在這個意義上，在詩人那裡道成肉身。『失口』合起來便是『知』這個字，有了『知』才有『失口』，如同曼德爾斯塔姆那句『上帝啊，我失口說出』，是因為上帝這個詞他早就了然於胸。『莽漢』這個詞語於我也是這樣，它是我

〔註 5〕蜀語，意為「什麼」。
〔註 6〕意為「氣質」或「風格」。
〔註 7〕意為「道」。
〔註 8〕意為「傷感」或「哀婉感」。
〔註 9〕胡冬對文字極為講究，應該不是筆誤，但是筆者仍然懷疑「失口」當為「矢口」。且引來蜀人揚雄的《法言》：「聖人矢口而成言，肆筆而成書。」或許，這兩個詞，本來就通假。

在一夜井噴的第二天對自己的命名。」可見，這個命名具有即興性。此前的 3 月 30 日，胡冬還曾回答筆者：「莽漢於我發端，引爆，肇始，到我用以此獲得的氣慨和駕馭力來停止了莽漢詩的寫作，屏息斂氣，著手於另一番探索，自始至終都是我個人的突圍。現在的我，仍然在這場突圍當中。我從來認為詩人獨往獨來，而不是成群結隊。至於我的個人突圍影響了其他人，使他們一個個也成為了莽漢，至於我的詩開始了病毒般的狂熱傳染，那完全是我始未料到的事。說真的，我也不太關心。我只關心我自己的語言，也只在這個意義上，我是我自己的莽漢，一直到今天。」可見，從表面上來看，這個詩派似乎具有某種偶然性。

也許在胡冬看來——要麼，莽漢詩派只有他；要麼，莽漢詩派與他毫無瓜葛。胡冬既真誠，又孤絕，既清澈，又狐疑，既敞亮，又怪異，既驕傲，又偏執，既正直，又激憤，眼睛裏容不下一顆沙子。結果呢，當然，他只能選擇游離於這個詩派。這也就是為何，對鄧翔，對筆者，胡冬講了那麼多，卻又再三表示不願意被本文提及。但是，胡冬的發言如此珍貴，筆者不得不引來，而且是大段大段地引來。正如鄧翔所說，胡冬的有教養，有學養，可謂有口皆碑。出於一種說不清楚的直覺，筆者傾向於採信胡冬的說法。

鄧翔還告訴筆者，2008 年，他訪學劍橋，暫留倫敦，曾與胡冬多次談及莽漢舊事。胡冬告訴鄧翔，在得詩與命名以前，莽漢還有兩個更早的來源：其一，1983 年暑假，他曾組織一個由八名大學生組成的科學考察隊，直奔神農架，搜尋野人（當時已有轟動報導）並體驗某種叢林生活；其二，與此參差同時，他讀到斯通（Irving Stone）的一部傳記作品《渴望生活》，驚覺應該像梵高（Van Gogh）或高更（Paul Gauguin）那樣改變自己的生活程序，融入鄉村或荒島並參與某種土著生活。在接受筆者採訪的時候，胡冬把神農架野人稱為「莽漢」；後期印象派三家，除了梵高和高更，還有塞尚（Paul Cézanne），也被他稱為「三莽漢」。鄧翔——或者說胡冬——的這些說法，可以旁證於胡冬的兩封舊信：一封寫於 1983 年 6 月 30 日（暑假開始前），有談及組建科學考察隊計劃；一份寫於 1983 年 9 月 6 日（暑假結束後），有談及《渴望生活》。這兩封信，收件人都是萬夏，後者幸而保留了原件〔註 10〕。

胡冬的這兩封信，時間較早，隻字未言及「莽漢」或「莽漢詩」。他的說法——正如萬夏的說法——仍然缺乏物證意義上的鐵證。打破砂鍋問到底，

〔註 10〕參讀楊黎編著《燦爛》，前揭，第 6～9 頁。

不會有共識，也不會有太大的意義。也許目前較為妥善的做法，就是在採信胡冬的同時，採信萬夏的另一說法：「穿過人民南路，有一條街叫紅照壁，胡冬就住這裡。我和他是中學同學，一起創辦了莽漢流派。所以，從這樣的角度理解，這個鹽市口一帶也是中國莽漢主義詩歌的發源地。」〔註 11〕這些小地名，均在老成都。

三、命名的讓步修辭

　　現在，筆者要鑽出命名權的迷霧，徑直進入這個命名的光線。在四川話裏面，「猛漢」通常發音為「mònghǎn」，而「莽漢」有兩個發音：讀作「mānghǎn」，意思是「愣頭青」；讀作「mànghǎn」，意思是「玩命徒」。也許，還可以牽扯出其他一些近義詞：比如「浪子」「憤青」「阿飛」「頑主」「歹徒」「操哥（超哥）」「嬉皮士」「古惑仔」「痞子」「盲流」「小流氓」「造反派」或「游擊隊」。不論從哪個角度來釋義，這個詞都指向了草根與綠林，街巷與江湖，具有強烈的亞文化或非主流色彩。這樣的命名方式，不為「審美」，為「審真」，个為「崇高」，為「崇低」，既是「批評」，也是「自我批評」，乃是一種甚為狡黠的讓步修辭。

　　李亞偉後來解釋說：「如果說當初『莽漢』們對自身有一個設計和謀劃，那就是集英雄和潑皮於一體，集好漢和暴徒於一身。」英雄而為潑皮，自然就是非典型英雄；好漢而為暴徒，自然也是非典型好漢。莽漢一邊揍別人，一邊揍自己，這樣就區別於傳統意義上的英雄和好漢。莽漢都是大學生，在當時，算是高級知識分子。為了不至於因為羞愧，而喪失掉某種勇氣或決心，他們的讓步修辭在另外一個方面再次展現魔力：「要主動說服、相信和公開認為自己沒文化。只有這樣，才能找到一個史無前例的起點。」所以說，莽漢，也可以反向地詮釋為「偽莽漢」。

　　萬夏和李亞偉，還都曾用詩來詮釋這個命名。萬夏很早就寫有《莽漢》，而李亞偉陸續寫有《怒漢》《好漢》和《硬漢》（又題《硬漢們》）。《莽漢》，可視為莽漢的宣言詩：「把李逵迅速介紹給每個未婚女子」（在筆者看來，「未婚」，這兩個字乃是蛇足）。《硬漢》，也可視為莽漢的宣言詩：「我們本來就是／腰間掛著詩篇的豪豬」。萬夏和李亞偉的這幾首詩，尤其是《莽漢》和《怒漢》，或有受到胡冬影響，都用長句，都有瀑布般的衝擊力。也許因為風格過於

〔註 11〕萬夏《蒼蠅館》，柏樺等著《與神語》，中華工商聯合出版社 2014 年版，第 116頁。

誇飾，表演性太強，這兩首詩後來都沒有進入作者的詩集。李亞偉的一篇舊文，《莽漢手段》，保留了《莽漢》和《怒漢》的片斷。從這些有趣的史料可以看出，「怒漢」也罷，「好漢」也罷，「硬漢」也罷，全都是「莽漢」的近義詞。

胡冬、萬夏和李亞偉，以及後來的若干小莽漢，當時年齡都在二十歲左右。李亞偉的詩，《二十歲》，算是他們的生動群雕：「明天就去當和尚剃光頭反射秋波和招安／我要走進深山老林走進古代找祖先／要生長尾巴，發生返祖現象／要理解媽媽的生活／要不深沉，不識時務／要酒醉心明白／要瘋子口裏吐真言」。請注意，這裡再次出現了「媽媽的」──正是這個詞，讓筆者判定，這首詩絕不可能寫於 1983 年，而很有可能寫於 1984 年，亦即李亞偉與萬夏見面期間或其後不久。彼時，詩人實歲二十歲，虛歲二十一歲。巴山蜀水間風俗，向來說實歲不說虛歲。從上文引來的幾句來看，「深山老林」云云，還在一定程度上呼應了胡冬所說的莽漢的兩個來源。這首詩還另有重要點位，筆者的意思是，它表明了莽漢詩的讀者設定：「我舉著旗幟，發一聲吶喊／飛舞著銅錘舉著百多斤情詩衝來了／我的後面是調皮的讀者、打鐵匠和大腳農婦」。詩人用上了《水滸傳》或《隋唐演義》式的場景，和白描，向「調皮的讀者」「打鐵匠」和「大腳農婦」發出了熱烈的籲請。這樣的讀者設定，很明顯，早已放棄了所謂的紳士、貴婦、中產階級和小資產階級、文藝青年、偽娘、夢幻女學生和一切手指修長的斯文人。

四、此岸與彼岸，悲劇性體驗與喜劇性效果

從 1984 年 1 月，到 3 月，胡冬和萬夏寫了不到三個月的莽漢詩。據李亞偉回憶，胡冬得詩二十多首，而萬夏得詩三十多首。4 月，萬夏選出部分作品，包括《打擊樂》，出了個同名打印詩集。「寫男人寫硬漢！寫轟轟隆隆的打擊樂！詩人去造大鼓、低音鼓與大號薩克管！」胡冬迄未出版詩集；萬夏後來公開出版的詩集《本質》〔註12〕，很奇怪，幾乎沒有收錄任何莽漢詩。《打擊樂》只保留下一些片段，或將失傳，這也許恰是萬夏樂於見到的結果。後來，萬夏又加入了整體主義。從《本質》所收作品來看，他似乎更願意承認自己屬於整體而非莽漢集團，或者說更願意承認自己整體而非莽漢時期的作品。有些學者不加考辨，引來萬夏的整體詩，試圖證明莽漢詩的「風雅」，不免再次留下張冠李戴的笑話。

〔註12〕作家出版社 2001 年版。

　　萬夏的《打擊樂》，是否收錄《紅瓦》，已經暫時不得而知。據萬夏回憶，「《紅瓦》是 1982 年寫的。」〔註 13〕這個回憶，可能有誤。萬夏與李亞偉同校同系不同級，有兩三年廝混在一起。如果萬夏那麼早，就寫出了《紅瓦》，李亞偉斷無不知道之理。《紅瓦》可能寫於 1984 年 1 月：亦即萬夏與胡冬見面以後，與李亞偉見面以前。筆者遍查八十年代巴蜀民刊，始終沒有找見這首詩，故而這個問題幾乎成了一樁無頭公案。

　　不僅基於以上兩種考量，還基於對作品本身的考量，筆者要將胡冬的《我想乘上一艘慢船到巴黎去》，視為莽漢詩的開山之篇和奠基之作。這件作品，還有《女人》，都寫於 1984 年 1 月，很有可能早於萬夏的所有莽漢詩。《我想乘上一艘慢船到巴黎去》通過一次虛擬的旅行，將「我」置於「巴黎」，讓兩種語境發生疊加、交錯、混淆、對質和駁難。這種粗魯的行為藝術設想，卻成全了十次精細而酣暢的反諷。比如，「我想乘上一艘慢船到巴黎去／去看看凡高看看波特萊爾看看畢加索／進一步查清楚他們隱瞞的家庭成份／然後把這些混蛋統統槍斃」，將成分論適用於巴黎詩人和藝術家（請注意，赫然包括梵高），或者說對後者採取中國式處理，在彼岸煥發出來的喜劇性效果，當然恰好來自此岸的悲劇性體驗。鑒於這次旅行只是在臆想中推進，只是在文字中推進，也就不免淪落為王一川所說，「本文的狂歡替換了現實的狂歡」〔註 14〕。不管怎麼樣，胡冬的連環反諷，暫時要高於萬夏或李亞偉的單調宣洩。若干年以後，作為胡冬的血親兄弟，郭力家談到過這首與慢船有關的快詩，並且更加興奮地稱之為「不生銹的詩」：「胡冬一首詩，表明一件危險的事兒：青春不需要精明，朝陽奔湧，不計雙手倒插荊棘」，「文化現實的貧困和簡陋，無力正視和接納如此噴薄欲出的少年面孔」，「這種從頭到腳全面懷疑與背叛既成語境的個人主義絕版英雄，本身就是一部有限人生與無限上帝之間，摸著石頭反覆接軌的美學巨著」〔註 15〕。這個評價，堪稱知己式評價，超越一切學者式解讀。

　　大約是在 1984 年 2 月前後，據李亞偉回憶，「『莽漢』發生了分裂，萬夏和胡冬因為生活和行為上的細節開始互相迴避，很快發展到兩人對詩歌的

〔註 13〕楊黎《詩人無飯，請喝湯：萬夏采訪錄》，楊黎編著《燦爛》，前揭，第 210 頁。下引萬夏，凡未注明，亦見此文。
〔註 14〕王一川《中國形象詩學》，上海三聯書店 1998 年版，第 261 頁。
〔註 15〕郭力家《新年隨筆》，未刊稿。

聚會處——『莽漢』一詞的迴避，二人分別自得其樂地帶著吹噓的口吻『承認』自己骨子裏不是『莽漢』，一個轉而苦讀古漢語，一個寫起了溫情小詩。」這就意味著，最遲是在當年 3 月，莽漢、莽漢詩或莽漢詩派——筆者不太願意稱為「莽漢主義」——的兩位老，胡冬和萬夏，已經把一座剛打開的礦山交給了磨刀霍霍的李亞偉。

五、酉陽與李亞偉的「反教育詩」

莽漢詩起於成都，續於南充，盛於酉陽；或者說，莽漢詩起於胡冬，續於萬夏，盛於李亞偉。此公自稱為「李有才」，卻被戲稱為「李二白」。也許，柏樺的說法更有意思——他是「一個詩歌聖戰中的英雄，一個天才般的極樂行刑隊隊長」〔註16〕。

酉陽第三中學所在的丁市，又叫丁家灣，位於武陵山區，鄰於烏江流域，乃是雞鳴川湘黔的小鎮。這裡群峰環抱，史上盛產土匪，而李亞偉將以何種當代形象示人？按照《畢業分配》的描述，他面容粗黑，穿著狐皮背心，帽子上插著野雞毛，渾身散發著荷爾蒙，氈房牆壁上還掛著貂皮和氣槍。據說，他還將胡冬的詩抄貼於蚊帳，日夕持誦，以加速個人的扭轉。這個形象，難免誇張，以至於有點像那對名頭甚是響亮的獵戶兄弟——兩頭蛇解珍和雙尾蠍解寶。但是，他的頭與名頭，不甘伏於草間，而將昂然天際。

在酉陽，在 1984 年以前，李亞偉寫了哪些作品，現在已經很難查證。連《十八歲》《讀大學》和《畢業分配》，後來作者也坦承，均非完成於 1984 年以前。現在較有把握的說法是：到了 1984 年 2 月或 3 月，李亞偉寫出《蘇東坡和他的朋友們》《我是中國》和《老張和遮天蔽日的愛情》；同年 7 月，寫出《硬漢》；同年 11 月，終於寫出注定要留名青史的《中文系》。

《中文系》的開篇，就這樣寫來，「中文系是一條撒滿鉤餌的大河／沙灘邊，一個教授和一群講師正在撒網／網住的魚兒／上岸就當助教」。詩人以「大河」為軸，設計了兩個語義或喻象系列：一個是教育者系列，主要包括「網」「教授」「講師」「樹椿船的老太婆」「失效的味精」「期末漁汛」「考試的耳光」「偉人的剩飯」「圖書館」「蔣學模主編的那枚深水炸彈」和「忠於杜甫的寡婦」；一個是被教育者系列，主要包括「魚兒」「蠢鯽魚」「傻白鰱」「小金魚」「小鯽魚」「茶樓」「酒館」「細菌」「憤怒的波濤」「鯊魚的面孔」和「惡棍」。

〔註16〕柏樺《左邊》，江蘇文藝出版社 2009 年版，第 132 頁。

「樹樁船」貌似筆誤，經查閱多個版本，均非寫作「樹樁般」。筆者重讀此詩開篇，才悟及「樹樁船」對應「大河」，也許恰好是作者的歪打正著，堪稱興奮劑和惡作劇的奇妙結晶。從某個角度來看，就某種程度而言，教育者，被教育者，或是「害馬之群」，或是「害群之馬」〔註 17〕。《中文系》的語義或喻象設計，如果引來錢鍾書的「兩柄多邊說」〔註 18〕，將有可能做出一篇關於比喻的大文章。這裡暫且從簡來說——被教育者被比作「魚兒」，但是不同的被教育者又分別被比作「蠢鯽魚」「傻白鰱」「小金魚」「小鯽魚」或「鯊魚」，此之謂比喻的「多邊」；期末考試對於教育者來說就是「漁汛」，對於被教育者來說就是「耳光」，此之謂比喻的「兩柄」。教育者具有規定性（被引申為過期性），被教育者具有破壞性（被引申為超前性），前者的荒謬，後者的放肆，似乎已經建立起可怕的因果邏輯。兩者既然已經脫節，就隨時都可能發生互諷或互懟。這種互諷或互懟的結果，詩人在《給女朋友的一封信》裏也已談及：「我的手在知識界已經弄斷了」。《中文系》成詩時，李亞偉已經是一名中學教師，但是其心理角色，仍然是一個壞蛋般的中文系學生。也就是說，很不幸，此詩不是一首教育詩，而是一首反教育詩。這首反教育詩的針對性被無窮放大，於是乎，很快成為一個時代的草根喇叭。《中文系》與《我想乘上一艘慢船到巴黎去》，後者生猛，前者調侃，後者更為無畏，前者相對留情。在大家都熟知的這個語境裏面，當然只能是前者較為順利地進入了中文系的文學殿堂。

　　從 1984 年，到 1986 年，李亞偉所寫莽漢詩，除了上文提及的各篇，至少還有《進行曲》《給女朋友的一封信》《象棋》《沉默》《失眠》《我站著的時候》《高爾基經過吉依別克鎮》《司馬遷軼事》《生活》《星期天》《世界擁擠》《更年期》《飲酒致敖歌》《85 年謀殺案》《好姑娘》《女船長》《打架歌》《島》和《薩克斯》。這份作品清單，來自李亞偉公開發行的四部詩集。這些詩集，均將莽漢詩單獨編為一個小輯。這個小輯的名稱，也很奇怪，前三次都叫「好漢的詩」，第四次才叫「莽漢的詩」〔註 19〕。這份作品清單而外，李亞偉還寫有大量莽漢詩，主要刊於各類民刊，但是後來都見棄於作者。無論如何，

〔註 17〕參讀李亞偉《畢業分配》：「我們將騎著膘肥體壯的害群之馬」。
〔註 18〕參讀陳子謙《錢學論》，四川文藝出版社 1992 年版，第 558～582 頁。
〔註 19〕參讀《豪豬的詩篇》，前揭；《紅色歲月》，秀威信息科技公司 2013 年版；《李亞偉詩選》，長江文藝出版社 2015 年版；《酒中的窗戶：李亞偉集 1984～2015》，作家出版社 2017 年版。

這些作品足以證明，李亞偉天生就是一個莽漢。胡冬和萬夏，不過是打開籠子，放出了這隻弔睛白額大蟲而已。萬夏就曾老實地承認：「沒得李亞偉，當時的莽漢主義就終止了。」

六、從酉陽到雅安，提前認識馬松

李亞偉的《中文系》，具有顯而易見的傳記特徵。詩中人物，都來自作者曾經就讀的中文系。其中，胡玉、敖歌和小綿陽（又叫小綿羊），是李亞偉的同學；萬夏和楊洋（又叫楊楊或洋洋），是李亞偉的師弟。1984 年 3 月 2 日，李亞偉給胡玉寫了一封信：「把你的長篇大哭放下，寫一點男人的詩，兄弟們一起在這個國家復辟男子漢，從而打倒全國人們寫的媽媽詩。名字暫定為莽漢，這種鳥詩我們暫定半年合同，簽到人都是些還來不及刮鬍鬚的男人，把一切都弄來下酒！」〔註 20〕據李亞偉回憶，這種信，他還同時寫給了其他兄弟夥──比如被開除後回到雅安的馬松，他的父母供職於當地四川農學院。馬松（又叫神子），1963 年生於雅安，1979 年考入南充師範學院，曾主動留級，1983 年被開除後浪跡江湖。馬松是在數學系，故而他的身影，沒有出現在《中文系》。胡玉與馬松，都是李亞偉的鐵桿哥們兒。毫無疑問，李亞偉隨信寄給他們的，還有新鮮出爐的李氏莽漢詩。胡冬和萬夏的離去，並沒有導致莽漢詩派的解體。就在李亞偉的四周，迅速聚集起了一群小李逵，都已在語言中──也在生活中──找到他們的板斧（鐵板斧或紙板斧）。

向南充和雅安，李亞偉發出了英雄帖；在酉陽，他也迅速建立了莽漢小本營。跑步而來的當地莽漢，應該提及蔡利華、牟真理和梁樂。蔡利華（又叫蔡逸軒或南回歸線），1958 年生於酉陽，1978 年考入涪陵水電學校，1981 年分配到酉陽縣水電局。酉陽縣，就轄於涪陵地區。牟真理（又叫二毛），1962 年生於酉陽，1979 年考入涪陵師範專科學校，1982 年分配到酉陽第四中學。梁樂，1963 年生於酉陽，1980 年考入重慶醫學院，1985 年拒絕分配並應聘到湖北十堰婦幼保健院。蔡利華是知青，也是莽漢的老大哥，他認識李亞偉的時候後者只有十一二歲。二毛和梁樂則是李亞偉的中學同學，梁樂還是他的表弟。梁樂或寫過《祖父》和《中醫》，但是，筆者始終沒有找到過他的任何文字。二毛所在的第四中學，鄰於第三中學。李亞偉晚來一年，不妨礙他與

〔註 20〕轉引自霍俊明《先鋒詩歌與地方性知識》，山東文藝出版社 2017 年版，第 230頁。

二毛成為彼時彼地最鐵的酒肉朋友。二毛對莽漢詩先是有所懷疑，兩三個月後，發生了一百八十度大轉彎。1984 年 4 月或 5 月，他居然弄來了一架油印機，像被勾了魂，與李亞偉一起炮製漢語的烈酒。

　　從成都到南充，從酉陽到雅安，各路莽漢很快就雲集而蜂擁。這幫傢伙睡眼惺忪，醉眼迷離，卻都是「無法無天的語言新手、藝術童子和戀愛中的小老虎、寫作上的初生牛犢」，正如李亞偉所熱望的那樣，他們很快「為莽漢詩增加了胃口和大魚大肉般的收成」〔註21〕。

　　1984 年 6 月 10 日，在雅安，馬松迎來了二十二歲生日。8 月 24 日，他寫出了《生日》（又題《生日進行曲》）。就在此後兩三天，李亞偉、胡玉和梁樂巡邏到了雅安。這是酒神的節日，詩神的節日，也是莽漢的節日。馬松很快就喝高，他忽然站上酒桌，大聲武氣地朗誦了《生日》：「我起飛了／天空的睡沫裏／我投胎成一張船票／對著標本似的雲／交換著我的羅浮宮和臉孔／我露出牙齒　心臟　直腸／爭先恐後同魚互相出賣／我墜毀了／我看到我的體形擦滿了鞋油／走向赤道／把路／套在腳上走成拖鞋」。這種方式，被稱為「酒桌朗誦」，後來成為莽漢詩派的一個小傳統。馬松的這首《生日》，讓李亞偉認定，正是莽漢詩已經極大豐富的標誌。過了幾天，馬松又寫出了《咖啡館》。這兩首詩，似乎都受過既有莽漢詩的影響。正是慮及此種影響，筆者不得不狠狠心，讓馬松暫時屈居於胡冬和李亞偉之後。

　　大約到了 1999 年或 2000 年，馬松終於寫出天外來詩《燦爛》。「我遇到了燦爛、姹紫和嫣紅／我在她們身上左右開弓／看見她們的呻吟如雪／我又遇見了冷和冰／都是我的一妻一妾」。這首詩活色生香，如同神授，但是逾出了本文設定的時間下限。因此，下面的斷言只能算是一時手癢，而非本文的題中應有之義：馬松正是可與胡冬和李亞偉比肩的天才，《燦爛》正是可與《我想乘上一艘慢船到巴黎去》和《中文系》爭妍的莽漢詩經典。看看吧，這位天才走過來了，連李亞偉都要側身讓路。馬松到底如何推開胡冬和李亞偉，而終於在人跡罕至的地方實現了自立？筆者認為，《我想乘上一艘慢船到巴黎去》也罷，《中文系》也罷，都是反諷詩。反諷詩，都有一個或若干個反諷對象。此種反諷對象，讓莽漢，也能發芽出羞答答的公共知識分子情懷。而《燦爛》，無我無敵，沒心沒肺，每個字，都天真，每個詞，都天真，都被徹底解放，

〔註21〕李亞偉《流浪途中的「莽漢主義」》，李亞偉《豪豬的詩篇》，前揭，第 214、219 頁。

都被一把拉進了「如花似玉」的溫柔鄉。「燦爛」，本是陳詞，忽而新得令人眼花。後來，馬松有談到他在寫作中達臻的此種妙境：「我聽見我種在天上的字發出拔節的聲音，入耳即化，我想，這就是天籟了，讓我歡喜。」〔註22〕馬松有詩文各一篇，都叫做《燦爛》。「莽漢的第一哥們兒」，亦即楊黎，後來甚至借走這個標題——他寫了一部大書，就叫做《燦爛——第三代人的寫作與生活》。

在談到馬松和李亞偉的時候，連萬夏也不得不降尊：「我後來搞〔註23〕多了，就覺得不自然了，覺得做作，所以就不搞了。但李亞偉和馬松，我覺得他們完全是骨頭裏面的硬漢。這麼多年了，我們回頭再來看，我和胡冬只是一根點燃的導火線，真正的炸彈還是他們。」

七、莽漢文獻簡史

莽漢詩派並沒有創辦所謂同仁刊物《莽漢》，也沒有創辦其他流派性質的刊物。早期莽漢詩大都「發表」在牆壁上、書信裏和酒桌旁，並通過抄寫、複寫、鐵筆刻寫、油印、鉛印或打印的方式製作詩集。此類詩集，據說「不下兩打」〔註24〕。除了前文曾有提及的《打擊樂》，還有《手蟲詩》《飛碟進行曲》《詩選》《俠客》《峽谷酒店》和《闖蕩江湖》，可能還有《莽漢》《好漢》《怒漢》和《男子漢的詩》。這些手工詩集的作者，有的是萬夏，有的是李亞偉，有的則是多位莽漢。李亞偉還與二毛合編過《恐龍蛋》，據說收錄過歐陽江河、張棗、柏樺和周倫佑的作品。請注意，李亞偉的《恐龍》寫到了「最後一條恐龍」，而馬松的《咖啡館》寫到了「恐龍蛋」。《恐龍蛋》是刊物，還是詩選呢？恐怕連專業的文獻學家也難以判定。這類詩集或詩選，通常只印幾冊幾十冊，只寄給莽漢，或莽漢的若干酒肉詩友。

這裡需要說幾句題外話：莽漢的書信和作品，當時就有寄給東北的郭力家。郭力家，1959 年（另說 1958 年）生於長春，1978 年考入東北師範大學，1982 年分配到吉林省公安廳。從胡冬和萬夏，到李亞偉和馬松，在心坎兒裏，早已將郭力家視為外省莽漢，或編外莽漢，「突然收到東北郭力家的來信，見字就知道是推金山、倒玉柱的兄弟」〔註25〕。萬夏的《呂布之香》，就題獻給

〔註22〕《馬松如是說》，《太陽詩報》總第 26 期，第 315 頁。
〔註23〕意為「寫作莽漢詩」。
〔註24〕巴鐵《「巴蜀現代詩群」論》，《巴蜀現代詩群》，1987 年，第 99 頁。
〔註25〕馬松《燦爛》，柏樺等著《與神語》，前揭，第 172 頁。下引馬松，亦見此文。

郭力家。筆者也非常樂意，將郭力家的《特種兵》，視為莽漢詩的第四經典。

　　前述莽漢詩派早期文獻，多已湮沒無存。現存早期文獻，與莽漢有關，值得注意的有四種。其一，是《現代詩內部交流資料》（1985）。其「詩窗」欄目這樣介紹「莽漢主義」（原定「硬漢主義」）：「『莽漢』詩人們在對詩的追求上，無所謂對現實的超越與否，忽略對世界現象或本質的否定或肯定」，「詩人們唯一關心的是以詩人自身——『我』為楔子，對世界進行全面地、最直接地介入」，「以為詩就是『最天才的鬼想像、最武斷的認為和最不要臉的誇張』」〔註26〕。這段文字出自萬夏（引語出自李亞偉），除了上文所引，還特別提醒該刊已精選推出馬松、胡冬、李亞偉和陳東的莽漢詩。這個名單裏面沒有萬夏，但是萬夏，卻也同時刊出了《黥婦》。這個很容易被忽視的細節表明：萬夏已轉入整體主義，而《黥婦》，他自度並非莽漢詩。其二，是《詩歌報》總第五十一期（1986）。其1986現代詩群體大展，刊出了李亞偉的《莽漢宣言》及《中文系》。此報同時注明，莽漢詩派的成員，包括萬夏、胡玉、二毛、袁媛、郭力家、胡冬、梁樂、柳箭、馬松和李亞偉。《莽漢宣言》聲稱：「搗亂、破壞以至炸毀封閉式或假開放的文化心理結構」，「極力避免博學和高深，反對那種對詩的冥思苦想似的苛刻獲得」，「堅持意象的清新、語感的突破，尤重視使情緒在複雜中朝向簡明以引起最大範圍的共鳴，使詩歌免受抽象之苦」，「以前所未有的親切感、平常感及大範圍鏈鎖似的幽默來體現當代人對人類自身生存狀態的極度敏感」〔註27〕。這篇文字，寫於1986年8月25日。李亞偉不擅理論，此類文字，真是趕鴨子上架。胡冬倒是此中高手，腳踏中西，卻已隱逸，這是閒話不提。其三，是《巴蜀現代詩群》（1987）。刊出了李亞偉的《莽漢手段》，把莽漢等同於「反英雄」和「非理性人物」，把莽漢詩定義為「嚴肅的惹是生非」和「扇向黎明的耳光」〔註28〕。其四，是《中國現代主義詩群大觀》（1986～1988）。此書基於《詩歌報》和《深圳青年報》，自1986年10月，陸續推出的現代詩群體大展。所收《莽漢主義宣言》，亦即《詩歌報》所刊《莽漢宣言》。哪怕蛇足，也要主義，倒也是八十年代風尚。至於莽漢詩派的成員，此書去掉了郭力家，增加了劉永馨。很多莽漢（尤其是女莽漢），已經消隱無蹤，其作品，也已湮沒無存。

〔註26〕　《現代詩內部交流資料》1985年第1期，1985年4月，第41頁。
〔註27〕　《詩歌報》總第51期，1986年10月21日。
〔註28〕　《巴蜀現代詩群》，前揭，第47～48頁。

據說，帶頭莽漢李亞偉已籌備多年，想要編纂出版《莽漢詩全集》或《莽漢詩文全集》。如果此書能夠及時面世，莽漢詩將會剔除深海，從而顯現出近乎完整的巨型冰山。

八、「莽漢」作為行為和生活方式

莽漢詩嚴重散軼，還有其他原因。比如，莽漢主義運動，並非單調的詩之革命，還是豐富的行為和生活之革命。李亞偉後來也特別強調，莽漢主義，「從一開始就不僅僅是詩歌，它更大的範圍應該是行為或生活方式」。類似的話，其他莽漢也曾反覆說過。莽漢主義運動，耽於拉岡（Jacques Lacan）所謂「絕爽」（jouissance）或「白癡絕爽」（jouissance of the idiot），亦即「真實域」（the real）與「現實」（reality）之間的「欲望張力」。王德威曾把兩者的錯綜，傳神地描繪為「痛與快交相為用」〔註29〕。莽漢主義運動耽於這個過程，而非這個過程的任何副產品。毫無疑問，莽漢詩正是此類副產品，隨時都有可能被棄如煙頭或空酒瓶。胡冬、馬松、胡玉和梁樂都聽任散軼，迄今都沒有——或拒絕——出版詩集。與詩或詩集相比，莽漢的行為或生活，更具有絕爽和白癡絕爽的特徵。此類行為，此類生活，主要包括以下諸端：作弊、曠課、逃學、吃茶、喝酒、打架、泡妞、跳舞、結社、行吟、游蕩、光頭、惡作劇、唱歌與彈吉他、奇裝異服（比如火箭皮鞋或翻領花襯衣）和各種聲色犬馬，總而言之，就是要火飄飄地給四肢、腸胃、性器和各種壓抑感以熱烈的交待。

馬松就曾經回憶起他的「左擁右抱」：一個是絲廠裏的「飛妹」，一個是校園裏的「毛妹」；李亞偉也曾回憶起他的「腳踩兩隻船」：一個是醫專的「拉手風琴」的「女娃子」，一個是師院的「很正派」的「學生幹部」。他們的這種回憶，甜蜜，誇張，坦誠，充滿遺憾，而又不無自得。此類行為和生活的副產品，筆者樂於舉出李亞偉的《好姑娘》《美女和寶馬》和《破碎的女子》。

與泡妞相比，打架更容易。「一個月至少打幾次群架。」熱血上頭，最是馬松。要講打架的故事，先要講裝病的故事。在大學二年級的某日，馬松忽然覺得不好玩，想要休學，然後留級。他需要一張神經衰弱病情證明，就找到

〔註29〕王德威《楊小濱視野下的拉岡》，參讀楊小濱《欲望與絕爽：拉岡視野下的當代華語文學與文化》，麥田出版公司 2013 年版，第 6 頁。

外語系的校花，校花找到她的父親——也就是精神病院副院長。「老醫生檢測我，問：『你平常睡不著覺嗎？』我眼睛直將起來答：『剛剛吃完飯。』又問：『平常頭痛嗎？』我說：『我不喜歡洗腳。』反正就是答非所問。他狐疑地看我很久，終於下筆簽了。」這個故事，本身就是一次令人絕倒的行為藝術，包含了佯裝、竊喜、挑釁和兵不厭詐。馬松終於如願以償，從七九級降到八〇級。當他再次回到南充師範學院，就逕直加入了學校的拳擊隊——李亞偉和胡玉正好也在這個拳擊隊。在 1983 年 5 月前後，李亞偉行將畢業，卻參加了由馬松挑起的一次大型群毆：三十多個大學生與四十多個校外小流氓對打，涉及一條街道、兩家工廠和三所大學。李亞偉後來這樣寫到，「可我身上的血想出去／想瞧瞧其他血是怎麼回事」。這場對打，讓馬松、李亞偉和揚帆進了拘留所。就在兩年前的 1981 年，萬夏、石方、胡玉、揚帆和鄧曙光，去跳迪斯科，與隔壁一夥人發生爭執，他們居然砍下了對方一個人的小手指。這場對打，曾讓萬夏和石方進過拘留所〔註30〕。1983 年 5 月這次大型群毆的結果，或者說後果，當然就更為嚴重：馬松、石方、尹家成被勒令退學，李亞偉、揚帆、胡玉被記大過，李亞林被嚴重警告，敖歌和小綿陽被留級（其後小綿陽仍被開除）。馬松、李亞偉和揚帆出來以後，在痛飲以前，拍過一張合影。這張合影後來被視為中文系全家福——《中文系》寫及的所有人物，都可以見於這張貌似中規中矩的照片。此類行為和生活的副產品，筆者樂於舉出李亞偉的《打架歌》。這個打架故事，奇妙地，還與前述泡妞故事相鑲嵌。師院的宿舍樓，與拘留所，居然只隔著一個圍牆。李亞偉被關進拘留所以後，李亞林找到「手風琴」，把她帶上宿舍樓，向著圍牆那邊的三顆光頭，主要是李亞偉的光頭，陶然演奏了《吉普賽之歌》和《西班牙斗牛士》。

與打架相比，喝酒更容易。酒乃是莽漢的聖物、迷信、桃花源和接頭暗號，從某種意義上講，沒有酒就一定沒有莽漢詩派。據李亞偉告訴敬文東，在寫作《硬漢》時，他喝了兩瓶酒，睡了兩天，醒來改詩，又喝了一瓶酒，再次玉山傾倒。酒鬼在酒量上都愛自吹自擂，這個說法，可能有點兒誇張。比李亞偉更愛喝酒的，還是馬松。來之於醉，歸之於酒，就是他的日常生活，就是他的長篇小說。馬松每次喝酒，幾乎都會留下傳奇（喜劇或悲劇）。在成都，

〔註30〕參讀萬夏自傳體小說《禿頭青春》（節選），《今天》2012 年第 3 期，總第 98 期，第 21～71 頁。

在玉林西路或窄巷子，翟永明——作為白夜酒吧的老闆——曾無數次見證過馬松與酒的馬拉松，有意者，可以參讀《白夜往事：馬松》〔註 31〕。馬松和李亞偉而外，其他所有莽漢，也都是酒中的急先鋒和闖將。此類行為和生活的副產品，筆者樂於舉出馬松的《空虛》和《約》，還有李亞偉的《酒聊》和《酒店》。

至於李亞偉振臂高呼的「闖蕩江湖」，在畢業以後，或肄業以後，終於成為大多數莽漢一生的行為或生活：上山下鄉，穿州過府，像長毛猛獁或野牛闖入了羊群。萬夏大學畢業後，直接拒絕了工作分配。李亞偉和二毛，「心比天高，文章比表妹漂亮」〔註 32〕，怎麼可能一直呆在酉陽第幾中學？龍，「媽媽的」，又怎麼可能一直呆在春水小池塘？李亞偉找來傷濕止痛膏，補好牛仔褲上的破洞，稍作猶豫，就縱身投入了江湖，像魚和蛇那樣從來就不務正業。這些傢伙，要向古人學習，像濟公那樣遊方，像佐羅（Zorro）那樣遊俠，由西南而東北，要結交天下詩友，追求天下乖妹，嘗遍天下美食〔註 33〕，飲盡天下大酒，在大地上組建了飛揚而不跋扈的莽漢俱樂部（類似於金眼彪施恩的快活林）。「一種將『寫作風格』和『生活風格』緊密相連的『漫遊性』」（flanerie）〔註 34〕：這既是古人的傳統，也是紅衛兵的遺風。李亞偉曾這樣談到莽漢，「大步走在人生旅程的中途，感到路不夠走，女人不夠用來愛，世界不夠我們拿來生活，病不夠我們生，傷口不夠我們用來痛，傷口當然也不夠我們用來笑」；又曾這樣談到馬松，「只要馬松還在打架和四處投宿，只要馬松還在追逐良家女子以及不停地發瘋，只要馬松還在流浪，莽漢主義詩歌就在不斷問世。他一旦掏點什麼給你看就一定會精彩之極，有時是匕首、火藥槍，有時是美女照、春藥，有時是傷口和膿瘡」〔註 35〕。當然，在這裡，

〔註 31〕翟永明《白夜譚》，花城出版社 2009 年版，第 71～76 頁。

〔註 32〕李亞偉《天上，人間》，李亞偉《豪豬的詩篇》，前揭，第 231 頁。

〔註 33〕二毛後來在這個方面成了精，是美食的頂級高手，又是菜譜的頂級收藏家。他還專寫美食詩，居然也開闢出一塊大好天地。「作為一個詩歌老司機，二哥的美食詩，有情、有癖、有色、有禪、有歷史、有鄉愁、有世故、有機鋒、有臆想、有幻覺，整個一桌文字的滿漢全席和感官盛宴。」趙野《幸福的人生不過如此》，《二毛美食詩選》，時代文藝出版社 2020 年版，第 4 頁。

〔註 34〕參讀柏樺、余夏雲《闖蕩江湖——莽漢主義的「漫遊性」》，柏樺主編《外國詩歌在中國》，巴蜀書社 2008 年版，第 210 頁。此文的部分內容，出自柏樺，見於《左邊》，江蘇文藝出版社 2009 年版。新增內容，出自余夏雲。下引柏樺、余夏雲，而見此文。

〔註 35〕李亞偉《流浪途中的「莽漢主義」》，前揭，第 214、218 頁。

筆者會再次提及胡冬。胡冬也離開了巴和蜀，離開了天津，最後呢，終於去了他鄉異國。那是一個凌晨，火車經滿洲，復經西伯利亞，把胡冬送往了歐洲。「越過紅軍〔註36〕官兵所捍衛和困守的防線，還有身後，火車剛剛突破的另一條強大的父語的防線，在我眼前展開了一個器官般耀眼而壯麗的自然，這個自然就是母語。」〔註37〕這是一條線路：從「成都」到「巴黎」；還有一條並行的線路：從「父語」到「母語」——胡冬按照早就在詩中想好的線路，用火車替代慢船，親自出演了《我想乘上一艘慢船到巴黎去》。「虛擬的旅行」，變成了「真實的流浪」。當然，他也不免始亂終棄，最終用中年的倫敦取代了青年的巴黎。倫敦，一座狐狸之城，一座狐狸精（foxy lady）之城〔註38〕。他在此寫出了為數不少的作品，深邃而驚奇，一舉復得漢語風神，卻鎖藏於倫敦這個鐵抽屜，一直不為中國讀者輕易得見。此類行為和生活的副產品，筆者樂於舉出李亞偉的《闖蕩江湖》，馬松的《我們流浪漢》，還有胡冬的《給任何人》〔註39〕（作為此處例證也許不一定恰當）。

　　在莽漢的行為和生活中，「壞」與「青春」難分難解，「毒中之毒」與「花中之花」〔註40〕難分難解。關於這個問題，李亞偉說得好，「我們傢伙一硬心腸就軟」〔註41〕；馬松也說得好，「那時正逢年少，青春鋒利，連邪惡都帶著一股陽光味」。所以說，莽漢主義運動的欲望，以及欲望張力，正是來自「壞」與「青春」的錯綜，「硬」與「軟」的錯綜，「邪惡」與「陽光味」的錯綜，「毒中之毒」與「花中之花」的錯綜。有錯綜，就有迷惑。接踵而來的問題，就不難想到答案：當萬夏把詩抄於避孕膜，或抄於手紙，寄給某些編輯和編輯部，後者看到的是詩還是手紙和避孕膜呢？

九、不能不提「垮掉派」

　　無論是詩之革命，還是行為和生活之革命，由中國的莽漢，都很容易聯想到美國的垮掉派（The Beat Generation）。莽漢詩派那種「名詞密集、節奏

〔註36〕這裡指「蘇聯紅軍」。
〔註37〕曹夢琰《詞語在深度的流亡之中向母語回歸——胡冬訪談》，《滇池》2011年第3期，第50頁。
〔註38〕參讀胡冬《狐狸》，未刊稿。
〔註39〕此詩則不一定完稿於八十年代。
〔註40〕柏樺、余夏雲啟用這對詞語，「毒中之毒」與「花中之花」，來指認金斯伯格（Allen Ginsberg）的詩集《嚎叫及其他詩》。
〔註41〕李亞偉《戰爭》。

起伏的長句式詩歌」，與金斯伯格（Allen Ginsberg）的作品——比如《嚎叫》（*Howl*）——具有高度的相似度。兩者還有更多的共同特徵，比如身劍合一般的人詩合一，比如口語、即興、敘事性、及物性、反抒情、重金屬、幽默感和破壞性。垮掉派的主要成員，金斯伯格而外，尚有博羅斯（William Burroughs）、凱魯亞克（Jack Kerouac）和卡薩蒂（Neal Cassady），很多都是社會主義者或左翼人士。他們的行為和生活，或者說群落特徵，比如同性戀、性解放與婦女解放、酗酒、吸食毒品或迷幻藥、公路亡命、串聯、裸體朗誦、憤怒和群居生活，也可以視為放大版或極致版的莽漢。但是，在信仰上，莽漢和垮掉派，似乎走上了相反的道路。

莽漢詩派創立前後，或者說，莽漢主義運動發生前後，包括金斯伯格在內的若干垮掉派元老都還健在。但是，莽漢並非垮掉派的中國學徒。據李亞偉回憶，他首次讀到垮掉派，已經是 1985 年的夏天。當時，李亞偉在涪陵，正與楊順禮、雷鳴雛、何小竹編輯《中國當代實驗詩歌》。島子從西安寄來了《嚎叫》，是他的新譯，也有可能是他與他夫人趙瓊的合譯。「他們被各種院校開除」〔註 42〕，金斯伯格所寫，怒髮衝冠，哀鴻遍野，似乎正是莽漢。李亞偉讀到這首長詩，拍案稱絕，發出了酉陽式的嚎叫：「他媽的，原來美國還有一個老莽漢。」所以說，垮掉派並非莽漢的上游。在兩者之間，沒有影響（influence）可言，只能展開所謂平行研究（parallel study）。

但是，客觀上，不排除這樣的可能：垮掉派可能強化過莽漢。垮掉派進入漢語較晚，卻也趕上了莽漢的「現在進行時態」。這裡要再次提及胡玉，當年，他以這樣的佳句名動江湖：「我抱著一家鐵匠鋪向你衝去」。這個佳句，出自《求愛宣言》（又題《男人的求婚宣言書》）。但是，他的《大鼓連奏》，除了受到萬夏《打擊樂》，定然還有金斯伯格《嚎叫》的影響。來讀《大鼓連奏》：「我……從生活的一個側面看到一代被瘋狂摧殘的思想」；再來讀島子所譯《嚎叫》：「我看見我們一代人的最好頭腦已被瘋狂所摧毀」。正是基於這樣的比較，筆者有理由相信，《大鼓連奏》寫於《中國當代實驗詩歌》印行以後。

也不排除這樣的可能：莽漢或曾受惠於惠特曼（Walt Whitman）。惠特曼進入漢語較早，曾經雕琢過郭沫若。《我自己的歌》，很長，隨便截取，都可以挪用做莽漢的獵獵旌旗。這裡姑且引來一個稍晚的譯本，「沃爾特·惠特曼，一個宇宙，曼哈頓的兒子，／狂亂，肥壯，酷好聲色，能吃，能喝，

〔註 42〕《中國當代實驗詩歌》，1985 年 7 月，第 73 頁。下引《嚎叫》，亦見此刊。

又能繁殖」〔註43〕。有意思的是，惠特曼，正好被追認為垮掉派之父。如果說金斯伯格是個「洋莽漢」，那麼惠特曼既是個「洋莽漢」，又是個真資格的「老莽漢」。

十、「混蛋們，一路平安」

李亞偉對莽漢詩，以及莽漢詩派，很早就有異乎尋常而非常清醒的反省。為了說清楚這個問題，必須再次提及《莽漢手段》。這篇文章寫得匆忙而粗糙，但是呢，堪稱見解不凡。其一，他認為莽漢所恃「乃一種破壞語言的語言」；其二，他認為莽漢詩「可能是一種短暫的語言現象」；其三，他認為應該中斷所謂莽漢詩派，因為「越是新奇有衝擊力的東西，到頭來越容易成為圈套」。李亞偉同時還提及其他幾位莽漢，在 1986 年上半年，提出來的若干說法或建議：比如，二毛強調，「莽漢是不該依賴莽漢詩的」；又如，胡玉和梁樂提議，「該宰掉莽漢了」〔註44〕。「我不知道什麼主義，」水電工程師蔡利華，若干年後，也曾如是陳詞，「我只是個莽漢而已」〔註45〕。《莽漢手段》寫於 1986 年 12 月，當其時，李亞偉只有二十三歲。上帝卻給他裝配了一顆自我批評的大腦，還有一雙老吏般的火眼金睛。莽漢已經遍地繁殖，或加速複製，李亞偉本該大塊吃肉大碗喝酒。這位二十三歲的帶頭莽漢，「語言的暴發戶」〔註46〕，卻要摘掉個人的鐵帽子，卻要拆除眾兄弟的野山寨。莽漢的使命，不就是追求新奇嗎？他們要再次上路，去追索莽漢以外的新奇（新新奇）。就這樣，當然算是個不大也不小的奇蹟：李亞偉——此前則有胡冬和萬夏——從一場淘金熱中拔腿就走，朝向另外的礦山，再次自覺地陷入徹底而無底的孤獨。

因而，李亞偉的如下回憶，就沒有贅肉般的傷感：「到 1986 年夏天到來前，『莽漢詩歌』作為一種風格，『莽漢主義』作為一種自稱的流派已從其作者的創作中逐步消逝。」——是的，莽漢詩派解散，就沒有贅肉般的傷感，反而充滿了自置於死地的極樂和渴望。到了 1994 年 11 月 17 日，老大哥蔡利華，向各散五方的莽漢，送上了遲到的祝福——「混蛋們，一路平安」。

〔註43〕 惠特曼（Walt Whitman）《草葉集》，趙蘿蕤譯，上海譯文出版社 1991 年版，第 93 頁。

〔註44〕 《巴蜀現代詩群》，前揭，第 48、50、53 頁。

〔註45〕 《自序》，蔡利華《重金屬的夢魘》，北美中西文化交流協會 2009 年版，第 1 頁。下引蔡利華，亦見此書。

〔註46〕 《口語和八十年代》，李亞偉《紅色歲月》，前揭，第 226 頁。

　　李亞偉有首詩，《武松之死》，讓筆者得以借題發揮：莽漢既是打虎武松和行者武松，也是被他鬥殺的西門慶，還是被他醉打的蔣門神。武松的暴力美學，西門慶的享樂主義，蔣門神的物質主義，就是莽漢的三張面孔。莽漢不是英雄，而是鬼臉英雄，不是潑皮，而是鐵骨潑皮。他們亦莊亦諧，不從正面，從側面，繃緊了——又緩解了——其與某種環境的關係，以及其與某種高蹈的形而上學的關係。因而莽漢詩的痛和癢，大大咧咧，乃是後現代主義之痛，亦是後現代主義之癢。敬文東，還有柏樺和余夏雲，有過精準而神采奕奕的抓撓。柏樺和余夏雲，在當代文學的範圍內，用比較的方法得出了這樣的錐心之論：「我們已看清了莽漢的激情。它是一種不同於『今天』的激情。今天是『道』與『道』的對抗，『理想』與『理想』的交戰，莽漢是生活、肉體對『道』的重創，對『道』的焚燒。」順著這樣的思路，當然就可以認為，莽漢正是「器」與「感官」的狂歡。而敬文東，在當代文學的範圍外，將莽漢詩派之於當代文學的意義，與八十年代之於古老中國的意義相比對，相重疊，從而得出了逾出當代文學——甚至逾出文學——的切膚之談：「八十年代是古老中國遲到的青春期，它所具有的青春期的修辭特徵，和莽漢主義者青春期的修辭現象有著驚人的一致性：八十年代的荷爾蒙也正在打瞌睡。」〔註47〕雖然打瞌睡，畢竟荷爾蒙。順著這樣的思路，當然也可以認為，莽漢正是「青春」的壓抑與狂歡。從某種角度來看，相對於「普通話」，相對於「廟堂」，莽漢還是「方言」〔註48〕與「江湖」的狂歡：沒有鼻音，也沒有捲舌音，乾脆得不分青紅皂白，不是破罐子破摔，簡直就是搬起石頭砸自己的腳。

〔註47〕《回憶八十年代或光頭與青春》，敬文東《被委以重任的方言》，中國人民大學出版社 2003 年版，第 170 頁。敬文東的文字，暗地裏，回應了李亞偉的這段文字：「詩歌是莽漢寄給語言的會診單，又是語言寄給詩人、酒和傷口的案例，是給全世界美女的加急電報而且不要回電，因為我們的荷爾蒙在應該給我們方向感的時候正在打瞌睡。」李亞偉《流浪途中的「莽漢主義」》，前揭，第 219 頁。

〔註48〕莽漢詩人甚為依賴和迷戀蜀地方言，此種態度，在後起的蜀地青年詩人中已經非常罕見。

卷四　整體主義與漢詩

一、整體主義之發祥

　　沐川是一個縣，一座城，森林環繞，群山起伏，位於岷江、大渡河和金沙江之間的三角地帶。或許，沐川還是一艘船。什麼船？比如弗吉尼亞號（Virginian）。這個故事始於一個棄嬰：弗吉尼亞號的煤炭工，丹尼（Danny Boodman），偶然發現了這個棄嬰。棄嬰裝在一個紙箱裏，紙箱放在一架鋼琴上。這個紙箱印有如是字樣：TD 牌檸檬。丹尼堅持這樣來理解：「TD」，就是「Thanks Danny」〔註1〕。丹尼決定撫養這個棄嬰，將他命名為「1900」，這個棄嬰以船為家，逐漸長大，居然成了一個天才的鋼琴師。他的即興彈奏，尤其是在三等艙，帶動並應和了每個聽眾的心跳。這個故事，出自小說——及電影——《海上鋼琴師》（*The Legend of 1900*）。既有海上鋼琴師，就有山中詩人。沐川宋氏昆仲，奔放渠煒，就是這樣的山中詩人或山中葫蘆娃。渠煒，不是一個人，而是兩個人——宋渠和宋煒。宋渠，1963 年生於四川沐川，1978 年畢業於沐川中學，1979 年就業於縣農業銀行，1980 年分到利店鎮營業所，1981 年調入縣工商銀行，1987 年調入縣文化館，1994 年辭去公職。從銀行，到文化館，便是從米兜兜跳進了糠兜兜。而宋渠不顧，可見其志趣。宋煒，1964 年生於成都，1970 年回到沐川，小學與中學輾轉就讀於成都和沐川，1982 年畢業於沐川中學，任過或混過縣政協委員和市青聯委員，1988 年就業於縣文化館，1992 年辭去公職。據說宋煒曾偷書於書店，得手後出門，偶遇

〔註 1〕意為「多謝丹尼」。

陳德玉。後者見前者鬚髮潦草，給他二十塊，叫他去理髮。孰料前者立馬返回剛才那家書店，將這二十塊，全部買了書。這段佳話，頗有韻味，今天已不可復睹矣。陳德玉時任樂山市委副書記，甚是愛才，親自出面將宋煒安排到沐川縣文化館。卻說宋渠在文化館，擔任文學輔導員，參與民間故事集成；宋煒在文化館，擔任音樂輔導員，參與民間音樂集成。宋渠為詩，宋煒改之，宋煒為詩，宋渠改之，和氣夾雜著負氣，服氣夾雜著賭氣，兄弟倆的詩文乾脆就都署名為渠煒。宋奔與宋放，亦能為詩，終以敵不過渠煒而作罷。宋奔，1958 年生於沐川，1976 年下到金星公社，1978 年考入四川師範學院，1982 年分配到沐川中學，1992 年調入峨眉第二中學，1994 年調入樂山市文聯，1997 年調入眉山市文聯，2001 年調入三蘇祠博物館。設若沒有宋奔，或許就沒有整體主義。就像沒有丹尼，便也沒有海上鋼琴師，好似長著四隻手的海上鋼琴師，「他彈的是一種從未有過的音樂」〔註2〕。

　　宋氏昆仲何以與成都結緣？他們的外婆，舅父，都住在成都。東門，迎曦街。宋奔甚至一直求學於成都：從天涯石南街小學，到第三十四中學，再到四川師範學院。宋奔讀小學，就認識了石光華。從小學，到大學，他們一直同級、同校甚或同班。石光華，1958 年生於成都，1978 年考入四川師範學院，1982 年分配到成都工農兵中學（第四十六中學），1988 年被孫靜軒借調到星星詩刊社，1989 年辭去公職。「宋奔那時候還叫宋念紅，」石光華不無自得地回憶說，「我們，與其他兩個同學，並稱為第三十四中學四大才子。」早在 1978 年，通過宋奔，石光華就認識了少年渠煒。那個時候，宋煒正在學琵琶，宋奔正在學竹笛和古琴。石光華初入大學，有人談到「姜夔」，他不知其為何人，有人談到「小學」〔註3〕，他不知其為何物。話說並不是別人，正是宋奔，隨口談到姜夔。他說，姜夔好用「通感」，比如其《揚州慢》：「二十四橋仍在，波心蕩，冷月無聲。念橋邊紅藥，年年知為誰生？」姜夔，通感，小學，鎮住了原本志得意滿的石光華。必須趕英超美，他咬咬牙，一頭扎進了深水般的閱讀——那可真是個飢餓時代，真是個饕餮時代。宋奔習詩，約當 1978 年；渠煒隨兄習詩，約當 1980 年；石光華正式習詩，約當 1982 年。渠煒年齡雖小，詩齡卻長於石光華。遲至大學畢業以後，石光華才逐漸得詩，據說模仿

〔註2〕巴里科（Alessandro Baricco）《海上鋼琴師》，吳正儀、周帆譯，湖南文藝出版
　　　　社 2017 年版，第 27 頁。下引《海上鋼琴師》，亦見此書。
〔註3〕亦即音韻學、文字學和訓詁學。

歐陽江河竟至於可以亂真。他與渠煒，開始交換作品。渠煒寄來《白果》，石光華則寄去《黑白光》。渠煒認為石光華早期詩語言梆硬，直到寫出《黑白光》，才算是放飛了一隻漂亮的風箏。石光華與渠煒頻繁通信，趣味相趨，氛圍漸濃，沒有人意識到，一個美學分舵正在秘密組建。石光華對渠煒極為重視，他甚至逐漸意識到：在詩或詩學上，與宋奔相比，渠煒也許才是更好的對手或俊友。

　　1984 年 8 月 3 日，石光華隨宋奔前往沐川，訪問渠煒，盤桓十餘日。「我們在沐川，」石光華對渠煒如是說，「詩歌的中心就在沐川。」那時候，渠煒住在紅房子。宋父──或可參照《水滸傳》先例稱為宋太公──時任縣商業局財務股長，分得了一棟連排的小樓，有兩個小花園，被宋氏昆仲稱為紅房子。1985 年 4 月 20 日，石光華為其打印詩集《和象》，寫了篇《小序》，開篇就曾這樣描繪紅房子：「那裡門前有水，屋外有竹，斷石亂草，是個極幽靜的去處。」〔註4〕渠煒──還有萬夏──的不知多少花樣文字，都曾在篇末，特別注明脫稿於這個紅房子。卻說石光華來到紅房子，與渠煒甚為相得，他們沐清溪，步河灘，捉螃蟹，鑽樹林，遊山野，望峰而息心。就在這些個天數，他們反覆討論東方文化傳統，首次將中國古代文化表述為一個有機系統，「超越性的整體生命原則便是這個系統的基本思想。由此，我們將自己近期的探索趨向（無論是哲學的還是藝術的）定義為一個新的概念──整體主義。」整體主義將自我視為整體生命的一個層次，而且能夠暗通其他層次，並由此獲得了「人作為整體的自我確定」。與此同時，作為詩人，他們還意識到，整體主義包含著一種深刻的詩歌美學原則，「詩人自身通過自己的創造活動，直接面對整體，在完成對整體生命不同層次的體驗之中，完成對自我和現實有限狀態的超越，並運用指向性的語言，創造一個自足而自由的詩的世界，使囚於封閉的詩人和讀者，通過進入這個世界，向存在開放，不斷投入新的超越，並以此恢復自我與整體被破壞的聯繫」。整體主義，作為概念，出自石光華；作為思想，則緣於古老的《周易》〔註5〕《老子》和《莊子》。此種一元論

────────────

〔註 4〕石光華《和象》，1985 年 4 月或 5 月，第 1 頁。此文交代了整體主義的五個「W」：where（何地），who（何人），when（何時），why（何故），what（何為）。本段下引文字，均見此文。此文後來被刪去末三段，另名《整體主義緣起》，刊於《巴蜀現代詩群》，1987 年。

〔註 5〕《周易》雖然被長期列入儒家六經，實則包孕更多的道家思想，從這裡亦可再次得到顯豁的證明。還可參讀陳鼓應《易傳與道家思想》，生活・讀書・新知三聯書店 1996 年版。

思想，亦即李耳所謂「聖人抱一為天下式」〔註6〕。當月14日，劉太亨亦來沐川。16日，石光華離開沐川。劉太亨，1963年生於四川彭山，1980年考入第三軍醫大學（在重慶），1985年分配到西南醫院（在重慶），1988年轉業到重慶市沙坪壩區文化局，1990年被動離職。據說他的父親，並非文人，卻一生雅好《周易》。劉太亨的大嫂的媽媽，乃是宋氏昆仲的姑父的妹妹，劉宋，蜀人所謂竹根親是也。這是閒話不提；卻說整體主義的正式提出，據宋渠回憶，當在1984年8月3日至16日。石光華對此或有誤記，後來才將「1984年7月15日」〔註7〕，確定為整體主義的元年元月元日。

二、回溯到石光華的傳統觀

從現在掌握的一些文獻來看，更早或很早，石光華——乃至渠煒——就反覆思考過有關問題。1984年4月14日，石光華完成了幾段沒頭沒尾的文字，《摘自給友人的一封信》，作為打印詩集《企及磁心》代序——許多年以後，他向筆者承認：這不是一封信，而是一篇文章，只不過採用了信的形式感而已。這篇文章已經提及「整體性本質」〔註8〕，基於這個前提，進而闡述了一種並非鮮榨的詩學或藝術學：「沉積了這種『集體意識』的中國藝術家便不是像西方人那樣苦苦地追求、尋覓和呼喚無限與永恆，而是在每一個具體實在中，在一彎月亮、一脈清風、一片春草、一聲蟬鳴中，感受和發現了無限和永恆。」所謂一沙一世界，一樹一菩提，萬物也者，均可遺貌以取神。這個「神」，就是「磁心」，就是「合二而一的極至」。石光華既提到了「物我」的一致性，又提到了「仁禮」的一致性，或可視為，他試圖從「整體性本質」的角度取締道家與儒家的一些分歧。

石光華的這篇文章，被北京大學五四文學社，編入了影響深遠的《青年詩人談詩》。這個內部印刷的小冊子，收錄了自北島以降共計二十九位詩人五十一篇詩論。而在這裡，有必要提及楊煉的《傳統與我們》〔註9〕。楊煉認為

〔註6〕《老子》章二十二。
〔註7〕《深圳青年報》總第185期，1986年10月24日。後引《整體主義者如是說》，亦見此報。
〔註8〕石光華《企及磁心》，1984年，第4頁。亦見北京大學五四文學社編《青年詩人談詩》，1985年，第168頁。本節及下節所引文字，凡未注明，亦見此書。
〔註9〕楊煉後來另撰《同心圓》，重闡傳統觀，其六章標題很接近石光華的《企及磁心》。

個人並不具有絕對性，「任何個人的創造都無法根本背叛他所屬的傳統」；傳統也不具有封閉性，「詩歌傳統的秩序應該在充分具有創新意義的作品有機加入後獲得調整」；因而要著力促成個人與傳統的互動性，「傳統，一個永遠的現在時，忽視它就等於忽視我們自己」。此種傳統觀，可說並無新意。早在1917年，艾略特（Thomas Stearns Eliot）就已經三申：「不但要理解過去的過去性，而且還要理解過去的現存性」，「詩人，任何藝術的藝術家，誰也不能單獨地具有他完全的意義。他的重要性以及我們對他的鑒賞就是鑒賞對他和以往詩人以及藝術家的關係。」〔註10〕筆者很難做出這樣的判斷：作為詩人，或學者，楊煉的重要性甚於艾略特。但是──楊煉式傳統觀之於漢語和漢語詩，艾略特式傳統觀之於英語和英語詩，兩相比較，前者當然就顯得更加罕見、緊缺、急需和及時。須知，經蒙古人南下牧馬，滿人入關，西學東漸，文化大革命，及西學再次東漸，中國或漢語的傳統早已是風雅斷絕而禮樂崩壞。艾略特說得很對，而楊煉，雖無新意卻來得正好。此處討論楊煉，後文討論整體主義諸家，如果沒有上述種種認知，就會犯下十分可笑而可怕的大錯。

　　艾略特或楊煉式傳統觀，亦見於石光華的《摘自給友人的一封信》，海子的《民間主題》，渠煒的《這是一個需要史詩的時代》。比如，石光華會如是說來：「帶著個人的獨創性加入傳統，加入一代人的創造，是個人實現自身的唯一方式。而詩人是一種加入的最典型的體現，因為詩是人生命存在的最高方式。」《民間主題》，亦即海子長詩《傳說》原序。《這是一個需要史詩的時代》，亦即渠煒打印詩集《給一個民族的獻詩》代序。兩篇文章均被編入《青年詩人談詩》，在這裡，也就不再贅引。那個時候，可以說，海子是楊煉的信徒，石光華和渠煒也是楊煉的信徒。復古派中興，尋根詩大熱，越現代越傳統，越傳統越現代。石光華對楊煉的不吝讚美，頗有代表性，或可視為其對整體主義先驅的提前追封：「他……是中國現代詩自覺深入民族文化心理深層結構，自覺走向人類情感與理性的歷史原野，自覺追求崇高與深邃境界的歷史性轉折。」

三、史詩性寫作

　　前述石光華、海子和渠煒的文章，共有一個關鍵詞，這個關鍵詞既是楊煉式傳統觀的合乎邏輯的落點，也是整體主義的初現端倪的起點。是的，

〔註10〕艾略特（Thomas Stearns Eliot）《傳統與個人才能》，卞之琳譯，趙毅衡編選《「新批評」文集》，中國社會科學出版社1988年版，第26頁。

「史詩」。何謂史詩？三者均未定義，那就來看第四者——比如龐德（Ezra Pound）——如何定義：「史詩就是包含歷史的詩」〔註11〕。這個定義名揚四海，說了卻等於沒說；故而在這裡，筆者斗膽來重新定義：「史詩就是憶及人類童年的詩」。

關於楊煉的史詩（或史詩性作品），石光華曾有提及《半坡》《諾日朗》和《屈原》。此類作品的風格，乃是中與西的交錯，古與今的交錯，先秦與美洲（尤其是南美洲）的交錯，屈原與聶魯達（Pablo Neruda）的交錯。也許在石光華看來，華采有餘，崇高不足，衝動有餘，和靜不足，虛無有餘，開闊不足，痛苦有餘，超越不足。「楊煉的價值是不可否定的，儘管要肯定他比否定他還更困難。」經過這樣的囁嚅和猶豫，石光華得到機會，終於可以推開並區別於楊煉。他只要中，不要西，只要古，不要今，只要先秦，不要美洲，只要屈原，不要聶魯達，只要崇高、和靜、開闊和超越，不要華采、衝動、虛無和痛苦，轉而將史詩置於純度很高的東方文化傳統——或中國古代文化——語境。所謂史詩，當是時間上的逆溯，而非空間上的橫陳。「把目光投向先秦以前，深刻而系統地感受、研究、表現民族意識形成時期複雜而熾烈的思想和情緒」。但是時間與空間，誰又分得開？渠煒就曾如是坦陳，「詩的時空交織要處處互相照顧，有怎樣的時間過程，或長或短，就要有怎樣的空間意象，或大或小」〔註12〕。渠煒與石光華的這種小差異，只是說法的小差異，而非做法的大分歧，後來還將重見於整體主義建構時期。

渠煒的《這是一個需要史詩的時代》，寫於 1982 年 10 月 21 日。正是在此前後，渠煒和石光華也都寫出了一批史詩（或史詩性作品）。石光華寫出《東方古歌》《黑白光》和《混沌之初》，被收入打印詩集《企及磁心》；詩人另有打印詩集《圓境》，早已散佚，或將失傳，筆者卻無從得睹。渠煒寫出《廢墟上的沉思》《東方人》和《大佛》，被收入打印詩集《給一個民族的獻詩》；又寫出《頌辭（一首關於雪山人神的抒情詩）》和《紅與黑的時辰》，被收入打印詩集《詩稿》。《大佛》寫於 1983 年 4 月 21 日（史詩的春天），

〔註11〕轉引自麥錢特（Paul Merchant）《史詩論》，金惠敏、張穎譯，北嶽文藝出版社 1989 年版，第 1 頁。陳東飆的譯法卻顯得有些古怪：「一部史詩是一首包含有歷史的詩」。龐德（Ezra Pound）《閱讀 ABC》，陳東飆譯，譯林出版社 2014 年版，第 31 頁。

〔註12〕《與友人談詩，時空及其他》，渠煒《給一個民族的獻詩》，1983 年 第 16 頁。

很快，就產生了較大的影響〔註13〕。「石心裏漸漸浮起的笑容是一個更大的笑容／石心裏漸漸擴大的卵石是一塊更大的卵石」——這樣的表述，已然頗有整體主義風味。渠煒所在的沐川，轄於樂山，所寫的大佛，卻不必等於樂山大佛。「世界在渾濁中醒來時那種最初的莊嚴和神聖——同時也籠罩著迷惘的氛圍——使人彷彿回到了人類的童年，」從成都，宋奔來信說，「《大佛》是一個大的象徵。」〔註14〕此類作品以力士移泰山，以巨鼎烹大象，過於用力，過於著相，似乎只是一種初級形態的整體主義：雖然披掛了其堅甲，未必呼吸了其真氣。在正式提出整體主義以後，一個時間段，石光華和渠煒甚至仍然滑行於史詩之軌道。1984年10月15日，石光華寫出《嚘鷹》〔註15〕，刊於《現代詩內部交流資料》。從1985年，到1986年，自成都至沐川，渠煒寫出散文體的《大曰是》，刊於《漢詩》。《大曰是》文白夾雜，混茫難辨，且看其如何收尾：「遂即仰止於一隻星的初識：執瑤光兮開陽，盡收天樞之璇璣。甘其食。美其服。安其居。樂其俗。無咎。」其意也，如得天機，如適樂土，如獲至寶；其體也，始於楚騷，續於樂府，而終於易經爻辭。

　　史詩（或史詩性作品）的重鎮，北則北京，南則西蜀。先說北京，楊煉和江河而外，尚有海子及其密友駱一禾。再說西蜀，渠煒、石光華而外，尚有整體其餘各家及彼時若干重要詩人。風氣使然，江河難禁。1984年7月，周倫佑寫出《帶貓頭鷹的男人》；同年9月，歐陽江河寫出《懸棺》；同年12月，黎正光寫出《臥佛》〔註16〕；1985年12月，翟永明寫出《靜安莊》；到了1991年，鍾鳴寫出《裸國》〔註17〕。等等。彼時西蜀，史詩與長詩，真可謂滿地堆積。

四、海子為什麼來到沐川？

　　從西蜀到北京，隔了無窮的山嶽。渠煒與海子，卻成了美學意義上的比鄰。史詩，大詩，民族之詩，人類之詩，乃至真理之詩——就是他們的共同的抱負。1984年2月，海子主動與渠煒聯繫。「我是駱一禾的朋友，」從中國

〔註13〕收入老木編選《新詩潮詩集》，北京大學五四文學社，1985年1月；刊於《草原》，1985年第5期；收入《探索詩集》，上海文藝出版社1986年版。
〔註14〕宋奔致渠煒信，1983年8月17日。
〔註15〕乃是《和象》之選章，筆者未見其餘各章。
〔註16〕乃是《巨川雄魂》之選章。
〔註17〕乃是《樹巢》（未完成）之首部。

政法大學，海子來信說，「願意向你們學習。」〔註18〕海子留下了地址，向渠煒索要打印詩集《讚歌》。從此他們不斷通信，如兄如弟，如切如磋。海子致力於史詩（或史詩性作品），比石光華晚，當然也就比渠煒更晚。當年9月，他才寫出《河流》；12月，才寫出《傳說》。正是在此前後，渠煒作品——組詩《紅與黑的時辰》——命中了海子，並強化了後者關於史詩或大詩的思考。「詩稿收到。一閱再閱。」海子來信說，「尤其是《木雕》等幾首寫得很擴展，很有生命力。一種最初的兇狠的自然在周圍圍攏，一種誕生前後的風聲，還有古老、實在、美麗的腥膻。」〔註19〕《木雕》，就出自組詩《紅與黑的時辰》。

海子這封信附有一首詩，《黑森林——給渠煒》，寫於1984年11月。宋渠認為這首詩的某些原素，借用自《紅與黑的時辰》。至於海子所說的「腥膻」？這首詩給出了定義：「腥膻是夜裏的氣味／腥膻是土地的氣味」。這個定義當然不是重點；重點在於——這首詩還向成都，向樂山，甚至向沐川，致以來自北方的注目禮：「一隻遙遙的平原／傳出夜裏／深刻的鑄銅聲／那些男子和根／那些大佛／那些鐘聲和蔬菜／我想，我們是地，我們是黑森林／這是最後一次沉睡。」就其狹義而言，膠柱鼓瑟，不妨如是來講：「平原」就是成都平原，「大佛」就是樂山大佛，「黑森林」就是沐川黑森林。這首詩似乎從未刊出，亦未收入現有海子詩集。《傳說》原序《民間主題》，開篇及正文，海子自己，卻先後兩次引來這首詩的結句。「月亮還需要在夜裏積累／月亮還需要在東方積累」〔註20〕。海子念茲在茲，民間也，西南也，秦腔也，宋氏昆仲也。

1988年春天（3月底），海子來到沐川，前後盤桓十餘日。他並未投宿紅房子，而是住進宋渠的銀行宿舍：一個房間，一個廚房，一個帶洗澡間的陽臺。這個房間的三面牆，畫著三幅畫，作者分別是宋渠、宋煒和萬夏。萬夏，1962年生於重慶，後來移居成都，1980年考入南充師範學院，1984年拒絕分配直入江湖。1986年春夏之交〔註21〕，萬夏就來過沐川。就在這個房間，某個通宵，他與渠煒一邊喝酒，一邊各畫各的詩。三個畫題，分別來自詩題：宋渠的《生民》，宋煒的《大曰是》，以及萬夏剛脫稿的《意圖》。1987年秋冬之交，萬夏又來過沐川。「我在沐川寒冷的細雨中與宋氏兄弟夜夜吃酒，太陽

〔註18〕海子致渠煒信，信件未署日期，郵戳日期為1984年2月29日。
〔註19〕海子致渠煒信，1984年12月8日。
〔註20〕海子《民間主題》，《青年詩人談詩》，前揭，第176頁。
〔註21〕據宋渠回憶，當為4月1日。

好的時候在門前溪溝邊的芙蓉樹下喝茶。」〔註22〕就在沐川，就在這個銀行宿舍，海子再版或增訂了萬夏的生活：痛飲，劇談，氣功，狂寫，每天都熬夜，每晚都興奮到凌晨三點半。絕大多數時候，海子閉門狂寫其《太陽》。得暇，渠煒就陪他去田野晃蕩，去河灘晃蕩，或去沐川中學見宋奔。「我覺得我們兄弟情義相投。」〔註23〕某日，海子翻出一疊詩稿，向渠煒朗誦了一大段《太陽》。「惟願《太陽》不要過於猛烈，」渠煒向海子傳遞了擔憂，「烤乾了《但是水、水》帶給我們的濕意。」渠煒，海子，都是清澈的鄉村知識分子；但是，他們又是如此的不同：渠煒如潤水，海子如烈火，渠煒安閒，海子激烈，渠煒悠遠，海子倉促，渠煒一直減速，海子一直加速，渠煒減速而為山水間的隱士，海子加速而為臆想中的王子。海子自稱已通小周天，可是，渠煒表示懷疑。當時，海子已經出現幻聽，他說每晚都聽到那三幅畫與他對話——還要再過好幾年，英國的羅琳（Joanne Rowling），將把類似的奇妙場景反覆寫入《哈利·波特》。而對海子來說，奇則奇矣，妙卻不妙，因為他的生命只剩下了十一個月。

五、從沐川到成都，從宋氏昆仲到萬夏

石光華有句名言：詩學宋煒，人學萬夏。柏樺回憶說，萬夏，「整個人的出現就是魔力、風、色彩」〔註24〕。1984年11月，萬夏參與組建四川省青年詩人協會。正是在此前後，在成都，宋煒經石光華——或經楊黎——結識了萬夏。後來，在成都，宋渠亦結識了萬夏。海上鋼琴師從未下船，而渠煒尤其是宋煒就要出山。他們叛離老父，揖別清溪，逆溯岷江，泊舟於府河和南河之畔，終從樂山大佛的腳背，來到杜工部的草堂，可謂心意已決而風姿颯爽。「一場大雨剛過，就有人來敲窗子，宋氏兩兄弟就站在院子的薔薇下面，穿著青色的襯衣，臉若一張秋潭靜水。」〔註25〕萬夏曾如此憶及他與渠煒的某次見面。卻說宋煒結識萬夏以後，兩者互補，宋煒人學萬夏，而成江湖豪客，萬夏詩學宋煒，而成整體主義明星。

〔註22〕萬夏《後記》，萬夏《喪》，作家出版社2001年版，第198頁。

〔註23〕海子致渠煒信，1988年4月23日。

〔註24〕柏樺《左邊》，江蘇文藝出版社2009年版，第141～142頁。下引柏樺，亦見此書。

〔註25〕萬夏《蒼蠅館》，柏樺等著《與神語》，中華工商聯合出版社2014年版，第112頁。

　　至於四川省青年詩人協會，萬夏本為副秘書長，奪權而為副會長，石光華本為創作部長，轉向而為代秘書長。萬夏和石光華也許還有宋煒，依託這個協會，創設了兩個分支機構：四川省整體主義研究學會，以及與之緊密相關的四川省東方文化研究學會。兩個學會恍有千軍萬馬，其實，就是他們幾個人在折騰（並非瞎折騰）。後來的事情已經很清楚：1985 年 4 月，《現代詩內部交流資料》問世，主辦方為東方文化研究學會和整體主義研究學會，主編為萬夏，責任編輯就有宋煒和石光華——宋渠則沒有參與相關事務。《現代詩內部交流資料》刊出了石光華的《噬鷹》，渠煒的《靜和》，以及萬夏的《黥婦》，同時還以較大篇幅刊出了巴蜀及全國若干史詩（或史詩性作品）。種種都毋須詳述；在這裡，筆者想要著重談及這個資料刊出的一條簡訊：《整體主義與詩人》——「整體主義」由是首次見諸刊物。整體主義或已被誤讀，這篇簡訊則頗欲自辯：「整體主義仍然不是一個詩歌藝術流派，它作為一種狀態文化的基本思想，即使在引入美學思考以後，也從不企望對詩的本質或構造方式等方面進行抽象的界定」，「我們提出的整體主義，是東方與西方、古代與現代的逆向互補，是一種極為深刻的思想結構模式。」〔註26〕這篇短訊，並未署名，實則出自石光華。

　　《現代詩內部交流資料》原名《現代主義同盟》，1985 年 3 月 15 日，曾以後者名義印發《徵訂通知》。《徵訂通知》附有《要目》，擬發萬夏作品為《紅瓦（四首）》。《現代詩內部交流資料》最終只刊出《黥婦》，而不見《紅瓦》。《紅瓦》乃是莽漢詩，《黥婦》由莽漢而入整體，《梟王》已是整體詩。這裡且說《黥婦》，其局部立意暗接《大佛》，全篇遣詞造句絕類《大曰是》。「翼之瞬與陰陽之易為石之心；枯林之花與桀紂之淚為石之心；魂魄之毅與道佛之梵為石之心；君心石心。石心我心。」《現代主義同盟》改為《現代詩內部交流資料》，就在易名之際，付印之前，萬夏卻撤下《紅瓦》，換上《黥婦》，就透露出一個值得深究的大消息：作為臨時或即興莽漢詩人的萬夏，在那個緊急關頭，當機立斷聽從了其骨子裏的整體主義。柏樺認為萬夏可以混合「先鋒之風」和「懷舊之風」，「先鋒之風」當指「莽漢之風」，「懷舊之風」當指「整體之風」。從為詩的角度講，萬夏已用整體取代了莽漢；從為人的角度講，他卻用整體混合了莽漢。「三分之一時間當閒人，三分之一時間當亡命徒，

〔註26〕《現代詩內部交流資料》，1985 年 4 月，第 30、23 頁。

三分之一時間做文化人。」〔註27〕後來的事實證明，萬夏不管是做一個詩人，一個小說家，還是一個代課老師，一個捐客，一個咖啡館老闆，一個百貨推銷員，一個想像中的農人，一個理想主義者，一個囚徒，一個畫家，一個攝影師，一個出版家，一個裝幀藝術家，一個流浪漢，一個困獸，一個酒徒，一個美食家，一個情種，一個園丁或植物控，他的趣味愈來愈傾向於一個方向：「中國古代」，或「古代中國」。甚至可以這樣說，他就是孟嘗君與荊軻的混合體，高陽酒徒與陸羽的混合體，青面獸楊志與潑皮牛二的混合體，高濂與李漁的混合體，西門慶與沈復的混合體，無產者與小布爾喬亞的混合體。世俗而任真，冷傲而為善，放浪而唯美，大手大腳而有度。「僅我腐朽的一面／就夠你享用一生」——這是萬夏的名句，出自《本質》，成稿於 1987 年。柏樺——作為波德萊爾（Charles Pierre Baudelaire）信徒——曾這樣談到這首詩，「給予芸芸眾生一個波德萊爾式的刺激」。萬夏的生活態度和生活方式，果然影響了很多詩人，包括來到他跟前的小白臉宋煒。

六、《漢詩》：從成都到重慶

　　萬夏具有很強的行動能力，故而八十年代，故而巴蜀，才會有那麼多的開花和結果（尤其是結果）。石光華，宋煒，劉太亨，必須加上萬夏，整體主義才會有一份刊物。宋煒命名了這份刊物，萬夏促成了這份刊物——《漢詩》。「漢詩」？沒錯兒，舊得像是經文，新得像是植物，及時得如同及時雨。其與「新詩」，近義詞耶，反義詞耶？來不及回答這個難以回答的問題；撲面而來，唯有前景：多麼及時而又困難重重，漢詩，就要來糾正和搭救所謂新詩。柏樺對此心有戚戚焉，暗地裏歡喜無限。《漢詩》主辦方為中國狀態文學研究機構，不設主編，編輯委員會為萬夏、石光華、劉太亨、宋渠、宋煒和張渝。劉太亨可謂整體主義——或者說《漢詩》——新得的一員虎賁，在沐川和成都以外，他和張渝將逐漸闢出一個如火如荼的重慶根據地。

　　按照最初的樂觀主義設想，《漢詩》之卷數及頁碼數，下期接上期連續編號，若干期匯總而成一部巨著《二十世紀編年史》（這是萬夏的主意）。不曾想外部干擾太多，時代變化過快，最終，《漢詩》只印了兩期：1986 年卷，亦即創刊號，1986 年 12 月〔註28〕印行於重慶；1987～1988 年卷，亦即終刊號，

〔註27〕《萬夏詩輯》，《關東文學》1988 年第 4 期，第 31 頁。
〔註28〕「《漢詩》已經取出。」劉太亨致宋渠信，1986 年 12 月 20 日。

1989 年 1 月〔註 29〕印行於成都。先來說創刊號——卷首置有自序，寫於 1986 年 5 月，出自石光華，署名編輯委員會。正文頁碼數為第一頁至第一百一十八頁，卷數為卷一至卷五：卷一「宜涉大川」；卷二「羽者，生者，溺水者」；卷三「靜安莊五子」；卷四「得朋或喪朋」；卷五「中國詩歌研究」。刊有渠煒長詩《大曰是》及文論《作為生命存在的詩歌》，石光華組詩《門前雪》及文論《提要：整體原則》，劉太亨長詩《生物》（節選），張渝長詩《巴土》，萬夏組詩《隱夢》，以及海子、L、周倫佑、島子、翟永明、柏樺、歐陽江河、孫文波、張棗、楊黎、李亞偉〔註 30〕、趙野等人詩文。這些作者大都出自巴蜀；海子雖是皖人，張棗雖是湘人，卻也先後結緣於巴蜀。再來說終刊號——卷首置有代序《存在的智慧》，寫於 1988 年 12 月，出自石光華，署名編輯委員會；正文頁碼數為第一百二十六頁至第二百五十二頁，卷數為卷七至卷八：卷七，「作品」；卷八，「詩歌研究」。刊有渠煒組詩《家語》〔註 31〕《戶內的詩歌和迷信》《下南道》（節選）及文論《導書》，石光華短詩選《詩選（1987～1988）》及文論《承擔者》，萬夏長詩《空氣‧皮膚和水》，劉太亨短詩選《詩十首》，張渝短詩選《浮世繪》，以及潘家柱、歐陽江河、張棗、李亞偉、楊黎、柏樺、陳東東、陸憶敏、海子、西川、王寅、韓東、蕭開愚〔註 32〕等人詩文。終刊號較之創刊號，更為開闊，已然兼顧上海、北京和南京的若干重要詩人及作品。

　　細心的讀者可能早就已經發現：《漢詩》的第一百一十九頁至第一百二十五頁去哪兒了呢？也許這就是卷六，可是卷六去哪兒了呢？原來，創刊號擬印於彭山未果，擬印於香港亦未果〔註 33〕，最後卻印了三次：初印於邛崍，再印於成都，終印於重慶。為何初印於邛崍？邛崍古稱臨邛，卓文君故里，乃是整體諸家的一個山頭。該地出產星星啤酒，三十斤罐裝，諸家飲罷不免

〔註 29〕「元月出書。」萬夏致渠煒信，1988 年 11 月 24 日。

〔註 30〕「另外，亞偉那邊，正準備鉛印《莽漢》，有人贊助 600 元。我已去信，叫亞偉最好不弄，把銀子弄到重慶，全力出《漢詩》。也給太亨去信，要給亞偉開至少 5 個以上的頁碼。」萬夏致渠煒信，1986 年 3 月。

〔註 31〕渠煒另有《家語：昨夜洗陶的消息》，寫於 1986 年 8 月 10 日。

〔註 32〕亦即「開愚」。

〔註 33〕「王德川從上海回渝，我們共同商量了一些印《漢詩》的具體問題，他說如果 4 月 10 日到香港的貨運搞成，他就有辦法在香港印出《漢詩》，主要是在外運經費中分出部分，讓給外商。如在運輸合同中少收五千元，其中二千元歸外商，另外三千由外商出面在港幫印《漢詩》」劉太亨致渠煒信，1986 年 3 月 10 日。

也曾學了一把司馬相如。鳳求凰，「而以琴心挑之」。這是閒話不提；卻說邛
崍版未能順利出廠，成都版只是邛崍版樣刊的複印件，兩者都是足本，共有
六卷；重慶版才是最終發行版，卻整個兒刪去了邛崍版卷五，並將卷六順調
為卷五，還壓縮了其他卷的篇幅。邛崍版卷五「眾妙之門」，編有楊然、席永
君、陳瑞生、二毛、李建忠、杜衛平的詩文。其他人倒也作罷，席永君，由此
成為一個被穿上隱身衣的整體主義者（後來他自稱「臨邛羽客」）。席永君，
1963 年生於四川邛崍，1979 年畢業於南寶山勞改農場子弟校，1980 年就業
於邛崍縣地方國營造紙廠，1993 年借調入成都華文圖書研究所，1994 年辭去
公職。從 1985 年 9 月 16 日，到 10 月 31 日，席永君寫出組詩《眾妙之門》。
「你正在加入中國最深刻的詩人行列，」從成都，石光華來信，他從整體主
義角度肯定了這個組詩，又希望作者深化對古代文化的理解，「這個整體狀態
文化其深微和根本狀態是『生生不息』的生命精神，是一種動態的平衡，一
種開放的和諧，它表述『萬物皆實，萬物皆妙』的真諦。……我們從每一個門
中，發現了永恆和無限。」〔註 34〕石光華的信，席永君的詩，尤其是《眾妙
之門》第五首——《中秋夜》——的題記，「你在自己之內，又在自己之外」，
都很容易讓人想到一個鏡子寓言。《漢詩》終刊號扉頁印有戰國天鏡圖，圖下
配有古文云：「戊辰秋，南方有羽者至。其容高遠，其音杳然，雲氣之靜變相
應以身。羽者持一闊鏡，質金，無光而灼人，其上文圖古奧，見者莫能解。羽
者云：『天地之根，眾妙之門，九轉相待，赤子以歸。』言迄，棄鏡於水，弗
墮。羽者身逝鏡中，不知其所往矣。後子列子得其鏡，名之曰天。」這段古
文，乃是偽古文，這個鏡子寓言，乃是石光華杜撰的鏡子寓言。

　　從卷一到卷八全部目錄來看，《漢詩》，並非嚴格意義上的同仁刊物。石
光華、宋煒和劉太亨，尤其是萬夏，促成了《漢詩》的如下兩個開放性：美學
上的開放性，以及，地理上的開放性。《漢詩》毫無門戶之見，不但超越了整
體，而且超越了巴山蜀水。「漢字和天氣煥然一新，」劉太亨的《這些天》如
是寫來，「責任的枝椏加重了分量。」可是這份刊物發行受限，流佈未廣，讀
者難見，知音甚寡，至今令人痛惜其如石沉大海。不管怎麼樣，正如柏樺所
說，整體主義和《漢詩》孤獨地捍衛了中國精神，就像谷崎潤一郎和川端康
成——而非三島由紀夫，哪怕他寫有《金閣寺》——孤獨地捍衛了日本精神。
此處所謂「精神」，恰是「傳統之心」。

〔註 34〕石光華致席永君信，1985 年 12 月 16 日。

　　《漢詩》並沒有給宋煒帶來好運，卻讓他免遭一場厄運。據說創刊號印出後，宋煒和萬夏躊躇滿志，計劃乘舟出川，仗劍入楚，由江南而華北，漫遊個一年半載。「《漢詩》一本四兩，十本四斤，二十本就是四十斤！」宋煒通過計算，認為行李有些偏重。他的數學成績，高考只得了幾分，大約不會好於錢鍾書先生。1986 年 12 月 19 日，萬夏和宋煒順江而下，先到涪陵，尋見詩人 L、楊順禮和雷鳴雛，再到丁市，尋見李亞偉，盤桓兩地各數日。這兩個酒鬼擬去長沙，訪問海上；不意買錯火車票，誤入貴陽，卻沒有找到計劃外的詩人唐亞平和編輯何銳。為何要去找海上？是年 10 月 5 日，後者寫出過一篇《東方整體思維空間宣言》，此前還寫過關於《大佛》和《靜和》的文章。這且不提；卻說漏船偏遇雨，破屋卻當風，果然不出意外，很快就有人偷走了萬夏和宋煒的錢。他們衣衫襤褸，形同乞丐，變賣了若干本《漢詩》，及隨身帶的一本《百年孤獨》，才得到一點食物和兩張廢然返巴的火車票。正是在涪陵，宋煒與 L 翻臉，讓他日後躲過了一場囹圄之災。這是後話，不必再提。

七、整體主義之哲學

　　前文已經觸及這樣一個問題：《漢詩》的插圖，及插圖配文，頗有柏樺所謂中國精神（至少是中國元素）。比如終刊號，封二印有洛書河圖，扉頁印有戰國天鏡圖，封底印有朱雀圖；又如創刊號，封底印有太極八卦圖（亦即先天易圖），圖下配有古文云：「漢末，伯陽作《周易參同契》，後圖意者〔註35〕繁甚，太極八卦圖為其一。天地始終，物神流徙，差氣而已，而括之以一圖，微而著，約而賅，聚散以序，生剋無窮，果《易》之妙通耶。唯蜀之隱者，得其本真，而私之，故曠世不傳。至宋室興，好《易》者盛，方有朱子間聞其蹤，則遣季通私入蜀，經年勘訪，乃以重金得於山野。此圖所以傳也。」這段古文，也是偽古文，石光華藉此表明：太極八卦圖卓越地圖解了《周易》，曾長期秘藏蜀地，而蜀地興起整體主義自然並非偶然。

　　石光華的長篇雄文，《提要：整體原則》，也非常醒目地始於太極八卦圖。他十分動情地認為，此圖乃是「一個完美的思想結構」〔註36〕。為什麼這麼講？因為此圖既對立，又統一，既自足，又開放，既自洽，又流轉，互成又互斥，

〔註35〕疑當為「圖《易》者」，意為「圖解《周易》的人」。
〔註36〕《提要：整體原則》，《漢詩》1986 年卷，第 89 頁。本節下引文字，凡未注明，亦見此文。

互斥又互生，互生又互成，任何卦象都指向和生成其他卦象，任何爻象都指向和生成其他爻象，可謂存在、方法論和表述方式的三而一、一而三的整體描述系統。這是一個自明的、二進制的、小大由之的描述系統，「一種描述的典範」，可以說是兼有哲學、數學和物理學的嚴明。說到物理學，就想到兼為科學家和作家的斯諾（Charles Percy Snow）。他曾在一次演講中沮喪地提到，「整個西方社會的智力生活已日益分裂為兩個極端的集團（groups）」，「一極是文學知識分子，另一極是科學家，特別是最有代表性的物理學家。」〔註37〕石光華並不反感科學，也許在他看來，太極八卦圖既是哲學，也是科學，恰好可以填補兩種文化（The Two Cultures）的裂罅。

太極八卦圖卓越地圖解了《周易》，石光華認為，也就卓越地圖解了整體主義——這就再次曲折地將整體主義回溯到《周易》。整體主義，「無極而太極」〔註38〕。在這個基礎上，或者說，在這個前提下，石光華對整體主義作出了三個方面——其實也就是一個方面——的語義學表述：「其一，它始終在人類意識的尺度上把包括人自身在內的存在，把握為一個有機的整體系統。其二，這種把握只能通過文化的方式來顯示，而且，文化自身也構成一種整體性系統，由此取得與存在的一致性。其三，文化系統內部在結構狀態、效應原則和轉換形式諸方面保持一致性，各層理論均可還原為系統的初始構造。」正是基於如上認知，石光華極為信任「人與世界的同構潛能」，他甚至認為「人與世界的全部關係史，就是從表層結構到深層結構、從有限結構到整體結構完成同構的歷史」。石光華還曾試圖以馬克思哲學佐證整體主義思想，但是思考得還不清楚，故而並未建立起一門精密而新穎的比較哲學。

《提要：整體原則》清楚地表明，存在也罷，自然也罷，哲學也罷，文化也罷，藝術也罷，語言也罷，都是整體生命的不同層次，並充滿了自證為整體生命的可能性。在這裡，筆者樂於重點討論此文提交的語言觀。中國古代哲人和詩人，石光華認為，傾向於對漢語進行「弱化處理」：不重視單詞量，而重視語義在單詞中的可變性，不重視語言的「指稱性」，而重視語言的「指向性」，故而甚為推崇一種「非指稱處理」：老子說，「多言數窮」〔註39〕；莊子說，

〔註37〕《兩種文化和科學革命》，斯諾（Charles Percy Snow）《兩種文化》，紀樹立譯，生活·讀書·新知三聯書店1994年版，第3～4頁。
〔註38〕周敦頤《太極圖說》。周敦頤自創的太極圖，並非太極八卦圖，而是對後者的再圖解。
〔註39〕《老子》章五。

「得意而忘言」〔註40〕；荀粲說，「然則六籍雖存，固聖人之糠秕」〔註41〕；王弼說，「得意在忘象，得象在忘言」〔註42〕；陶淵明說，「此中有真意，欲辨已忘言」〔註43〕；嚴羽說，「故其妙處，透徹玲瓏，不可湊泊，如空中之音，相中之色，水中之月，鏡中之象，言有盡而意無窮」〔註44〕。那麼，人類是否應該消除語言，以求得對「有限性」和「非創造性」的終極克服？石光華的回答，看起來，似乎對漢語的弱化傳統有所齟齬：「人類有限語言系統的自身完善（從約定性這種外在的攝控，到自定性這種內在的生衍），將有可能使語言獲得無限生成的整體機制。」還是俗話說得好，三句話不離本行。

《提要：整體原則》曾對一位青年論者的學說，「前文化思維」，提出了較為溫和的商榷。筆者無意詳述這段公案，而是要指出，這位青年論者就是藍馬。藍馬的《前文化導言》，首發於《非非》創刊號。由此可以推知，石光華此文，不會早於 1986 年 7 月，應該寫於同年 8 月。此文共有四章，似乎並未完稿。《漢詩》編輯委員會特別預告：該刊將續發此文第五章和第六章，作者將分析中國文化的「兩次斷裂」，把對傳統的批判引向文化內部的自我超越；正是此種「超越機制」，使得整體主義，顯示出對藝術的啟悟性作用；作者還從人類文化史的角度，預言中國文化的自我更新，或可引導人類進入以「生命科學」為核心的自覺時代。

石光華並未寫出最後兩章，卻也不是全然爽約，他把這張空頭支票兌換成了另外一個文論系列《承擔者》。《承擔者》包括三篇——而筆者將重點談及其中兩篇——帶有剳記色彩的短文：《突圍和自瀆》《背景》和《語言之詩》。先談《背景》，此文寫於 1988 年 10 月，主要論及西方詩與東方詩的差異：前者揪心於文化和社會，後者醉心於生命和自然，前者乃是「生命被拋棄被蔑視後的一種痙攣」〔註45〕，後者乃是「秋天中令人欣悅的成熟」，前者反抗，後者拒絕，前者痛苦，後者超邁，前者拆解著社會，後者隱逸於自然。「水、泥土、四季中的草木、以及火的真身——一種來源於宇宙浩然大氣中的純陽。」再談《語言之詩》，此文寫於 1988 年 11 月，主要論及兩個關係，一是語言與

〔註40〕《莊子‧雜篇‧外物》。
〔註41〕轉引自何劭《荀粲傳》。
〔註42〕王弼《周易略例‧明象》。
〔註43〕陶淵明《飲酒》（其五）。
〔註44〕嚴羽《滄浪詩話‧詩辨》。
〔註45〕《背景》，《漢詩》1987～1988 年卷，第 216 頁。本段下引文字，亦見此刊。

存在的悖論形式關係：前者僅以一種形式讓後者得以「湧現」，後者的其他若干種形式被前者輕易「遮蔽」，故而，語言「不能把絕對的許諾給予存在」；二是詩與語言的關係：前者可能把後者激化到「危險」的程度，後者也可能「搶先」把前者固定在某種毫無新意的「指涉狀態」，故而，詩的過程就是「對語言的不斷破壞的過程」。石光華的這種語言觀，承芬於西方語言哲學，或已在一定程度上偏離了狹義的整體主義語言觀。對西方哲學尤其是對語言哲學，石光華態度曖昧；而對西方詩，他卻旗幟鮮明。石光華不但反對西方詩，很顯然，還反對西方詩陰影下的新詩（包括八十年代所謂先鋒詩）。當代詩何往？石光華以一行詩作答：「返回到松樹的平靜」。「松樹」，或任何「植物」，乃是整體詩的一個較小的母題（motif）：石光華而外，尤見於劉太亨。何者是人，何者是樹，劉太亨向來恍惚而懵懂。他坦然自稱「樹的門人」，驚喜發現「古代的樹竟長上了我們的前額」，進而認定任何乖妹兒定然是「耳環塞滿了小樹的氣息」〔註46〕。好漢，佳人，嘉木，都應該互換枝葉，化身萬千，共赴整體主義的安逸和平靜。

八、整體主義之美學

　　如果說石光華更多是從哲學角度，那麼，渠煒就更多是從美學角度詮釋了整體主義。哲學美學，琴瑟合奏。而在整體主義的任何環節，渠煒如果不是早於——至少也不晚於——他們的哥老倌石光華。比如，短文《作為生命存在的詩歌》，就寫於 1985 年底；而長文《導書》，則寫於 1986 底。這兩篇文章，試圖將整體主義引向美學建構。

　　先來讀《作為生命存在的詩歌》。渠煒認為人類不必——也不能——窮盡整體生命，而應該致力於與整體的聯繫和生成，詩歌就是這種聯繫和生成的一種方式，其與哲學和科學面對相同的存在，並以不同的方式覺悟到整體，從而有可能使人類在一定程度上超越自身的有限性和主觀性。詩歌，在成篇以前，「以一種延續的生命狀態出沒於宇宙的器官和穴孔」；在完稿以後，「作為一種生命結構對應於眾多別的生命結構」〔註47〕。因而詩歌不是知識，而是智慧；既周遭萬物，又呈現本真；只顯示狀態，不回答問題。「詩歌是一種

〔註46〕 參讀劉太亨的《樹的門人》《古代的樹》和《東谷》。亦可參讀宋煒《青春遭遇：樹的門人》，《劉太亨詩選》，重慶出版社 1999 年版，第 131～138 頁。
〔註47〕 《作為生命存在的詩歌》，《漢詩》1986 年卷，第 113 頁。本段下引文字，凡未注明，亦見此文。

純粹的狀態文學。」渠煒也有注意到語言之於詩歌的兩種情況：其一，突出語言的「原始指向功能」，詩人把語言處理成整體生命的一個層次，並讓語言成為整體律動的一種顯現。其二，遭遇語言的「自發貶抑效應」，詩意只是語言的一個達成，並讓語言在與對應系統的交際中出現一種退縮。這種情況，古已有之，就是「微言大義」〔註48〕。渠煒所謂「自發貶抑效應」，亦即石光華所謂「弱化處理」或「非指稱處理」。後來渠煒提煉和縮寫《作為生命存在的詩歌》，另得《整體主義者如是說》，才算首次清楚地定義了「整體主義詩歌」：「整體主義作為一種被稱為思想的實在形式，在很大程度上是以哲學建構的面目而存在的。當這個思想置身於詩歌之中，滲透於人類文化最具靈性的部分時，即成為整體主義在詩學域中的還原，生成出一種與之相平行的詩體狀態──這種被我們名之為『整體主義詩歌』的詩體狀態，有時我們也將它表述為狀態的詩歌。」

《整體主義者如是說》的起草，自有其目的，後來此文果然現身於徐敬亞主持的 1986 現代詩群體大展。這個群體大展，實為流派大展。「整體主義並非一種流派，」石光華這樣認為，渠煒也這樣認為，「而是一種狀態。」都是小夥子，誰不愛熱鬧？渠煒經與劉太亨商量，仍然決定參加這個大展。參加，就參加吧，又臨時捎上了楊遠宏。整體主義的成員，於是乎，後來就這樣正式公布：石光華，楊遠宏，劉太亨，張渝，渠煒。這個名單遵乎長幼，而又並非全然如此，否則楊遠宏就將前於石光華──這樣的排序，整體元老誰也不忍心看到。就是這個楊遠宏，可謂分身有術。他躋身於整體主義，又自稱莫名其妙派，兩不誤，同時參加了這個大展。可見這個大展，有多麼高的民主性，就有多麼強的喜劇性。就在同一張《深圳青年報》，同一個版面，以子之矛，攻子之盾，楊遠宏已然自證其非整體主義。這也就再次驗證了宋奔與石光華的心心相印：「整體主義不會是一種普及性的藝術流派。不是詩人選擇它，而是它選擇詩人。」〔註49〕

再來讀《導書》。《作為生命存在的詩歌》提到一個詞，「原真世界」，這個詞將反覆重見於《導書》。何謂原真世界？西方文化，中國文化，兩者的答案

〔註48〕劉歆《移書讓太常博士書》：「及夫子歿而微言絕，七十子卒而大義乖。」上句說「微言」，下句說「大義」，兩句互文，而有「微言大義」。

〔註49〕宋奔《〈整體主義詩選〉編後記》，未刊稿，1988年。這部詩選，未能出版。下引宋奔，亦見此文。

可謂迥異。前者認為原真世界亦即前文化世界，前提是人與世界的分離；後者認為原真世界亦即整體世界，前提是人對世界的重返。人已經逐漸成為自然的「一種反常」〔註50〕，而藝術則可望「完成其向原真世界的接近和對可能世界的提供」。困境與自由共居於一體，有限性與無限性共居於一體，現存性與可能性共居於一體，現代與古典共居於一體，兩者的和諧與衝突將成就一番偉大的事業。「藝術正是這種偉大的事業。」整體主義的奧義或目標恰在於──通過詩與藝術──揭櫫人與自然的一致性，並有可能「重獲與自然的肌膚相親」。詩人既不是「原始人」，也不是「文明人」，而是可能的「原真人」。《導書》並未侷限於詩學或藝術學，而佔用了很大的篇幅，回到《周易》並再次從哲學角度詮釋了整體主義。這樣，渠煒與石光華，就構成了一種奇妙的迴環往復。

　　整體主義的哲學與美學建構，如前所述，並不具有充分的原創性。甚而至於，也不具有輕快的層次感和飽滿的完成度。石光華與渠煒的囉嗦，彼此的重複，似乎具有文章學意義上的口吃者特徵。前文提及的幾篇文論，一申而再申，三申而四申，也就缺乏金風穿林般的明快和洗練。《提要：整體原則》，長得像火車，卻只是《東方的抽象》之導言。《作為生命存在的詩歌》，只是《意圖：1985》之局部；《導書》，長得像火車，也只是《可能的超越──整體主義藝術論》之導言。這兩部計劃中的大書，《東方的抽象》也罷，《可能的超越》也罷，最終也都沒有竣稿。因而整體主義的哲學──或美學──建構，有點兒虎頭蛇尾，有頭無尾，甚而至於掐頭去尾。那又有什麼關係？從整體主義的角度來講：頭亦為頭尾，尾亦為頭尾，無頭無尾亦可暗通整體生命。

九、宋渠宋煒之《家語》：修真生活簡記

　　跨越了千山萬水，現在，終於接近了整體主義的金頂。是的，詩歌。整體主義詩歌，以《漢詩》創刊號印行為界，大致可以分為兩個時期：前期，主要是史詩和長詩；後期，主要是組詩和短詩。前期作品舉輕若重，舉重若重；後期作品舉重若輕，身輕如燕。石光華的短詩《桑》，只有十三行，四兩撥千斤，被宋煒認為壓過了作者此前所有作品。「細風吹過窗戶／葉子深掩路徑」。整體主義的主要成就，當然，不是短詩而是組詩。前文曾有提及劉太亨和席永君的若干組詩，在這裡，還可舉出渠煒──主要是宋煒──的組詩《家語》

〔註50〕《導書》，《漢詩》1987～1988年卷，第233頁。本段下引文字，亦見此文。

《戶內的詩歌和迷信》和《戊辰秋與柴氏在房山書院度日有旬，得詩十首》，石光華的組詩《梅花三弄》《大師》和《門前雪》，萬夏的《關於農事的五首詩》和《空氣、皮膚和水──寫給潘氏生辰的二十六首詩》。這是個素綾竹簡般的組詩矩陣，柔滑到讓人無感，遙遠到令人無知，謙遜到使人不察，以至於長期被所謂詩界和學術界視為無物。「有眾多的理由可以確認，」而宋奔卻早已心中有數，「詩人們將在各自作品中程度不同地提供新的世界圖景。」

如果筆者在這裡著重談及《家語》，並非個人偏愛使然，而是整體諸家共識所致。這個組詩共有十首，寫於 1987 年 4 月 23 日至 27 日。其標題，可能截自古書《孔子家語》。如果說《孔子家語》──作為《論語》之補充──追憶了儒家日常生活，那麼，《家語》──作為《黃庭經》之應用──則假想了道家日常生活。《家語》第八首，《書卷》，透露過極為關鍵的消息，「我內心一壺止水／對這些毫不在意／只是收斂燭火，放鬆絲絃／目注《黃庭》或《水滸》」。詩人所謂《黃庭》，就是《黃庭經》；《水滸》，就是《水滸傳》。從某種程度上來講，《家語》的張力就來自於戶內與戶外的對話，亦即《黃庭經》與《水滸傳》的對話。戶內生活，詩人如是歷數：「默坐火邊」「苦心煎熬一付中藥」「細飲黃酒」「以布纏頭」「寫字」「焚香薰衣」「枯坐」「撫琴以助」「不出一言」「吹氣如蒸」「誦讀」「惜命如金」「深居簡出」或「入衾安睡」，如此等等。戶外生活，詩人也曾敘及：「手裏捧著一隻司南」「大隊的人馬」「鐵器相碰」「馬車」「同走天涯」「以秤分金」「遷居」「納頭相拜」「落草」「酒宴」「擊掌」「各個州府」「客商」或「衣衫漂白」，如此等等。前者，亦即《黃庭經》式生活；後者，亦即《水滸傳》式生活。前者看似無為，實則有為；後者看似有為，實則無為。兩者都是江湖生活，而不是廟堂生活，故而有對話卻沒有爭吵。後者反覆邀請──或者說勸誘──前者，反而讓前者更加堅執地皈於「平淡」「冰清玉潔」「安寧」「一派清明」「心平氣和」「清貧」「萬境通明」「從容無慮」「無遮」「頭腦清明」或「喜悅」。那個小號手，怎麼羨談海上鋼琴師呢？「當他早已平靜的時候，而你，你卻在搖晃。」《黃庭經》式生活，亦即性命攸關的修真生活：「即使天地對轉／我也會念念不忘／我在這個早晨看見的內景」。所謂「內景」，亦見於《導書》。其與「外景」，卻並非詩人獨創。這對術語，早見於《黃庭經》。《黃庭經》共計三種，先有《內景經》，復有《外景經》，後有《中景經》，被奉為「學仙之玉律，修道之金科」。梁丘子認為，「黃者，中央之色；庭者，四方之中也。外指事，即天中、人中、地中；

內指事，即腦中、心中、脾中，故曰黃庭。內者，心也；景者，象也。外象喻即日月星辰雲霓之象也，內象喻即血肉筋骨肺腑之象也。心居身內，存觀一體之象也，故內景也。」〔註51〕如果用整體主義來解釋，內景與外景具有同構性。《家語》貫穿始終的一根游絲，無非就是藉由內景——契合外景——並渴望能夠臻於整體狀態。故而《黃庭經》式生活，細想來，並不能完全理解為「隱於野」的避世，「心遠地自偏」的棄世，或「窮則獨善其身」的傲世，而是丘處機所謂「心開天籟不吹簫」的遊心與遊神。

《家語》所呈現的《黃庭經》式生活，見於更早的《黃庭內照》，共有五首，寫於 1987 年 3 月 21 日；亦見於更晚的《戶內的詩歌和迷信》和《戊辰秋與柴氏在房山書院度日有旬，得詩十首》，各有十首，分別寫於 1988 年 8 月 3 日至 22 日及同年 9 月 15 日至 24 日。《黃庭內照》氣息雖不亂，文字卻偏弱，斷然不及後三個組詩。這四個組詩所呈現的《黃庭經》式生活，可見於魏晉，可見於南北朝，可見於晚唐或晚明，獨不可見於新語〔註52〕橫行的當代語境。對於詩人而言，對於當代人而言，這種生活定然只是一種虛構生活，具有很強的誇張性和違和感。詩人通過這樣的虛構或偽造，將個人——以至當代人——強行置於古代語境，意圖以此緩解我與我、我與人、人與人、人與天的緊張感。而時代不斷加速，此種意圖，愈來愈成為不可能。故而詩人獨持孤念，「掛出門燈」，未敢指望誰能前來登堂入室。此種整體主義，只能稱為空想整體主義（亦即烏托邦整體主義）。

作者之意圖與作品之文字，可以說是互為表裏。有什麼樣的意圖，就有什麼樣的文字。反之亦然。渠煒前期作品，比如《大曰是》，起用過先秦散文般的文言；而後期作品，比如《家語》，起用了明清小說般的白話。「午時正牌我入衾安睡，綢緞加身／帳內掛滿了香袋和梳子」。白話亦即《上洞八仙傳》或《老殘遊記》之所用，乃是處女般的漢語，元氣流轉而真力彌漫，等於而不是大於或小於其所對應的「存在」。後來，白話經過新文化、日語或新語的「污染」，就成了具有舶來特徵的現代漢語（高度邏輯化和工具化）。必須救回被拐賣的漢語——此種語言學自覺，見於渠煒的詩，更見於萬夏的小說（下文將詳論萬夏的小說，此處，提前談及其語言）。來看《宿疾》如何寫景：「西廂房終於被積雪壓塌了，斷牆邊的梅花狂亂得愈加不可收拾。」如何寫人：「換

〔註51〕梁丘子《黃庭內景玉經注序》。
〔註52〕這個詞借自奧威爾（George Orwell）的《1984》。

了件青色的夾心襖，罩一件紅衣裳，燈籠袖子，腰上紮一條果紅的滾邊帶子。」萬夏的語言，很早，就引起了孫甘露的注意。「漢語的美麗和遼闊撲面而來，」在談到《喪》的時候，後者曾如是說來，「透露著植物被風乾烘焙之後的那種陰柔的苦香。」〔註53〕有了這等筆墨工夫，可算半個高鶚，不妨徑去補寫破體《石頭記》。

從文字筆墨——以及意圖——均可看出，整體諸家從來沒有背棄過他們的立場或理想：「當一個人被視為或自視為詩人時，他僅僅與正在生成運作中的詩歌傳統相維繫」〔註54〕。如果從這個角度來衡估《家語》，筆者樂於如是小結：這個組詩在同類作品中居於至高，最保守而又最先鋒，最寂寞而又最深刻，根脈純正，氣韻綿厚，格調清爽，襟懷沖虛，主旨遙深，金風吹玉樹，明月照積雪，乃是「反者道之動」〔註55〕亦即逆向生成的當代詩經典，雖然所謂詩界和學術界——甚至包括兩位作者——長期有意無意地遏制了其在「接受」（reception）意義上的經典化進程。

十、萬夏之《喪》：抽象小說與道家寓言

組詩《戊辰秋與柴氏在房山書院度日有旬，得詩十首》，其標題，具有一種古意盎然的敘事性：一方面交待了詩的「相關之事」，一方面暴露了詩的「出位之思」。錢鍾書和葉維廉都曾談及這個術語——「出位之思」——不是指不在其位，而是指身在其位的越位，比如詩而含有小說的企圖，或者說詩而含有非自傳特徵。前述組詩中的人物或地址，「柴氏」和「房山書院」，就是徹頭徹尾的虛構。然而，詩人對此並不滿足，他們又將詩之虛構引向了小說之虛構。詩人——可能的小說家——在沐川紅房子下跳棋，從眼前的真實的「旗山嶺」，跳向了紙上或心裏虛構的「旗山果園」「大楠木山莊」「東山阪」「下南道」「十字廣場」……以至街衢縱橫的「王城」。我們的詩人小說家——渠煒——已經初步寫出三個中篇小說：總題為《地方》，包括《禁書與禁果，或房山書院與旗山果園》《大楠木山莊地區的大悲大喜》和《下南道，一個民間皇帝的自我討伐史》（已散佚）。誰知道呢，這三個中篇小說，或都從屬於一個長篇小說？這個長篇小說關乎廣場、藥街、瘟疫、若干智者和一個傻子，

〔註53〕孫甘露《萬夏的〈喪〉》，《文匯報》，1989年7月11日。
〔註54〕萬夏、瀟瀟主編《後朦朧詩全集》下卷，四川教育出版社1993年版，第201頁。
〔註55〕《老子》章四十。

卻又只是對一部先秦古籍的箋注、校疏和考證而已。這部先秦古籍——實為偽書——就是《王》，而這個長篇小說就是《王城》（未完成）。海上鋼琴師也是如此這般，「在他願意的時候，他可以彈爵士樂，在他不願意的時候，他可以彈出一種好像十支爵士樂混在一起的東西。」

　　「柴氏」和「房山書院」，其實呢，最早見於《戶內的詩歌和迷信》，而非《戊辰秋與柴氏在房山書院度日有旬，得詩十首》。這兩個組詩，建立了非常肯定的互文性（intertextuality）。這兩個組詩——及其他組詩，比如《下南道：一次閒居的詩紀》——又與中篇小說《地方》和長篇小說《王城》，建立了更為複雜的互文性。此類互文性，存於一個作者——也就是渠煒——的內部。事情就是這樣奇妙：渠煒，乃是兩個作者，亦即宋渠和宋煒。這還不是筆者想要說的全部，事實上，在兩個、三個乃至多個作者之間，詩與詩，詩與小說，小說與小說，存有單向的、雙向的或多向的影響通道（交叉通道）。比如《戶內的詩歌和迷信》的某個局部，「而山中那許多河流與杯子／全都不求滿盈」，就可以溯源到萬夏的《關於農事的五首詩》，「完整的宋氏在一座山裏生養／那裡水土貧窮，河與杯子都不求滿盈」。而萬夏大致完成的中篇小說，比如《喪》和《宿疾》，也可以溯源到渠煒並未完成的長篇小說，比如《王城》。萬夏的《喪》，寫於 1987 年 10 月；《宿疾》，寫於 1988 年 3 月。據宋奔和宋渠回憶，這兩個小說，大體上都寫於沐川。渠煒畫出了「草圖」，卻在沐川，被萬夏加工為「成品」。這個「成品」較於「草圖」，可能走了樣，也可能翻了新。而萬夏的《宿疾》，又是對《喪》的續寫或重寫——就如同《來自中國北方的情人》，只是對《情人》的續寫或重寫。杜拉斯（Marguerite Duras）這種手藝，萬夏無師自通用得上好。《喪》和《宿疾》，由很多斷片構成，像札記，像速寫，像抒情散文，像敘事詩，渠煒說是「話本」〔註 56〕，作者自稱「中篇小說」。故而，這兩個中篇小說，也就自相矛盾地包含有各種「出位之思」。比如，萬夏既寫有中篇小說《喪》，又寫有組詩《喪》，既寫有小說殘章《農事》，又寫有組詩《關於農事的五首詩》，小說與詩堪稱珠聯而璧合。從前述討論可以看出，整體諸家，或已呈現出幾乎沒有邊際的互文性奇觀。

　　此種幾乎沒有邊際的互文性奇觀，甚至還體現為，整體諸家的詩文拱衛著共同的軸心。最顯赫的軸心，最大的母題，就是「身體」或「疾病」——

〔註56〕渠煒《〈喪〉：一部形而上話本的實境構造》，未刊稿，1988 年春。下段引渠
　　　　煒，亦見此文。

而不是社會、現實、政治、宗教或歷史。他們醉心於相互沾溉，反覆討論並反覆書寫這個母題：從文論，到詩歌，再到小說。以渠煒為例，從《大曰是》，到《導書》，到《家語》，再到《王城》，無不關注身體與疾病。「入冬後家人們在內堂生病／細飲黃酒，藥力深長、細緻」。這且按下不表，因為，本節的重心還是在小說。宋煒曾給筆者看過一個小說殘片，寫到三個人物：「我」，「父親」，以及「先生」。「我」已身患沉疴，正按「先生」所授，湯沐後進入密室打坐，孰料一股氣自臍下氣海穴翻湧，其後盤桓於兩乳間膻中穴，最後直刺心房，上了太陽，搶進百會，終不免甩頭昏將過去。類似的人物關係和情節設計，亦見於萬夏的《喪》，或《宿疾》：「我的地機已喪於腹哀，商丘高過箕門，府舍零落」，「我只得放棄這些破屋，退居堂屋，守住空空的中庭」，「景色在極端的尖銳中紛紛湧進百會，在身體內部變成寂靜不動的狂風，杯子裏的酒在爐火中越來越冷」。萬夏還為這個小說配了一幀《內景圖》，其實就是一幀人體穴位肺腑圖。他還特別注明，小說中的「山頂」對應「百會穴」，「南山」對應「心」和「中堂」，「庭院」對應「脾胃」，「東山」和「東耳房」對應「肝」，「西山」和「西廂房」對應「肺」，「北山」對應「腎」，「後院水井」對應「三陰交」，「後山溫泉」對應「湧泉穴」。由此可以推知，小說中的「秋」和「犁」「斧頭」「刻刀」對應「肺金」，「春」和「芭蕉」對應「肝木」，「冬」和「溫泉」「井」對應「腎水」，「夏」和「旱情」對應「心火」，「長夏」和「磚坯子」「窯子」對應「脾土」。作者寫到的任何外景，都緊扣內景，「使我們置於其中時猶如置於我們自己的身體內部」〔註57〕。故而，萬夏這兩個小說，堪稱關於道家養生術的抽象小說，亦堪稱關於整體主義或整體生命的寓言小說。如果說《水滸傳》是性之小說，《石頭記》是情之小說，《喪》和《宿疾》就是命之小說。《喪》——當然也包括《宿疾》——乃是這樣兩枚或一枚「正果」：被渠煒視為「對《易》學文化精神的一次親近」，而被石光華視為「是中國整體文化靈性在現代小說中的一次實現」。

整體諸家對身體或疾病並無厭惡之意，相反，還持有一種鑒賞甚或感激之情。這種態度顯得並不冒昧，也不奇怪，反而理直氣壯。也許在整體主義看來，疾病意味著內景的紊亂，意味著內景與外景的決裂；對疾病的觀察和治療，也就意味著對整體生命的窺視。任何疾病，都是提醒。任何病中生活，

〔註57〕石光華《重合的境界——萬夏小說〈喪〉的意識和語言分析》，未刊稿，1988年1月。本段下引石光華，亦見此文。

都是徹悟生活。《家語》第二首,《病中》,就描述過此種宜於珍視的病中生活:「讓人圍住烤火的爐灶/又可以搓手取暖/無一多事可做」。宋奔很早就很重視這個問題,他曾多次這樣立論:「疾病具有健康的傾向。」〔註58〕呔,這句話為何這般眼熟?對了,渠煒的《導書》也正是這樣收尾:「只要三寸氣在,疾病就具有健康的傾向。」

　　沒有偶然,只有必然,一切都可以尋見千里伏線:自《周易》以降,道家思想逐漸分為兩個支派,亦即哲學與醫學,哲學則《老子》《莊子》《列子》和《淮南子》,醫學(包括養生術)則《黃帝內經》《周易參同契》《黃庭經》《素女經》和《抱朴子》。兩個支派,並非截然,就是說,哲學中有醫學,醫學中有哲學。究總體趨勢而言,哲學日衰而醫學日盛,道家養生書可謂汗牛充棟。整體主義思想,其初衷,則欲兼顧兩者。比如石光華好讀《周易》,萬夏好讀《黃帝內經》,渠煒好讀《黃庭經》及《雲笈·七籤》,席永君兼讀同鄉名醫鄭欽安的《醫法圓通》,劉太亨原來就是醫生,宋煒天生就是占卜家,石光華後來才當美食家(食物即藥物也),歷歷如在目前,而每每自有定數。或許,諸如此類,都算得是這些整體詩人——或小說家——的「出位之思」?

十一、「就讓我回去吧。拜託了。」

　　《漢詩》第三期,也曾基本編成。據說,將由潘家柱出資,擬於 1989 年與 1990 年之交印行於成都或重慶。孰料風雲突變,詩人零落,最後只好作罷。故而,整體主義,算是與二十世紀八十年代同時畫上了句號。渠煒後來還試圖將一個沐川的地方性刊物,《涉川》,出一期詩歌專號,「弄成變相的小《漢詩》」〔註59〕——這個只是「原真人」想出來的「天真事」,最後必然並非無因地歸於無果。

　　整體諸家很快做出了決定,可以不發表,不出版,卻不可以不寫作。「海子和駱一禾是詩和人共失其血,」從沐川,宋煒來信說,「最後還不是只有在詩中死求高貴之物。」〔註60〕但是渠煒——及整體諸家——卻寫得越來越少。渠煒所謂「自發貶抑效應」,石光華所謂「弱化處理」,或許並不是主要的原因。陶淵明所謂「力氣漸衰損,轉覺日不如」,或許也不是主要的原因。渠煒

〔註58〕見宋奔《〈整體主義詩選〉編後記》,前揭;亦見宋奔關於《家語》的導讀文章,無題,未刊稿,1988 年 8 月 27 日。
〔註59〕宋煒致席永君信,1992 年 1 月 13 日。下引宋煒,凡未注明,亦見此信。
〔註60〕宋煒致席永君信,1989 年 12 月 23 日。

迄今拒絕發表作品，拒絕出版詩集，他們與整體諸家留下了一大堆計劃、提綱、斷片、局部、草稿、半成品或初稿。這些文字，正在加速漫漶，眼看就要散佚於如此頹然的漢語世界。對這種結局或宿命，渠煒——通過《作為生命存在的詩歌》——早就有過預言：「詩歌經歷著尋找確定性的過程，經歷平衡的過程與超越有限狀態的過程。這些過程的達到其實只是相對的、近似的或暫時的——也就是說，永遠都是未完成的。」

　　海上鋼琴師從未下船，宋煒卻已出山。他逐漸離開了宋渠，單飛天涯，從沐川，到成都，去重慶，遠赴北京而又復回重慶，逐漸從《黃庭經》式生活轉向《水滸傳》式生活：喝酒喝成了怪物，說髒話說成了胖哥，泡妞泡成了職業單身漢，寫詩寫成了所謂詩界以外的傳說（不怒而威的傳說），卻始終葆有一種一望即知的率真和磊落。「使我有身後名，不如即時一杯酒。」〔註61〕據說某次在北京，宋煒已喝高，與別人發生了口角。這個抱樸的漢家子弟，寫詩的天才，混世的赤子，定然只是一個打架的笨豬。他很快就被別人踩在鞋底，這時候，宋渠打來了電話。宋渠問：「你在哪裏喲？」宋煒答：「我在別人鞋底呢。」宋煒的各種遭遇，他的快樂，他的一敗塗地，反證了海上鋼琴師的憂心：「現在你想：一架鋼琴。琴鍵是始，琴鍵是終。八十八個琴鍵，明明白白。琴鍵並非沒有邊際，而你，是無限的，琴鍵之上，音樂是無限的」，「然而，當我登上舷梯，眼前就展開了一個有上千萬琴鍵的鍵盤」，「在那沒有邊際的鍵盤上。在那鍵盤上，沒有你能彈奏的音樂，你坐錯了位置，那是上帝彈奏的鋼琴」，「我出生在這艘船上，在這裡，世界流動，每次兩千人。這裡也有欲望，但欲望無法超越從船頭到船尾的空間」，「大地是一艘太大的船。是一段太漫長的旅途。是一個太漂亮的女人。是一種太強烈的香水。是一種我無法彈奏的音樂。請原諒我。我不會下船。就讓我回去吧。拜託了。」海上鋼琴師藏身於已然報廢的弗吉尼亞號，最後兩者同時毀於六公噸半炸藥；而宋煒還剩下「半條大好性命」，剩下「兩隻右手」，他通過抽屜式的自慰式的寫作不斷夢回山中。來讀宋煒的《登高》（其二）：「在山上，我獵取的不是樹木／或林間獸。／我只砍伐黃金、白銀與青銅。／我在巔頂目擊的／也不是太陽從雲間的噴湧，／而是太陽系在頭頂的徐徐升起。」山中——沐川——那裡啊，確實，只有八十八個琴鍵，卻有悄悄靠近整體的音樂或詩。

〔註61〕張季鷹語。劉義慶《世說新語・任誕第二十三》。

卷五　大學生詩派或「反騎士」

一、燕曉冬與《大學生詩報》（創刊號）

　　談論「大學生詩派」，一不小心，就會逾出筆者的空間設定。是的，巴和蜀。從廣義來講，大學生詩派及於全國，其重鎮，在蘭州；從狹義來講，限於巴蜀，其重鎮，自重慶而成都。彼時重慶，彼地各大學，為陪都的各種粗線條傳奇而爭論不休，為渣滓洞的烈士故事而悲憤不已，為紅衛兵墓地而五味雜陳，為熱而迷狂，為麻辣而沉醉，為乖妹兒而興奮到痛苦，為上坡下坎而竊喜，為轉彎抹角而驚奇，為弔腳樓的危險的平衡性而憂心忡忡，為嘉陵江和長江的不捨晝夜而遠望，為解放碑的想像力一般的頂尖而想落天外，似乎一切，都致力於促成一個狹義的大學生詩派。無論狹義，還是廣義，大學生詩派既出示了雄心，又展示了盛氣。雄心彌天，盛氣凌人。也就是說，這個詩派，乃是強行命名的結果。很難想像，這個詩派，能夠成為一個詩派。但是，一個命名，一旦命名，就定然攜帶著雷霆。即便從狹義來講，因為懼怕雷霆，筆者也只好沿襲這個命名。是的，大學生詩派！

　　然而，從哪兒說起呢？筆者至少考慮過三套方案，最後做出選擇，就讓本文——以及大學生詩派——發軔於《大學生詩報》。1985 年 3 月 25 日，重慶，《大學生詩報》創刊號出版，四開，四版，鉛印，梁上泉和楊山題詞。這份詩報主辦方為重慶市大學生聯合詩社，主編為燕曉冬和張建明。燕曉冬，1964 年生於四川旺蒼，1981 年考入重慶師範學院，1985 年分配到華鎣光學儀器廠，此後很快就辭去公職。張建明，1963 年生於四川旺蒼，1981 年考入重慶師範學院，1985 年分配到西昌師範專科學校，1988 年調入廣元日報社。

為了支付這個創刊號的印刷費，張建明賣掉了一塊上海牌手錶（得錢八十元）。創刊號所發文章，有兩篇，必須在此提及：一篇是燕曉冬執筆的《舉起帥旗，開拓「大學生詩派」——重慶市大學生聯合詩社成立簡報》〔註1〕，一篇是張建明執筆的《重慶市大學生聯合詩社宣言——代發刊辭》〔註2〕。張文界定了「我們」的身份：「我們是當代的大學生」，「我們是詩的後裔」〔註3〕；燕文給出了「我們」的命名：「大學生詩派」——這個命名，像是倉促披掛。兩篇文章，題目，或正文，都顯示出一種混合型的亢奮。這種混合型的亢奮，既可以視為六七十年代的遺產（集體無意識），也可以視為八十年代的銳氣（個人主體性）。東風吹，戰鼓擂，紅衛兵的傳統，趁手而成大學生的崢嶸。後者繼承了前者的瘦馬，還有長矛，兩者卻各有各的風車。塞萬提斯（Miguel de Cervantes Saavedra）是怎麼敘述的呢？「這時微微刮起一陣風，轉動了那些龐大的翅翼。」〔註4〕紅衛兵和八十年代初期大學生的比較研究，是個很有意思的話題；但是當前急務，首先還是要來鄭重言明：雖然燕曉冬雷聲大，雨點小，並未完成某種迫在眉睫的美學建構，筆者仍然樂於將他確定為大學生詩派的命名者和發起人。就像阿波利奈爾（Guillaume Apollinaire），他把其《蒂雷西亞的乳房》，首次稱為「超現實主義戲劇」，而超現實主義美學建構仍然在等待布勒東（André Breton）。大學生詩派，仍然在等待尚仲敏。

除了燕曉冬和張建明，這個創刊號的作者，還有潘洗塵、胡萬俊、尚仲敏、療〔註5〕宛虹、潘仲齡、劉岳彪、羅勇、肖衛寧、楊榴紅、吳文媛、劉琴、于堅、梁平、燕曉冬、張建明、楊湧和范孝英。胡萬俊，1963年生於四川營山，1981年考入西南師範學院，1985年分配到重慶晚報社。尚仲敏（又叫阿敏），1964年生於河南靈寶，1981年考入重慶大學，1985年分配到水電部，1986年調入成都電力勘測設計院，1987年調入成都水力發電學校，1992年辭去公職。于堅，1954年生於昆明，原籍四川資陽，1980年考入雲南大學，

〔註1〕吾國讀書界與藏書界，向來重書籍，輕期刊，尤輕報紙。當代詩報或文學報，散逸之嚴重，甚於民國文獻。《大學生詩報》第1～3期，其編者及若干作者均未保存樣報。迄今，筆者無緣拜讀燕曉冬此文。後文相關論述，也採用了姜紅偉提供的若干間接資料。

〔註2〕此文後被轉發於《重慶日報》，改題為《我們，詩的後裔》。

〔註3〕轉引自姜紅偉《張建明訪談錄》，未刊稿。

〔註4〕塞萬提斯（Miguel de Cervantes Saavedra）《堂吉訶德》，楊絳譯，人民文學出版社1987年版，第50頁。下引塞萬提斯　亦見此書

〔註5〕疑為「廖」。

1984 年分配到雲南省文聯。創刊號的第三版闢有一個欄目，叫做「西南大學生詩會」，刊有于堅的《我們的一對鄰居》，梁平的《樹的綠》，燕曉冬的《到我房間裏來坐一坐》，胡萬俊的《黎明我走向車站》，張建明的《陽光與城市》，楊湧的《山村的故事》，以及范孝英的《踏花歸去》。此處所謂西南，其實就是巴蜀。尚仲敏的《孩子氣的你》，載於第二版而非第三版。可見這個紙上的「西南大學生詩會」，其實就是「西南籍大學生詩會」，甚而就是「就讀於重慶的西南籍大學生詩會」。尚仲敏來自中原，雖然後來定居西蜀，暫時還不能躋身於這個詩會。卻說這個創刊號，很快就脫銷，上升為現象級的刊物，引起了重慶大學生——乃至巴蜀詩歌界——廣泛而熱烈的關注。梁平的《樹的綠》，「要綠就瘋狂地綠一次吧」，眨眼間，就已經成為篝火邊的名言，成為大學校園裏接頭暗號般的金句。

二、「大學生詩苑」

　　《大學生詩報》絕非空無依傍，其顯而易見的上游或背景，乃是甘肅最重要的文學雜誌——《飛天》。就在 1981 年歲首，該刊總編輯楊文林，編輯張書紳，就在當年第二期，新闢一個欄目，叫做「大學生詩苑」〔註6〕。此後四十年，這個欄目堅持不輟，刊發詩歌逾六千首，早就成為大學生詩歌的光榮榜。從 1981 年 2 月，到 1991 年 1 月，張書紳具體負責這個欄目，共編輯一百〇八期，過眼來稿逾四十萬件，覆信逾五萬件，刊發的大學生詩歌逾兩千首，由是成為八十年代大學生詩歌的教父——這個教父不但不冷，還熱情到成為幾代大學生的暖記憶。若干年以後，于堅說，「《飛天》成為大學生詩歌的一個聖地」〔註7〕。這個詩意描述，也許，可以轉換為更加精確的歷史性描述：《飛天》激發並展覽了八十年代的青春、勇氣、想像力和理想主義，並將幾代大學生，成功地推薦給第三代的各個野山寨（美學意義上的野山寨）。

　　《飛天》很早就曾遊目於西南諸省，尤其是巴蜀兩地，從 1982 年 8 月，到 1985 年 7 月，陸續刊有周倫佑的《春節（外二首）》，胡萬俊的《拾零》，于堅《圭山組曲》，王亞西的《甘孜印象片斷》，周倫佐的《果實》，渠煒（宋渠

〔註6〕早在 1981 年 1 月，《安徽文學》已新闢一個欄目叫做「大學生詩叢」。由此，或可見當時氛圍。

〔註7〕于堅《歷史不能忘記》，姜紅偉《大學生詩歌家譜：〈飛天·大學生詩苑〉創辦史（1981～2014）》，廣東人民出版社 2017 年版，第 7 頁。關於大學生詩苑，本文素材大都來自此書。

宋煒）的《鄉間》，尚仲敏的《臨考之前》，燕曉冬的《詩寫我和我們》〔註8〕。後來得名的周氏昆仲，迄今埋名的宋氏昆仲，均未讀過大學，卻也以電大生或函大生的身份上榜。而重慶大學的尚仲敏，從 1984 年，到 1985 年，據說曾七次投稿，均獲張書紳耐心點評和指導，終在 1985 年 4 月——《大學生詩報》創刊號面世不久——首次上榜。1985 年 9 月，尚仲敏已經離巴赴京，又以《自寫歷史自畫像》再次上榜。與燕曉冬和尚仲敏相比，于堅年齡更大，習詩更早，不免也就搶先摘桂。1983 年 4 月，于堅以《圭山組曲》初次上榜。《圭山組曲》是個組詩，包括五首短詩：《圭山》《火把果》《鬥牛》《摔跤手》和《火把節》。這個組詩「展現了一幅民族風情的畫卷，彈響了一曲高原生活的樂章」〔註9〕。此後，于堅還以《節日的中國大街》《第 15 號》《第 19 號》《滇東北大峽》和《我們的一對鄰居》陸續上榜。正是《飛天》，讓于堅，很快就聲名鵲起。探秘大地，關心日常，前後十首，冠絕一時。都說薑是老的辣，且讓于堅，率先成為「大學生詩歌的旗手」；都說初生牛犢不怕虎，試看燕曉冬，試看尚仲敏，如何成為「大學生詩派的旗手」。

　　對於大學生詩人來說，蘭州是座金城，重慶是座重鎮。重慶的《大學生詩報》，顯而易見，可以回溯到蘭州的《飛天》。《大學生詩報》第二期，新闢一個欄目，也叫「大學生詩苑」。這個用心的細節，似乎可以如是理解：《大學生詩報》向《飛天》遙致敬意，重慶向蘭州遙致敬意，長江中游向黃河上游遙致敬意。毫無疑問，這是同學或同志般的敬意。

三、回溯到重慶市大學生聯合詩社

　　尚仲敏與燕曉冬相識，並非始於《大學生詩報》。尚仲敏進入重慶大學，就讀於電機系，燕曉冬進入重慶師範學院，就讀於外語系。尚仲敏酷愛數學，英語，一心想當科學家。可能是大學三年級的一場足球，把這個未來的科學家，套現成了唾手可得的詩人。一天傍晚，他踢完足球，寫出長詩《足球，我的上帝，我的伴侶》。就是在 1984 年，他組建荒原文學社，編印文學雜誌《荒原》。尚仲敏並不知道艾略特（Thomas Stearns Eliot），也不知道《荒原》（*The Waste Land*），而燕曉冬正沉浸於英美現代詩，後者渴望以此為話題，並求得

〔註8〕可能正是基於這樣的事實，大學生詩派之起迄，曾被定為「約 1982～1985 年間」。徐敬亞等編《中國現代主義詩群大觀》，同濟大學出版社 1988 年版，第 186 頁

〔註9〕張福言《詩在詩外》，《飛天》1983 年第 11 期。

一份跨校而又趕英超美的詩誼。燕曉冬去見尚仲敏，前者問：「你知道艾略特？」後者答：「喝酒，先別管艾略特。」〔註10〕這次會晤是外文系與電機系的會晤，艾略特與非艾略特的會晤，西洋與本土的會晤，也是天外之詩與眼前之酒的會晤。歷史彷彿開了一個玩笑，然而，這個玩笑還將繼續引導一段歷史。這就是所謂真相，令人忍俊不禁，而又拍案叫絕。

　　若干年以後，尚仲敏曾對楊黎——以及筆者——這樣強調：「燕曉冬是個天才。」〔註11〕當時正在熱播《上海灘》，於是乎，燕曉冬也穿西服，戴手套，別人用火柴，他用打火機，把自己裝扮成了沙坪壩的許文強。此君心比天高，孰料命運多舛，稻梁難謀而理想不繼，耽於氣功和遠程治療術，最後作為一個商業化譯者（比如，他居然譯過《幾何原本》）而屈居於市井。據說，燕曉冬還曾在街頭倒賣過來自日本的二手西服。他穿上所有貨物，脫一件，賣一件，脫一件，賣一件，如果運氣好，回去時就只剩下自己的裏衣。這再次令筆者想到偉人而貧窮的塞萬提斯——除多卷本反騎士小說《堂吉訶德》外，他還著有長詩《巴拿索神山瞻禮記》。這部長詩敘及詩神阿波羅為每位詩人都備好了座位，卻叫塞萬提斯坐在自己的大衣上面。塞萬提斯只好如是回答：「您大概，沒注意，我沒有大衣。」

　　回頭卻說像燕曉冬和尚仲敏這樣的詩誼，像《荒原》這樣的詩刊或文學雜誌，在彼時重慶乃至全國，已經成為校園生活的一種時尚。重慶大學而外，西南師範學院辦有《五月》，重慶師範學院辦有《星空》〔註12〕和《嘉陵潮》，第三軍醫大學辦有《紅葉》。每所大學，每個詩刊或文學雜誌，每個詩社或文學社，都試圖——或正在——參與建設一個以詩為軸心的精神社區或公共精神空間。

　　燕曉冬去見尚仲敏，另有目的，就是想要整合重慶各大學的詩性力量。這件事情，早在 1983 年，他就曾多次商於張建明。經過一年多的努力，他倆終於夢想成真。由西南師範學院、重慶師範學院、重慶大學、重慶建築工程學院、重慶郵電學院、四川外國語學院、西南農學院、江津師範專科學校和四川美術學院牽頭，十七家詩社和文學社聯袂，成立了重慶市大學生聯合詩社。市長於漢卿和市文聯主席方敬任名譽社長，詩人、作家或翻譯家梁上泉、

〔註10〕轉引自姜紅偉《尚仲敏訪談錄》，未刊稿。
〔註11〕楊黎《市長爺爺萬歲：尚仲敏採訪錄》，楊黎編著《燦爛》，青海人民出版社2004 年版，第 511 頁。下引楊黎，亦見此文。
〔註12〕主編為張建明，副主編為燕曉冬。

陸棨、凌文遠、余薇野、鄒絳、楊山、呂進、楊本泉、彭斯遠、王覺、傅天琳、李鋼任顧問，西南師範學院的胡萬俊任社長，重慶師範學院的張建明任副社長，重慶師範學院的燕曉冬任秘書長。這是沙坪壩與北碚的結盟，工科生與文科生的結盟，夢幻騎士與古惑仔的結盟，團干與調皮鬼的結盟，水果糖與酒精的結盟，還是小綿羊、小孔雀、小蜥蜴和小老虎的結盟。卻說胡萬俊此前就曾發表較多作品，並有創辦《五月》，已齊名於中國人民大學的程寶林、復旦大學的許德民、華東師範大學的宋琳、雲南大學的于堅、哈爾濱師範大學的潘洗塵。張建明亦已發表《小鎮上空的鴿子死了》，雖說嶄露頭角，畢竟稍遜風騷。故而，他和燕曉冬決定，請來胡萬俊以執牛耳——這是重慶師範學院對西南師範學院的讓賢。胡萬俊似乎有點兒被動地，得到了火熱的革命成果。西南師範學院的三位詩學導師，方敬、鄒絳和呂進，也欣然加持了這個聯合詩社。呂進，不說也罷；鄒絳，聶魯達（Pablo Neruda）之譯者也；方敬，泛九葉派〔註13〕之詩人也，何頻伽之夫也，何頻伽，名詩人何其芳之妹也。由此，或可看出重慶新詩傳承的一些伏線。1985年1月6日，重慶市大學生聯合詩社在西南師範學院舉行了成立大會。市文聯發來賀信，鄒絳親臨祝賀，張建明宣讀《宣言》，燕曉冬宣讀《章程》，鼓掌通過若干人選，最後，胡萬俊意氣風發地發表了《就職演講》〔註14〕。

　　重慶市大學生聯合詩社——主要是燕曉冬和張建明——決定集中資源聯辦刊物，他倆給於漢卿寫信，希望得到後者的支持，不久就收到了市政府的一封機要信。於漢卿大加鼓勵，卻婉拒題寫刊名。重慶師範學院印刷廠見到這封機要信，不再要求另開介紹信，以成本價印刷了本文開篇敘及的《大學生詩報》。《大學生詩報》共印行四期，從創刊，到終刊，歷時不足三個月。而與之互為唇齒的大學生詩派，從命名，到得名，以至鳥獸散，歷時只有八個月。這個說法，來自尚仲敏：「它實際上只生存了八個月：比我們設想的時間長多了！」〔註15〕不管三個月，還是八個月，都堪稱一叢曇花。1985年6月，畢業前後，胡萬俊編成一部小詩集，《誕生的河流》，算是一枚省略號般的句號。

〔註13〕九葉派詩人辛笛（王辛笛）之女王聖思女士，以及其他一些學者，認為九葉派不限於辛笛等九位，還應該包括方敬、金克木、野曼、李白鳳、徐遲、羊翬等數十位。參讀王聖思編《九葉之樹長青》，華東師範大學出版社1994年版。

〔註14〕參讀楊大矛《重慶市大學生聯合詩社成立》，《當代文壇》1985年第3期。

〔註15〕《大學生詩派宣言》，《深圳青年報》總第184期，1986年10月21日。

四、鄭單衣與「北碚中心主義」

　　《大學生詩報》第二期，第三期〔註16〕，出版時間均待考，前者主編為鄭凱（又叫桑子），後者主編為邱正倫。鄭凱，1963 年生於四川自貢，1981 年考入西南師範學院，1985 年分配到貴州農學院，1998 年調入貴州大學，1999 年辭去公職並移居香港。大約是在 1987 年，他另用筆名，「鄭單衣」，乃是詩人傅維席間戲擬，出自宋人周邦彥的《六醜》，「正單衣試酒，恨客裏，光陰虛擲」。邱正倫，1961 年生於四川達縣，1982 年考入西南師範學院，1985 年繼任聯合詩社社長，1986 年留校任教。1986 年 7 月，他在《詩刊》發出組詩，《南方少年》，正是從這期開始，《詩刊》新闢一個欄目，叫做「大學生詩座」。回頭卻說《大學生詩報》的幾位主編，走馬燈，看似很民主，實則還是權力爭奪的結果。

　　這位鄭凱——或可提前喚作鄭單衣——的出現，乃是《大學生詩報》——或者說大學生詩派——的一個例外，一個反調，一次逆行，一次必要的旁逸斜出，一種並不能被一眼看穿的苦心或先知先覺。就在《大學生詩報》創刊前後，這位化學系的青年，在圖書館裏面，正式決定把一生都交給寫作。2000 年 9 月，他寫出長文，《寫作，無時態的告慰》，回憶了這次痛苦而痛快的臨盆：「用三小時（太漫長了，是嗎？），我成了自己的兒子和父親。我生於1985 年。我也是我自己的母親。既然不平的命運由出生決定是種可笑的邏輯，那麼，任何人就都有權再出生一次，去改變那令人詛咒的命運——它僅僅需要一個時間，一個地點，和一個可以重新界定一切可以瞬間概括一切的結實子宮——它貌似時代，其實卻是另一樣東西——寫作。人可以通過寫作在語言中獲得新生。1985 年初春，整整三小時，我的生命發生巨變，完全被那新生的未來幻覺所充斥。我只有不停用抽煙來驅趕自己的幻覺——到處都是『被黎明集合的夢想的大軍……和拋向空中的勝利的帽子……』」〔註17〕就是在1985 年，他還寫出短詩，《春天》，描述了這種自己生出自己的奇蹟：「形式，死亡，誕生……一座花園」。前引《寫作，無時態的告慰》片斷，與《春天》全詩，構成了一個互文，不僅僅因為兩者都使用了同一個單句：「像一個詞彙的

〔註16〕《大學生詩報》第 3 期如同一椿疑案，筆者偵得的信息極為有限，甚而已經成為本文證據鏈上的缺環。
〔註17〕《寫作，無時態的告慰》，鄭單衣《夏天的翅膀》，上海三聯書店 2005 年版，第 5～6 頁。下引鄭單衣，亦見此書。

血脈被割斷」。這既是鄭單衣的臨盆儀式，也是他的化蝶儀式。《大學生詩報》的作者，或者說大學生詩派的成員，很快就做官去也，經商去也，鬻文去也，貪杯去也，泡妞去也，乞食去也，無為頹廢去也，自己也可以弄死自己；而鄭單衣，就像堅持生活那樣，罕見地堅持了新穎而獨立的寫作。

早在 1984 年的暮春或初夏，鄭單衣就已經結識柏樺，後者當時工作於中國科技情報所重慶分所。後來，柏樺曾這樣憶起鄭單衣，「有一次我偶然讀到他一首詩，他在其中一行使用了一個極大膽的形容詞，這個詞引起我的注意，我看到了他壓抑不住的詩才。一個單薄、蒼白、急躁、敏感的青年，他對詩歌投入的全部熱情被我引為知己」〔註18〕。鄭單衣主編《大學生詩報》第二期，是在 1985 年 3 月；柏樺創辦詩刊《日日新》，是在當年 5 月。柏樺及其小圈子，在此前後，已經寫出了堪稱傑作的新詩。鄭單衣不願意讓《大學生詩報》成為一種井底的自娛，而試圖把柏樺及其小圈子推薦給大學生詩人及讀者。正是基於這樣的考量，《大學生詩報》第二期既刊有桑子的《獨白》和《花與果》，王凡的《殘冬》和《野谷》，張建明的《溫暖的河》，燕曉冬的《有二位藍色的朋友》，又刊有柏樺所譯普拉斯（Sylvia Plath）之詩《霧中羊群》和《鏡子》，張棗所譯龐德（Ezra Pound）之詩《巴麗達》《劉徹》《肖像》和《女孩》，柏樺短文《新詩漫談》，以及北島的《觸電》，柏樺的《夏天還很遠》和《再見，夏天》，歐陽江河的《白色之戀》和《背影裏的一夜》，彭逸林的《雅歌》，張棗的《鏡中》和《何人斯》。普拉斯和龐德帶來了撩人的西風，柏樺和張棗帶來了可人而睽違已久的漢風。柏樺及其小圈子，漢風夾西風，偏向於傳承「複雜而古怪的混合之傳統」。鄭單衣設置的欄目，「譯海金沙」也罷，「校外詩音」也罷，正是為了邀請和安頓這批新詩和西洋詩的導師。可是彼時的大學生詩人，眼過頂，膽包身，根本就不需要——甚至想要擺脫——這樣的過於儒雅而又有點晦澀的導師。

在接受筆者採訪的時候，柏樺否認了下面這個傳說：為盡快售出《大學生詩報》，他曾與鄭單衣一起到西南師範學院擺地攤。沒有這段民國風的往事，兩者的惺惺相惜，也不需要專門去證明。在很大的程度上，鄭單衣獨得了柏樺的秘傳。他奉後者為美學仁波切，首先苦練了對夏天的一往情深。在迅疾如鳥的八十年代，鄭單衣先後寫出《夏天的衣衫》《清香的夏季》《在一個夏天，在一個夏天》和《夏天最後幾個憔悴的日子》。這批夏天之詩，就是自覺、

〔註18〕柏樺《左邊》，江蘇文藝出版社 2009 年版，第 122 頁。下引柏樺，亦見此書。

幻覺和痛覺的雞尾酒，詩人自稱為「新的白日夢的直接產物」。1988 年的作品，《石榴》，也恰是夏天之詩。「我用一生反覆預演的幸福／不過是一抹青煙／一箱土耳其寶石的幻象」。進入九十年代，他甚至比柏樺還喜歡寫夏天。在這些詩句裏面，我們不難看到，那柏樺式的渴望、緊張而激動的心，那內出血的胃，以及那風不止而樹欲靜的灰心。後來，非僅在這個意義上，鄭單衣也有過坦誠而困惑的捫心自問，「一首詩，一首詩的心臟部分，要求著詞，句法……和它的一個以上的作者？」

　　鄭單衣已經目睹過更為迷人的新詩勝地，及漢語美景，當他回到學生宿舍，再也難以苟同大學生詩人的咋咋呼呼。就憑雨季和吉他？就憑熱血上頭？就憑荷爾蒙過剩？他很快就皺緊了眉頭。對詩之抒情功能的領教，對修辭之成人特徵的辨認，反過來，可能讓他意識到了某種不可能：重慶市大學生聯合詩社的不可能，以及，大學生詩派的不可能。「一個嶄新的飛行器在一星期內誕生。它的主要配件是二十一所大學的文學社，一千五百多人爬過表格進入了這個裝置〔註 19〕。可不到兩星期，詩社就分裂，像大刀與長矛對應著兩份短命的詩歌報。」鄭單衣在此處提及的「兩份短命的詩歌報」，一份是《大學生詩報》，一份是他和王凡主編的《現代詩報》。鄭單衣同時還提出一個問題，到今天，都仍然難以回答：「這能否叫做文學事件？」詩人不必打群架，不必搶山頭。分裂，也許正好，那就應該分裂成互不相干的單體細胞。就像趙子龍或堂吉訶德（Don Quixote），單槍匹馬，身邊最好連個矮胖子也沒有。要麼強奪了曹孟德之劍，要麼灰溜溜地慘敗給白月騎士之槍，只能這樣——要麼獨自書寫孤膽英雄傳奇，要麼獨自將騎士小說偷偷改寫成多卷本反騎士小說。

五、尚仲敏與《大學生詩報》（終刊號）

　　重慶師範學院，重慶大學，以及研究生張棗所在的四川外語學院，都在沙坪壩；西南師範學院，獨在北碚。《大學生詩報》創刊號試圖兼顧沙坪壩與北碚；而第二期，第三期，似乎逐漸傾向於一種北碚中心主義。這很難得到沙坪壩的理解；此外還有更為內在的原因，比如說，在詩學立場上產生了由隱而顯的分歧。燕曉冬和尚仲敏可能已經意識到，必須跳出西南師範學院的濃蔭（在很大的程度上，這是一種文學院或文科生的濃蔭）。1985 年 6 月 8 日，

〔註 19〕重慶市大學生聯合詩社，與成立時相比已然更加壯大。

《大學生詩報》終刊號出版，對開，四版，鉛印。這份詩報主編為燕曉冬和尚仲敏，編委為燕曉冬、尚仲敏、羅勇、菲可、吳文媛、張建明和川一（如今連尚仲敏也記不起來此君為何許人也）。

這個終刊號雖然絕緣於西南師範學院，最終並未落腳於一種沙坪壩中心主義。為何這麼講呢？終刊號只有一個欄目，叫做「中國大學生詩會」，獨佔三點五個版，刊有尚仲敏的《關於大學生詩報的出版及其他》〔註20〕和《今年七月我大學畢業》，燕曉冬的《第101首詩》和《詩嚇啞了的男人我》，于堅的《作品39號》，北島的《青年詩人肖像》，張棗的《鏡中》〔註21〕，作者還有張小波、宋琳、柯平、孫昌建、朱曉冬、王寅、韓旭、朱洪東、尚可新、張浩、明明、張鋒、梁曉明、羅勇、菲可、苗強、寧可、周春來、徐丹夫、許祖兆、韓雨、曹漢俊、無名、韓東、朱凌波、傅亮、卓松盛、於榮健、包臨軒和吳文媛。這些作者，大都來自全國各大學。其中梁曉明和寧可，被注明，分別來自臺北大學和香港大學——筆者的猜疑，很快被證實，這正是編者的惡作劇。尚仲敏明年創辦《中國當代詩歌報》，注明贊助單位為成都新潮總公司、成都銀河公司、拉薩晚報社和香港新穗出版社，贊助人為楊從彪、陳煦堂、陳禮蓉、文遠新和羅伯特。「這個羅伯特，」尚仲敏壞笑著對筆者說，「就是虛構出來的一個老外。」由此可見，惡作劇，恰是尚仲敏的雅癖。也許他覺得，鬼臉太少，於是就扮了幾個鬼臉。詩，是不是，也應該這樣來玩？燕曉冬和尚仲敏，對了個眼神，就聯袂發起或參加了一個口語比賽，又發起或參加了一個鬼臉運動會。邱正倫後來認為，燕曉冬和尚仲敏的新詩，正如王朔的小說，「可以算作一種革命性的話語」〔註22〕。要是兩者不在重慶，在南充，或許可以徑直加入莽漢詩派。這是閒話不提；卻說燕曉冬和尚仲敏，如上所述，不但擴大了《大學生詩報》的作者群和讀者群，而且試圖改變和引導大學生詩派的航向。于堅，算是內援，韓東，算是外援。至於北島（並非大學生）和張棗（已是研究生），在這個終刊號裏面，看上去就像是刻意安排的兩節課的「反面教材」。

這個終刊號剩下來的半個版，刊有尚仲敏和燕曉冬的《對現存詩歌審美觀念的毀滅性突破——談大學生詩派》。這篇文章既反對傳統派，也反對北島

〔註20〕此詩標題是對公文標題的戲擬。
〔註21〕這是他第二次入刊與《大學生詩報》，這個，就很值得玩味。
〔註22〕姜紅偉《邱正倫訪談錄》，未刊稿。

和徐敬業〔註23〕以降的現代派。何謂傳統派？「啊，葛洲壩！」何謂現代派？「啊，潛意識！」〔註24〕按照兩位作者的造像，也許，胡萬俊和張建明都屬於傳統派，張棗和鄭單衣則屬於現代派。除了「潛意識」，還要反對「意象」「通感」和「瓶狀的憂鬱」。何謂現代派？「我不相信！」何謂大學生詩派？「我這樣生活！」那麼，針對傳統派和現代派，應該如何展開「毀滅性突破」？兩位作者給出了五條建議：其一，「大膽地反映凡人的現實生活」；其二，「使用正宗的時代口語」；其三，「冷峻，詼諧，幽默」；其四，「追求生活細節、小說情節、電影畫面及戲劇性」；其五，「追求形式的不斷創新」。以上五條建議，筆者試概括為——或拔高為——五個原則：非英雄原則、非文化原則、非主流原則、非本位原則和非傳統原則。兩位作者見風使舵，還將大學生詩派，強行並流而進入潮頭正急的第三代詩。這篇文章當是急就章，有點兒粗糙，卻首次展現了大學生詩派——主要是尚仲敏——的理論或評論稟賦。

　　《大學生詩報》的影響力，前二期或僅限於西南，終刊號則像巨鯨入水般波及全國。如果沒有這個終刊號，很難想像，《大學生詩報》會成為當代新詩史的重要學案，而尚仲敏會成為大學生詩派的驃騎將軍——他身披堅甲，手執利器，忽而衝將出來，連燕曉冬也不得不甩開膀子為他擂鼓助陣。

六、從重慶到成都：《中國當代詩歌報》

　　尚仲敏從北京調到成都，是在 1986 年。這意味著大學生詩派的重鎮，自重慶而成都，無意間完成了一個靜悄悄的接力儀式。彼時成都，游小蘇、唐亞平、胡冬和趙野已然畢業，胡曉波、鍾山、溫恕和楊政尚在讀書，兩撥大學生詩星，前者剛散開了馬蹄，後者就長出了鹿角。很快，尚仲敏擁抱了這座錦官城。當年 3 月 20 日，成都，《中國當代詩歌報》〔註25〕創刊號——也是終刊號——出版，對開，四版，鉛印，尚明義〔註26〕題寫刊名。這份詩報主辦方為四川省大學生詩人聯合協會，主編為王琪博和尚仲敏，編委為徐梅、

〔註23〕當為「徐敬亞」。
〔註24〕這是筆者的戲擬，模仿了尚仲敏的口氣並參詳了他的語義。
〔註25〕據楊黎回憶，尚仲敏大獲成功，辦詩報很快成為成都風尚。有個詩人孫杉杉（此君後來去了法國），由其姐出資，所辦詩報，居然也叫做《中國當代詩歌報》。他讓其姐出任主編，其姐夫和小侄女出任編輯。在八十年代巴蜀詩界，這算得上是一樁奇事。
〔註26〕尚明義者，尚仲敏之父也，乃是靈寶縣第十一中學的語文名師。

蕭紅、王琪博、盧澤明、李明、夏陽、楊湧和尚仲敏。王琪博，1965 年生於四川達縣，1983 年考入重慶大學，1987 年肄業後據說辦過公司搞過地產開過煤礦。這個小魔頭，因為打架，臨畢業，被開除，詳見其 1989 年所作《我的大學》——此詩反思彼時大學教育，或可媲美於李亞偉的《中文系》。至於四川省大學生詩人聯合協會，取法於重慶市大學生聯合詩社，由四川大學、四川師範學院、華西醫學院、成都科技大學、四川財經學院和西南民族學院的多個詩社共同組建。彼時，重慶尚未直轄，而轄於四川。重慶市大學生聯合詩社，聽上去，有點像是四川省大學生詩人聯合協會的分支。實則前者成員更夥，成果更多，聲勢更大，影響更廣，後者僅限於成都，反而更像是前者的小弟娃。

王琪博與尚仲敏相識，亦非始於《中國當代詩歌報》。兩者都就讀於電機系，前者比後者低兩個級。在前者的第四學期，後者的第八學期，亦即 1985 年上年，前者代好友高偉出頭，去後者宿舍喝講茶找說法。前者正要動手，後者卻破口大喊：「你是條好漢，不打了，從此我們是朋友，你應該寫詩才對。」這四句話，前言不搭後語，又像切中了什麼要害，讓前者呆在原地不知所措。接下來後者請客，一盤豬頭肉，幾杯笑臉酒，很快化干戈為玉帛。如此這般的不打不相識，令人念及黑旋風纏鬥浪裏白跳，或羅賓漢（Robin Hood）大戰小約翰（Little John）。卻說在重慶大學，就這樣，這批工科生，「衝破了專業的電阻，找到了詩歌的發光體」〔註27〕。燕曉冬，尚仲敏，王琪博，就此成為大學生詩派的鐵三角。後來，尚仲敏加入非非詩派，燕曉冬和王琪博大為生氣，據說，兩者羅列了前者的十大罪狀。三者一度齟齬，而友誼顛撲不破，令人稱羨地有詩為證。1986 年 5 月，尚仲敏寫過一首《寫信——致燕曉冬》；2014 年 8 月，又寫過一首《今天，致王琪博》。兩首詩，一跨二十八年。這裡著重是談王琪博，那就引來第二首：「2014 年 8 月 11 日／農曆七月十六／在解放碑／天空飄著細雨／親愛的兄弟／除了我們的聚會／恕我直言／整個重慶／還能有／什麼事」。這首詩，並未睥睨重慶，而是詩人一貫的直取小我。唯小我，為真我。這且壓下不談；還是回到 1986 年 3 月 20 日，彼時尚仲敏已畢業，王琪博還在校。這份《中國當代詩歌報》，魚龍混雜，短兵相接，卻也不妨視為大學生詩派的畢業實習基地或社會實踐基地。

〔註27〕 參讀王琪博《往事的背後有條小路》，《今天》2011 年第 1 期，總第 92 期，第 107～108 頁。還可參讀王琪博《我傳》，江蘇鳳凰文藝出版社 2015 年版，第 51～60 頁。

這份詩報只有一個欄目，叫做「第二次浪潮詩選」，獨佔三個版，刊有王琪博的《阿博和阿明的命運》和《戀愛辯證心理》，燕曉冬的《我往回走》和《劉燕找工作及其他》，阿敏的《夏季來時》《小時候》和《牆》，作者還有楊湧、杜愛民、王寅、封新成、小君、陳東東、梁小明〔註28〕、黃燦然、夏陽、小蔡、韓東、盧澤明、胡冬、柯平、李葦、趙強、M、阿野、王谷、程寶林、蘇厲銘〔註29〕、陳寅、張鋒、陸憶敏、于堅、邵春光、野雪、胡小波（胡曉波）、小海、王川、郁郁、李明、敬曉東、唐大江、寧可〔註30〕、楊黎、李瑤、李元勝、鏤克、普璃和老槍。這些作者，不少來自成都閭巷或成都各大學。另外一個版，刊有《尚仲敏談第二次浪潮》。這篇文章將北島及現代派——包括楊煉及史詩派——稱為「第一次浪潮」，將第三代改稱為「第二次浪潮」，並論述了其內容特徵、語言特徵、結構特徵和現實特徵。「詩是詩人自身，詩是詩人的生命形式」。那麼，大學生詩派怎麼辦？不急，大學生詩派已被尚仲敏謚為第二次浪潮——亦即第三代——的支流或潛流。1986 年 8 月 25 日，經張書紳力薦，尚仲敏應邀赴蘭州和敦煌參加「中國新詩理論研討會」〔註31〕。他與徐敬亞聯袂，一隻小老虎，一隻成年獵豹，將這個研討會引向了對「口語」和「第三代」的聚焦。

《大學生詩報》之於王琪博和尚仲敏，尤其後者，意義何在呢？楊黎曾經回答過這個問題：「如果說《大學生詩報》僅僅為他打開了中國詩歌的大門，那麼他的《中國當代詩歌報》就使他正大光明地走了進去，並且找了一張舒服的椅子坐了下來。」

七、《大學生詩派宣言》

《中國當代詩歌報》並非尾聲；大學生詩派的影響力，半徑不斷擴大，還將由中國西南部移向大陸最南部：是的，正是香港和深圳。這個尾聲，怎麼說呢，有點兒像高潮。

1986 年 7 月，《新穗詩刊》第六期推出「大學生詩派小輯」，刊有尚仲敏的《持不同政見者》，轉載有尚仲敏和燕曉冬的《談大學生詩派》。彼時，香港尚未回歸，《新穗詩刊》而能關注大學生詩派，奇緣也，亦奇蹟也。卻說這個第六期，其命也歟，居然也成了《新穗詩刊》的終刊號。這是題外話不贅。

〔註28〕疑為「梁曉明」。
〔註29〕疑為「蘇歷銘」。
〔註30〕上次被注明來自香港大學，這次被注明來自杭州。
〔註31〕主辦方為《詩刊》《飛天》和《當代文藝思潮》。

同年 10 月 21 日，《深圳青年報》總第一百八十四期推出「大學生詩派小輯」，刊有尚仲敏執筆的《大學生詩派宣言》，及其《門》和《卡爾‧馬克思》——對無產階級偉大導師，非僅馬克思，詩人總是懷有複雜的深情；同月 24 日，《深圳青年報》總第一百八十五期轉載有尚仲敏的《關於大學生詩報的出版及其他》。是的，尚仲敏單刀赴宴，參加了響噹噹的 1986 現代詩群體大展。這看上去有點兒魔幻現實主義——成都電力勘測設計院的消極員工，非非詩派的積極分子，尚仲敏，將過去時態的大學生詩派，硬生生地扭轉為現在進行時態。這個已經二十二歲的詩人，一心兩用，分身有術，一邊騎著自行車，一邊騎著傳說中的破掃帚，一邊前去機電室上班，一邊返回昔日的重慶大學上學。他代表二十歲或二十一歲的尚仲敏，也許還有外語系的燕曉冬，新寫出了一篇招魂般的《大學生詩派宣言》：「它所有的魅力就在於它的粗暴、膚淺和胡說八道」。他還帶領已成往事的大學生詩派，昂然蹚進了徐敬亞的魚龍混雜的後現代主義大廳。詩派已解體，宣言才成篇，品牌才打響，此種案例在新詩史——乃至文學史——均堪稱絕無僅有。

大學生詩派的命名，可謂自帶魔咒：主事大學生畢業之日，就是大學生詩派解體之時。燕曉冬早已丟棄夢想，混跡江湖；尚仲敏卻能打破魔咒，弘揚生機。是的，所謂大學生詩派，不過就是一種文字——還有思想與生活——的生機。雄心與盛氣而外，尚有生機。生機不滅，大學生詩派不死。

八、「反對現代派」

大學生詩派的遺民，非非詩派的新秀，彼時尚仲敏，同時兼有這兩種身份。1985 年 4 月，周倫佑到重慶大學講學，而與尚仲敏結緣。1986 年 4 月，周倫佑和藍馬在西昌創派，而邀尚仲敏加盟。同年 7 月，《非非》創刊號印行。從創刊號，到第四卷，尚仲敏一直擔任該刊評論副主編。1988 年 6 月（一說 8 月），尚仲敏寫出系列文論：《反對現代派》，《死亡是別人的事情》，還有《向自己學習》，合稱為《內心的言辭》。同年 11 月，《內心的言辭》刊於《非非》第三卷。非非詩派的理論，曰語言詩學，曰解構詩學。《內心的言辭》亦呈現出這兩種詩學的色彩，可以說，既是獻給非非詩派的投名狀，也是獻給大學生詩派的刀頭肉。二十四歲的詩人，尚仲敏，由是擁有了一個令人刮目相看的詩學中轉站：如果不是隨後放棄了這門手藝，他完全可以飛快成長為一個傑出的文論家。

筆者不欲在此詳論尚仲敏之詩學，而欲做個有意思的實驗：借來上述二篇

文論中的兩篇，試圖描述尚仲敏對兩位詩人——亦即鄭單衣和海子——的態度（可能的態度）。先來說《反對現代派》。正如前文所述，早在 1985 年，尚仲敏就反對現代派。傳統派意味著誅了心的浪漫主義，現代派意味著過了頭的象徵主義。到了 1986 年，其重心，已非反對傳統派，而在反對現代派。尚仲敏認為，詩有兩種，一種「從意圖開始」，一種「從語言開始」。傳統派與現代派都屬於前者；尚仲敏則傾心於後者，「企圖追求一種語言的險情，一種突如其來的語言方法」。這句話很容易讓人誤會，其實呢，他強調的就是一種機智或急智的口語。「反對現代派，首先要反對詩歌中的象徵主義。」正是基於這樣的立場，他覺得龐德的名篇，《在一個地鐵車站》，「人群中這些面孔幽靈般閃現，／濕漉漉的黑色枝條上的許多花瓣」，只是一叢對他來說一文不值的「語言迷霧」〔註32〕。要知道，龐德，曾被張棗譯出，又曾被鄭單衣編發於《大學生詩報》。再來說《向自己學習》。這篇文章，旨在反對學院派或尋根派（亦即前文所謂史詩派）。「有一位尋根的詩友從外省來，帶來了很多這方面的消息：假如你要寫詩，你就必須對這個民族負責，要緊緊抓住他的過去。你不能把詩寫得太短，因為現在是呼喚史詩的時候了。」這位詩友，就是海子。1988 年 3 月，海子來到成都，落腳於尚仲敏的單身宿舍〔註33〕，後者時已調入成都水力發電學校。「說到海子，」尚仲敏對筆者說，「就像一箇舊知識分子。」海子掏出了一部萬行史詩，應該就是《太陽》，尚仲敏稍加瀏覽後告訴前者：「有一個但丁就足夠了！」尚仲敏熱情地接待了海子，卻也很快預感到，後者會成為他的「敵人」〔註34〕。海子離蓉後，當月 22 日，尚仲敏寫了首《告別》。「告別？什麼樣的告別？既是形而下的告別，比如兩隻牛犢的掉頭；亦是形而上的告別，比如兩種美學的擦肩。」〔註35〕對於尚仲敏來說，歷史也罷，文化

〔註32〕《反對現代派》，《非非》第 3 卷，1988 年，第 71～75 頁。下引尚仲敏文，凡未注明，均見此刊。《反對現代派》產生過較大影響，後被謝冕、唐曉渡編入著名的詩論選本《磁場與魔方》，北京師範大學出版社 1993 年版，第 228～235 頁。
〔註33〕亦是《非非》臨時編輯部。
〔註34〕燎原秉持一種牢不可破的海子本位主義，認為尚仲敏呈現了「最不能容忍的人性的陰暗」，而且「足以給一個天真處事的心靈以陰冷的暗傷」，甚至還牽強地把尚仲敏與海子之死聯繫起來進行考察。參讀燎原《撲向太陽之豹：海子評傳》，南海出版公司 2001 年版，第 335～336 頁。2009 年 1 月 16 日，尚仲敏寫有溫和的回應文章《懷念海子》，《漢詩》2009 年第 1 期。2016 年 9 月，周東升寫有嚴肅的反駁文章《重提一樁「詩壇公案」：尚仲敏與敘述中的「海子之死」》，未刊稿。
〔註35〕胡亮《窺豹錄》，江蘇鳳凰文藝出版社 2018 年版，第 221 頁。

也罷，大師也罷，巨匠也罷，都是一種干擾，「對他們我更多的是抱怨」。這也反對，那也抱怨，尚仲敏意欲何為？「向自己學習，就是抓住現在的每一剎那，這簡直妙不可言，因為只有這每一剎那，才是真實的、永恆的、無限的。」

海子來自北京，而非外省，尚仲敏卻予他以外省詩人形象。外省詩人形象，凡三見於尚仲敏詩文。《向自己學習》而外，還有兩首詩：一首《街頭的少女之歌》，寫於 1987 年 6 月；一首《寫詩能不能不用比喻》，寫於 2014 年 11 月 17 日。兩首詩均認為，外省詩人──不必是海子──深陷並沒頂於「比喻」，將要或已經「在各種比喻中抑鬱而終」。這是一種成都式的驕傲，也是一種尚仲敏式的驕傲，兩種驕傲，一種成都中心主義。八十年代，要說新詩，此種成都中心主義，卻也並非夜郎自大般僅僅盛行於成都或巴山蜀水。

九、「騎士」與「反騎士」之辯

正是在八十年代中後期，尚仲敏迎來了寫詩的高峰期。他總是一邊寫詩，一邊照鏡子，一邊發出這樣的讚歎：「好一張大師的臉！」──就像水仙少年納西塞斯（Narcissus），愛上了自己在湖中的倒影。當其時，尚仲敏已然印了幾個小詩集：《列車正點到站》《歌唱》和《風暴》。其詩不但數見於《非非》，亦屢見於官方刊物，比如《詩刊》《人民文學》和《詩神》。《詩刊》先後刊出《我在等一個人想不起她的名字》〔註36〕和《橋牌名將鄧小平》〔註37〕，《人民文學》〔註38〕刊出《四月》《生命》《生日》《杜甫》和《等待》，《詩神》〔註39〕刊出《紅太陽》《井崗山》《風暴》和《大地》。《非非》則先後刊出其文三篇，其詩二十五首，包括《寫作》和《祖國》〔註40〕。尚仲敏每逢當眾朗誦，必選這首《寫作》。當他讀罷尾句，都會激動得無計可施，只好伸手打碎懸在頭頂的電燈泡。此外，他還愛當眾朗誦《沁園春·雪》。而筆者最是拍案驚奇，卻是那首《祖國》，寫於 1988 年 3 月 25 日。「如果有朝一日／戰火燃燒，大敵當前／我想，我也該趁機子彈上膛／但我首先要幹掉的／只能是我自己／我畢竟跟他們的命運相同／既然無力自救／又怎能救你」。這位根正苗紅的詩人，讀中學，曾向老師上交過同班女生寫來的求愛信，讀大學，曾向支部書記

〔註36〕1986 年第 7 期。
〔註37〕1986 年第 10 期。
〔註38〕1988 年第 9 期。
〔註39〕1989 年第 4 期。
〔註40〕兩首均見《非非》第 4 卷，1989 年（實為 1988 年）。

遞交過入黨申請書。他所展開的祖國敘事，很容易讓讀者聯想到「革命浪漫主義」。這正是大多數讀者的習慣性期待：「革命浪漫主義」加「革命現實主義」。然而，這一次，卻有一點兒不對勁。詩人已將充分模式化的祖國敘事，轉換為一種似乎並不光彩的個人敘事。他的厲害和要害還在於，賦予此種個人敘事，以前所未有的冷酷的坦誠度和真實性。沒有烏托邦，沒有面具，沒有賭咒，沒有正話反說，此時而已，此地而已，此我而已。魯迅或卡夫卡（Franz Kafka），用柳葉刀，在他們的小說裏邊也這麼幹過。《寫作》，恰好就寫給卡夫卡。這就是尚仲敏——他突圍於某種集體無意識，以手起刀落的口語，解剖「此我」，得到了沒有任何掩體或偽裝的「小人物活體」。「尚仲敏的詩並非按摩，」邱正倫對筆者說，「而是針灸。」按摩讓人爽，只是討好；針灸讓人痛，才算治療。

　　如果說尚仲敏是大學生詩派的北極，那麼，鄭單衣就是這個詩派的南極。前者保持普通男子本色（請注意：並非英雄本色），後者似乎具有某種陰性特徵；前者偏左，後者偏右（骨子裏也偏左）；前者理性，後者感性；前者自戀亦自嘲，後者各種花式自戀；前者反諷，後者抒情；前者唯真，後者唯美；前者崇低，後者崇高；前者提出問題，後者任憑情感；前者調皮，後者痛經；前者黑色幽默，後者深度抑鬱；前者精確，後者恍惚；前者快人快語，後者嘟囔個不休；前者鐵砂掌，後者蘭花指；前者使用現在時態，後者使用過去時態或將來時態；前者等於生活，後者高於或外於生活；前者如寫自傳，後者新造神話；前者好用方言，後者穿插英文；前者求取漢語的當代性，後者求取漢語的古雅性和異質性；前者迷戀詩之非詩（小說化或戲劇性），後者迷戀詩之為詩（純度很高而令人發抖的抒情性）。

　　也許，鄭單衣並不認可所謂大學生詩派。但是，寫作還在繼續，這又有什麼關係呢？到了 1988 年 9 月，在成都，鄭單衣自印了一冊小詩集。對，就是《詩十六首》。他引來一節英文詩作為題記：「And it grew both day and night，／Till it bore an apple bright。／And my foe beheld it shine，／And he knew that it was mine。」出自布萊克（William Blake）的《毒藥樹》（*Poison Tree*），來讀楊苡先生的譯文：「於是它白天黑夜長得不錯，／直到它結成了一隻漂亮的蘋果。／我的仇人看見它鮮亮光澤，／他也知道那屬於我。」〔註41〕鄭單衣對此有過發揮：「『寫作』，它是一種『藥』——既是『毒藥』，也是『解藥』。」

〔註41〕布萊克（William Blake）《天真與經驗之歌》，楊苡譯，湖南人民出版社 1988年版，第 176 頁。

筆者樂於借題發揮：尚仲敏與鄭單衣，前者之「解藥」，後者之「毒藥」也，後者之「解藥」，前者之「毒藥」也。故而布萊克——或者說鄭單衣——所說的「仇人」，以及尚仲敏所說的「敵人」，在很大程度上，當是指美學向度而非人際關係上的「仇敵」。仇敵遍地，好戲連臺。

筆者還要再次提及滑稽作家塞萬提斯。據說 1612 年（萬曆四十年），中國大皇帝，曾託傳教士帶信給西班牙國王。塞萬提斯戲稱，大皇帝沒有同時送來盤纏，他不會把堂吉訶德送往中國。然而，中國從來不缺騎士或夢幻騎士。也許可以並不完全恰當地打個比方：胡萬俊和張建明就是兩個主流騎士，鄭單衣就是一個非主流騎士，而燕曉冬、尚仲敏和王琪博則是三個酒醉心明白的反騎士。騎士總是傾心遠方，遠方意味著玫瑰、美人兒、聖杯、仙境和金羊毛。反騎士總是託身斗室，斗室意味著劣質香煙、鹽巴、生抽醬油、單人床和醫療保險合同。尚仲敏有過一份簡介，刊於《中國當代詩歌報》，可視為反騎士口號：「天性孤獨，脾氣暴躁，終生不思遠行。」堂吉訶德遠行歸家，由一個騎士，最終變成了一個反騎士。他的遺囑令人莞爾，有三條，這裡且引來第二條：「我外甥女安東尼婭·吉哈娜如要結婚，得嫁個從未讀過騎士小說的人；如查明他讀過，而我外甥女還要嫁他，並且真嫁了他，那麼，我的全部財產她就得放棄，由執行人隨意捐贈慈善機關。」雖然堂安東尼歐發表過騎士—反騎士比較論，「你可知道，先生，有頭有腦的堂吉訶德用處不大，瘋頭瘋腦的堂吉訶德趣味無窮」，但是時當騎士多如過江之鯽，我們渴欲得到——哪怕一兩個——有頭有腦而不至於痛苦到上弔的反騎士。

從 1992 年至 2012 年，尚仲敏歇筆二十年。斗轉星移，物是人非。他從詩人，變成了商人。做個商人比做個詩人，有時候，反而更少傷及內在的詩意。這個道理，不必多說。尚仲敏恰是如此，筆者不必曲為辯護。此處引來兩段文字，可見其慎終如始：「孤獨感在創造活動之前並且作為創造的誘因，使藝術家拿起筆來。創造一旦開始了，孤獨感也就消失了。藝術家在此飽嘗著他的那份昂貴的平靜和愉悅」，「一當我們沉睡在內心的創造激情和舊的熾熱被它點燃，我們便被一種前所未有的巨大光榮所貫注，並確信我們值得毫不猶豫地把一生貢獻給詩歌這種『荒誕』的事業」〔註 42〕。前者出自《死亡是別人的事情》，脫稿於 1988 年 6 月。後者出自《始終如一》，脫稿於 2015 年12 月。兩者，都脫稿於成都——潮濕到每天必須吞吃二十五個小尖椒的成都。

〔註 42〕《尚仲敏詩選》，長江文藝出版社 2019 年版，第 1 頁。

卷六　紅非非，藍非非，白非非

一、從群山環抱中挑選出西昌

　　對非非主義來說，西昌比成都更重要。換句話說，西昌是主要的策源地，成都則是次要或附加的策源地。彝人的遠祖曾經從成都遷往西昌，而非非主義，選擇了相反的線路：從西昌到成都，並擴散到重慶、杭州、宜昌和蘭州。成都是一個高級場域，亦即主導性場域；而西昌只是一個中級場域，亦即非主導性場域。那麼，為何不是成都，而是西昌？也許主導性場域的中心化——至少是次中心化——的程度越高，非主導性場域（比如群山環抱的西昌）反而越有可能孕育出新的思想或文化。此種思想或文化，有時候，就會在某個方面（比如詩與詩學）導致中心化或次中心化的逆轉。

　　那麼，為何不是群山環抱的馬爾康，或康定，而是群山環抱的西昌？周亞琴——她是周倫佑的妻子，亦即「生活的同行者和主要見證人」〔註1〕——回答過這個問題：其一，在古代較長時期，西昌（亦即巂州）乃是重要的流放地，所謂原住民很多都是流放犯後裔；其二，在抗日戰爭時期，很多文化界人士逃往西昌，營造了開放性的思想文化氛圍；其三，在解放戰爭時期，西昌是國民黨政府的後備行政中心，蔣介石倉促退往臺灣後在此地留下了大量人員和資源；其四，在二十世紀五十年代反右派時期，西昌再次成為重要的發配地，西昌地區農科所就曾經接納過四川省文化系統的很多右派。從以上

〔註1〕參讀周亞琴《西昌與非非主義》，周倫佑主編《懸空的聖殿——非非主義二十年圖志史》，西藏人民出版社2006年版，第55頁。下引周亞琴，亦見此文。

四個方面的情況來看，地理上的封閉，「群山嵯峨，四時多寒」，並未肇成思想或文化上的封閉；在各個不同時期，西昌甚至還都陰差陽錯地被強化成為一個主流和非主流的犬牙交錯之地。

二、一個詩與哲學的雙黃蛋

為什麼是西昌，上文已經作答；為什麼是周倫佑，下文即將作答。

周倫佑，1952 年生於西昌三衙街的法國天主教堂醫院，1961 年輟學（只讀了小學二年級），1969 年就業於西昌地區製藥廠，1980 年調入西昌農業專科學校圖書館，1982 年參加省圖書館的圖書館學函授，1988 年辭去公職，2000 年移居成都。其與胞兄周倫佐，興趣分別在於文學和哲學。鑒於本文的主旨，以及本文現階段的任務，此處只重點介紹周倫佑三十四歲以前文學各方面：寫作，發表，辦刊物，交遊，詩學預演。

其一，寫作方面——1969 年 6 月，周倫佑在石棉縣躲武鬥，受雁翼《大渡河詩草》影響，寫出處女作《翼王碑懷古》。1971 年 5 月，寫出長詩《人問》。1973 年 2 月，受波德萊爾《惡之花》影響，寫出《夜歌》；同年 10 月，寫出長詩《刺刀與玫瑰》。1974 年 12 月，編定手抄短詩集《抑鬱的抒情》。1976 年 7 月，寫出長詩《燃燒的荊棘》；同年 12 月，編定手抄短詩集《青春的輓歌》。1983 年 9 月，寫出長詩《黃金船》。1984 年 4 月，寫出《狼谷》；同年 7 月，寫出長詩《帶貓頭鷹的男人》；同年 12 月，編定打印詩集《狼谷》。1985 年 5 月，寫出《蠱惑之年》。1986 年 2 月，寫出組詩《第二道假門》。可見七十年代初期以來，周倫佑已經寫出大量作品。而這樣的寫作歷程，很有可能賦予作者以兩個時代的雙重特徵。

其二，發表方面——1980 年 12 月，周倫佑長詩《致母親》刊於《星星》。1985 年 4 月，長詩《帶貓頭鷹的男人》刊於《現代詩內部交流資料》（萬夏主編）。同年 7 月，《狼谷》刊於《中國當代實驗詩歌》（楊順禮、雷鳴雛主編），並於次年 1 月被《星星》及《中國》轉載。從這個撮述來看，八十年代初期以來，周倫佑已經發表一些作品。《星星》，《中國》，其地位自不待言。而《現代詩內部交流資料》，以成都為大本營，並吸納楊黎、趙野、宋煒、胡冬、石光華、王谷參與編輯。楊黎，1962 年生於成都，1979 年畢業於成都第十三中學（未考上大學），1980 年就業於成都市工商銀行，1984 年辭去公職。《中國當代實驗詩歌》，以涪陵為大本營，並吸納何小竹、李亞偉和 L 參與編輯。

何小竹，苗族，1963 年生於四川彭水，1978 年肄業於彭水中學，1979 年考入涪陵地區歌舞劇團，1988 年調入黔江地區文化局，1991 年受聘於四川省文學院，1992 年停薪留職並定居成都。卻說前述兩個民刊，都在某種向度和高度上，代表著彼時巴蜀先鋒詩界。而彼時周倫佑，有意識地促進了西昌與成都及涪陵的互動。

其三，辦刊物方面——據周亞琴回憶，大約是在 1975 年，或 1976 年，周倫佑就曾多次與她——並與西昌周倫佐、王世剛、劉建森、成都黃果天——商量創辦油印刊物《鐘聲》未果。王世剛（又叫藍馬），1956 年生於西昌，1977 年考入西昌衛生學校，1980 年分配到月華鄉衛生院，1983 年調入西昌市衛生局，1987 年調入新都縣文化館，1991 年調入成都市武侯區文廣局。到了 1984 年 10 月，周倫佑創辦打印詩刊《狼們》，在《發刊詞》上寫到：「狼們是一群沒有被馴化的聲音」。周倫佑編好了作品，交由楊黎在成都打印，後者辦事不力無疾而終。《狼們》雖然無涉《非非》，卻為周倫佑後來撰寫《紅色寫作》埋下了伏筆。從這兩個事件可以看出：對創立流派，周倫佑雖有猶疑；對創辦刊物，他卻頗有積極性。

其四，交遊方面——1981 年 12 月，由流沙河推薦，周倫佑到成都附近新繁鎮參加省作協舉辦的文學講習班。1982 年，由流沙河推薦，借調至《星星》做見習編輯。1983 年 4 月，參加省首屆青年創作積極分子代表大會；同年 11 月，從《星星》回到原單位亦即西昌農業專科學校。1984 年 11 月，參與組建省青年詩人協會。1985 年 5 月，隨周倫佐赴成都、重慶、武漢各大學講學。通過這些官方活動，或半官方活動，周倫佑很快建立了廣闊的交遊，與何小竹、L、黎正光、劉濤、陳小蘩、李娟、萬夏相識，又與楊黎和尚仲敏相識，成都作為次要或附加的策源地成為一種極大可能。尚仲敏，1964 年生於河南靈寶，1981 年考入重慶大學，1985 年分配到水電部，1986 年調入成都電力勘測設計院，1987 年調入成都水力發電學校，1992 年辭去公職。

其五，最重要的，詩學預演方面——1981 年，周倫佑受所謂「朦朧詩」影響，開始思考語言及形式問題。1985 年約在 4 月，周倫佑在西昌市工人文化宮多次舉行現代詩講座，周躍東負責板書，王世剛負責錄音，周亞琴負責整理成文。售票聽課，每人一毛，居然而能場場爆滿。據周亞琴回憶，周倫佑當時已經講到「三逃避」和「三超越」，亦即逃避知識、逃避思想、逃避意義，

超越邏輯、超越理性、超越語法〔註2〕。1986年2月，周倫佑收到楊黎的成都來信，後者自稱，正在編選《南中國詩卷》並邀序於前者。同年3月，周倫佑應約寫出《當代青年詩歌運動的第二浪潮與新的挑戰》，他後來回憶說，此文提出了「非崇高」和「非理性」，兩個「非」，或許正是「非非」在命名上的一個前因或觸機〔註3〕。

　　周倫佑的文學視野及創作成果，周倫佐的哲學視野及思想成果，早在七十年代，就讓他們成為了彼時彼地求索青年的導師。西昌，從詩和哲學的意義上講，已經成為一枚奇蹟般的雙黃蛋。西昌製藥廠宿舍，或玉碧巷小閣樓，就都是隱晦而竊喜的亞文化中心。周倫佑的作品，除了釘藏於西昌農專圖書館的樓梯木板下面，也在少量朋友中間秘密傳閱。據周亞琴回憶，這些朋友主要包括：周倫佐、陳守容、王世剛、歐陽黎海、劉建森、王寧、黃果天（當時尚未去成都）、林渝生、白康寧、田晉川、段國慎、胥興和和黃天華。據周亞琴回憶，周倫佑最看好歐陽黎海和王世剛，兩者都曾是西昌大營農場的知青，後來前者亦供職於西昌農業專科學校。1982年，歐陽黎海自殺，否則，他極有可能成為非非主義的一員大將。在文學與哲學以外，與這些朋友相比，與乃兄相比，周倫佑當然具有更強的決斷、組織、控制、協調和行動能力——他後來主編《非非》，確在命名、創意、組稿、改稿、造勢、籌資等方面，既體現了很強的能力，又展現了很強的欲望。柏樺後來談到過周倫佑給他留下的印象：「一個有綜合才能和有抱負的文人，一個不知疲倦的激昂的演說家，他就是非非主編，內心裝滿支配性里必多（Libido）的抒情權勢。」〔註4〕

〔註2〕周倫佑先在西昌市工人文化宮，後在四川大學、四川師範學院、西南師範大學、西南農學院、重慶大學、重慶師範學院、武漢大學、華中理工大學等高校，主要講授「現代詩的想象形式」和「現代詩歌中的意象創造」。查《現代詩的想象形式》（講座提綱）和《現代詩歌中的意象創造》（現場錄音整理稿），確已部分涉及「三逃避」和「三超越」，並已提出「直覺」（這個詞後來被等同於「非非感」）和「直覺想像」。參讀周倫佑《反價值時代》，四川人民出版社1999年版，第109～142頁。鍾鳴認為，周倫佑的這些口號可能源於對「三忠於」的「反諷烹調的技術處理」。參讀鍾鳴《旁觀者》，海南出版社1998年版，第858～859頁。下引鍾鳴，亦見此書。

〔註3〕本節以上文字主要參考《周倫佑文學創作年表》，周倫佑《後中國六部書》，天讀民居書院2012年版，第194～204頁。

〔註4〕柏樺《左邊》，江蘇文藝出版社2009年版，第153頁。下引柏樺，亦見此書。

三、「非非之夜」

非非主義始於命名而非創刊。

時間得撥回到 1985 年：朱鷹從重慶醫學院分配到涼山州衛生防疫站，張建明從重慶師範學院分配到西昌師範專科學校，前者在大學時代已經提出「飄渺主義」，後者在大學時代已經參加「大學生詩派」。據周倫佑回憶，1986 年 1 月或 2 月，朱鷹和張建明，還有王世剛，多次游說他承頭搞流派：「在邛海邊豎一杆大旗，照亮中國詩歌的天空！」奈何他卻認為，寫作乃個人之事，並不熱衷於搞流派。恰是在此前後，王世剛正潛心研究「前於語言而存在的思維」，頗欲盡快兜售囊中之物（亦即前文化理論）。周倫佑對此不以為然，卻難以反駁王世剛的反駁：「創造語言就需要思維，不然怎麼創造？」這件事情，也許吉木狼格可以作證。吉木狼格，彝族，1963 年生於四川甘洛，1978 年考入涼山衛生學校，1981 年分配到西昌市疾控中心，1989 年辭去公職。卻說 1986 年 4 月 14 日，周倫佑去王世剛家，睡覺前，後者再次敦促前者承頭搞流派。周倫佑調侃說：「那就叫『坨坨肉詩派』，或是『土豆詩派』。」坨坨肉者，土豆者，均為西昌及涼山彝人常見食物也。王世剛嚴肅說：「不要開玩笑，這是正事。」於是，一個主動，一個被動，兩者終於共同發起了命名。「前文化」？「直覺」？──直到周倫佑仍然半開玩笑地說出：「非非」〔註5〕。藍馬連聲叫好，他後來也承認，「非非」，讓前文化理論，在詩歌板塊內，獲得了一個漂亮的別稱（昵稱）。

很多年以後，王世剛──也就是藍馬──追憶了這個決定性的「非非之夜」，就像瓦雷里（Paul Valery）追憶了決定性的「熱那亞之夜」：「那晚我們圍繞已基本成型的前文化理論，提出了很多名稱。一邊提，一邊掂量和商議。開始提的幾個要麼寬了，要麼窄了，都不合適。例如『直覺主義』，我就認為一是國外有人用過，二是與所要推出的內容不太相交──除了讚美『直覺』。這樣來去推敲，提出的都被槍斃。陋室裏漸漸有了無可奈何的氣氛，這時他說，『乾脆就叫前文化主義算了』，言下已想作罷。我說，『這個名稱太乾了，太硬了。』稍後，我說，『乾脆不要在意義上繞了。』──我感到從意義對位的角度已經計窮，難有結果。我的建議脫口之後，他說，『我正在想非非兩個字。』

〔註5〕本節以上文字主要參考周倫佑《非非主義編年史綱》，周倫佑主編《懸空的聖殿──非非主義二十年圖志史》，前揭，第 125～151 頁。下引周倫佑，凡未注明，亦見此文。

我一聽，哇，沒有意義，又具有無窮的意義，聽起來相當空靈飄逸，連聲說到，『就用這個，就用這個！』我很激動，當即在筆記本上寫下日期，因為我清楚這一天意味著什麼。而他呢，不那麼激動。名稱就這樣確定了。」〔註6〕與周倫佑略有不同，藍馬將「非非之夜」確定為當年當月10日而不是14日。在命名上的最終共識，似乎透出這樣的信息：對周倫佑來說，意味著前文化理論的故意退避；而對藍馬來說，意味著前文化理論的可喜凱旋。

　　從字面上看，「非非」，並不是沒有闡釋的可能。這正如「達達」（Dada）：在法語中意為「搖木馬」，而在羅馬尼亞語中意為「是是」。「達達」與「非非」，似乎恰好構成了一對反義詞——雖然就詩學旨趣而言，兩者更像一對近義詞或同義詞。藍馬對「非非」的福至心靈般的即興的讚歎，「沒有意義，又具有無窮的意義」，也將我們導向了惡作劇般的「達達」。旅法羅馬尼亞藝術家——也是達達主義（Dadaism）的鼻祖——特里斯坦·查拉（Tristan Tzara）說過：「達達主義沒有意義。」旅法美國評論家馬爾科姆·考利（Malcolm Cowley）在談到達達主義的時候也說過：「意義之門緊閉，而且上了兩把鎖；鑰匙被扔掉了。」〔註7〕在達達和非非之間展開「平行研究」，會獲得有意思的比較文學成果，但顯然已不是本文的目的和任務。

　　周倫佑的這個命名，亦即鍾鳴所謂「脫口而出的天才之作」，在中國，在詩學層面具有原初意義，而在語言學層面則不排除來自於集體無意識。除了「想入非非」之類的四字成語，還可以找到「非非」的兩字成詞。比如歐陽修的《非非堂記》：「夫是是近於諂，非非近於訕，不幸而過，寧訕無諂。是者，君子之常，是之何加？一以觀之，未若非非之為正也。」〔註8〕再如流傳更廣的《金剛經》：「如來所說法皆不可取，不可說，非法，非非法。所以者何？一切賢聖皆以無為法而有差別。」〔註9〕為何提及《金剛經》？此處不說破，後文有分解。

四、紅藍白

　　據周倫佑回憶——1986年4月15日，他在晚上做了一個夢，夢見一本

〔註6〕胡亮、藍馬《藍馬訪談錄》，《詩歌月刊》2011年12期，第24～25頁。下引藍馬，凡未注明，亦見此文。

〔註7〕馬爾科姆·考利（Malcolm Cowley）《流放者歸來：二十年代的文學流浪生涯》，張承謨譯，重慶出版社2006年版，第135頁。下引考利，亦見此書。

〔註8〕歐陽修《居士外集》卷一二。

〔註9〕《金剛經·無得無說分第七》。

十六開的書，半邊藍色背景，半邊紅色背景，兩邊各寫著一個「非」字，很像一本雜誌，由此產生了創辦刊物的想法——藍馬卻認為，此事純屬虛構。4月16日，周倫佑約來藍馬，在西昌縣文化館餐廳商議創建流派事宜。而據藍馬回憶，是在他家，而非什麼餐廳。不管怎麼樣，雙方終於議定：流派就叫「非非主義」，刊物就叫《非非》。周倫佑的積極性忽而大增，可能基於他對「變構理論」的思考已經頗有眉目。

同時，周倫佑也已意識到成都對《非非》的重要性：成都意味著先進的印刷設備，意味著可以吸納的詩人，也意味著他與藍馬之間的某種平衡力量。他立即寫信給楊黎，邀請後者參與籌劃。為什麼是楊黎？他當時已經寫出了若干重要作品，比如《怪客》，比如《十二個時刻和一聲輕輕的尖叫》，並在一定程度上呼應了非非的理論預設。「怪客，就是從這條路上走來（他留下的足印／可以讓女人懷孕）」。4月21日，楊黎攜妻子小安，坐了一夜火車來到西昌。小安，1964年生於四川西充，1980年考入第三軍醫大學（在重慶），1983年分配到西南醫院（在重慶），1987年轉業到成都市第四人民醫院（成都精神專科醫院）。卻說4月22日，周倫佑、藍馬、楊黎在順城街的一家咖啡館共商創辦刊物事宜。周倫佑提議：由楊黎擔任第一副主編。楊黎堅辭，並轉而推薦藍馬，周倫佑未置可否。但是，三者還是就如下事項達成了共識：分頭寫稿，聯手籌資，由楊黎及其推薦的敬曉東在成都印刷。

這就是最初的聚餐會。至少從表面來看，非非已經打造了一個人選或美學意義上的鐵三角。其中，藍馬比周倫佑小四歲，楊黎比藍馬小六歲，比周倫佑小十歲。若干年以後，周倫佑坦率地承認：「在非非主義創始及隨後的三年間，整個『非非』詩群中，我與藍馬、楊黎的關係是決定性的，至關大局的。」〔註10〕藍馬囁嚅著表明：「這是一個比較溫和的表述：非非主義『一花三葉』——紅白藍。」〔註11〕楊黎卻耿直地聲稱：「可以說，沒有我也仍然有『非非』。但是，沒有周倫佑和藍馬，卻絕對不可能有『非非』。」〔註12〕如今仔細想來，藍馬的說法頗有深意。按照筆者的個人化理解，「紅非非」，

〔註10〕《異端之美的呈現》，周倫佑選編《打開肉體之門——非非主義：從理論到作品》，敦煌文藝出版社1994年版，第5頁。

〔註11〕藍馬或有借鑒佛家偈語：「吾本來茲土，傳法救迷情；一花開五葉，結果自然成。」參讀《壇經・付囑品第十》。

〔註12〕楊黎《我與「非非」》，楊黎編著《燦爛》，青海人民出版社2004年版，第530頁。下引楊黎，凡未注明，亦見此文。

就是周倫佑——「紅」來自他後來力倡的「紅色寫作」；「藍非非」，就是藍馬——「藍」來自「藍馬」，或亦來自他後來皈依的「佛教藍」；「白非非」，可以楊黎為代表——「白」來自「白描」（乃是古代白話小說常用技法），或亦來自周倫佑從巴特（Roland Barthes）借來的貶義術語「白色寫作」：「以白蘿蔔冒充象牙」〔註13〕。卻說當年周倫佑、藍馬和楊黎的組合，乃是鬥士、術士和嬉皮士的組合，甚至還是先鋒派、隱逸派和少年輕狂派的組合。他們的千差萬別，在歸於泯然的同時，就已經埋下了擴大化和不可調和的伏筆。

五、從西昌到成都：揭開早期文獻之謎

1986 年 5 月 17 日，周倫佑和藍馬前往成都，在火車上緊握，交換和審讀對方文章。藍馬提交了一篇長文：《前文化主義與非非藝術》，共計七節。周倫佑雖然激賞這篇長文，同時又認為：已有「非非主義」，不必再提「前文化主義」。他很快提出若干建議，並得到了藍馬的愉快採納：將《前文化主義與非非藝術》改為《前文化導言》，而且只保留前四節；抽出第五節「前文化與非非藝術」，加上「我們非非」字樣，作為《非非主義宣言》，署名「藍馬執筆」；抽出第七節「非非詩歌中的前文化還原」（主要論及「三還原」，亦即感覺還原、意識還原和語言還原），改為「非非主義與創造還原」（並添上「三逃避」和「三超越」），與周倫佑所寫「非非主義與語言」和「非非主義與批評」，合併成《非非主義詩歌方法》〔註14〕，署名「周倫佑 藍馬」；抽掉第六節「前文化的美學原理」，未刊。周倫佑甚至還在《非非主義詩歌方法》中寫到：「語感先於語義。語感高於語義。」〔註15〕他後來強調，「語感」，這個詞來自楊黎。這樣，似乎經過刻意的安排，楊黎也已成為《非非主義詩歌方法》的一個潛作者。值得提前敘及的是，兩年後，楊黎出面解釋了「語感」：「首先是詩人獲得的一種（唯一的）想法」，「其次是詩人對詩的自覺」，「再就是——能指對所指的獨立宣言。」〔註16〕

〔註13〕《非非》第 5 卷，1992 年 9 月。
〔註14〕周倫佑和藍馬後來又將此文進行精簡，改為《非非主義宣言（1986）》，署名「周倫佑 藍馬執筆」，參加由《深圳青年報》和《詩歌報》組織的「1986 現代詩群體大展」。參讀《深圳青年報》總第 184 期，1986 年 10 月 21 日；徐敬亞等編《中國現代主義詩群大觀（1986～1988）》，同濟大學出版社 1988 年版，第 33～35 頁。
〔註15〕《非非》第 1 卷，1986 年 7 月，第 72 頁。
〔註16〕非非資料室《非非主義小辭典（第二批非非詞彙）》，《非非》第 3 卷，1988 年，第 146 頁。

　　同樣是在 5 月 17 日，周倫佑也提交了一篇論文：《變構：當代藝術啟示錄》〔註 17〕，共計五節。周倫佑後來聲稱，此文原名《非非：當代藝術啟示錄》，事實上就是他自攬任務並最終寫成的《非非主義宣言》，本有七節，第六節和第七節就是早已動筆而尚未完稿的《非非主義詩歌方法》和《非非主義小辭典》。這種說法恐有誤記，因為除了標題，最終刊出的全部五節並未絲毫涉及「非非」或「非非主義」。

　　至於《非非主義小辭典》〔註 18〕，據藍馬回憶，其與《非非主義詩歌方法》，均非編輯方案原有，而是在刊物最終付印前臨時動議，由周倫佑和藍馬分頭起草、合稿組裝而成，署名「周倫佑 藍馬」。這個小辭典，共有二十八個詞條。其中，「結構本能」「原構投射」「變構創造」「原構現實」「超原構現實」「一極兩項互含式」「形態意識」「兩值定向」「前集體意識」「前語言經驗」和「多義語義場」等十一個詞條出自周倫佑，可以全部歸屬於變構理論；「前文化」「前文化語言」「前文化思維」「前文化還原」「身境」「巴甫洛夫意識屏幕」和「愛因斯坦意識屏幕」等七個詞條出自藍馬，可以全部歸屬於前文化理論；而「非非」「非非感」「非非狀態」「非非描述」「非非結構」「非崇高化」「非非意識」「非非價值」「非非方式」「非非處理」等十個詞條，似乎體現了變構理論和前文化理論的錯綜，周倫佑和藍馬的認領也頗有差異：後者認為後面四個出自藍馬，前者認為十個都出自周倫佑。如果周倫佑的說法成立，那麼，他就必須同時接受這樣兩個結論：其一，他所解釋的小部分詞條，始見於前文化理論，比如，「非非價值」和「非非方式」始見於《非非主義宣言》，「非非感」始見於《非非主義詩歌方法》（藍馬執筆部分）；其二，他對小部分詞條的解釋，參考了前文化理論，比如，「非非價值：前文化隱含價值，具有非功利，非現實，非繼承的特點」，「非崇高化：意識還原的一種方法──通過對經驗對象的非崇高化處理，使描述更接近真實」。這樣的甄別和繼續甄別極為重要，也就是說，《非非主義小辭典》──正如《非非主義詩歌方法》──將逐漸不再被籠統視為周倫佑和藍馬的共同思想。

　　在《非非主義小辭典》中，周倫佑這樣解釋「非非」：「作為名詞是對存在的不確定本質的不確定描述；作為動詞用，指通過多度還原重新接近真實的一種方法。」而在《非非主義宣言》中，藍馬卻這樣解釋「非非」：「乃前文化

〔註 17〕此文後經顧彬（Wolfgang Kubin）譯為德文，載於德國《袖珍漢學》，1990 年。
〔註 18〕《非非》第 1 卷，前揭，第 74～75 頁。

思維之對象、形式、內容、方法、過程、途徑、結果的總的原則性的稱謂。也是對宇宙的本來面目的『本質性描述』。」〔註 19〕不管怎麼樣，到最後，《非非》創刊號發出來的所有文章都勉為其難地拱衛著看似獨一無二的非非主義——藍馬的前文化理論，周倫佑的變構理論，似乎不過是非非主義的雙翼。

六、《非非》與《非非評論》

　　《非非》創刊號可謂命運多舛，在內部，重要稿件到位參差，在外部，面臨著可以想見的壓力和阻力。臨到就要開印，孰料又生變故。據周倫佑回憶：其一，楊黎、萬夏和敬曉東擅調篇目及內容，甚至還在封二封三加上了反非非文字；其二，楊黎並未拿出允諾的資金，甚至私自動用了多方籌來的公款。周倫佑和藍馬再次趕往成都，去到銀河印刷廠，叫停已經開動的機器。他們訂正內容，重排版樣，補交資金，再次印刷，《非非》創刊號這才艱難面世：主辦單位為四川省青年詩人協會現代文學信息研究室，主編為周倫佑，理論副主編為藍馬，作品副主編為楊黎和敬曉東，評論副主編為尚仲敏。刊出的文論，主要包括藍馬執筆的《非非主義宣言》、周倫佑的《變構：當代藝術啟示錄》、藍馬的《前文化導言》及兩者共同署名的《非非主義詩歌方法》和《非非主義小辭典》。刊出的作品，主要包括楊黎的組詩《冷風景》、何小竹的組詩《鬼城》和周倫佑的長詩《臺階與假門》。此外，作者還有尚仲敏、梁曉明、寧可、丁當、吉木狼格、萬夏、邵春光、敬曉東、劉濤、李瑤、小安、李亞偉、M、余剛、郁郁、姚成、彭先春、唐繼強和徐冬。時在 1986 年 7 月，而非刊物上印署的「1986 年 5 月」。

　　從第二卷到第四卷，《非非》主辦單位改為中國非非主義詩歌實驗室。其中，第二卷主編為周倫佑，理論副主編為藍馬，作品副主編為楊黎和劉濤，評論副主編為尚仲敏和敬曉東。刊出的文論，只有藍馬的《語言作品中的語言事件及其集合》。刊出的作品，主要包括周倫佑的長詩《自由方塊》、楊黎的中長詩《高處》和《後面》、藍馬的中長詩《六八四十八》《的門》和《凸與凹》。此外，作者還有吉木狼格、尚仲敏、李亞偉、何小竹、余剛、梁曉明、敬曉東、劉濤、陳小蘩、小安、海男、程小蓓、楊萍、朱卓、喻強、二毛、朱鷹、杜喬、楊文康、泓葉、謝崇明、李石、沈天鴻、朱凌波、郁郁、京不特、乃生、葉舟、李自國、陳亞平、張夢麗、自然和海靈。時在 1987 年 6 月。

〔註19〕《非非》第 1 卷，前揭，第 1～2 頁。

　　從第三卷到第四卷，《非非》主編為周倫佑，理論副主編為藍馬和楊黎，作品副主編為劉濤和何小竹，評論副主編為尚仲敏和周倫佑（兼）。第三卷為理論專號，主要刊出藍馬執筆的《非非主義第二號宣言》、周倫佑的《反價值》、藍馬的《形容詞與文化價值》、楊黎的《聲音的發現》和《立場》、尚仲敏的《內心的言辭》（三篇）、田晉川的《潛思維論》、毛喻原的《語言書》、非非資料室的《非非主義小辭典（第二批非非詞彙）》。此外，作者還有李震、周倫佐和龔蓋雄。時在 1988 年 11 月。第四卷為作品專號，主要刊出藍馬的長詩《世的界》、何小竹《組詩》、尚仲敏的組詩《歌唱十五首》、楊黎的短詩《紅燈亮了》《少女二》和長詩《聲音》《大雨》《Aa》和《動作》、周倫佑的長詩《頭像》。此外，作者還有劉濤、小安、南野、海男、謝崇明、文康（楊文康）、喻強、京不特、郎毛、葉舟、朱鷹、山杉、吉木狼格、梁曉明、余剛、楊萍、劉翔、金耕、韻鍾、張義先、任闊、海靈、W、郭毅、周鳳鳴、戈爾、謝雲、胡途、馬興、胡薇、南岸和亞南。時在 1988 年 11 月，而非刊物上印署的「1989 年」。

　　《非非》創刊號面世不久，1986 年 8 月 28 日，周倫佑、藍馬和楊黎又有創辦《非非評論》（報紙），印行兩期而罷。1990 年，尚仲敏、藍馬和楊黎又有編印《非非詩歌稿件集》，印行兩集而罷。

七、藍馬之語言詩學

　　周倫佑與藍馬的早期合作，總體上堪稱和諧。但是，《非非主義宣言》的署名方式，將藍馬裝扮成了某個詩學公社的代言人或捉刀者。這個詩學公社，似乎，也就晃動著周氏兄弟的身影。為了曲折地表達異議，並捍衛個人獨立原創署名權，藍馬在《非非》第三卷校稿階段，在《非非主義第二號宣言》正文後加了八個字：「本文未經集體討論」。周倫佑發現後大為生氣，他與藍馬來回過招，最後強行刪掉這八個字。最終，如前所述，《非非主義第二號宣言》仍然沿用《非非主義宣言》的署名方式：「藍馬執筆」。

　　筆者還願意敘及另外一個花絮：何小竹當年提交給《非非》的作品——《組詩》——有個題記：「謹以此詩獻給藍馬」。周倫佑要求何小竹取消題記，經後者力辯得以保留。《組詩》分為兩個部分：「人類最初用左手寫文字」，「語言是人類用左手和右手打上的結」——可以說清晰地呈現了藍馬的語言觀：「左手寫文字」，正是所謂「前文化語言」；「左手和右手打上的結」，

正是所謂「文化語言」〔註20〕。

其實，藍馬很早——甚至可以追溯到童年——就開始思考前文化理論。在接受筆者的訪談時，藍馬回憶了兩個事件。其一，「紅寶石事件」。他在兩歲時，看到一塊紅寶石，引起了內在的強烈驚醒，他還沒有學會語言，能清晰地感知到——卻不能清楚地描述出——此種內在的強烈驚醒。這足以說明，所謂生命，既存在一種文化的智慧活動線（語義活動線），還存在一種非文化的智慧活動線（超語義活動線）。其二，「視網膜事件」。他考入西昌衛校，得知視網膜有兩種細胞，錐體細胞感明光，杆狀細胞感暗光，前者能——後者卻不能——區分色彩。這足以說明，所謂世界，既存在一個通過有限的細胞覺知到的假世界（文化世界），還存在一個絕對的真世界（前文化世界）。藍馬終於發出了自己的「天問」：「我們的視網膜細胞是夠的嗎？」

正是基於此類由來已久的體悟，藍馬才寫出了《前文化主義與非非藝術》——他接受周倫佑的建議，最終將此文標題改為《前文化導言》。從1986年，到1987年，《前文化導言》和《前文化導言之二》共寫成十節：「前文化與文化」，「前文化語言與文化語言」，「前文化思維與文化思維」，「前文化的文學觀和藝術觀」，「前文化與非非藝術」，「前文化的美學原理」，「非非詩歌中的前文化還原」，「作為精神命運的取向活動的前文化觀念」，「作為文化成就的內化結果的文化觀念」，以及「太陽法則與矛盾法則」。藍馬後來聽從筆者建議，將這篇長文恢復了原貌。在此前後，藍馬還有寫出《前文化系列還原文譜》〔註21〕《形容詞與文化價值》《語言作品中的語言事件及其集合》《語言革命——超文化》〔註22〕《新文化誕生的前兆》〔註23〕《走向迷失》〔註24〕和《斷想》〔註25〕等文章，均可作為《前文化導言》的注腳。1989年8月，藍馬寫出《什麼是非非主義》，再次——當然是更加徹底地——用前文化理論來解釋非非主義：「這個世界被文化掉了」；「文化了的世界，僅僅是文化了的世界，它不是本來的世界」；「文化不過是一種人類方法，而且是人類可以有的多種方法當中的一種方法」；「當今人類所熟悉、所接受、

〔註20〕 《非非》第4卷，1988年，第16～21頁。
〔註21〕 《巴蜀現代詩群》，1987年。
〔註22〕 《百家》1988年第2期。
〔註23〕 《非非評論》第1期，1986年8月。
〔註24〕 《作家》1990年第10期。
〔註25〕 《藝術廣角》1990年第6期。

所佔有、所理解並生活於其中的是文化世界」;「這個人類被文化掉了」;「文化人類不等於本來人類」;「文化人類和文化世界都需要還原，向非文化、前文化和超文化方面還原」;「語言還原是所有還原的關鍵，語言還原把詩人捲入哲學使命」〔註26〕。

《前文化導言》及以此為根而叢生出來的相關文論，可以視為一部詩學專著，一部語言學專著，甚至一部哲學專著。而從哲學的角度來看，這部專著具有傳統和反傳統的雙重特徵：就本體論和本源論而言，可謂傳統〔註27〕；就文化論和語言論而言，可謂反傳統。藍馬依靠語言來背叛語言，通過文化來超越文化，如同自置於一個巨大悖論，用柏樺的話來說就是「一個超越了德里達的狂想」。因而這部專著的徹底和勇猛，連藍馬自己也認為，似乎已到了絕地求生的程度：「一首詩應當把語言的絕望與語言的希望牢牢地糾葛在一起。」〔註28〕據說，當藍馬寫畢《前文化導言》，還有《世的界》，就陷入了某種思維困境。為了走出這種困境，他拆散電視機，轉而試圖用那些零部件製造一臺永動機。

藍馬為人低調，處事柔性，周倫佑為人高調，處世剛性，前者如水，後者如火，前者內省，後者外溢，前者訥於言，後者敏於事，前者一心證己，後者四處佈道。正是緣於文本內外的種種因和果，前文化理論對於非非的重要性，逐漸得到了越來越高的評估或重估。在創刊號《編後五人談》中，周倫佑最初預言，「《前文化導言》將得頭獎」。若干年以後，尚仲敏也曾斷言，「藍馬才是非非的靈魂」。徐敬亞早就認為，與周倫佑相比，「藍馬的《前文化導言》是比較完整的自圓假說」〔註29〕。李振聲甚至認為，藍馬乃是非非的「理論

〔註26〕參讀藍馬《什麼是非非主義》。《海水與浪花——藍馬詩文集》文論卷，作家出版社2011年版，第33～45頁。

〔註27〕周倫佑認為，藍馬的「前文化」，就是某些傳統哲學的「翻版」。這些傳統哲學包括柏拉圖（Plato）的「理念」、老子的「道」、普羅提諾（Plotinus）的「太一」、黑格爾（Hegel）的「絕對精神」以及鈴木大拙的「宇宙潛意識」。順著這樣思路，筆者認為，也許還應該提及佛家的「空」。鍾鳴則認為，「像藍馬（王世剛）欣喜若狂的原始思維，在人類學和語言學裏，早已老生常談」，並例舉了列維-布留爾（Lvy-Bruhl，Lucien）的《原始思維》，中譯本已有商務印書館1981年版，譯者為丁由。

〔註28〕《非非主義第二號宣言》，《非非》第3卷，前揭，第15頁。下引此文，不再加注。

〔註29〕《圭臬之死》，徐敬亞《崛起的詩群》，同濟大學出版社1989年版，第186頁。下引徐敬亞，亦見此文。

祭酒」和「無可爭議的、最富有想像力的理論家」〔註30〕。藍馬晚近也自領「非非之父」；圓來（本名蒲紅江）作為其信徒，頗欲另立門戶，轉而鄭重地發明和提出了所謂「藍馬非非」〔註31〕（相當於「藍非非」）。

八、周倫佑之解構詩學

藍馬的前文化理論，始於「對語言的全盤絕望」──《非非主義第二號宣言》已有申明。周倫佑的變構理論，始於「對語言的不信任」──《非非主義詩歌方法》也有申明。這兩個申明，向度無異，程度有別，故而導致了這樣的結果：前文化理論首先是語言詩學，其次才是解構詩學；變構理論首先是解構詩學，其次才是語言詩學。

周倫佑的變構理論，始見於《變構：當代藝術啟示錄》，復見於《反價值》〔註32〕。他自覺接受「語言的限定」，以此為前提展開了雄辯──這是他與藍馬的最強還是古典文學一個迥異。他認為，語言──亦即傳統──意味著「原構現實」，亦即「一度結構」；而變構意味著「超原構現實」，亦即「二度結構」。後來，他發現，「邏輯結構」只是語言的表層結構，「價值結構」才是語言的深層結構。原構如此，變構何為？《非非主義詩歌方法》已經給出答案：「非兩值對立」「非抽象」和「非確定」。變構帶來何物？新價值，新藝術。這樣的變構理論，宜於引來海德格爾（Martin Heidegger）加以闡釋：「詩從來不是把語言當成一種現成的材料來接受，相反，是詩本身才使語言成為可能。」〔註33〕──事實正是如此，周倫佑受海德格爾的影響之大簡直超出了我們的想像。後來，周倫佑通過其變構理論，還曾如是表述過非非主義的藝術使命：「非非主義源於詩，成於詩，但高於詩，大於詩。它的更高目標是文化和價值──即通過語言變構和藝術變構以期最終實現的對文化和價值的徹底變構。」〔註34〕由此可以看得更加清楚，周倫佑的變構理論，與藍馬相比，當然已是更加兇狠的解構詩學。他似乎已經能夠將藍馬的重心推向語言詩學，而欲自證

〔註30〕 李振聲《季節輪換》，學林出版社 1996 年版，第 71、88 頁。
〔註31〕 參讀圓來《藍馬非非研究之一》《藍馬非非研究之二》，《藍馬圓來文論集》，中國戲劇出版社 2009 年版，第 174～189 頁。
〔註32〕 《非非》第 3 卷，前揭；《開拓》1989 年第 1 期。
〔註33〕 《荷爾德林和詩的本質》，海德格爾（Martin Heidegger）《荷爾德林詩的闡釋》，孫周興譯，商務印書館 2000 年版，第 47 頁。
〔註34〕 周倫佑《非非主義：不可抗拒的先鋒》，周倫佑主編《懸空的聖殿──非非主義二十年圖志史》，前揭，第 3 頁。

孤身開創了中國本土較早——如果不是最早——的解構詩學。

　　非僅緣於為人處事方面的差別，周倫佑和藍馬漸生齟齬，比如，藍馬提出非文化、前文化和超文化，周倫佑卻提出反文化和反價值。周倫佑試圖在某種大局觀念下忽略他與藍馬的差異性，或者按照自己的某種方式抹平此種差異性；而藍馬卻恰好相反——若干年後，他仍然非常認真地對筆者說：「你看，前文化並不是反文化。」但是，非非詩人之間，定然存有若干影響通道：單向的，雙向的，或多向交叉的影響通道。比如，周倫佑和藍馬，都有提及「反價值」。另外一個顯而易見的事實就是：所有非非詩人的文論，就其總體而言，都不超出語言詩學和解構詩學這兩個大範疇。比如，田晉川的《潛思維論》，楊黎的《聲音的發現》和《立場》，尚仲敏的《內心的言辭》，毛喻原的《語言書》，還有李震的《詩的音樂精神》——幾乎全都皈依於「直覺」「語感」或「能指」。

　　行文至此，筆者樂於得出這樣一個小結：非非主義的語言詩學，呼應了全球哲學的語言學轉向；非非主義的解構詩學，呼應了全球文學的後現代主義轉向，而在這兩個方面，都堪稱中國詩學的創世紀和烏托邦。

　　周倫佑的重要性還在於，一開始，他就在某個方面異於所有同儕，而又獨能與乃兄一起不斷擴大某種視野和胸襟：他的一系列文論，比如《當代青年詩歌運動的第二浪潮與新的挑戰》〔註35〕，又如《論第二詩界》〔註36〕和《第三代詩論》〔註37〕，都密切地關注著整體、階段和先鋒意義上的中國當代詩。

九、不能不提幾位西方詩哲

　　1988 年 7 月，藍馬在《非非主義第二號宣言》中，對「詩歌」，對「一切」，給出過這樣的「非非主義忠告」：「在所有應當沉默的地方，堅持一片喧囂。」文末，他又給出了這樣的注釋：「此言乃針鋒相對於維特根斯坦的『在不能言談的地方，應當保持沉默』而發。其哲學起點應在維特根斯坦的終點上。」藍馬提到的維特根斯坦（Ludwig Wittgenstein）名言，出自其《名理論》（今通譯為《邏輯哲學論》）。藍馬當時並未讀過這部語言哲學名著，維特根斯坦此語，可能見諸某個雜誌某篇文章。但是，據周倫佑和藍馬回憶，正是

〔註35〕《浪潮》第 2 輯，花城出版社 1986 年 5 月版；《非非評論》第 2 期，1987 年 5 月；《藝術廣角》1987 年第 2 期。
〔註36〕《非非評論》第 1 期，前揭。
〔註37〕《藝術廣角》1989 年第 1 期。

在 1988 年前後，他們已經讀到維特根斯坦的《文化和價值》〔註38〕。這是一部致命之書：「文化」和「價值」，在兩個向度上，可能分別助推了藍馬的「前文化理論」和周倫佑的「反價值理論」。

《前文化導言》的寫作，早於《文化和價值》中譯本的出版，這並不意味著藍馬當時沒有接觸過維特根斯坦。可以肯定的是，《前文化導言》的文體（劄記之氣韻），深受維特根斯坦——還有尼采（Friedrich Wilhelm Nietzsche）——的影響；而《前文化導言》的觀點，早已撓及《邏輯哲學論》的痛癢。維特根斯坦確立了「語言—世界」的同構，認為語言的界限即是世界的界限〔註39〕。藍馬則確立了「語言—文化」的同構，認為語言的界限即是文化的界限，卻又試圖通過超語義實驗，敲碎文化的厚殼，突破語言的界限，重返無限的先驗智慧，亦即非文化、前文化和超文化領域。所以藍馬又說：「能說的，都是不必說的，必須說的，恰恰是無法說的。」藍馬出發點，恰是維特根斯坦止步處，前者在無意間早已自置於後者以外。如果仍然借來《非非主義第二號宣言》裏面的術語，可以這樣說，維特根斯坦的哲學乃是「語言反映論」，而藍馬的詩學乃是「語言發生論」甚或「語言創世論」。

當其時，藍馬也不知道巴特（Roland Barthes）為何方神聖。他可能是從索緒爾（Ferdinand de Saussure）的《普通語言學教程》〔註40〕借來那對著名的術語——「能指」和「所指」，並在《非非主義第二號宣言》中推出一對半新的術語——「超能指」和「超所指」。若干年以後，藍馬還用「能指」和「所指」，向筆者解釋了何謂「超語義實驗」：「就是要突破『能指』和『所指』的咬合，在『能指』『所指』形成的語言流傳統功能之外實驗附加一些新的功能。」

藍馬新創的其他術語，比如「文化語言」和「前文化語言」，「載體性的結構」和「本體性的結構」，「語義」和「語量」（筆者少年時，初見這個詞，頓時心醉神迷），均可以對應海德格爾提出的「說話」（sprechen）〔註41〕和「道說」（sagen）。在海德格爾看來，後者如同「河流」，前者如同「河岸」，後者使世界「澄明」，前者讓存在「遮蔽」〔註42〕。而在藍馬看來，「語義」用以

〔註38〕當為清華大學出版社 1987 年版，譯者為黃正東、唐少傑。
〔註39〕「Word」（語言）與「world」（世界），可能具有相同的詞根。
〔註40〕或為商務印書館 1980 年版，譯者為高名凱。
〔註41〕或「跟隨道說」（nachsagen）。
〔註42〕參讀海德格爾（Martin Heidegger）《在通向向語言的途中》，孫周興譯，商務印書館 2004 年版，第 237～271 頁。

刻畫「文化中的那份世界」，「語暈」用以呈現「尚未被文化部分」和「永不被文化部分」〔註43〕。至於藍馬的「還原」，也就相當於海德格爾的「解蔽」；所謂「前文化狀態」「非文化狀態」或「非非狀態」，也就相當於海德格爾的「本真狀態」。海德格爾的「直觀與表達的現象學」──被牟家富雄誤打誤撞地追憶為「表達與現象」──對非非主義的啟發性，或者說兩者的可比性，從這裡就可以窺斑見豹。

　　周倫佑則確立了「語言─傳統」同構，以及「語言─價值」的同構，並將其作為變構理論的針對點。他新創的術語，比如「原構」和「變構」，後者也可以對應德里達（Jacques Derrida）提出的「解構主義」（Deconstruction）之「解構」，而前者卻不能對應索緒爾提出的「結構主義」（Structuralism）之「結構」。雖然德里達曾激烈批判索緒爾的「邏各斯中心主義」，但是非非主義──包括周倫佑和藍馬──的語言詩學，在一定程度上，還曾獲益於結構主義語言學。因而，恰是周倫佑提出的「原構」，而非通行意義上的「結構」，將迎來他的寒光閃閃的變構之刃。在德里達看來，「解構主義」主要意味著「反邏各斯中心主義」，其動員令傾向於顛覆「語言」「二元」和「等級秩序」〔註44〕。而在周倫佑看來，「原構」代表結構的穩定性（亦即「不死的結構」），「變構」則恰好代表對這種穩定性的瓦解。「瓦解」，這也正是德里達念茲在茲的口頭禪。鍾鳴講過一個小道消息，「聽說，法國的德里達對中國的『非非』推崇備至。」但是，他，還有筆者，都沒有找到有力的證據。周倫佑的變構理論，後來深化為反價值理論，也暗合了尼采關於「重估一切價值」的論述。據周倫佑回憶，他當時無從得見尼采的《權力意志》，也不知悉周國平尚未出版的博士論文《尼采與形而上學》。這樣的暗合，也就很奇妙。

　　雖然藍馬和周倫佑對「形容詞」的敵意，可能受到過格里耶（Alain Robbe-Grillet）的影響，「對象悍然不顧我們的大批賦給它以靈性或保護色的形容詞」〔註45〕，但是如果比較格里耶對楊黎的巨大改造，前述影響就會變得可以

〔註43〕《語言革命──超文化》，《海水與浪花──藍馬詩文集》文論卷，前揭，第132頁。

〔註44〕參讀王泉、朱岩岩《解構主義》，趙一凡、張中載、李德恩主編《西方文論關鍵詞》，外語教學與研究出版社2006年版，第259～268頁。

〔註45〕格里耶（Alain Robbe-Grillet）《未來小說的道路》，朱虹譯，伍蠡甫主編《現代西方文論選》，上海譯文出版社1983年版，第313頁。下引格里耶，亦見此文。

忽略不計。楊黎的組詩《冷風景》（標題為周倫佑所取），就題獻給這位法國新小說大師。「灰色樓房高高的尖頂／超過了這條街所有的／法國梧桐」。以格里耶為主帥的新小說——現在加上楊黎的詩——的目標，就是致力於一口咬定：「世界既不是有意義的，也不是荒誕的。它存在著，如此而已。無論如何，這點是最值得注意的。」《冷風景》呈現出來的詩學意義正是如此：將事物還原為事物，將人還原為人，人可以物化，物不可以人格化。這位詩人不再受「意義」的欺負，不再受「意義」的指使，不再老是想抱起「意義」的峨眉山——他用「無意義」的牙齒，咬破了「意義」的氣球。寫作的禁忌，寫作的難度，一下子化為烏有。楊黎這種新小說向度上的零度寫作，得到過柏樺的曲為辯護，「他妄圖在此收回詩喪失給小說的地盤，為《怪客》或《冷風景》向小說索賠」。據周倫佑回憶，他和藍馬對這樣的詩都持保留態度，在籌備《非非》第二卷的時候，周倫佑試圖開設一個欄目「小說與詩」，將格里耶的小說《咖啡壺》或《海灘》按楊黎方式分行排列成詩，再將楊黎的詩《街景》按格里耶方式排列成小說，從而展開跨文體或換文體比較。這個奇思妙想，如此好玩，不意遭到楊黎冷遇，周倫佑也便只好作罷。但是楊黎從來沒有放棄過格里耶，他後來創辦先鋒文學網站，乾脆就直接叫做「橡皮」（來自格里耶同名小說）。

十、零度到底，能指單飛

上文已經從非非的理論，談到非非的詩，本節擬就這個問題有所展開。

要就這個問題有所展開，且容筆者繞道莽漢的詩。莽漢與非非的若即若離，正如超現實主義（Surrealism）與達達主義的難分難解。《非非》先後刊出多位莽漢詩人——包括李亞偉、萬夏、二毛——的詩，換句話說，這些莽漢詩人也算是加盟過非非。《非非》創刊號率先刊出李亞偉的四首詩，包括《高爾基經過吉依別克鎮》。據周亞琴回憶，當周倫佑把創刊號帶回家，兒子周達揚立馬取看，很快陶醉於《高爾基經過吉依別克鎮》，一邊讀，一邊哈哈大笑，並且仿寫出這樣的詩句，「那時沙皇鐵青著臉，在情婦瑪利亞那裡生胃病」。周達揚當時只有六歲，與成年人相比，可能更加接近「非非狀態」或「前文化狀態」。但是，他並沒有相中乃父的詩，也沒有相中藍馬、楊黎或何小竹的詩。

這個喜劇性的挑選，似乎提前代表後來的讀者，給非非提出了不是一個

兩個而是三個問題：非非詩，能夠踐行其理論並體現為對理論的盲人摸象嗎？如果詩而不能踐行理論，何者更能體現所謂非非生機呢？如果理論更能體現非非生機，那麼詩能夠以另外的峰頂比高於理論嗎？對這三個問題，很多讀者和學者——包括敬文東——都給出了較為悲觀的答案。在這裡，且引來何小竹的看法：「從《非非》1986 年創刊開始，作為中國『先鋒』詩歌最具流派特徵的『非非主義』便獲得了『革命性』的成功。但這與其說是『非非』詩歌的成功，毋寧說是『非非』理論的成功。」〔註 46〕在這個方面，可以說，非非恰與莽漢相反。

　　即便退而求其次，僅就既有詩，挑選或推薦非非代表作，也是一件甚為困難的事情。比如，周倫佑很看重梁曉明的《各人》和《玻璃》，藍馬的《世的界》，尚仲敏的《深淵》和《風暴》，楊黎的《冷風景》和《高處》，何小竹的《鬼城》，余剛的《宗教動亂》和《近況》，劉翔的《摘自灌木叢》，陳小蘩的《精神的樹冠》和《精神鏡象》，小安的《種煙葉的女人》，以及他本人的《自由方塊》和《頭像》〔註 47〕。又如，藍馬則很看重周倫佑的《帶貓頭鷹的男人》，楊黎的《冷風景》和《高處》，尚仲敏的《深淵》和《寫作》，何小竹的《夢見蘋果和魚的安》和《組詩》，吉木狼格的《紅狐狸的樹》，劉濤的《又是綠燈》，小安的《種煙葉的女人》，以及他本人的《世的界》和《凸與凹》。上面提及的這些作品，並不能全部見於《非非》前四卷。楊黎卻認為：「作為一個詩歌流派的『非非』，我感到驕傲的是因為有了何小竹、吉木狼格、小安這三位最值得我稱道的詩人。因為他們的存在，使『非非』之所以成為『非非』。」何小竹則認為：「現在，如果有人問我，誰是『非非』第一詩人：毫無疑問，我會說是楊黎。」他同時認為：沒有吉木狼格，非非就「缺少了構成這個流派的一個重要支撐」；而小安在純粹和語言的自覺性方面「完全可以排在『非非』任何一位『男』詩人之前。」下面的針鋒相對，就更加富有戲劇性：何小竹認為，「《世的界》是對楊黎《高處》的模仿，嚴格意義上不是藍馬的成功之作」；藍馬卻認為，「如果非非只有一種宗旨：前文化，那麼最能體現宗旨的作品就是《世的界》」。先來讀《高處》：「A ／或是 B ／總之很輕／

〔註 46〕何小竹《我與「非非」》，楊黎編著《燦爛——第三代人的寫作與生活》，前揭，第 556～557 頁。下引何小竹，亦見此文。
〔註 47〕參讀《當下語境中的非非主義》，周倫佑《藝術變構詩學》，人民美術出版社 2005 年版，第 189 頁。

很微弱／也很短／但很重要／A，或是 B／從耳邊／傳向遠處／又從遠處／傳向森林／再從森林／傳向上面的天空」。再來讀《世的界》：「指船／指帆／指鴿／指鷗／指海／與樹林／與墳叢／與結合／既作為物質／而發光／閃光／又作為悸動／有東／有西」。兩者都在某種程度上促成了「能指」與「所指」的錯位：前者乃是「零度到底」，反而能夠還原「存在」的荒誕感，後者則是「能指單飛」，可望暫時帶來「語言」的新奇感。

上述分歧或見仁見智，已經引出另外三個問題：上述關於非非詩的判斷是著眼於詩，還是著眼於所謂非非風度呢？非非風度是否為非非詩人所必有，而為非非非詩人所必無呢？當非非詩人不再刻意求得非非風度，是否能有機會求得更加寬闊的非非非風度呢？最後兩個問題，也許可以得到清晰的回答。比如，無涉非非的于堅，所作《對一隻烏鴉的命名》就是一次非常標準的非非式命名。又如，偏離非非的藍馬，所作長詩《竹林恩歌》為自己惜重並被圓來和喻言激賞，所作《日以繼夜》和《九月的情緒》〔註48〕為柏樺看好，所作《獻給桑葉》為何小竹看好，所作《秋天的真理》（亦即《秋思》）為筆者看好。然而，作為迷你派抒情詩人的這個藍馬，還是作為《世的界》作者的那個藍馬嗎？還是說過「我對非非詩的期待是語言之花：就是語言的空殼、語義上的空集合」的那個藍馬嗎？顯而易見，藍馬已經面目全非；這也就再次證明：在更多的情況下，恰是作品導出了理論，而不是理論導出了作品，如果真的存在後一種情況，那麼無論何種理論——包括非非主義理論——都有可能是創造力的五花大綁。

十一、「非非非非非」

非非主義很快就聲名大噪。

據周倫佑回憶，截止 1989 年，M、林迴、舒婷、牛漢、程光煒、陳仲義、吳開晉、孫基林、陳良運、吳亮、周國平、謝冕、唐曉渡、徐敬亞、阪井東洋男、戴邁河（Michael Martin Day）、李震和巴鐵等詩人、學者或漢學家，或發聲，或來信〔註49〕，或撰文，稱非非主義為「一個新秩序的雛形」「一個遼闊的可能性」「一種自我解放的方式」或「一種極端地表現當代文化分裂中靈魂

〔註48〕這兩件作品，很奇怪，卻並未收入藍馬僅有的兩種詩集。參讀《藍馬圓來詩歌選集》，中國戲劇出版社 2009 年版；《海水與浪花——藍馬詩文集》詩歌卷，作家出版社 2011 年版。

〔註49〕據周倫佑回憶，在一個時間段，他們每天收到來信多達四十封左右。

渴望再生的語言方式」，寄望創造出「一種新的文體」。據藍馬回憶，就在 1986 年，某讀者來信稱前文化理論為「一個偉大的發現和啟示」。當然，葉延濱、熊復、沈天鴻和朱大可，還有某個官員，也對非非主義表達了疑慮或提出了批判。《詩歌報》《深圳青年報》《當代詩歌》《作家》《當代文藝探索》《文藝理論與批評》《草原》《詩刊》《文藝報》《作品與爭鳴》《開拓》《藝術廣角》等刊物相繼推波助瀾。1987 年 12 月，周倫佑、藍馬、楊黎應邀參加「北京大學首屆文化藝術節」；1988 年 5 月，周倫佑應邀赴淮陰—揚州—南京參加「全國當代新詩理論研討會」。

　　非非主義的難以例外的宿命，正如考利所言，「就在達達主義似乎一帆風順之時，它實際上從內部逐漸死亡」。死亡緣於分裂，分裂緣於何物？也許關乎酒、關乎錢、關乎名、關乎女人、關乎其他各種利益，也許關乎謊言、誤會、提防、猜忌、挑撥和文人相輕，也許關乎性格和品格，也許關乎氣功、幻覺和特異功能，也許關乎詩和詩學的願賭不服輸。誰又說得清呢？時間來到 1988 年 11 月，終於發生了早有預兆的「非非事變」。據周倫佑回憶：他與藍馬和楊黎在宜昌印好並寄出《非非》第三卷和第四卷，從宜昌返重慶，船到巴東，時值夜深，楊黎和藍馬去買來一瓶白酒，幾袋油酥豌豆，他據席向藍馬和楊黎鄭重聲明：「我以後決不會再和你們共事。」這就是最後的聚餐會。據藍馬回憶：他們一起回到成都，周倫佑在他家待了幾天，一起寄出兩期《非非》後，他將周倫佑送上去火車站的公交車或去西昌的火車，然後去郵局把早已寫好的斷交信（只有一句話）寄給後者：「從今以後，你我之間，在一切方面，一刀兩斷。」至於楊黎，傾向於認可藍馬的說法。周倫佑自稱在《十三級臺階》中早就預言過這樣的結局，「教堂的鐘聲敲響七下，靈魂之門打開。在你進來的那一瞬間，有人離你而去，藍馬離你而去，你身上長滿鸚鵡」。這件作品寫於 1986 年 4 月，刊於《非非》創刊號。「鸚鵡」，據周倫佑自釋，意味著「流言如矢」。不管怎麼樣，作為一個流派，非非主義終於在 1988 年底轟然解體。

　　後來是在 1992 年，又在 2000 年，經周倫佑獨力運作，曾經兩度復刊《非非》。或以為這不再是一個文學流派，而只是一個文學刊物——周倫佑卻堅決反對這樣的看法，他自稱從此進入了「後非非」階段。限於本文的斷代史一般的任務，這個問題，筆者只好留給其他研究者。當然，下文的撮述或許算不上是蛇足：正是在這個時間段，周倫佑重出江湖，勠力倡導「紅色

寫作」和「體制外寫作」——他暫時擱下變構理論，退回到自己的青少年時代，再次立錐於「用生命探雷」的介入詩學〔註 50〕；藍馬歸於山林，潛心研創「本然幸福學」——他繼續體悟前文化理論，退回到人類的軸心時代，運用佛學元代碼系統將前文化理論轉換成「幸福本有，痛苦本無」「本然則幸福，使然則痛苦」的人生哲學〔註 51〕。周倫佑在詩學範圍以內，揚棄了非非的初衷（變構理論）；藍馬在詩學範圍以外，頑守了非非的初衷（前文化理論）。而楊黎，一直浪遊江湖，他由「白描」和「語感」轉向了「廢話主義」：「詩啊，言之無物。」〔註 52〕恰是這個自稱懷揣想要發表作品的私心——「在我抽屜裏面藏著幾首寫好了很久的詩，我覺得它們馬上就要影響中國了」〔註 53〕——加盟非非的縱慾主義詩人，反而在詩學範圍以內，堅持了非非的初衷（亦即語言詩學和解構詩學）。當紅白藍愈來愈顯出色差，藍馬作偈如是：「是非是是非，非非是非非，是非非非非，非非非非非。」

　　非非主義從大西南腹地的西昌出發，早已抵達各種當代新詩史，當代文學史，甚至當代藝術史。徐敬亞認為，非非主義「徹底地為朦朧詩畫上了一個句號」。鍾鳴認為，非非主義的影響「是自《今天》以來最大的」。而在所有關於非非主義的總體性描述中，筆者最為欣賞的還是柏樺的幾句話，現在將這幾句話略加調整作為這篇拙文的結語：相對於某個話語體系而言，《今天》是「第一次偏離（對所指的偏離）」，而《非非》是「第二次偏離（對能指的解放）」。

〔註 50〕 周倫佑《證詞》，周倫佑《在刀鋒上完成的句法轉換》，唐山出版社 1999 年版，第 154 頁。周倫佑在接受採訪時自稱，「介入即變構：對現實的變構」，實在難以得到筆者的苟同。

〔註 51〕 關於前文化理論對佛學的呼應，筆者有過較為深入的論述：「藍馬為他的一系列舊文增加了若干注釋，這些注釋不妨如是理解：文化即世間；非文化、超文化即出世間；語義即妄念；世界即名相；退出文化、語言和世界即放下萬緣；前文化還原即破除所知障；還原之至境即實相無相；前文化狀態即本來面目和大歡喜之境；人人皆有非非性即眾生皆有佛性。」參讀《非非主義與當代佛學無意識闡釋——讀〈藍馬圓來文論集〉，重證早年一個觀點》，胡亮《闡釋之雪》，中國言實出版社 2014 年版，第 23～33 頁。關於前文化理論向人生哲學的轉化，可以溯源到《非非主義第二號宣言》對「人的解放」的相關論述，還可參讀藍馬《痛苦與幸福》，四川大學出版社 2008 年版；《佛法與幸福》，中國國際出版社 2010 年版；《幸福是自己給的》，南海出版公司 2013 年版。

〔註 52〕 《楊黎說：詩》，楊黎《小楊與馬麗》，河北教育出版社 2002 年版，第 230 頁。

〔註 53〕 新京報編《追尋八十年代》，中信出版社 2006 年版，第 79 頁。

卷七　四川五君與「南方性競猜」

一、臨時性命名與暫時性定名

　　江湖閭巷所謂「四川七君」或「四川五君」，單就稱謂而言，一開始就自帶臨時性或應急性特徵。五位或七位當事詩人，幾乎誰也不願躋身於──或自困於──這個「半虛構公社」。到了如今，甚至，他們誰也不願再提及這段小歷史。「七君」或「五君」的老大哥──亦即鍾鳴──的態度，也許具有一定的代表性：「我們當時，在內部，很自然，也很明確地約定過不搞『流派』。」〔註1〕鍾鳴，1953年生於成都，1971年入伍（在瀋陽），1974年隨部隊開赴鏡泊湖（在牡丹江），1977年考入西南師範學院，1982年分配到四川師範學院，1984年調入四川工人日報社。鍾鳴早年經歷頗為傳奇，對其寫作，算是一種長期補給。這是後話不提；卻說「半虛構」，也就意味著「半真實」──不然，又何來鍾鳴所謂「內部」？這會是個什麼樣的「內部」？把握好個中分寸，可謂至關重要，否則將難以得到基於或鄰於真相的立論。

　　那麼，「四川五君」正式出場於何時何處？1986年10月24日，《深圳青年報》。從10月21日到24日，《深圳青年報》攜手安徽《詩歌報》，刊出1986現代詩群體大展。這個大展雖說熱鬧，鍾鳴似乎看不起，後來直呼其為「詩歌的工業博覽會」〔註2〕。與這種態度相反，當其時，孫文波則頗有積極性。孫文波，1956年生於成都，童年時待過陝西華陰，1970年就讀於成都鐵二局

〔註1〕鍾鳴《危險的批評》，2016年，未刊稿。下引鍾鳴，凡未注明，亦見此文。
〔註2〕鍾鳴《旁觀者》，海南出版社1998年版，第762頁。

第一中學，1973 年下鄉（在廣元），1976 年入伍（在綏德、西安及蘭州），1979
年轉業到四川建築機械廠（在成都），1987 年辭去公職，1996 年移居北京，
2013 年客居深圳洞背。孫文波一人牽頭組稿，終於組團參加「大展」。《深圳
青年報》所刊出的「四川五君小輯」，包括五個小文件──其一，流派自述，
亦即《五君說》（未署名）；其二，成員介紹，計有歐陽江河、柏樺、翟永明、
孫文波和鍾鳴；其三，歐陽江河作品，亦即短詩《日暮遠足》；其四，翟永明
作品，亦即短詩《黑房間》；其五，孫文波作品，亦即短詩《少女陸梅的故事》。
歐陽江河，1956 年生於四川瀘州，童年少年時待過大涼山、渡口〔註3〕及新
都，1972 年遷居重慶並就讀於第二十一中學，1975 年下鄉（在巴縣），1977
年入伍（在成都），1986 年轉業到省社會科學院，1993 年暫居美國，1997 年
定居北京，2014 年調入北京師範大學。柏樺，1956 年生於重慶，1975 年下鄉
（在巴縣），1977 年考上廣州外語學院，1978 年入校就讀，1982 年分配到中
國科技情報所重慶分所，同年調入西南農學院（在重慶），1986 年考入四川大
學（從龔翰熊讀碩士），因拒絕上課，1987 年被退學，1988 年調入南京農業
大學，1992 年為自由撰稿人，2004 年調入西南交通大學（在成都）。翟永明，
1955 年生於成都，1976 年下鄉（在新都縣），同年考入成都電訊工程學院，
1977 年入校就讀，1981 年分配到西南物理研究所（在成都），1986 年辭去公
職，1990 年暫居美國，1992 年回到成都，1998 年經營白夜酒吧。白夜酒吧先
在玉林西路，後遷窄巷子，乃是成都的「左岸」，詩人和藝術家──包括「七
君」──所偏愛的一個「亞文化場域」。據孫文波回憶，《五君說》由他執筆，
徵詢過歐陽江河意見。這份文件，寥寥數語，看起來平淡無奇：「嚴格說，我
們幾個人算不上流派，只不過平日裏我們交往甚密，彼此是很好的朋友，在
四川，外人便戲稱我們為『四川七君』（另兩位仁兄張棗、廖希，一個去西德
了，一個去了香港）。我們只是默認而已。」〔註4〕張棗，1962 年生於長沙，
1978 年考入湖南師範大學，1982 年分配到株洲工業學校，1983 年考入四川
外語學院（在重慶，讀碩士），1986 年赴德國，1990 年考入特里爾（Trier）大
學（讀博士），後轉入圖賓根（Tübingen）大學，2005 年回國並任教於河南大
學，2007 年調入中央民族大學，2010 年病逝於圖賓根。廖希，1963 年生於成
都，1979 年考入西南師範學院，1983 年分配到成都西鄉路中學，1985 年移居

〔註3〕亦即攀枝花。
〔註4〕《深圳青年報》總第 185 期，1986 年 10 月 24 日。

香港（後來當了一名導演）。細心讀者想已看出，《五君說》說漏了嘴，居然說出了「七君」——也就是說，「五君」的正式出場，意外地隱含著「七君」的非正式出場。如果從發生學——而非文獻史——的角度來看，「七君」早於「五君」無疑，後者不過是由前者縮減或砍削而得。這個問題，暫且擱下，後文還將詳述。

　　然則，「四川七君」正式出場於何時何處？1988年9月，《中國現代主義詩群大觀》。這個「大觀」，來源於並豐富了「大展」。《中國現代主義詩群大觀》所收錄的「四川七君小輯」，包括四個小文件——其一，柏樺作品，亦即短詩《秋天的武器》；其二，孫文波作品，亦即短詩《十四行詩》；其三，藝術自釋，亦即《我們的幾句話》（未署名，亦由孫文波執筆）；其四，成員名單，計有歐陽江河、柏樺、翟永明、鍾鳴、張棗、廖希和孫文波。「五君」，終於復原為「七君」。而對孫文波，鍾鳴仍然嘖有煩言，「『四川五君』在其得主從未承認署名有否意義的情況下，搖身一變，又成了『四川七君』——入伍者任意報名，任意命名。」〔註5〕這幾句話尤其是後半截，說得有些重，但是組稿者——或有關編稿者——還真得認領這份「任意」：一方面，一會兒自稱「五君」，一會兒自稱「七君」；一方面，「五君」入「大展」，未刊出柏樺和鍾鳴作品，「七君」入「大觀」，未刊出歐陽江河、翟永明、鍾鳴、張棗和廖希作品。這也反過來表明，孫文波的積極性，或未得到所有當事人的知曉、響應或配合。據柏樺回憶，從頭到尾，無人相告，他迄未見到「大展」的樣報與「大觀」的樣書。柏樺曾戲稱孫文波為「神行太保」，難道後者就沒有騎著自行車，到四川大學研究生宿舍去找過前者嗎？要知道，那可是一輛著名的自行車。

　　卻說廖希移居香港（一個突然的花花世界），很快就放棄了寫作——這個事件給兩種稱謂，「七君」或「五君」，都帶來了意想不到的尷尬：稱謂沿用上的尷尬，以及，成員鎖定上的尷尬。如果不新提「六君」，而是沿用「五君」，那麼，多出來的一位詩人應該是誰？從狹隘的文獻史——而非更正派的歷史——來看，多出來的這位詩人，或為鍾鳴，或為孫文波。1989年1月，《漢詩》終刊號印行，卷三「靜安莊五子」，所收錄的詩人依次為翟永明、柏樺、歐陽江河、孫文波和張棗。這個「五子」，緣於「五君」，只是用張棗取替了鍾鳴。「五子」後來又被稱為「巴蜀五君子」，流行於百度，鍾鳴認為乃是孫文波所為。

〔註5〕鍾鳴《旁觀者》，前揭，第762頁。

「五君」，出自社交上的客氣；「五君子」，出自道德上的標榜或諷刺。鍾鳴就曾引來孔穎達的定義，「賤不義而貴有德，故曰君子」，討論過此類命名在語義上的正值或負值。而在此前後的一系列文獻史，逐漸鎖定「五君」或「五君子」，最終用鍾鳴取替了孫文波。1988 年 11 月至 12 月，楊小濱蒞成都，1989年 3 月，他刊出紀行短文《君子、漢子、鬍子、痞子等等》：「君子是指歐陽江河和翟永明。他們和鍾鳴、柏樺、張棗被稱為『五君子』。」〔註 6〕據楊小濱回憶，這個名單，當時很有可能來自歐陽江河。1994 年，張棗撰成博士論文《現代性的追求》，認為「後朦朧詩」大體上分為兩支，一支為「純詩」，一支為「生活詩」或「口語詩」，「純詩」的「代表性人物包括『四川五君子』：鍾鳴、翟永明、張棗、柏樺和歐陽江河」〔註 7〕。這篇論文以德文寫成，由圖賓根大學出版，並未及時給漢語世界帶來影響。1995 年，經張棗促成，由蘇桑娜·葛塞（Susanne Göße）翻譯，德國荷爾德林協會出版詩合集《中國雜技：硬椅子》（ *Chinesische Akrobatik——Harte Stühle* ），作者為「四川五君子」，所收錄的詩人依次為柏樺、張棗、翟永明、歐陽江河和鍾鳴。這個選本出口轉內銷，雙語對照，來頭很大，以至於孫文波逐漸被視為無涉於「五君」。諸如此類的結果（人選的變化，排序的調整），既令人遐想，又令人困惑，不免還令人莞爾。其中之微妙與陰差陽錯，或涉人事，或關天命，或為珍惜羽毛（有你無我），或為爭奪蹲位（有我無你），猶待當事人備述原委，筆者也便沒有興致再作詳考。

二、回溯到《大拇指》……

如果從徐敬亞的深圳，逆溯到廖希的香港，就會找到關於「七君」的更早起源。廖希與鍾鳴，在 1979 年，就相識於西南師範學院。到 1985 年 8 月，廖希移居香港，並有帶走若干同仁詩稿。臨行，鍾鳴囑他「為大家打開刊發作品的通道」。到 1986 年 7 月 15 日，經廖希和葉輝促成，香港文學報《大拇指》推出「四川詩人小輯」，刊有歐陽江河的長文《受控的成長》，鍾鳴的短詩《日車》和《村莊》，孫文波的短詩《冬至》和《小寒》，柏樺的短詩《下午》和《道理》，翟永明的短詩《預感》和《邊緣》（節選自組詩《女人》），廖希的

〔註 6〕《文學角》1989 年第 2 期，第 54 頁。
〔註 7〕張棗《現代性的追求：論 1919 年以來的中國新詩》，亞思明譯，四川文藝出版社 2020 年版，第 289 頁。

短詩《異地》和《構思的天氣》，歐陽江河的短詩《天鵝之死》和《少女之死》，作者還有彭逸林、子午（郭紹才）、谷風（何衛東）、游小蘇和胡小波（胡曉波）。卻說《受控的成長》，本來由鍾鳴執筆，後改由歐陽江河執筆。據廖希回憶，他確曾致信鍾鳴，約請後者起草配套評論。據鍾鳴回憶，他已擬好標題和思路，歐陽江河卻主動請纓代勞。據孫文波回憶，鍾鳴心雖不甘，也便順水推舟。「便同意轉由他寫」，「敘之思路」，「連寫好的那截也給了他」。歐陽江河最終竣稿，分為兩個部分：第一部分，由北方詩人——比如北島、芒克、楊煉和江河〔註8〕——敘及南方詩人，由南方成名詩人——比如黃翔、舒婷、駱耕野、傅天琳、李鋼——敘及南方半成名或未成名詩人，又從南方縮小到巴蜀，終於逼近了此文的良苦命意，「四川真正引人注目的是歐陽江河、翟永明、鍾鳴、柏樺、張棗、廖希、孫文波等詩人」〔註9〕；第二部分，次第論及歐陽江河、柏樺、翟永明、鍾鳴、廖希和孫文波（孫文波叨陪末位，或亦釋放出某種信號）。雖然此文並未詳論張棗，卻已鎖定一份包括張棗的七人名單。很快就有「外人」，或即楊遠宏，戲稱他們為「四川七君」。時當 1986 年 8 月，或 9 月，略早於「大展」無疑。

　　如果當年是在成都或重慶刊物——而非香港刊物——推出「四川詩人小輯」，換言之，如果廖希並無擺渡舉薦之功，很難想像他能名列「七君」。後來轉而提出「五君」，兩套名單，果然都不包括廖希。並非世俗所謂過河拆橋，實因廖希為詩雖早，才力偏弱，而又志不在此。「七君」先缺廖希，再減孫文波，可能包含兩方面考量：一方面，取齊作品之水準；一方面，尊重歷史之淵源。在七十年代末期，八十年代初期，柏樺、翟永明、歐陽江河、鍾鳴及張棗，已先後結成密友，陸續寫出重要或比較重要的作品。孫文波為詩較晚，待到水落石出，已是九十年代。為了洞見前孫文波時代的某種幽微，筆者樂於舉來比《大拇指》或《深圳青年報》更早的兩份刊物——其一，成都的《次生林》，創辦於1982 年 4 月，編輯為釋極樂（亦即鍾鳴），插圖為張華，木刻為健忠，裝訂為山山〔註10〕、詩筠和晉西，刊有江河的短詩或小長詩《雪夜》《黃昏：印象和情緒》《無題》和《變奏：二十世紀》，翟永明的短詩《蒲公英》和《昨夜，我有

〔註 8〕亦即「於友澤」，而非「歐陽江河」。除了此處，本文中「江河」均指「歐陽江河」。
〔註 9〕歐陽江河《受控的成長》，《大拇指》第 218 期，1986 年 7 月 15 日。下引此文，不再注明。
〔註10〕亦即小說家裘山山。

一個構思》，鍾鳴的短詩《跳房》《沒有意義的片斷》《紅茶菌》和《飛鳥》，以及柏樺的短詩《致秋天》和《表達》；其二，重慶的《日日新》，創辦於 1985 年 5 月，顧問為彭燕郊，主編為柏樺和周忠陵，編委為張棗、江河、彭逸林、柏樺、周忠陵和陳樂陵，刊有歐陽江河的短論《關於現代詩的隨想》和短詩《少女之死》《背影裏的一夜》，張棗的短詩《鏡中》《維昂納爾：追憶逝水年華》《那使人憂傷的是什麼》和譯文《論詩人》〔註 11〕，柏樺的短詩《春天》《惟有舊日子帶給我們幸福》《夏天還很遠》和短詩英譯《Name》《Something Else》〔註 12〕。兩份刊物都很短命，各出一期，共有作者還有成都游小蘇、重慶彭逸林和廣州吳少秋。兩份刊物的全部作者，請注意，均不包括廖希，也不包括孫文波。而孫文波，從邊緣到絕緣，如今也不願牽扯到「五君」或「七君」。

三、偶然性與必然性

「七君」或為偶然，「五君」則屬必然。「『五君』從一開始很多方面是相似的，比如年齡接近，而且時間、地點都讓大家彙集到一起」〔註 13〕。鍾鳴所謂「年齡」「時間」和「地點」，不可或缺，卻都是非文學因素、外部因素或偶然因素。只有「智力」「知識譜系」和「趣味」，至關重要，才算是文學因素、內部因素或必然因素。「岳飛殺張飛」，好看，但是兩者沒交集。「張翼德怒鞭督郵」〔註 14〕，兩者有交集，但是不好看（這個油膩督郵，又豈是張飛對手）。「五君」各有奇招，大體上看來，或無向度上的相似，卻有程度上的相當。故而詩人際會，其勢難免，節日臨近，不醉無歸。比如，1984 年 2 月，在成都，柏樺與歐陽江河再次見面。又如，1984 年 3 月，在重慶，柏樺與張棗再次見面。再也不會等到第三次見面，他們爭分奪秒，很快就陷落於決鬥般的對話：隱秘，慶幸，心心相通，狂喜立等可取，動輒三百回合。1993 年，經張棗促成，德國荷爾德林協會出版《柏樺、張棗、歐陽江河詩選》。到了 2008 年 3 月，張棗也有憶及與湖南的絕緣，與四川的會心，「我認為我文學活動中最重大的事件，就是遇到了柏樺。通過他，後來遇到了歐陽江河、鍾鳴、翟永明」〔註 15〕。

〔註 11〕原作者為榮格（Carl Gustav Jung）。
〔註 12〕據柏樺回憶，《Name》由張棗所譯，《Something Else》則由兩者合譯。
〔註 13〕鍾鳴《「旁觀者」之後》，《詩歌月刊》2011 年第 2 期，第 47 頁。
〔註 14〕《三國演義》第二回。
〔註 15〕顏練軍、張棗《「甜」——與詩人張棗一席談》，《星星》（理論版）2008 年第 11 期，第 34 頁。

　　多少人事交集已然隨風而逝，但在「五君」，卻留下了難以湮滅的文字
姻緣。即以《受控的成長》而論，據歐陽江河、鍾鳴和孫文波回憶，關於鍾
鳴和廖希的論述，就出自鍾鳴之手，關於孫文波的論述，就出自孫文波之手，
其餘文字出自歐陽江河之手。歐陽江河在文中自居首位，鍾鳴表示大為不滿，
「他天生是個籠罩在自己金黃色（或陰影）中的人」〔註16〕。儘管充滿了這
樣那樣的不快，也不能否定，這是一種集體書寫。其顯性作者，乃是歐陽江
河；隱性作者，則是鍾鳴和孫文波。集體書寫，在彼時巴蜀，可謂如火如荼。
「張棗爭改我的詩，我也爭改他的詩，既完善對方又炫耀自己，真是過眼雲
煙的快樂呀！」〔註17〕比如柏樺的短詩《名字》，寫於 1985 年，最後四行曾
經張棗大改：「你的名字是一個聲音／像無數人呼吸的聲音／當你走進這一
座城市／你的名字正從另一座城市逃離」。鍾鳴的短詩《鹿，雪》，寫於 1987
年，開頭兩行亦經張棗小改：「你還在怨述什麼，你的眼光觸及後／它們就
再不結對成群逡巡雪地」。柏樺的短詩《在清朝》，起句則經歐陽江河小改。
原句為「在清朝／安閒的理想越來越深」，改句為「在清朝／安閒和理想越
來越深」。一字之改，脫胎換骨。柏樺之所以寫出《在清朝》，緣於他在歐陽
江河書房，讀到了費正清（John King Fairbank）的《美國與中國》。歐陽江
河之所以寫出短詩《手槍》，緣於他在鍾鳴書房，讀到了麥克盧漢（Marshall
Mcluhan）的《傳播工具新論》。據鍾鳴回憶，歐陽江河五次借走此書，又被
他五次索回，這算得上是兩個癡人的一樁逸聞。卻說從知識譜系的角度來看，
《美國與中國》，是歐陽江河和柏樺的一個公因素；正如《傳播工具新論》，
是鍾鳴和歐陽江河的一個公因素。《傳播工具新論》之要義在於，將傳播工
具視為「人之延伸」。歐陽江河對此頗有心得，「槍變長可以成為一個黨／手
塗黑可以成為另一個黨」，前者是指西班牙長槍黨或黎巴嫩長槍黨，後者是
指起源於意大利西西里島和法國科西嘉島的黑手黨。至於既有芳名又有罵名
的龐德（Ezra Pound），可以肯定，乃是柏樺、張棗、歐陽江河和鍾鳴的一個
公因素。為何這麼講？1985 年 5 月，柏樺曾鄭重談到：「艾茲拉·龐德把孔子
箴言『日日新』三個字印在領巾上，佩戴胸前，以提高自己的詩藝。」〔註18〕

〔註16〕鍾鳴《旁觀者》，前揭，第 862 頁。
〔註17〕柏樺《左邊》，江蘇文藝出版社 2009 年版，第 125 頁。下引柏樺，凡未注明，
　　　　均見此書。
〔註18〕柏樺《編者的話》，《日日新》，1985 年 5 月，第 1 頁。「日日新」出自《大學》：
　　　　「苟日新，日日新，又日新」。《大學》傳為曾子所作，或為秦漢儒家偽託。

同年 10 月 30 日，張棗選譯出龐德的《詩章》，並提議在重慶圖書館舉辦了一場龐德誕辰一百週年紀念會。1986 年，歐陽江河為龐德寫過一首悼詩。1989 年，鍾鳴主編的《象罔》為龐德出過一期專集。但是，很顯然，他們迷戀的是不同的龐德。至於相互贈送或借用詩文之標題，在他們這裡，更是眼花繚亂。比如，柏樺的短詩《白頭巾》，標題來自張棗。這個標題可謂絲絲入扣，表明張棗已然領會——並有意突出——此詩的神秘主義氛圍。鍾鳴講過鄧南遮（Gabriele d'Annunzio）與金魚的逸事，經張棗臨時動議，他們與歐陽江河各寫出一首《鄧南遮的金魚》。鍾鳴的文論《秋天的戲劇》，沿用張棗舊題。鍾鳴有一篇小說，張棗有一首詩，均沿用趙野舊題《春秋來信》。柏樺的回憶錄《左邊——毛澤東時代的抒情詩人》，正標題出自柏樺，副標題則出自鍾鳴。鍾鳴的回憶錄，亦即《旁觀者》，便只好另取標題。兩個書名兒按需分配，鳧脛鶴膝，也算是各有所宜。

由此可以看得很清楚，成都與重慶，如切如磋已成風尚（只有翟永明相對疏離，她超脫到簡直找不到人影）。此種風尚，也算提醒：為何會有「五君」？「年齡」「時間」和「地點」所至也，亦「智力」「知識譜系」和「趣味」所至也。世間離合，豈非因果？雖然鍾鳴咬定為「偶然相遇」〔註19〕，但是，「偶然」只是海面，「必然」才是冰山，海面可以遮掩——卻不可抹殺——任何一座冰山。當然，還應該換個角度來看問題——很難想像成都或重慶其他詩人，比如楊黎、胡冬或李亞偉，在主觀上會有任何積極性，在客觀上會有任何可能性，能夠如魚得水般地加入前述集體書寫。對面無緣，咫尺天涯。

四、南方

那麼「七君」或「五君」，可有開宗立派的動機？至少，自我標榜的欲望？鍾鳴當初起草《受控的成長》，本有兩個著眼點——亦即「控制論」和「南方性」。由於文章未成，到如今，已然很難還原他的初衷。「控制論」或即「語義控制」，已被歐陽江河局部採用。然則，「南方性」何謂？後來，鍾鳴引梁啟超作答：「北人好經世之想，南人好頹靡」。再則，「南方性」何為？後來，鍾鳴也有過自答：「求證南方（或外省）和北方詩歌真正的差異。」僅僅是求證「差異」嗎？非也，鍾鳴當然是在強調，南方——尤其是巴蜀——在趣味或吸引力上的勝出或脫穎而出。他所提出的這兩個概念，亦即「南方」

〔註19〕鍾鳴《偶然相遇》，1986 年，未刊稿。

與「南方性」，在本文卒章的時候還將談到。「五君」卻早就通過寫作，彼此相異的寫作，逼近了這兩個概念的語義邊界。也許，這就是身份自覺。比如，1976 年 4 月，北島寫出《回答》，1981 年 10 月，柏樺寫出《表達》，前者當眾表達，後者自問自答，前者棒喝，後者呢喃，前者斬釘截鐵，後者欲說還休。後來，大約是在 2000 年，張棗就曾據此並談兩位詩人：「一北一南，一前一後，他們作為角色確實有某種對稱。」〔註 20〕「對稱」？這就說得比較客氣。

　　回過頭來接著說歐陽江河，他最終寫成《受控的成長》，談及詩人面臨的四重受控──亦即「外部控點」、「特定的文學傳統」、「讀者」和「詩人自己的個人經歷」。那麼，詩人當如何應對？既要團結，又要鬥爭。此類普適性觀點，不足於自揭某種「集體身份」。但是，且慢！此文已然鎖定一份七人名單，緊接著，就有非同尋常的「準宣言」：「他們在各自不同的探索中體現出一種共同的努力，亦即創造一種語言的直接現實，與非語言的現實及一切形式的控制相對抗」，「事實上許多南方詩人在任性地揮霍個性的同時，已經越來越清晰地感到彼此的天性裏有一種不可能被揮霍掉的共同特質」，「這種中心空虛的共同素質，對於每個南方詩人在自己以外很難找到棲身之地的狂想、怪癖、疾病和自戀，能夠無止境地加以容納」，「鳥兒的飛翔無疑是唯我獨尊的，但天空依然能以四方離散的寬大方式聚合它們。同樣，南方詩人的聚合將以保留和充分發揚個性為前提。」這些文字──或者說觀點──迂迴盤旋於「個性」與「共性」的兩極，與其說展示了歐陽江河的聰明，不如說揭示了「七君」或「五君」的內心矛盾。什麼矛盾呢？一方面，寄望於集團式的攻伐力量；一方面，醉心於個人化的寫作秘境。歐陽江河──他是否具有代表性另說──在理論上求得了矛與盾的民主性，然則，也就在事實上褫奪了開宗立派的可能性。

　　孫文波所撰《我們的幾句話》，較於歐陽江河，寫得更加老實（雖說也是左右開弓，兩頭說話）。「七君」作為一個詩群，孫文波認為，雖說是「基於情感上的認同」，但也有「在對待詩歌上的某種趨向性態度」。什麼態度呢？其一，「探索更為廣闊的詩的表現領域」；其二，「注重對語言、形式以及結構的本體改造」；其三，「現代詩如果要真正獲得它不朽的地位，它就不單單要揭示出人類當代精神的複雜性，它還應該在進行自身前趨性關照的同時，仍然

〔註 20〕張棗《銷魂》，柏樺《左邊》，牛津大學出版社 2001 年版，第 3 頁。

注重尋找人類精神存在的歷時的一致性。」〔註 21〕這正是青春口氣，正是八十年代口氣，好高騖遠，動輒「人類」，動輒「不朽」，總是想要把詩人推上思想家的懸崖。「我們的幾句話」？那麼，「我們」是誰？據孫文波回憶，除了歐陽江河，其他詩人並未過眼這份文件。所謂「我們」，既非「七君」，亦非「五君」，已是無可辯駁的事實。後來，鍾鳴借不同機會——回憶錄、論文或訪談——多次挖苦過孫文波。

「七君」或「五君」，要說共同點，誰都無意於占山稱王打群架。「說穿了，這是個很無聊的問題（詩歌為什麼需要一個團體呢，一個團體為什麼又非要有長老呢？）」〔註 22〕鍾鳴所謂「長老」，或即暗指歐陽江河。「我們五個人，都很挑剔，很敏感——說穿了，不會去幹傻事。」〔註 23〕鍾鳴所謂「傻事」，或即暗指孫文波。其實呢，孫文波和歐陽江河，亦並未搶奪過鍾鳴所謂「兔皮帽」（既然這頂帽子純屬烏有）。由此或可斷言，「五君」便如「七賢」，便如「八怪」，便如「九葉」，詩群也，而非詩派也。詩群，亦即柏樺素來熱衷的「小圈子」，「一來可以安慰你的心靈，二來可以刺激你立即重新認識到自己的品質」〔註 24〕。「五君」在某個階段，頗為繾綣，可謂形散神不散，後來才逐漸趨於交惡（也是為了雞毛蒜皮，或口舌上的以訛傳訛）。而歐陽江河的長詩《懸棺》，完稿於 1984 年，如同提前兩年就已寫好的神秘預言：「那麼，唯一的群體將在唯我獨尊中形成。各種顏色、各種花飾的衣裳經由紋身與皮膚相混。人頭與眾獸之頭經由閃成一片的刀刃相混。食物與飢餓經由齋戒相混。花園與懸棺經由輪迴相混。」而今仔細讀來，不免相顧駭然。

五、左邊的柏樺，右邊的柏樺

「五君」如果就是詩派，下文必將面對這樣一個主要問題——五位詩人的共同點何在？如果只是詩群，先前的一個次要問題就將上升為主要問題——五位詩人的差異性何在？謝天謝地，現在可以避談共同點而直面差異性（亦即個人性）。那就挨個兒來談，首先，還是來談柏樺。1989 年 12 月 26 日，為紀念毛澤東誕辰，他寫過一首《1966 年夏天》。「瞧，政治多麼美／夏天穿上了

〔註 21〕徐敬亞等編《中國現代主義詩群大觀》，同濟大學出版社 1988 年版，第 374 頁。
〔註 22〕鍾鳴《旁觀者》，前揭，第 888 頁。
〔註 23〕鍾鳴《「旁觀者」之後》，前揭，第 40 頁。
〔註 24〕柏樺致楊政信，1989 年 8 月 22 日。

軍裝」。1966 年，柏樺只有十歲。就在那個熱風鼓蕩的夏天，他被舉行了一個儀式——有個不認識的紅衛兵女生，把像章別上了他的左胸。「無涯的自由來了」。他決定立即開展革命行動，於是衝進了一個廁所，搶走了一個正在拉大便的中年男性的綠色軍帽。此後一個時期，他在街頭——或夢中——遭遇了武鬥、熱血、屍體或美人的裸體。他很快就熟讀了毛澤東的政論散文名篇，只用了幾天就背下了後者的全部詩詞。那個時候，柏樺是個什麼模樣？「面帶孤寒，個子瘦小，宛若逗號」——他後來寫回憶錄，曾勾勒出這樣一幀少年自畫像。卻說「軍裝」，「綠色軍帽」，穿上去容易，戴上去容易，脫下來可能就比較麻煩。據鍾鳴回憶，他多年後陪同柏樺，去看一個文人兼軍人，柏樺換上那人的軍裝，戴上那人的軍帽，在一個校園裏面逛了一大圈。這「軍裝」，這「綠色軍帽」，難道就不是柏樺從「回憶」裏一掏就掏出來的嗎？

　　從七十年代末期，到八十年代末期，柏樺由重慶而廣州，而重慶，而成都，而重慶，而南京，可謂萍蹤不定。此前，毛澤東的思想和語言，以其迷人的明快，影響柏樺可謂至大至深。而在這個階段，先在廣州，後在成都，柏樺又受到兩次電擊：一次來自波德萊爾（Charles Pierre Baudelaire），一次來自帕斯捷爾納克（Boris Leonidovich Pasternak）。前者所引導的法國象徵主義，後者所引導的蘇聯阿克梅主義，傳授柏樺以顫抖，以升級版的顫抖，提拔了他的革命後遺症，及他的青春期的痛苦、孤寂和欲望。就是在八十年代，詩人寫出一系列作品，不斷觸及一批曾經的熱詞：「運動」「鮮血」「鋼鐵」「槍響」「白熱」「火熱」「真理」「紅軍」「鬥爭」「極端」「口號」「紙老虎」「暴力和廣場」「革命」「同志」「群眾」「公社」「階級」「人民」「意識形態」「政治武裝」「紅色娘子軍」「起義」「左翼」或「像章」。這個小詞典曾經為巨人、詩人和廣大人民群眾所共有，具有至高無上的流通性，接通過每一支鋼筆的所有神經。詩人把這個小詞典從「政治學」的六十年代，和七十年代，攜入了「經濟學」的八十年代。這到底意味著什麼，是公共話語的慣性，還是隔夜茶的派生性口感，是詞的原罪，還是人性的基因與基因變異，是集體無意識（collective unconsciousness），還是滑稽模仿（parody）？這是兩碼事呢，還是一碼事？不管怎麼樣，詩人掉入了或收藏了一個大海。什麼大海？奧威爾（George Orwell）所謂「新語」的大海——詩人一邊享受（多麼趁手啊），一邊掙扎（擔心被淹死），看起來，使用了一種有點兒古怪的泳姿，獲得了一種有點兒扭捏的抒情性。但是，很快，奇蹟似乎發生了 ——那種超級大喇叭式的公共話語，忽而

轉換為耳機式的私人話語。也可以把話反過來說，詩人創造了個人文體，卻也能溯源到作為通用文體的某種政治抒情詩。1987 年 12 月，詩人寫出《瓊斯敦》。「孩子們可以開始了／這革命的一夜／來世的一夜／人民聖殿的一夜／搖撼的風暴的中心／已厭倦了那些不死者／正急著把我們帶向那邊」。詩人在寫什麼，中國革命嗎？非也，他在寫一個可怕的舊聞，一個發生在太平洋彼岸的極端事件：1978 年 11 月 18 日，九百一十四名公民，在奎亞那熱帶叢林集體自殺。所謂通用文體，居然通用到了美國，也就逐漸轉化為個人文體。

柏樺後來也有談到，他的寫作，經歷過一個「集權化的抒情時期」：「趁著青春之膽，百無禁忌，只想一吐為快，不知言說之難」〔註25〕。要談此種特徵，勢必談及他的兩個小叢書：一個是「夏天小叢書」，一個是「老虎小叢書」。前者至少包括《再見，夏天》《光榮的夏天》《群眾的夏天》和《夏天，啊，夏天》，後者至少包括《震顫》和《春天》。兩個小叢書也有合體，至少包括《海的夏天》和《或別的東西》。都是傑作，此起彼伏，讀來令人恍惚，最終便也大悟——「老虎」不過是「夏天」的尖牙，「夏天」不過是「老虎」的急性子，兩者建立了顯而易見的互文性（intertextuality）。「老虎」和「夏天」，都是信仰，都是迷狂，都是疾病和怪癖，都是冒煙而發抖的生命。來讀《夏天，啊，夏天》，「宣誓吧，靦腆的她／喘不過氣來呀／左翼太熱，如無頭之熱」。兩個小叢書相加，等於一個大叢書，或許可以直接稱為左邊叢書。既有左邊叢書，就有右邊叢書。兩者之間的緩衝，就是最特殊的《夏天還很遠》。這件作品寫於 1984 年冬天，單就標題來看，似應歸入夏天小叢書，而從內容來看，則應歸入右邊叢書。全詩第一節從右邊出發——「看樹葉落了／看小雨下了」，看似停靠在左邊——「夏天還很遠」；第二節從右邊出發——「巨大的寧靜如你乾淨的布鞋／在床邊，往事依稀、委婉」，看似停靠在左邊——「夏天還很遠」；第三節從左邊出發——「左手也疲倦／暗地裏一直往左邊」，看似停靠在左邊——「夏天還很遠」；第四節從左邊轉向右邊——「再不了，動輒發脾氣，動輒熱愛／拾起從前的壞習慣／灰心年復一年／小竹樓、白襯衫／你是不是正當年」，看似停靠在左邊——「夏天還很遠」。仔細揣摩詩人用意，「夏天還很遠」，與其說是有所指望，不如說是有所提防。提防「夏天」，慶幸「夏天還很遠」。左邊下馬，右邊上馬，詩人鬆了一口氣，而並非刻意玩一把「自反」（self-negative）。至於右邊叢書，至少包括《惟有舊日子帶給我們

〔註25〕《自序》，柏樺《往事》，河北教育出版社 2002 年版，第 6 頁。

幸福》《家居》《秋天》《民國的下午》《在秋天》《望氣的人》《李後主》《在清朝》和《蘇州記事一年》。來讀《望氣的人》：「菜田一畦，流水一澗／這邊青翠未改／望氣的人已走上了另一座山巔」。左邊是一種聲音，右邊是一種聲音。前文所述《受控的成長》，早已論及這樣兩種聲音——「一種是強烈的、危險的」，「一種是安靜的、樸素的」，一種預示著「裂痕、侵入、柵欄」，一種預示著「鎮靜、寬容、克制和遺忘」。如今來看，更是明瞭——左邊叢書對應著青春、夏天、下午、此時此刻、尖銳、急躁、強硬、懸崖、母親、北方、現代、重慶或半個成都，而右邊叢書對應著外援、秋天、夜晚、昔日或古代、涼爽、安閒、軟弱、深淵、父親、南方、傳統、江南或另外半個成都，就某種程度而言，後者乃是對前者的交錯、安撫、糾正、治療或暫時的平定。詩人被古典會診，藥方已開出，他將由安閒逐漸轉向隱逸、享樂與頹廢。「右邊更先鋒！」——在一個下午，在成都，詩人甚至對筆者如是辯稱。

　　1988 年對於柏樺來說堪稱轉折：3 月，處女詩集《表達》面世〔註26〕，像是一個小結；8 月，調入南京農業大學，像是一個小序。南京生涯才起頭，八十年代很快就要掃尾。1988 年 10 月，柏樺寫出《往事》；1990 年 12 月，寫出《現實》；1993 年 2 月，又寫出《選擇》。從這三件作品可以看出，詩人或已逐漸化解左右之衝突，習得了高級的節制並獲得了低級的自由。詩人自己也認為，可算是「找截乾淨」。此典見於何處？明代散文高手張岱，敘柳麻子說書，先言其「描寫刻畫，微入毫髮」，再言其「找截乾淨，並不嘮叨」〔註27〕也。這個柳麻子，巧了，也是在南京。卻說張棗正好對「祖國」害了相思病，故而，極是艷羨柏樺的南京：「尤其是你又生活在江南這個神秘的地方，你今後一定能從精神境界上昇華這裡的山川人物的。」〔註28〕可是，柏樺寫罷《選擇》，很快就廢然擱筆。來讀《現實》：「而冬天也可能正是夏天／而魯迅也可能正是林語堂」。再來讀《選擇》：「年輕時我們在規則中大肆尖叫／今天，我們在規則中學習呼吸」。詩人揖別左邊，寫作如球滾停。由此也可以反證，寫作的任務不是一舉消弭——而是一刀一刀地解剖——既有特色亦有烈度的內在衝突。左與右，對詩人來說，還會有幾個來回。1994 年，鍾鳴撰成《畜界人界》，1995 年，柏樺譯出《毛澤東詩詞全集》，兩書均由柏樺作序，

〔註26〕灕江出版社。
〔註27〕《柳敬亭說書》，張岱《陶庵夢憶》卷五。
〔註28〕張棗致柏樺信，1991 年 5 月 22 日。

前序借機盛讚毛澤東散文體，而後序則專門盛讚毛澤東詩詞；而在更早的 1989 年，詩人還曾表露過對「小集體主義」的迷戀，「我如果順利，明年將去美國，如果走不了，我將再不過平庸的日子，我可能要選擇一地辦『公社』」〔註29〕，鍾鳴後來也有證實此事，「他突然有天跑到我這裡來，發揮了一通公社理論，他想說服我，到農村建立公社」〔註30〕。柏樺沒有走，公社沒有辦。可是，多麼令人好奇——這會是一個什麼樣的「公社」呢？托爾斯泰式的「晚年毅然出走」？「流浪——遠方——未知——或對永生的渴盼」〔註31〕？

六、張棗的「兩隻右手」

「他是我八十年代所遇到的最有詩歌天賦的人。」〔註32〕——這樣來評價柏樺，真個是，不惜四面樹敵。這句狠話，出自誰口？答曰，張棗。張棗本是長沙少年郎，因讀研究生，不意作了重慶詩客。時在 1983 年 9 月，延及 1986 年 6 月。他在長沙，在株洲，已然孤獨得要命，而在重慶，卻奇蹟般地遇見了高級知音。這個高級知音，必須是柏樺。當時柏樺住在北碚，西南師範學院；張棗住在沙坪壩，四川外語學院。這樣一對雙子星座，1983 年 10 月，初次見面於四川外語學院，1984 年 3 月，再次見面於西南師範學院。誰也來不及反應過來，這將成為重慶——乃至中國——當代文學史上的一樁大事。張棗後來回憶——「我猛然獲得了一面無形的鏡子，窺到了自身潛能，喚醒了亡命於詩歌的勇氣。」柏樺後來回憶——「我明顯感覺到了張棗說話的衝擊力和敏感度，他處處直抵人性的幽微之境，似乎每分每秒都要攜我以高度集中之精神來共同偵破人性內在之秘密。」張棗給柏樺留下什麼印象？漆黑的大眼睛閃爍著驚恐、警覺、敏感和瘋狂，嘴和下巴則洋溢著自信、雄渾、有力、驕傲、優雅和性感。1984 年 4 月，通過柏樺，張棗識得周忠陵。後者為張棗油印了《四月詩選》，又油印了《蘋果樹林》。周忠陵也是傳奇人物，據柏樺回憶，他長得像東歐人，患過小兒麻痺症，住在西南農業大學後面的一座農舍，一邊靠打字為生，一邊隨蘇丁之父學習美學，後來還與柏樺聯袂編印過《日日新》。這是閒話不提；卻說柏樺與張棗，相差六歲，北碚與沙坪壩，

〔註29〕柏樺致楊政信，1989 年 8 月 22 日。
〔註30〕鍾鳴《旁觀者》，前揭，第 869 頁。
〔註31〕柏樺《張棗》，《今天》2010 年第 2 期，總第 89 期，第 26～27 頁。本節及下節所引柏樺，凡未注明，均見此文。
〔註32〕張棗《銷魂》，前揭，第 1 頁。本段下引張棗，均見此文。

相距三四十公里。這算什麼問題呢？詩神已經下凡，樂園開始建築，雖說兩個地點，實則一個方寸。這樣兩個天才，各懷絕技，這樣兩個明星，暗通款曲，他們不斷舉辦秘密而扣人心弦的「談話節」。來看張棗的後怕——「我相信我們每次都要說好幾噸話，隨風漂浮；我記得我們每次見面都不敢超過三天，否則會因交談而休克、發瘋或行兇。」來看柏樺的確信——「詩歌在三四十公里之間傳遞著它即將展開的風暴，那風暴將重新形塑、創造、命名我們的生活——日新月異的詩篇——奇蹟、美和冒險。」這是一個如此精密而巧妙的安排，談話節也是互助社，互助社也是決鬥場，柏樺和張棗借助對方安度了各自的危機：寫作，思想，還有生活或生存的危機。

如果籠統地將柏樺和張棗，稱為抒情詩人，無異於黑旋風的「排頭兒砍將去」〔註33〕。不是嗎，柏樺也把北島稱為抒情詩人。1994 年，張棗寫出一個十四行詩組《跟茨維塔伊娃的對話》。來讀第一首：「你繼續向左，我呢，蹀躞向右。」這個「你」本來是指「茨維塔伊娃」，也不妨，用來影射「左邊的柏樺」或「英雄主義的北島」。如與柏樺相比，北島只是一個過渡性詩人，而與張棗相比，柏樺也是一個過渡性詩人。張棗既不是殉道者，也沒有革命後遺症。他不要北島的高分貝，也不要柏樺的加速度。那麼，他要什麼呢？他要「兩隻右手」，他要「蹀躞」「甜慢」「圓潤」「輕盈」「清麗」「流轉」和「健康」。張棗已然大異於北島或柏樺，並不具有某種宿命的雙重特徵或過渡性特徵。

從 1983 年 9 月到 1986 年夏天，在重慶，張棗忽而寫出一批傑作，至少包括《鏡中》《何人斯》和《秋天的戲劇》。據柏樺回憶，1984 年深秋或初冬，張棗來他家，帶著剛寫出的《鏡中》和《何人斯》。張棗躊躇〔註34〕於《何人斯》，卻忐忑於《鏡中》。柏樺何許人也？他一眼認出，《鏡中》將會「轟動大江南北」。又一口咬定，《鏡中》奠定了張棗「作為一名大詩人的聲譽」。來讀《鏡中》：「只要想起一生中後悔的事／梅花便落了下來／比如看她游泳到河的另一岸／比如登上一株松木梯子／危險的事固然美麗／不如看她騎馬歸來／／面頰溫暖／羞慚。低下頭，回答著皇帝／一面鏡子永遠等候她／讓她坐到鏡中常坐的地方／望著窗外，只要想起一生中後悔的事／梅花便落滿了南山」。這件作品或可從四個方面來談，亦即小學〔註35〕的講究、古典的化用、

〔註33〕《水滸傳》第四十回。
〔註34〕「躊躇」有兩義，此處，取其「得意」之義。
〔註35〕亦即文字學、訓詁學和音韻學。

角色的設置與歧義的纏繞。從「梅花」之「梅」，到「後悔」之「悔」，兩個字既有相同韻母，亦有相同偏旁，這種「能指」（signifiant）滑動音形並茂，繪聲繪色，既帶來了聽覺意義上的迴蕩，又帶來了視覺意義上疊加。兩個漢字，一片繁響。而「一株」作為數量詞，一般來說，適用於「松木」而不適用於「松木梯子」。「一株梯子」，怎麼講得通？詩人卻偏要將錯就錯，「一株松木梯子」，似乎唆使讀者將「梯子」栽回了「南山」。江弱水還曾舉出更加極端的例證，「現在一切都在燈的普照下／載蠕載孅，啊，我們迷醉的悚透四肢的花粉」，出自張棗的《蝴蝶》——詩人偏愛蝴蝶，這首蝴蝶詩，大約成稿於八十年代末期。「載蠕載孅」出自《圍城》，乃是錢鍾書的生造詞，意為「一邊蠕動，像蛆，一邊孅升，像鳥」。江弱水認為，「蠕」與上行中的「普」協韻，「孅」與上行中的「照」協韻〔註36〕。此其一也，亦即小學的講究。全詩至少用了三箇舊典，「梅花」「皇帝」和「南山」。按照傅漢思（Hans Hermannt Frankel）的研究，「梅花」，對應著「宮闈生活」〔註37〕。南梁簡文皇帝蕭綱，作過一篇《梅花賦》：「梅花特早，偏能識春」。「皇帝」，無異對應著「宮闈生活」，也就對應著「梅花」。至於「南山」，對應著「隱士」或「隱居生活」。東晉陶淵明，作過一組《飲酒》：「採菊東籬下，悠然見南山」。「南山」，本指廬山，卻被張棗從九江搬到了重慶。可以這樣說，「梅花」「皇帝」和「南山」接通了無窮的傳統，既有宮闈的傳統，也有江湖的傳統，亦即張棗所謂「原型的漢語人和集體記憶」〔註38〕。此其二也，亦即古典的化用。全詩計有兩類角色，亦即顯性角色與隱性角色。顯性角色就是「她」和「皇帝」，隱性角色——或缺席角色——就是「我」。三個角色，關係複雜。「我」並沒有出現，卻是不在場的在場，卻是「看她」和「登上一株松木梯子」的主體。「她」是中心人物，先「游泳」，再「騎馬」，歸來後「面頰溫暖，／羞慚。低下頭，回答著皇帝」。那麼，「她」就是一個傅漢思所謂「宮闈佳麗」，此詩乃是一首具有代擬意味的「宮體詩」？且慢，這個「皇帝」，十分可疑，極有可能乃是「我」的自喻。可參讀海子的《秋》：「秋天深了，王在寫詩」。「王」，當然就是「我」

〔註36〕參讀江弱水《詩的八堂課》，商務印書館2017年版，第73頁。下引江弱水，亦見此書。

〔註37〕參讀傅漢思（Hans Hermannt Frankel）《梅花與宮闈佳麗》，王蓓譯，生活·讀書·新知三聯書店2010年版。

〔註38〕黃燦然《訪談張棗》，《飛地》第3輯，海天出版社2013年版，第112頁。下引張棗，凡未注明，均見此文。

的自喻。如果「皇帝」即「我」，全詩就只剩下了兩個角色。既然「皇帝」乃是自喻意義上的假皇帝，那麼「她」定是現實生活中的真少女，比如詩人時常談到或寫到的「娟娟」（湖南師範大學的一個女生）。此其三也，亦即角色的設置。到底是兩個角色，還是三個角色，也許永遠不會有定論。可見角色的設置，已經帶來語義的小分岔。至於敘述時態的設置，還將帶來語義的大分岔。從「只要想起一生中後悔的事」的口氣來看，「抒情主體」不當是年輕的「作者」，而應是垂暮的「老者」或「隱士」，也就是說，「抒情主體」與「作者」發生了嚴重錯位。但也有另外一種可能，「作者」就是「抒情主體」，就是「老者」或「隱士」，只不過在當前假想了自己的未來，又在未來假想了自己的過去〔註39〕（發生過或來不及發生的「過去」）。因而，此詩既有可能是「過去時態」，又有可能是「將來時態」，還有可能是「將來過去時態」。三種時態，歧義紛呈。倘若譯成英文，不免令人頭疼。此其四也，亦即歧義的纏繞。至於《鏡中》的結句，「只要想起一生中後悔的事／梅花便落滿了南山」，堪比唐人錢起《省試湘靈鼓瑟》的結句，「曲終人不見，江上數峰青」，兩者都從「有我」滑向「無我」，而「無我之境」正是中國古典詩代代相傳的口訣。前述詮釋會不會是艾柯（Umberto Eco）所謂「過度詮釋」（overinterpretation）？體現的是「作者意圖」，還是「讀者意圖」呢？筆者堅持認為，當是「作者意圖」無疑也。

　　從 1986 年夏天到 1990 年，在德國，張棗再次寫出一批傑作，至少包括《刺客之歌》《木蘭樹》和《燈芯絨幸福的舞蹈》。《木蘭樹》很少被提及，處境寂寞，卻為筆者特別寶愛。這件作品計有兩個角色，亦即「我」和「她」，「她」就是「木蘭樹」。一般來說，「我」是「抒情主體」，「她」是「抒情客體」。比如，應該這樣來開篇——「我」夢見了，或看見了，或澆灌了「木蘭樹」。但是詩人反彈琵琶，促成了「主體的客體化」，也促成了「客體的主體化」。人自失為受者，樹自立為施者。「木蘭樹低下額安祥地夢著／她夢見幽魂般的我躚立在她的面前」。「木蘭樹」用「她」的眼睛，不費吹灰之力，就勝任了「抒情主體」。賓作主時主還賓，「我」的眼睛也就被徹底廢黜。那麼，「她」看見了什麼？「我躚立在她的面前」，「我手上的一壺水」，「我在厭惡自己，哦／深深的厭惡，這血，這神經，毛孔，這對／耳朵的樣子和狹窄的心」。

〔註39〕可參讀西渡《時間中的遠方》，西渡《讀詩記》，東方出版中心 2018 年版，第236～248 頁。

「主體的客體化」，其結果，就是「我」的小醜化。「我」是個什麼模樣？「幽魂」「踽立」「毒藥」和「狹窄」。「客體的主體化」，其結果，就是「她」的神聖化。「她」是個什麼模樣？「安詳」「窺不出一絲兒恐懼」「醒悟」「回憶」和「舞蹈」。那麼，「她」看清了什麼？「我分明只是一個人」，「我曾倚窗眺望別的人」。「人」與「木蘭樹」差異何在？後來，詩人回答過這個問題，「我們丟失了安詳的表情」〔註40〕。既然如此，豈能容許「人」進入「木蘭樹」的夢境？難道不是引狼入室？「於是她佯裝落下花，或者趁青空／飄飄而來的一陣風，一聲霹靂，舞蹈著將我／從她微汗的心上，肌膚上，退出去」。「她」對「我」的清退，也如此優雅，這是神聖化的極致。「她」曾經把「我」定義為「人」，現在，「我們」可以把「她」定義為「自然」。如果說《鏡中》呈現了「她」與「梅花」的相互取悅，那麼《木蘭樹》就呈現了「我」對「我」的厭惡，以及「木蘭樹」對「我」的拒絕。前者是中國式的天人合一，後者是西方式的天人交戰（卻又披上了看似曼妙的中國式外衣）。結果會怎麼樣呢？後來，張棗有過反問：「鶴、綠色和詩歌怎麼會過去呢？」〔註41〕從這個意義來講，《木蘭樹》是對人類中心主義（anthropocentrism）的否定，堪稱中國當代自然文學（nature writing）的隱秘之源。《木蘭樹》脫稿於 1988 年 4 月 27 日，到了 1989 年，柏樺忽而對友人說，「張棗最近寫出非常好的詩，我第一次受到震動，第一次覺得恐怕要不如他了」〔註42〕。

七、「對話性」與「漢語性」

張棗最為獨到最為核心的詩學機密，一個是漢語性，一個是對話性，前者是對翻譯體的矯正，後者是對抒情詩的突圍。抒情詩具有幾乎變態的獨白性，而對話性，意味著艾略特（Thomas Stearns Eliot）所謂「非個人化」。是的，詩人總是致力於促成一種「輕細的對話」——比如《何人斯》，乃是「我」與「你」的密語；《秋天的戲劇》，乃是「我」與「他們」「你」或「柏樺」的群島式交談；《木蘭樹》，乃是「木蘭樹」與「我」的眼神交換（雖然並不愉快）；《燈芯絨幸福的舞蹈》，乃是「舞者」與「觀者」的對話（兩個角色還興致勃勃地交換過人稱）；《刺客之歌》，乃是「我」與「太子」的對話。為了讓

〔註40〕顏練軍、張棗《「甜」——與詩人張棗一席談》，前揭，第49頁。
〔註41〕張棗語。白倩、張棗《環保的同情，詩歌的讚美》，《綠葉》2008 年第 5 期。
〔註42〕柏樺致楊政信，1989 年 8 月 22 日。

對話更加普及，更加澤被蒼生，詩人還將自己代入各種「歷史名詞」，亦即幾乎過了期的「能指」（signifiant）。是的，他用「我」扮演了很多「他者」（the other），或者說，為「我」找到了很多「面具」。比如楚王面具，羅密歐面具，梁山伯面具，隱名騎士面具，天鵝面具，吳剛面具，宙斯面具，德國間諜或士兵面具。詩人曾借若干作品，發出了不同「聲音」，發明了不同「調式」和「複合調式」，舉辦了並非來自生活的「雙角色談話節」或「多角色談話節」。可參讀《楚王夢雨》《歷史與欲望》《在夜鶯婉轉的英格蘭一個德國間諜的愛與死》和《德國士兵雪曼斯基的死刑》。就在完成上述作品前後，1990 年，他寫出八行詩組《斷章》。來讀第二十首，「是呀，寶貝，詩歌並非──／／來自哪個幽閉，而是／誕生於某種關係中」。1996 年，詩人又寫出十二行詩組《雲》。來讀第一首，「我站在這兒，／而那俄底修斯〔註43〕還飄在海上。／在你身上，我繼續等著我」。兩件作品，毫不遲疑，都出示了一種對話詩學。這是詩人扔出來的西瓜皮，每個研究者，都想踩出新花樣。「對話畢竟不光是技巧問題，」還是鍾鳴說得有意思，「而是關懷和自由的張力。」〔註44〕可知此種對話詩學，不僅源於古代的知音傳統，或亦源於近現代以來的民主傳統。

　　前面談了對話性，現在來談漢語性。張棗曾遊弋於多個語種，卻對漢語，獨具慧眼與信心，「我不知道當今還有哪門語種，比漢語更適合生成綜合的記憶和偉大的詩歌」。但是，詩人並未拘泥於古典，或原教旨主義，而企圖在某個邊陲爭取到漢語的獨立與自治。比如，詩人促成了「傳統性」與「陌生化」的相互鼓勵。「任何方式的進入和接近傳統，都會使我們變得成熟、正派和大度。」〔註45〕擔心為傳統所欺，離開或否定傳統，在詩人看來乃是沒有本事的表現。高手在「母語的細節」中，也能求得「陌生化」。詩人渴欲再次發明漢語的「古意性」，故而「傳統不是在後邊而是在前方」。又如，詩人促成了「抒情性」與「客觀性」的相互鼓勵。「藝術中的客觀性與抒情性可能是同樣正確，同樣重要，更可能的就是它們應被理解為同一雙鞋呢」〔註46〕。聽起來似乎有點兒奇怪，就像兩匹野馬，同時指望一個騎手來駕馭。詩人真還

〔註43〕今通譯為「奧德修斯」，是荷馬（Homer）史詩《奧德修紀》的主角。

〔註44〕《秋天的戲劇（關於詩人對話素質的隨感）》，鍾鳴《秋天的戲劇》，學林出版
　　　　社 2002 年版，第 20 頁。

〔註45〕張棗《作者的話》。唐曉渡、王家新編《中國當代實驗詩選》，春風文藝出版
　　　　社 1987 年版，第 109 頁。

〔註46〕張棗致柏樺信，1987 年 5 月 12 日。

找到了此種絕技，好比忽入仙境，他興奮地對友人耳語，「詩的中心技巧是情景交融」〔註47〕。又如，詩人促成了「讚美性」與「正派」的相互鼓勵。「人類的詩意是發自贊美，而不是發自諷刺。」〔註48〕詩人慶幸於漢語與生俱來的「讚美性」，毫不吝惜地把「諷刺」的任務分派給散文。但是，請注意，詩人已經把「正氣」作為「獨闢蹊徑」，也作為「讚美性」的背景音樂。又如，詩人促成了「漢語性」與「非漢語性」的相互鼓勵。「我的內心交織著許多聲音：長沙話，四川話，普通話，還有幾門外語，像有好幾股真氣在迴蕩，最後變成一個虛構的調式和語感。」漢語只剩下了一座廢墟，而要修復漢語的「詩意」，反而必須採補「外語」或「洋氣」〔註49〕，「既是象形人，也是拼音人」〔註50〕，或者說「用上等純精的漢字來摹臨（mimesis）西語的『空無，虛無，烏有』」〔註51〕，以期臻於「古今不薄，中西雙修」的境界——究其實呢，這也是個對話性問題。可見張棗既是漢語的鰥夫，又是西語的快婿，既是臥底的間諜，又是取經的和尚，既是國際的旅客，又是語際的刺客。來讀《刺客之歌》：「那兇器藏到了地圖的末端／我邊將熱酒一口飲盡」——詩人正是這個語言學意義上的「亡命之徒」〔註52〕。以上語言學態度或人文主義原則，或深或淺，也可見諸柏樺、歐陽江河、翟永明和鍾鳴。張棗已竟或未竟的事業，漢詩的滄桑正道，也許都在於此——「發明一種母語」或「發明一種自己的漢語」。

　　張棗對漢語或漢語性的迷戀，頡頏於他對精確度的迷戀。兩種迷戀，不可自拔，既轉移了對痛苦或孤獨的注意力，又易如反掌地轉移了對名利的注意力。除了詩歌，不求報酬。他直言「不屑於成功」，甚至「故意去對自己成功的可能性進行搗亂」。欲為詩人，先為赤子也，不過此關，或墮阿鼻地獄也。愈是睥視世俗之成功，愈能輕取藝術之成熟。張棗詩藝之迅速臻於化境，《鏡中》正是鐵證，《木蘭樹》亦是鐵證。也就難怪，江弱水說得如此肯定，「二十世紀中國現代詩人中，一前一後，有兩位頂尖的技巧大師，一位是卞之琳，

〔註47〕張棗致柏樺信，1987 年 4 月（或 5 月）。
〔註48〕張棗語。白倩、張棗《環保的同情，詩歌的讚美》，《綠葉》2008 年第 5 期。
〔註49〕顏練軍、張棗《「甜」——與詩人張棗一席談》，前揭，第 42 頁。本段下引此文，不再注明。
〔註50〕敬文東《抵抗流亡——張棗三週年祭》，《當代文壇》2013 年第 9 期。
〔註51〕張棗致鍾鳴信，1994 年 7 月 10 日。
〔註52〕張棗致鍾鳴信，1995 年 9 月 21 日。

一位是張棗」；也就難怪，柏樺說得更是鐵板釘釘，「張棗用字比我更加精緻，此點頗像卞之琳；而在用字的唯美上，我則始終認為他是自現代漢詩誕生以來的絕對第一人」。

八、歐陽江河之悖論與玄學

當年柏樺主編《日日新》，曾把張棗列為頭條；鍾鳴主編《次生林》，則把歐陽江河列為頭條。詩內詩外，各有因果。卻說柏樺識得歐陽江河，居然，還早於識得張棗。1982 年 8 月，在重慶兵站，「彭逸林剛作完介紹，歐陽江河就滔滔朗誦起楊煉的詩歌，他高昂著頭，走來走去，激動得像一個『黑色普希金』。」就某個階段或方面而言，北島算是柏樺的「義兄」，而楊煉則是歐陽江河的「半父」（這是筆者的生造詞）。美學義兄，美學半父。歐陽江河早期傳統觀（亦即所謂「新傳統主義」），史詩衝動，顯然接收了楊煉的基因。而在鍾鳴看來，這恰是北方的基因。前文曾提及的《懸棺》，可以說，乃是歐陽江河向楊煉的致敬。這部長詩，猶如天書，其主旨，一邊言說「懸棺」，一邊言說「花園」，最終卻將兩者混為一體，以至於逐漸分不清何謂「懸棺」何謂「花園」。這不是筆者的繞口令，而是作者的詭辯術。來讀全詩大結局：「那麼，這個啟示將是唯一的啟示：葬花之人也在埋葬自己，置身花園即是置身於懸棺。這唯一的啟示與誕辰俱來，留末日獨去。／界限並不存在。」「懸棺」意味著死亡，「花園」意味著生命，全詩費力地詮釋了作者的早期詩觀：「詩是一種奇怪的自悖現象：它是完美的生命形態，同時佔有死亡的高度。」〔註 53〕佛家的不二法門，道家的五行說，以及黑格爾（Hegel）的唯心辯證法，在詩人的坩堝中，被攪拌成一種混合物。這種混合物叫做悖論，看起來，似乎有點兒嚇人。詩人所撰《受控的成長》，自揭過他的小配方，「懸棺和花園在葬儀兩側並置如一個悖論」——若干年以後，當詩人去印度拜謁泰姬陵，就會親眼目睹這個悖論，並將寫出長詩《泰姬陵之淚》。這是後話不提；卻說為了與這個悖論相匹配，詩人起用了一種孤品般的「雜語」——文與白相混，古與今相混，詩與非詩相混，語法與反語法相混，鬆與緊相混，荒涼感與奇幻感相混。「捕捉文體，猶如捕捉一線生機」〔註 54〕。對於這個作品，歷來毀譽參半。

〔註 53〕歐陽江河《作者的話》，唐曉渡、王家新編《中國當代實驗詩選》，前揭，第
　　　　131 頁。本段下引歐陽江河，亦見此文。
〔註 54〕鍾鳴《旁觀者》，前揭，第 865 頁。

柏樺禮貌地表示為作者鬆了一口氣，張棗感到吃驚，鍾鳴則認為這是南方性並不徹底的明證。歐陽江河的蝶變，誠然，將以擺脫楊煉為前提。但是《懸棺》自有其規定性意義，比如，悖論修辭從此成為詩人的空氣，成為他一直帶在身邊的帶花邊的拳套。《懸棺》動筆於 1983 年，完稿於 1984 年，其間，詩人還將《懸棺》的一個局部，「很深的渴意來自水，海的未來僅有一滴」，敷衍成一首小詩《天鵝之死》，「天鵝之死是一段水的渴意」。不會晚於 1987 年，詩人曾說：「水是用來解渴的，火是用來驅寒的——這些都與詩無關；要進入詩就必須進入水自身的渴意和火自身的寒冷。」

　　歐陽江河具有多重身份，他的手，摸過槍，他的耳朵，聽過無數鋼琴曲。槍和鋼琴曲，不可避免地，反作用於他的詩人身份。1985 年 11 月，他寫出《手槍》；1986 年 4 月，寫出《蕭斯塔科維奇：等待槍殺》；1988 年 11 月，寫出《一夜蕭邦》。《手槍》，可以暫時稱為「詠物詩」。來讀第一節：「手槍可以拆開／拆作兩件不相關的東西／一件是手，一件是槍／槍變長可以成為一個黨／手塗黑可以成為另一個黨」。任何士兵都會首先察覺到「手槍」的「所指」（signifié），亦即「單手發射的短槍」〔註55〕，他們都會拆手槍，這不是什麼問題，無非是拆成這樣一堆配件——槍管，套筒與套筒座，閉鎖突筍，擊針與擊針簧，擊錘，扳機，擊發機座，槍管連接軸。所有配件，彼此服務。詩人卻首先察覺到「手槍」的「能指」（signifiant），亦即「shǒu qiāng」，他不用手，只用眼睛和耳朵，把「手槍」拆成「手」和「槍」——這是詞根拆分法，小竅門在於「能指斷裂」。然後，詩人又從「槍」出發，遞進到「長槍」和「長槍黨」，從「手」出發，遞進到「黑手」和「黑手黨」——這是詞根派生法，小竅門在於通過「能指滑動」帶來「所指發酵」。來讀第二節：「而東西本身可以再拆／直到成為相反的向度／世界在無窮的拆字法中分離」。「東西」，呼應了上文「兩件不相關的東西」。兩個字連用，「東西」，「泛指各種具體或抽象的事物」〔註56〕；兩個字分用，「東」和「西」，「成為相反的向度」。此種「能指」層面的「拆字法」，卻導致了「所指」層面的「世界的分離」。這就是詩人的秘密——「詞」追「物」，「物」追「詞」，「詞」追「詞」，「物」追「物」，「詞」氣喘吁吁，「物」也氣喘吁吁，「詞」還原為絕對虛構，「物」也幾乎淪落為絕對虛構。並非針對歐陽江河，鍾鳴曾說，「大家玩的都是哈姆

〔註55〕《現代漢語詞典》（第 6 版），商務印書館 2012 年版，第 1196 頁。
〔註56〕《現代漢語詞典》（第 6 版），商務印書館 2012 年版，第 310 頁。

雷特式的離間計——從詞到詞，最後還是詞」〔註57〕。「手槍」不是趨於解體，而是趨於變性，「要扣響時成為玩具」。可參讀稍早的《蛇》：「火焰的舌頭，水的腰。／首尾之間，腰在延長。／所有的詞語中，一個詞在延長，／在耽誤，引申，蠕動。」亦可參讀稍晚的《我們》：「眾詞向心，心向無起源的歧義。／他對此塗一片鴉，寫一樹枯枝，／寥寥數筆天氣便冷了下來。」前者算是自「物」至「詞」，後者算是自「詞」至「物」。可知《手槍》如此，《蛇》亦如此——幾乎注定的「詠物詩」，眼睜睜地被寫成了「反詠物詩」。

　　如果說《手槍》並不是「詠物詩」，那麼《一夜蕭邦》定然是「遊仙詩」。這個術語，借自郭璞。「遊仙詩」遊於何處？不是身外之名山，就是心中之真理——玄學，哲學，詩學，或藝術美學。如果遊於心中之真理，「遊仙詩」亦即西人所謂「冥想詩」（meditative verse）。且看歐陽江河，如何來求得理趣？《一夜蕭邦》做了一道關於音樂的算術題，先是一道加法——從「把已經彈過的曲子重新彈奏一遍」，到「一遍一遍將它彈上一夜」，再到「可以把蕭邦彈得好像彈錯了一樣」；再是一道減法——從「只彈旋律中空心的和絃」，到「只彈經過句」，到「只彈弱音」，到「把蕭邦彈奏得好像沒有蕭邦」，再到「把蕭邦彈奏得好像沒有在彈」。到了1994年8月，詩人似乎自釋了這件作品，「我承認我一直在努力尋找一個彈錯的和絃，尋找海底怪獸般聳動的快速密集的經過句中隱約浮現的第十一根手指」〔註58〕。「第十一根手指」，不是為了蕭邦，而是為了彈出真理。為了說清這個問題，還得引來老子名句：「為學日益，為道日損，損之又損，以至於無為，無為而無不為。」〔註59〕所謂「為學日益」，亦即加法也；所謂「為道日損」，亦即減法也。加法的「和」越來越大，只是「學」的有限外形；減法的「差」越來越小，才是「道」的無窮真身。《一夜蕭邦》欲抑先揚，最終用減法，逼近了老子所謂「道」，或康德（Immanuel Kant）所謂「本體」，或馮友蘭所謂「靜默的哲學」〔註60〕。從這個意義上講，減法就是乘法，故而詩人說，「書寫和彈奏是一道乘法，在等號後面，是飛來

〔註57〕《新版弁言：枯魚過河》，鍾鳴《畜界，人界》，上海人民出版社2010年版，第7頁。
〔註58〕《蝴蝶　鋼琴　書寫　時間》，歐陽江河《誰去誰留》，湖南文藝出版社1997年版，第265頁。本節下引歐陽江河，亦見此文。
〔註59〕《老子》章四十八。
〔註60〕馮友蘭《中國哲學簡史》，北京大學出版社2013年版，第324頁。下引馮友蘭，亦見此書。

飛去的慢動作蝴蝶」。詩人顧左右而言他，堪比禪宗公案——僧問巴陵顯鑒禪師：「如何是提婆宗？」巴陵云：「銀碗裏盛雪。」〔註61〕到了1998年9月，詩人寫出《畢加索畫牛》，又做了一道關於美術的減法題——「那牛每天看上去都更加稀少」，「先是蹄子不見了」，「跟著牛角沒了」，「牛皮像視網膜一樣脫落」，「露出空白之間的一些接榫」，「只是幾根簡單的線條」。《畢加索畫牛》是對《一夜蕭邦》的深度重寫，故而江弱水對前者的精湛解讀，也可以移用於後者——比如說，《手槍》只是「多言少中」，《一夜蕭邦》才是「少言多中」，《手槍》只是「止於技之詩」，《一夜蕭邦》才是「進於道之詩」。至於江弱水引來的馮友蘭，「一個完全的形上學系統，應當始於正的方法，而終於負的方法」，以及他的發揮，「什麼叫『正的方法』？一化為多，將繁喻簡也。什麼叫『負的方法』？多化為一，將簡喻繁也」，很顯然，反而更加適用於《一夜蕭邦》而非《畢加索畫牛》。因為《畢加索畫牛》只用了「負的方法」，而《一夜蕭邦》兼用了加法和減法，亦即「正的方法」和「負的方法」。在江弱水看來，詩中哲學，只是一種「弱哲學」（weak philosophy）或「軟哲學」（soft philosophy）。哲學太強，太硬，也就意味著詩的退縮。故而哲學的捷報，並不確然意味著詩的捷報。單單以詩而論，《一夜蕭邦》畢竟輸給《畢加索畫牛》，因為後者不僅呈現了「哲學」或「美學」，還呈現了「畫家」和「批評家」的對詰，以及「美學和生活倫理學」的較量。

歐陽江河的新詩方法論，如上所述，乃是語言本體論或經驗本體論。他用一種伏爾泰（Voltaire）所謂「鐵面具」，替換了柏樺式的「激動」，替換了張棗式的「情景交融」。這個「鐵面具」，後來，被敬文東指認為「反抒情」和「唯腦論」：「早已把面具的厚度增加到了無窮大。面具後面的真面目再也沒人能夠看清。」〔註62〕這個話就是說，在歐陽江河這裡，「心的原則」已然遜位於「腦的原則」。然而這種荒寒，豈是人力所及？理論推演具有「絕對性」，而詩學實踐又具有「不徹底性」（反而美妙）。歐陽江河其實達不到——哪怕他很想達到——敬文東所否定的那種「境界」。來讀《蕭斯塔科維奇：等待槍殺》：「一次槍殺永遠等待他／他在我們之外無止境的死去／成為我們的替身」。德國軍隊包圍了莫斯科，而蕭斯塔科維奇，仍然不慌不忙地指揮著音樂會。

〔註61〕胡蘭成《禪是一枝花》，上海社會科學院出版社2004年版，第47頁。
〔註62〕參讀敬文東《從唯一之詞到任意一詞：歐陽江河與新詩詞語問題》，《詩歌與人》總第47期，2017年11月，第69頁。

故而這件作品，堪稱「槍」與「音樂」的悲劇性混響。蕭斯塔科維奇是我們的替身，而我們，也是蕭斯塔科維奇的替身。都是歷史，都是現實，怎麼能說詩人全然置身事外？如果說這件作品借道於異域典故，那麼，詩人另有一批作品則體現為直接的介入性，駁雜的敘事性，「越來越具有一種異質混成的扭結性質」〔註63〕。1989 年 10 月，詩人寫出《快餐館》，這件作品預告了詩人的巔峰期，也預告了詩人的九十年代——1990 年 4 月，他寫出《咖啡館》；9 月，寫出《傍晚穿過廣場》；1992 年 4 月，寫出《計劃經濟時代的愛情》；1993 年 2 月，又寫出《關於市場經濟的虛構筆記》。詩人繼續冒犯著自戀、抒情性、輕盈、唾手可得的好詩、反智主義和語言上的共名時代，將寫作導向了魯迅所謂「煮牛的大金鼎」：三顆頭顱都在裏面追逐，撕咬，呻吟，根本分不清彼此，「只能將三個頭骨都和王的身體放在金棺裏落葬」〔註64〕。魯迅用小說調侃了「一元」之惡習，歐陽江河用新詩重申了「多義」之夙願。揭不下的「鐵面具」，這樣看來，就是似乎隨時可以撕開的「紙手銬」〔註65〕。

九、翟永明之問：「我們都是男／女性？」

　　柏樺、張棗和歐陽江河結識於重慶，而在此前，歐陽江河已與翟永明和鍾鳴結識於成都。對於所謂「五君」而言，與重慶相比，成都更具有發生學意義。這是閒話不提；卻說與四位男詩人相比，女詩人翟永明更有組詩和長詩的創作衝動。1984 年，她寫出《女人》（多達二十首）——四年後出版同題詩集〔註66〕；1985 年，寫出《靜安莊》（共有十二章，對應十二月）；1986 年，寫出《人生在世》（共有十一首）；1987 年，寫出《死亡的圖案》（共有七首）；1988 年，寫出《稱之為一切》（共有十首）；1989 年，又寫出《顏色中的顏色》（共有十一首）。詩人一度醉心於小說，而生性疏懶，難以下定動筆成篇的決心。

〔註63〕《自序》，歐陽江河《誰去誰留》，前揭，第 5 頁。

〔註64〕《鑄劍》，《魯迅全集》第二卷，同心出版社 2014 年版，第 304 頁。

〔註65〕這個詞既見於鍾鳴，又見於歐陽江河，筆者則反其意而用之。「大概就在那時，我講了『紙銬』的故事（來自北方一位小說家）。還天花亂墜發揮了一通（那時，談話方式就是如此）。」鍾鳴《旁觀者》，前揭，第 905 頁。「囚犯如果違反了獄規，其懲罰不是直接用鐵銬實施，而是以監獄管理人員即興製作的紙手銬來象徵性地銬住囚犯的雙手，懲罰時間從三天到半個月不等。懲罰期間，若紙手銬被損壞，則立即代之以鐵銬的真實懲罰。」《紙手銬：一部沒有拍攝的影片和它的 43 個變奏》，歐陽江河《站在虛構這邊》，生活·讀書·新知三聯書店 2001 年版，第 391 頁。

〔註66〕灕江出版社。

而其組詩和長詩，「都是在完成我對小說結構的理解和嘗試」〔註67〕——若是失敗，只是詩之失敗；若是成功，當是詩與小說之雙重成功。作為組詩和長詩之間的小憩，詩人偶亦為短詩。大約是在 1988 年前後，她寫出《年輕的褐色植物》《我策馬揚鞭》和《土撥鼠》〔註68〕。組詩也罷，長詩也罷，短詩也罷，詩人都力圖呈現為一種「女性話語」（female discourse）。按照在西方由來已久的觀點，「話語」（discourse）或「語言」（language）為男性所專有。「歷史」（history）的兩個詞根，合起來就是「他的故事」（his story）。翟永明卻要撤換一個詞根，用「她」代替「他」，將「歷史」改寫成「她的故事」（her story）。「她」是個什麼模樣？白玫瑰的嘴唇，黑葡萄的大眼睛，渾身散發出女巫或異族氣息，就像「走出樹林的達吉雅娜，庫普林筆下的阿列霞」〔註69〕。

首先來讀《女人》之《預感》：「那些巨大的鳥從空中向我俯視／帶著人類的眼神／在一種秘而不宣的野蠻空氣中／冬天起伏著殘酷的雄性意識」。「鳥」與「魚」，依據漢文化傳統，乃是「男性」和「女性」的隱語〔註70〕。「巨大的鳥」，當然對應著「雄性」。「巨大的鳥」與「我」，前者「俯視」，後者「被俯視」，前者處於「主語地位」，後者處於「賓語地位」。後者作為相對性存在或從屬性存在，「她們接受」〔註71〕，波伏娃（Simone de Beauvoir）亦曾談及這個令人失望的事實。「巨大的鳥」和「雄性」，甚至拋開「我」，直接就代表了「人類」。「人類是男性的」，這種觀點確實存在，雖然曾遭到波伏娃取笑。再來讀《女人》之《獨白》：「我，一個狂想，充滿深淵的魅力／偶然被你誕生。泥土和天空／二者合一，你把我叫作女人／並強化了我的身體」。「被你誕生」，緣於西方典故，夏娃來自亞當的「多餘的骨頭」。詩人雖然自揭「賓語地位」，但已試圖爭取「主語地位」。因為女性既是「泥土」，也是「天空」，既是「深淵」，也是「狂想」。再來讀《女人》之《世界》：「海浪拍打我／好像

〔註67〕翟永明《完成之後又怎樣——回答臧棣、王艾的提問》，《標準》，1996 年。下引翟永明，凡未注明，亦見此文。

〔註68〕關於翟永明的短詩，在一次交談中，鍾鳴首推《土撥鼠》，筆者首推《潛水艇的悲傷》。可惜受各種原因所限，本文未能詳論兩件作品。

〔註69〕鍾鳴《翟永明的形象以及詞根和其他》，《翟永明詩集》，成都出版社 1994 年版，第 262 頁。達吉雅娜是《葉甫蓋尼·奧涅金》的女主角，阿列霞是《阿列霞》的主角。

〔註70〕參讀聞一多《說魚》。

〔註71〕波伏娃（Simone de Beauvoir）《第二性》，鄭克魯譯，上海譯文出版社 2011 年版，第 12 頁。下引波伏娃，亦見此書。

產婆在拍打我的脊背，就這樣／世界闖進了我的身體／使我驚慌，使我迷惑，使我感到某種程度的狂喜」。女性的「身體」具有「與生俱來的慷慨之心」〔註72〕，乃是男性的「欲望客體」。但是「身體」既有配合性功能，亦有主導性功能，故而詩人既有「驚慌」與「迷惑」，亦有「狂喜」。男性的「欲望客體」，也就突變為女性的「欲望主體」。詩人之目的何在？她從未想過推翻「男性」，不過是想消除「性別階級」而已。然而，即便只是在詩裏，而不是在生活裏，詩人也已經意識到這樣做的後果：「但在你的面前我的姿態就是一種慘敗」。《女人》有個自序，亦即短文《黑夜的意識》，不斷談到「危機」，「深淵」，「黑夜」，以及「毀滅性預感」，「女性的真正力量就在於既對抗自身命運的暴戾，又服從內心召喚的真實，並在充滿矛盾的二者之間建立起黑夜的意識」〔註73〕。而《女人》，寫得酣暢，富有激情，又有些生硬，恰好詮釋了這樣一種內在的災難——不平衡的平衡，或平衡的不平衡。

　　翟永明曾多次談到美國自白派，比如洛威爾（Robert Lowell）——或普拉斯（Sylvia Plath）——給她帶來的「從頭到腳的震驚」。很多研究當代詩的學者，循此展開影響研究（influence study），簡直就像罈子裏面捉烏龜。自白派的主要特徵，並非「自白」，而是「自我揭露」或「自我懷疑」〔註74〕——前者僅意味著某種形式感，後者則意味著某種心理危機或存在焦慮感。恰是自白派的此類特徵，呼應了翟永明而不是相反。其間重要作品，除了《女人》，就是《靜安莊》。靜安莊位於新都縣，現在叫靜安大隊，詩人曾在那裡當「知青」。為什麼要寫這個小史詩呢？「靜安莊是我青春時期的一個精神家園，那裡存在著一個不可逆轉的命運安排。」這件作品的主要價值，或另類價值，在於詩人已經藉此證明——「知青回憶錄」既可以寫成「集體史」，也可以寫成「個人史」，其作者既可以是一個無悔的「知青代表」，也可以是一個碰巧當了知青的「準女人」。「冷若冰霜，不失天真模樣，／從未裸體，比乾淨的草堆更愜意」。這個「準女人」與大地交相讚美，卻又對未知和未來充滿了憂懼：「誰能料到我會發育成一種疾病？」此種疾病意識，也就關涉心理危機或存在焦慮感。《靜安莊》雖然晚於《女人》，卻可以視為後者的前傳。《靜安莊》以後，詩人的自白風逐漸

〔註72〕轉引自王泉、朱岩岩《女性話語》，趙一凡、張中載、李德恩主編《西方文論關鍵詞》，外語教學與研究出版社2006年版，第381頁。
〔註73〕翟永明《黑夜的意識》，《詩歌報》總第42期，1986年6月6日。
〔註74〕參讀彭予《美國自白派詩探索》，社會科學文獻出版社2004年版，第52～53頁。

減弱，也就不至於，像普拉斯或塞克斯頓（Anne Sexton）終於那樣走向自毀。

如果說《女人》與《靜安莊》乃是「個人史」，那麼，《人生在世》就是「列女傳」，《死亡的圖案》就是「母難史」，《稱之為一切》就是「家族史」或「母系家族史」，而《顏色中的顏色》就是「兩性對話史」。這些組詩和長詩，「既哀怨了男性的神權，又讚美了母性的天賦」〔註75〕，可以說全都是「她的故事」。這個「她」或「她們」〔註76〕，除了「我」，「代紅」，當然還包含「母親」。《女人》和《靜安莊》都有寫到「母親」，而《死亡的圖案》則反覆寫到「母親之死」——這個主題如此令人哀慟，卻也不能讓筆者虛高對這件作品的評價。從詩的角度來看，《人生在世》更加重要。這件作品的作者，很顯然，乃是一個「熟女人」。她已看穿「男性」和「愛情」，並描摹了各種應對裕如或不裕如的「女性景觀」——「勝券在握」，「內心刻薄」，「表面保持當女兒的好脾氣」，「泡製很黑，很專心的圈套」，「顛鸞倒鳳」，「渾身裝滿自我憐憫的動機」，「滿意身體的玉潔冰清」，「愛動」，「內部不斷蛀空，但又裝滿世界的秘密」，「喪失了天生的淫蕩」，「修飾一新」，「擔驚受怕」，「投降」，「無法自得其樂，只好將計就計」，「鳥一樣的心境，尋歡作樂的神氣」，「活得好，但又適得其反」，「喚醒體內殘存的狂喜」，「升起一個天生當寡婦的完美時刻」，「一副良民打扮」，「空有舊蚜蟲的心情」，諸如此類，活脫脫真是一個「傷心女兒國」。全詩最後一節，提出了兩個問題：其一，「誰將是兇手？」答案或是「男權」。其二，「誰在假裝生活？」答案或是「女德」。問題的複雜性還在於，很多女性也自覺或不自覺地，鞏固了這種並非罕見的「男權」和「女德」。「假裝生活」或「矜持」，都能導致女性的心口相異。詩人敘此，便用了小說筆法，類似於「黛玉見是寶玉，因說道：『你且出去逛逛。』」〔註77〕須知，黛玉趕客是假而留客是真也。從上文的分析或可大致看出，這件作品有角色，有場景，有對話，有情節，從頭到尾密布著自嘲和他嘲，既是「非自白」，又是「反神話」，像是由小說分解而得的碎片，似乎也就證明了詩人的小說潛賦。

翟永明的《女人》很快就被稱為「女性詩歌」〔註78〕，這似乎是個獎掖，

〔註75〕《風精（給詩人小翟）》，鍾鳴《畜界人界》，東方出版社 1995 年版，第 206 頁。
〔註76〕亦有男性中心主義語言學認為，無論男性複數，還是女性複數，都應該寫作「他們」。
〔註77〕《紅樓夢》第十九回。
〔註78〕參讀唐曉渡《女性詩歌：從黑夜到白晝》，《翟永明詩集》，前揭，第 233～238 頁。

來自某個「性別上級」。這個「性別上級」，也許並未自居為「上級」，更沒有察覺到獎掖所隱含的「性別歧視」。換句話來說，「性別歧視」，已經結晶為「潛意識」或「集體無意識」。作為詩學或美學術語，憑什麼「女性詩歌」可能成立，而「男性詩歌」不可能成立？然而事實正是如此，沒有任何學者（包括女學者），曾專門提出「男性詩歌」或「男性藝術」。他們還會反問，有必要嗎，「人類詩歌」或「人類藝術」？這就是「男性神話」。《人生在世》的調侃，既是「反男性神話」，又是「反女性神話」。然而，無論是西方還是中國，「女性話語」或「女權主義」（feminism）都具有一種自殘式向度——借來「男性神話」，重構「女性神話」，最終導致了某種程度的「性別紊亂」。翟永明也未能幸免，間或，她也會起用一種「男性化的揮毫」——這個詞組出自《顏色中的顏色》，本是詩人敘及男畫家何多苓的用語。來讀《女人》之《荒屋》：「我來了　我靠近　我侵入」。此類「男性話語」，曾為歐陽江河所用。來讀《玻璃工廠》：「我來了，我看見，我說出。」兩位詩人均非原創，源頭又在哪裏？卻說公元前四十七年，在小亞細亞，凱撒大帝大獲全勝，他在向友人報捷時只寫了三個拉丁語單詞：「veni！vidi！vici！」。原文或涉穢語，譯文更加好聽：「我來了！我看見！我征服！」有個女詩人夏宇，在臺灣，曾遺憾於沒有女性專用的「髒話」；而在成都，翟永明乾脆地盜用凱撒的「男性話語」——不過，她取消了凱撒的最硬的標點符號，也取消了歐陽江河的逐漸變軟的標點符號。還有另外的例證，比如《我策馬揚鞭》，「我策馬揚鞭　在有勁的黑夜裏／雕花馬鞍　在我坐騎下／四隻滾滾而來的白蹄」，字字句句蕩漾著「男性」或「英雄主義」的紋理。楊煉看了此詩，曾揶揄詩人，「武俠小說看得太多」〔註79〕。到了 1997 年，或 1998 年，詩人寫出《更衣室》，自供了她的變性術：「在我小小的更衣室／我變換性別、骨頭和髮根」。這是一個花木蘭式的秘密，正如波伏娃所說，「想廁身男人中間，……想與男人比肩」。結果詩人獲得了什麼？「男性氣質的贗品」〔註80〕。儘管如此，詩人依然引來布爾喬亞（Louise Bourgeois），「我們都是男／女性（male／female）」，表達了女詩人——或女藝術家——所特有的「雌雄同體的渴望」。這讓筆者忽而念及阿特伍德（Margaret

---

〔註79〕轉引自鍾鳴《快樂和憂傷的秘密》，翟永明《黑夜裏的素歌》，改革出版社 1997 年版，第 7 頁。
〔註80〕《我們都是男／女性？》，翟永明《天賦如此：女性藝術與我們》，東方出版社 2008 年版，第 21 頁。下引翟永明，亦見此文。

Atwood），1961 年，1978 年，她先後印出兩部小詩集，亦即《雙面珀爾塞福涅》和《雙頭詩》。「雙面」或「雙頭」，亦即蕭瓦爾特（Elaine Showalter）所謂「雙聲話語」〔註81〕。女性就這樣失去了性別，變成了偽男或無性者。那麼，女性的出路又在何方？文學上是男性，而生活中是女性？文學上是先鋒女性，而生活中是傳統女性？也許，布爾喬亞的陳述句，將被翟永明改成疑問句：「我們都是男／女性？」

十、從詩到隨筆：鍾鳴之怪誕美學

鍾鳴最為激賞的女詩人，歷來只有三個，翟永明而外，就是徐芳和陸憶敏；張棗最為激賞的男詩人，似乎也是三個，張棗而外，另二個卻是個大謎。早在 1987 年，從德國，張棗寫信給柏樺，就有言及這個問題：「我一定會歸國！序幕仍未揭開！中國藝術可能偉大，可能不，全在於我和另二個身在大陸的人。」〔註82〕這幾句話口氣肯定，絕非泛指，所謂「另二個」，一個可能是柏樺，一個可能是鍾鳴。張棗寫信給鍾鳴，多次難以自禁，流露出對後者的誠服或溢美——「你無疑是一個當代中國最為優秀的詩人」〔註83〕；「你是一個極有才能的緩慢平和的大詩人」〔註84〕；「你現在可以說是多寫一個字，都在多爭得一份永恆」〔註85〕。如果說私信或有誇張，那麼，也可以證諸公器。張棗的博士論文《現代性的追求》，如前文所述，亦將鍾鳴列為「四川五君子」之首。鍾鳴是個什麼模樣？據柏樺回憶，「鍾鳴，一個極端完美主義者、一個精美生活崇拜者、一個房間裏四季放置鮮花的讀書人、一個緊閉室內吃高級甜食的悲觀論者，我知道他最無法容忍的就是美的匱乏。」據王寅描繪，「激情的旋風、問題的中心、肝膽的汁液、幻想的器官、抒情的小號、狂熱的修辭主義者，這是狂喜的鍾鳴，也是悲哀的鍾鳴，他比我們每一個人都更為自覺地肩起時代的主題。」〔註86〕綜合各方面的信息（包括筆者之觀感），可以說，鍾鳴既是一個詩人，又是一個理性巨獸，既是一個現代

〔註81〕蕭瓦爾特（Elaine Showalter）《荒原中的女權主義批評》，韓敏中譯，高建平、
　　　　丁國旗主編《西方文論經典》第六卷，安徽文藝出版社 2014 年版，第 447 頁。
〔註82〕張棗致柏樺信，1987 年 1 月 7 日。
〔註83〕張棗致鍾鳴信，1986 年 5 月 27 日。其時，張棗尚在四川外語學院。
〔註84〕張棗致鍾鳴信，1988 年 4 月 6 日。
〔註85〕張棗致鍾鳴信，1994 年 7 月 10 日。
〔註86〕王寅《狂喜與悲哀》，鍾鳴《畜界人界》，前揭，第 17 頁

學者，又是一個傳統知識分子，既是一個博物學家，又是一個人文主義者，既是一個苦行僧，又是一個享樂主義者。這就很令人好奇，他會寫出什麼樣的詩來呢？這且按下不表；先來看鍾鳴的自我評估，從某種程度上來看，他的自我評估可能比張棗更加清醒——「整個八十年代」，「沒寫出像樣的東西」，「寥寥數首而已」，「標題譁眾取寵」，「為反常化犧牲了既得利益」〔註 87〕。這樣幾句話，說得很輕鬆，實則大有滄桑感。詩人本來撰有大量文字，包括新詩、隨筆和文論，其中多數已被他無情毀棄。比如，1982 年油印的詩集《日車》。如此決絕而苛刻的寧為玉碎，哪怕只是小概率，也會促成幾次不可謂不悲壯的蚌病成珠。比如，1987 年 9 月，詩人寫出小長詩《中國雜技：硬椅子》；1988 年 3 月，又寫出短詩《鹿，雪》。如果下文只論及這兩首詩，那是因為，還要把本文的若干篇幅留給詩人的斑斕隨筆。

　　首先來談《中國雜技：硬椅子》。組詩《坐的藝術》共有六首，《中國雜技：硬椅子》乃是第五首。詩人對另外五首不甚滿意，也就是說，第五首已有機會獨立成篇。這件作品共有四章，第一章言由椅子言及雜技，並言及椅子之硬與雜技之軟。「他們」是指雜技表演者亦即「爬高者」，「它」是指「椅子」，「我們」是指雜技之觀者或本詩之讀者。「椅子在重疊時所增加的／那些接觸點，是否就是供人觀賞的，／引領我們穿過倫理學的蝴蝶的切點？」「倫理學」來得突然，「蝴蝶」來得正好，「蝴蝶」之「輕盈和美」，亦即「爬高者」之「輕盈和美」，或已反襯出「倫理學」之重輒。「椅子」越疊越高，表演者的「破綻」越來越多。椅子被看成「詩」或「天梯」，椅子上的椅子被看成「椅子上的木偶」，全詩也就逐漸滑向某種形而上學。第二章由椅子言及皇帝，並言及皇帝之硬與人民之軟。「他」是指「皇帝」或「王」，「我們」是指「人民」或「免於自由的好心人」。「椅子繃緊的中國絲綢，滑雪似地使他滑向／冬天，他專有的嚴冬。」黃仁宇的《萬曆十五年》，曾敘及為皇帝而設的「經筵」，被詩人借用作本章的背景或主要場景。因此，姑且考定，「皇帝」就是「萬曆皇帝」。而當椅子掛鉤於「皇帝」，全詩也就迅速滑向某種「歷史記憶」，或蘇桑娜·葛塞所謂「文化記憶」〔註 88〕。「用準確音調說的錯話」「不清潔」，與「有責任讓嘴和椅子光明磊落」，前者具有作用力，

〔註 87〕鍾鳴《旁觀者》，前揭，第 912 頁。

〔註 88〕蘇桑娜·葛塞（Susanne Göße）《記憶詩學》，王虎譯，鍾鳴《中國雜技：硬椅子》，作家出版社 2003 年版，第 249 頁。

後者具有反作用力。「我們的勞動和王的親耕」，「在小事的交椅上則看到座次」，前者意味著民主制度，後者意味著等級制度。最終怎麼樣呢？「他坐出青綠，黃色，絳紫，制度，吃住軟硬」。第三章由權力言及隱私，並言及公開之硬與恪守之軟。「我們」與「他們」都指「鐵人和硬骨頭」，「它」是指「私」或「愛」或「椅子」，「他」是指「一個處子」，「你」或指本詩之讀者。「我們能否有被公開後／仍然存在的那種『私』，那種恪守，／因傳種的原理而被愛和它的狹義撬動？」「私」意味著「愛」，「愛」意味著「狹義」，而對「廣義」的屈從，也就意味著對「愛」與「私」的廢黜。如果「私」也可以疊椅子，就會「步步高到風險和／眾矢之的」。甚至在某些時候，「私」就會成為不可能，「所有的女人便通感了他的裸露」，全詩也就逐漸滑向身體或欲望的終點站。第三章由隱私言及欲望，並言及男人之硬與女人之軟。「她們」是指「柔術家」或「舞者」，「我們」是指「椅子」或「男人」。「她們練就一身的柔術，卻使我們硬到底」。「她們」，呼應前文的「所有的女人」。「柔術」，呼應前文的「輕身術」。「硬到底」，呼應前文的「鐵人和硬骨頭」。卷尾的「她們的輕盈和美」，呼應卷首的「蝴蝶」。只有「她們」才可以讓男人變軟，「讓醋把腰和對椅子的關照酸到腳跟」。欲望可謂私中之私，其不可廢黜，也就驗證了「私」之不可馴服。

　　《中國雜技：硬椅子》或如作者所言，乃是一種「怪誕練習」〔註89〕。「怪誕」者，「古怪」與「荒誕」之謂也，大致包含以下幾種「極端方法論」——其一，過於繁複的跨學科研究。比如，作者沉溺於歷史學、社會學、生物學、倫理學、心理學、玄學、傳播學和行為主義，科學太多，冷智過剩，認識論縱橫，「籲請各位，讀詩看教育吧，別看奇巧淫技，長度，漂亮，馬屎皮面光」〔註90〕。其二，人稱交換。人稱交換，前後混淆，作者也從來不打招呼。其三，歧義性與語義密室。歧義性既是人稱交換，也是口吃或句式混沌的後果，其嚴重後果，就形成了只有作者才能進出的語義密室。其四，過於蜿蜒的想像力。想像力或隱喻受制於合理跨度，作者卻將跨度無限拉長，以至於讀者不敢過橋或不能過橋。其五，冷僻的知識考古學。作者固然滿足了考古學的窺視欲，卻也反方向慫恿了讀者的知識無用論。其六，切得太碎的

〔註89〕《自序：詩之蒛》，鍾鳴《中國雜技：硬椅子》，前揭，第11頁。下引鍾鳴，凡未注明，亦見此文。
〔註90〕鍾鳴《序言：枯魚過河及詩意性的殘骸》，2019年10月15日，未刊稿。

敘事性。敘事性受制於連貫性，與小說相比，詩之連貫性可以適度降低，過度降低則必然取締作者自設的敘事性。其七，弧線式或交叉弧線式結構。抒情詩的直線式結構，向來為作者所不齒，轉而力求弧線式結構，而又終於變態為交叉弧線式結構。此類「極端方法論」，或孔子所謂「其言也訒」〔註91〕，後來廣泛應用於詩人的動物隨筆。詩人也曾坦率承認，「恐怕是出於偏愛吧，我藏書或讀書，喜歡古怪的作品」〔註92〕，也許，這既是對其藏讀習慣，也是對其寫作嗜好的小結。

現在來談《鹿，雪》。與《中國雜技：硬椅子》相比，《鹿，雪》具有較大的緩衝意義。據鍾鳴回憶，這件作品緣於《梅耶嶺》。這部電影敘及太子與民女相愛，一塊兒打獵時，不忍射殺梅花鹿，最後因相愛無果，一起自殺於皇家獵場梅耶嶺。這件作品只有兩個人稱，「你」是指「觀賞者」或「獵鹿人」，「它們」是指「成群結隊」的「梅花鹿」，前者——經過「雪」的指點——最終皈依於後者：「順從它們微妙的頭顱／它們雪花般飄忽的魅力使你的子彈／也像雪花一樣，無聲無息的／你聽不到別的響動，山巒在叛變／那些絨角，在最枯燥的時刻／也會像月亮中裸露的神木結伴而行」。從這件作品可以看得很清楚，「怪誕練習」開始收斂，詩人將計劃中的敘事詩，寫成了計劃外的抒情詩（至少是半首抒情詩）。「最愛抒情的，也最容易洩氣。」〔註93〕就詩人所秉持的立場而言，或是一種「半道崩殂」；而在張棗看來，卻是一種「了不起的精進」。「《鹿，雪》是一首極豐富的傑作，它改變了從前一些無意流露出來的不必要的複雜，而變得極簡單又豐富了；多麼了不起的精進，我為你——在遙遠的異國的春天裏——我要為你歡呼雀躍！」〔註94〕張棗所謂「無意流露」，不過是句客氣話。想來他早已心知肚明，「複雜」乃至「晦澀」，正是鍾鳴的「有意追求」。此所謂吾之白糖，汝之白粉。

現在必須由《鹿，雪》引出本文最後一個話題：鍾鳴的動物詩與動物隨筆——此類寫作也有上游，比如，早在 1984 年，詩人就已受觸於博爾赫斯（Jorges Luis Borges）的《想像的動物》；當然，他是《自然史》和《昆蟲記》的信徒，也是《太平廣記》和《酉陽雜俎》的擁躉。詩人在八十年代所作動

〔註91〕《論語‧顏淵篇第十二》。
〔註92〕《自序》，鍾鳴《畜界人界》，前揭，第 2 頁。
〔註93〕鍾鳴《新版弁言：枯魚過河》，前揭，第 7 頁。
〔註94〕張棗致鍾鳴信，1988 年 4 月 6 日。

物詩，至少包括《飛鳥》《白蝴蝶》《鹿，雪》《畫片上的怪鳥》《小蟲，甜食》
《塔，夜梟》《傑弗斯和他的鷹》《懿公和他的鶴》《鄧南遮的金魚》《烏鴉》
《烏鴉和刀》《蜘蛛》《城市裏的駱駝》《松鼠》《狐狸書信》《牆裏面的貓》
和《著急的蝴蝶》。詩人在八十年代所作動物隨筆（essay），至少包括《細鳥》
《驪牙》《塔》《政治動物》《獅子和皇帝》《狐狸》《烏鴉》《卡夫卡》和《率
然》。動物詩始於 1980 年，動物隨筆始於 1989 年〔註 95〕，兩者曾被作者合
成一部《人文動物奇談錄》。「後來，我把詩歌部分刪掉──我覺得它們並不
理想，也不重要，這樣，就只剩下了隨筆。」〔註 96〕動物隨筆單行本，出了
好幾部，包括《畜界人界》。「人文」是「人文」（亦即「人界」），「動物」是
「動物」（亦即「畜界」），「人文動物」則意味著「人文」對「動物」的改寫，
或「動物」對「人文」的影射（這就是寓言的起源）。恰是在此種意義上，
動物詩與動物隨筆動輒互文，前者成全了後者，後者搭救了前者，前者對後
者可謂買櫝還珠，後者對前者卻是點石成金。換句話來說，所謂「怪誕」，
總是讓動物詩失手失腳，卻又讓動物隨筆順風順水。正是此類動物隨筆──
而不是動物詩──讓詩人終於建立起得心應手的「動物敘事學」。此種「動
物敘事學」，既有動物學動機，又有人類學動機，既有博物學動機，亦有社
會學動機，既有神話學動機，亦有倫理學動機，既有病理學動機，亦有心理
學動機，既有拜物者動機，亦有戀物狂動機，既有索隱學動機，亦有文體學
動機，各種動機，如鹽入水，終於將「怪誕」拔擢為「怪誕美學」，故而不
得不為白話散文帶來革命性的成果或奇蹟。此種「怪誕美學」，會是趣味，
還是策略？來聽詩人的回答，他說，「南方人值得誇口的是一種怪癖，而怪
癖卻又是一種智慧」〔註 97〕；又說，「通過自由的文體展示出自由的精神來，
並且能滿足我們的好奇心和怪異的想像」〔註 98〕。這樣看起來，既是趣味，
亦是策略。對此類動物隨筆，張棗會怎麼看？「功底紮實，思想敏捷，譏諷
老練，極富詩意，散文能夠做到不說教是最難能可貴的。你做到了。但請注
意：可減少一點 Borges 的成分，多加一些 Kafka 的荒誕感。再加一點魯迅和

〔註 95〕 鍾鳴的隨筆早於動物隨筆，1984 年，他研究納粹史，就撰有系列隨筆《頹廢
者研究》。後讀卡內蒂（Elias Canetti）的《史貝爾筆下的希特勒》，及《卡夫
卡的情書研究》，才戛然廢停了《頹廢者研究》的寫作。
〔註 96〕 鍾鳴《新版弁言：枯魚過河》，前揭，第 22 頁。
〔註 97〕 轉引自王寅《狂喜與悲哀》，前揭，第 13 頁。
〔註 98〕 《自序》，鍾鳴《畜界人界》，前揭，第 1 頁。

毛澤東就會好得無以復加。」〔註99〕張棗給出的配方，有些模稜，鍾鳴也並不買帳。怎麼寫詩，後者或可問計於前者；怎麼寫隨筆，前者只能求教於後者。隨筆乃是鍾鳴的關鍵成就，但是他卻這樣說，「隨筆之於我，則只是一種半為詩歌半為它自己的永恆的訓練而已」，這種口氣畢竟以「詩人」自居，然則他必須立即認領「隨筆作家」的光榮稱號。若干年以後，敬文東甚至一口咬定：「單就隨筆寫作而論，如果不說《畜界人界》比肩於《野草》，起碼也敢稱共和國文學史上隨筆寫作中的第一名。」〔註100〕這個觀點，值得商榷，可是又能另舉出哪部作品來呢？為了窺斑見豹，嘗臠知鼎，且引來《畜界人界》之《卡夫卡》：「卡夫卡非常清楚，在空氣稀薄的情況下，應該減少動作，縮小體積，增加肺活量。但是當他真正變成甲蟲或老鼠時，卻發現這個層面並不如想像的那麼好。稍不同的是，生活在這一層裏的生物，只不過不像人類那麼明顯罷了。它們有各自的巢穴，不輕易走動，彼此看不到具體的模樣，只能聽到一些吞噬食物和空氣的聲音。卡夫卡也從沒有見過這些鄰舍，『既然是陌生的動物，為什麼我見不到它們呢？我挖了好些陷阱，想逮它一隻，但我什麼也沒有發現。我想，可能那是小而又小的動物，比我認識的那種還要小得多』。面臨這種局面，卡夫卡除了想弄清它們的身份外，沒別的事想做，『不找到響聲的真正根源就不停止挖掘……稍力不從心，我至少也掌握了確實的情況』。這樣，卡夫卡為了看到陌生的動物，更微妙的動物，不得不再次縮小，變形，微弱。」

十一、「南方性競猜」

　　鍾鳴曾借文論、隨筆、書信、訪談或詩性回憶錄，不知疲倦地，反覆談到「南方」和「南方性」，並將這個概念關聯到「外省」。他的主要論點，或有兩個：其一，「南方」乃是語言學概念，而不是地理學概念；其二，「南方性」緣於《楚辭》傳統，區別於《詩經》傳統。此類論點，不免混沌，所以他也很是感慨：「誰真正認識過南方呢？它的人民熱血好動，喜歡精緻的事物，熱衷於神秘主義和革命，好私蓄，卻重義氣，不惜一夜千金撒盡。固執冥頑，又多愁善感，實際而好幻想。生活頹靡本能，卻追求精神崇高。崇尚個人主義，

〔註99〕張棗致鍾鳴信，1990 年 5 月 25 日。「Borges」即「Jorges Luis Borges」（博爾赫斯），「Kafka」即「Franz Kafka」（卡夫卡）。
〔註100〕敬文東《〈記憶詩學〉前言》，未刊稿。

又離不開朋黨。注重營養，胡亂耗氣。喜歡意外效果，而終究墨守成規——再就是，追求目標，不擇手段，等目標一出現，又毫不足惜放棄……這就是我的南方！它永遠籠罩在自己的雙重性裏，轄於自我矛盾和虛無主義的宿命論。」〔註101〕這是在談什麼？與其說是「南方」，不如說是「南方性」，與其說是「南方性」，不如說是「個人南方性」。而公約數意義上的「南方性」，會不會，只是一座巴別塔（Babel）或烏托邦（Utopia）呢？

就總體上的語言或美學取向而言，「五君」，或已全部參與「南方性競猜」。他們都選擇了什麼樣的道路或鑰匙？曹夢琰借來巴特（Roland Barthes）的理論，將他們的作品視為「富有魅力的軀體」，針對五位詩人，她首先偵破了「身體」的不同處境——「在場、偏移、僵化、缺席、迷失」，進而偵破了「語言和身體的錯位」的不同類型——「恍惚、矯飾，甚至虛假」。與其說她強談了「五君」之「共性」，不如說她細論了「五君」之「個性」。此外，她認為「身體」乃是最高的「真實」，「語言和身體的錯位」則是另外的「真實」——既能製造詩之「張力與感染力」，也能昭示詩人之「困境與侷限」〔註102〕。或許，還可以把曹夢琰的論點加以引申，「語言和身體的錯位」，有嚴重有輕微，愈嚴重愈是傾向於捕獲「北方性」，愈輕微愈是傾向於捕獲「南方性」。這種引申，會不會顯得有些粗暴呢？

而在筆者看來，除了「語言和身體」，還可以從很多角度來談論「五君」之「個性」。比如，柏樺和張棗都具有抒情性，前者以「痛苦」為皇后，後者以「歡樂」為臨時情人；歐陽江河、翟永明和鍾鳴的反抒情，或體現為智性，或體現為自傳性，或體現為智性加敘事性；歐陽江河和鍾鳴都具有智性，前者體現為聰明的玄學，後者體現為殘酷的認識論；柏樺具有極強的感染性，張棗的感染性則分心於修辭，翟永明具有冒犯性，歐陽江河和鍾鳴甚至歸於拒絕性的深奧；張棗和鍾鳴都具有複雜性，前者以少勝多，後者以多勝少；張棗的曲折來自修辭，歐陽江河的曲折來自反常邏輯；張棗和翟永明都是來回商量，歐陽江河直接給出結論或下達命令；柏樺和張棗都具有陰性

〔註101〕 鍾鳴《旁觀者》，前揭，第807頁。
〔註102〕 參讀曹夢琰《語言的軀體：四川五君詩歌論》，秀威信息科技股份有限公司2016年版。此書共有五章：一、柏樺：向左傾斜的身體；二、歐陽江河：扼殺呼吸的美杜莎之首；三、翟永明：身體的秘密痕跡；四、張棗：迷失的身體；五、鍾鳴：恍惚與界限之間的身體。

氣質，翟永明卻雌雄同體；柏樺和張棗具有唐詩風神，歐陽江河與鍾鳴具有
宋詩理趣；設若並不仔細推敲，武斷地說，張棗和鍾鳴具有「絕對南方性」，
柏樺、歐陽江河和翟永明則具有「相對南方性」（如果真有所謂南方性，歐
陽江河甚至認為，他的南方性越來越少，正如他的故鄉感越來越弱）；而在
某種程度或向度上，如果說柏樺對應著李賀，張棗對應著李煜，歐陽江河對
應著郭璞〔註103〕或黃庭堅，翟永明對應著魚玄機，那麼鍾鳴就對應著韓愈
（後者乃是以文為詩的鼻祖）。可見「五君」既有「五彩」，亦有「五音」。
他們的「南方性競猜」，與其說是積木或拼圖，不如說是摸象，與其說逼近
了某個「整體」，不如說體現為兩兩之間的「差異性」，甚而至於體現為每個
詩人的「未完成性」。張棗就發出過感歎：「而我，總是難將自己夠著」；柏
樺也回憶過鍾鳴的感歎：「他甚至悲憤於常常只能用康德哲學闡釋蔬菜之
類，僅淪為一個活生生的市場上的斯賓諾莎。」所以說，「五君」非但不是
「大於五」的集團，每個詩人都是布羅茨基（Joseph Brodsky）所謂「小於
一」〔註104〕的個體。

　　偉大的詩人和隨筆作家布羅茨基，以其「部分說話」，啟發過鍾鳴的「讓
個人說話」。《讓個人說話》刊於何處？《象罔》第四期。1989 年 10 月，鍾鳴
與趙野、陳子弘和向以鮮創辦《象罔》。刊名來自向以鮮，向以鮮來自莊子。
「黃帝遊乎赤水之北，登乎崑崙之丘而南望。還歸，遺其玄珠。使知索之而
不得，使離朱索之而不得，使喫詬索之而不得也。乃使象罔，象罔得之。」
〔註105〕「黃帝」「知」「離朱」「喫詬」和「象罔」都是人名，或帶有哲學含義
的虛擬人名。「象」就是「有形」，「罔」就是「無形」，相當於佛家所謂「有
相」和「無相」。「五君」自置於「有形」與「無形」之間，「有相」與「無相」
之間，而在中間那個哲學地帶恰好放著一枚「玄珠」。《象罔》共出十二期，每
期都是專集，有文字也有插圖，考究到幾乎讓其他所有刊物自慚形穢。第四
期正是蕭全攝影專集《我們這一代啊》，序言正是短文《讓個人說話》。此文
以一串連環問，走漏了八九十年代之交的風聲：「『五君子』從各方面來說，包
括五官舉止都各奔東西。柏樺乾淨的襯衣領子和布鞋在北京和南京之間晃動，

〔註103〕雖然歐陽江河自稱從未讀過郭璞。
〔註104〕參讀《小於一》。布羅茨基（Joseph Brodsky）《文明的孩子》，劉文飛譯，中
　　　　　央編譯出版社 2007 年版，第 13 頁。
〔註105〕《莊子・天地第十二》。

有時還弔兒郎鐺，他『隆重推出的鼻子』在秦淮河的夫子廟和天安門又嗅到了什麼呢？歐陽江河『智慧拐彎的腦袋』已沉重得用手支著，是在思考幸福的問題呢，還是在『求偶』或『稱寡』。小翟『堅貞不屈的牙齒』現在似乎寬鬆了一下，陷入了寧靜的『玫瑰色時期』，入時大方的服裝也難買了，乾脆把喇嘛的黃腰帶圍在脖子上，依然可以驚世駭俗。風流瀟灑的張棗，久無音訊，此時又運送到哪裏去了呢？舌尖上是否又翻出了一種我們不熟悉的語言，形象是否又『漂移』了呢？我的『馬雅鼻子』又感冒了幾回？『胯的力度』是否還能像『天狗的力度』支撐著身體、消受幾支冷箭和來自愛的煩惱呢？」〔註106〕這篇短文，脫稿於 1990 年 2 月 7 日。兩年後，《象罔》停刊，《南方評論》創刊。

〔註106〕鍾鳴《讓個人說話》，《象罔》第 4 期，第 3 頁。

尾聲　1990 年：蕭開愚與中年寫作

　　本書很少談及蕭開愚，似乎有意暗示，他在八十年代並無醒目風采。蕭開愚，1960 年生於四川中江，1976 年考入綿陽中醫學校，1979 年分配到中江縣城關醫院，1993 年辭去公職並遷居上海，1997 年移居德國。八十年代蜀中民刊，難尋此君，而獨見於《漢詩》。這個並非偶然，蓋因詩人亦曾「受風尚吸引，向文史獵奇」〔註1〕。詩人的作品大都不署日期，後來編定一冊《陟岵之歌》，自云皆是八十年代習作。「陟岵」也是舊典，出自《詩經・魏風》，其語義牽涉到服役的小兒子思念父兄。筆者稍加瀏覽，不免有了疑竇。此類「八十年代習作」，後來，可能有過大改。詩人早年如何自視其少作？「與西方超現實主義詩人不同的是：我更講究自然而然的控制力，表現在詩，就是一種節制。」〔註2〕詩人近年如何自視其少作？「與多數同行一樣，我的練習也是由西而中，把力戒娛樂變為暴露枯乾，寫作行為反動為認識行為。」〔註3〕詩人也曾自報名號，「無派之派」〔註4〕，參加過 1986 現代詩群體大展。既然「無派」，那就很難進入本書視野；然則詩人對後起青年頗有研磨，蔣浩曾受教，韓博亦曾受教，或真能積澱為「無派之派」亦未可知。這是後話不提。

　　蕭開愚的個人意義的怒放，誠然，不在八十年代而在九十年代。而且，既有詩的怒放，亦有詩學的怒放。他思考了什麼詩學問題？大約就在兩個

〔註 1〕蕭開愚《聯動的風景》，重慶大學出版社 2011 版，第 83 頁。
〔註 2〕開愚《藝術自釋》，徐敬亞等編《中國現代主義詩群大觀》，同濟大學出版社 1988 年版，第 305 頁。
〔註 3〕《後記》，蕭開愚《陟岵之歌》，華東師範大學出版社 2018 年版，第 134 頁。
〔註 4〕《深圳青年報》總第 185 期，1986 年 10 月 24 日。

年代之交，蕭開愚忽而寫出《抑制、減速、放棄的中年時期》。1990 年 2 月 10
日，這篇短文刊於《大河》。《大河》隸屬於河南省作家協會，主要由藍藍編
稿，辦了三年就廢然停刊。不管是當年，還是如今，都鮮有人知。卻說蕭開愚
這篇短文，從生活——也從寫作——的角度對人生進行了劃分：「青年是激情
的，即興的，偶然的，晚年是明澈的，讚頌的，必然的，中年是指轉折時期。」
〔註5〕詩人在此處——乃至全文——並未明確提出「中年寫作」，而有提出「中
年」「中年時期」或「寫作中的中間階段」。所謂「中年寫作」，也並非什麼新
鮮術語。但是在這個特殊時間點，重申此類說法，卻頗具詩學的敏感和歷史
學的前瞻性。

　　本書抱有最高熱情所關注的漩渦，並非「中年寫作」，而是八十年代的「青
春期寫作」。因而，本書堪稱一個琳琅的青春櫥窗，或一座不算小家子氣的朝
霞博物館。那就再次來看看這些還帶著露珠的展品或藏品——駱耕野二十八
歲所作《不滿》；周倫佑三十四歲所作《變構：當代藝術啟示錄》（文論）；鍾
鳴三十四歲所作《坐的藝術》（組詩），三十六歲所作《細鳥》（動物隨筆）；翟
永明二十九歲所作《女人》（組詩）；柏樺二十五歲所作《表達》，二十八歲所
作《夏天還很遠》；歐陽江河二十九歲所作《手槍》，三十一歲所作《漢英之
間》；藍馬三十歲所作《前文化導言》（文論）；游小蘇二十三歲所作《金鐘》；
石光華二十八歲所作《提要：整體原則》（文論）；唐亞平二十三歲所作《黑色
沙漠》（組詩）；楊黎不足二十三歲所作《怪客》；張棗不足二十二歲所作《鏡
中》，不足二十六歲所作《木蘭樹》；萬夏二十五歲所作《本質》和《喪》（詩
化小說）；胡冬二十一歲所作《我想乘上一艘慢船到巴黎去》；李亞偉二十一
歲所作《中文系》；馬松三十六七歲所作《燦爛》；鄭單衣二十二歲所作《春
天》；鄧翔二十歲所作《故事》；郭紹才十九歲所作《第三代人宣言》（文論）；
宋渠和宋煒二十二三歲所作《導書》（文論），二十三四歲所作《家語》（組詩）；
趙野二十一歲所作《阿蘭》；尚仲敏二十四歲所作《祖國》；唐丹鴻不足三十
歲所作《機關槍新娘》；溫恕不足二十三歲所作《奧斯卡·王爾德的最後時光》；
楊政二十歲所作《小木偶》。筆者之所臚列，都是成名作或代表作；而在數年
以前，這些詩人就已經頭角崢嶸。到了八十年代末期，去了南京，柏樺仍然在
呼籲：「讓我們再次唱起來，唱青春的歌，淪落的歌，動人心魄的歌，這歌有

〔註 5〕《大河》1990 年第 1 期，第 48 頁。下引蕭開愚，凡未注明，亦見此文。

少女最好聞的氣味，也有少年最好聞的氣味，我們一起共同努力吧！」〔註6〕

　　如何評估此類「青春期寫作」，蕭開愚頗為矛盾。不信？那就接著來讀那篇短文。詩人有時候獨愛「晚年」，卻針砭「青年」和「中年」——「但要跳過中年、直接進入老年的實際原因是對現代巴洛克風格的反對，因為這種風格正是青春期著意炫耀、極度誇張的。」有時候並舉「青年」和「晚年」，卻針砭「中年」——「欣賞詩歌作品，青年的和晚年的都具有極端的、單獨的、自在的、文本的閱讀價值，中年作品幾乎只具有詩人成長史的研究價值。」其對「青年」，態度頗為搖擺。而對「中年」，態度卻很堅決——從頭到尾，沒有一句好話。早在 1986 年，詩人寫過一首《池塘》，或可視為從「青年」到「中年」的「成長史」：「我們一同崇拜英雄／唱凱歌／消隕了的值得／虛汗醃肥肉」。詩人所謂「虛汗醃肥肉」，亦即俗人所謂「油膩」，或亦即鍾鳴所謂「說服下的狐媚狀」〔註7〕，不見得是什麼好形象。故而兩次針砭，「中年」都跑不脫。由此已可看出，詩人的下述看法並非始於 1990 年——中年「是一個截然的否定性的階段」，應該「拒絕線性的長跑借喻中的堅持階段，使青年和老年在重疊中銜接」。當其時，詩人也許還沒有意識到，「中年」或「中年寫作」，不是可以減省的秩序，而是必須認領的命運，不是一門選修課，而是一門重軛般的必修課。

　　不會晚於《抑制、減速、放棄的中年時期》，蕭開愚與孫文波創辦了《九十年代》。孫文波，1956 年生於成都，童年時待過陝西華陰，1970 年就讀於成都鐵二局第一中學，1973 年下鄉（在廣元），1976 年入伍（在綏德、西安及蘭州），1979 年轉業到四川建築機械廠（在成都），1987 年辭去公職，1996 年移居北京，2013 年客居深圳洞背。《九十年代》出了四期，終刊號面世於 1992 年。此後兩三年間，不詳何時，蕭開愚忽又寫出《九十年代詩歌：抱負、特徵和資料》。這篇長文正面提出「中年寫作」，並將後者自攬為一種弘毅的事業（九十年代之事業）。詩人停止了搖擺，堅定了信念，既把「青春期寫作」關聯於下述貶義詞——「不及物」「表演性」「怪招」「虛假」「不具體」「取消了針對性」「語言狂歡節」或「孩子氣的青春抒情」；又把「中年寫作」關聯於下述褒義詞——「及物」「道德觀」「廣闊」「成人的責任社會」「經驗的價值」

〔註 6〕柏樺致楊政信，1989 年 8 月 22 日。

〔註 7〕《跋》，鍾鳴《垓下誦史》，秀威信息科技股份有限公司 2015 年版，第 336 頁。

「經驗的緊迫性」「十八般武藝」或「綜合的寫作才能」〔註8〕。所謂「青春期寫作」與「中年寫作」，前者唯我，後者唯物，前者主觀，後者客觀，前者感性，後者理性，前者賴於直覺，後者賴於苦吟推敲，前者高蹈，後者介入，前者傾訴，後者承擔，前者具有抒情性，後者具有敘事性或戲劇性，前者注重題材，後者注重資料與文獻，前者待在象牙塔，後者走向十字街，比方來說，「食指忠於自己時代的生活，而北島忠於自己時代的出路」。此類兩分法，非常古老，既沒有太大的意義，也沒有太大的問題。那麼，問題出在哪裏呢？蕭開愚將「青春期寫作」對應於八十年代，又將「中年寫作」對應於九十年代，並將兩個年代的交替，簡單視為「中年寫作」對「青春期寫作」的置換（或超越），「一下子年青詩人怔住了，纏繞在他們身上的閃電──原來常常和他們肉體中的神經及血管響亮地接成一片──熄滅了，他們遭直覺藝術理論長時間強迫的意識偏向了另一面，他們思想那黑乎乎的塔樓裏發電機開始發動」。

　　就純理論研究或策略層面而言，蕭開愚的文學進化論，也許並無太大的不得體。與蕭開愚相比，歐陽江河說得更加通透。歐陽江河，1956 年生於四川瀘州，童年少年時待過大涼山、渡口及新都，1972 年遷居重慶並就讀於第二十一中學，1975 年下鄉（在巴縣），1977 年入伍（在成都），1986 年轉業到省社會科學院，1993 年暫居美國，1997 年定居北京，2014 年調入北京師範大學。1993 年 2 月 25 日，在成都，歐陽江河寫出《89 後國內詩歌寫作：本土氣質、中年特徵與知識分子身份》。這篇長文，恰如標題所示，共有三個關鍵詞。其中「中年特徵」，或「中年寫作」，歐陽江河坦言來自蕭開愚。「中年寫作與羅蘭·巴爾特〔註9〕所說的寫作的秋天狀態極其相似：寫作者的心情在累累果實與遲暮秋風之間、在已逝之物之間〔註10〕、在深信和質疑之間、在關於責任的關係神話和關於自由的個人神話之間、在詞與物的廣泛聯繫和精微考究的幽獨行文之間轉換不已。」〔註11〕筆者會心於詩人採用的動補式詞組，

〔註 8〕趙汀陽、賀照田主編《學術思想評論》第 1 輯，遼寧大學出版社，1997 年版，第 215～234 頁。下引蕭開愚，亦見此文。

〔註 9〕今通譯為「羅蘭·巴特」。

〔註 10〕此句又作「在已逝之物與將逝之物之間」。歐陽江河《站在虛構這邊》，生活·讀書·新知三聯書店 2001 年版，第 56 頁。

〔註 11〕《花城》1994 年第 5 期，第 198 頁。歐陽江河或未親見《大河》1990 年第 1 期，以至於，在言及蕭文時連續出現三處小錯：其一，他認為蕭文刊發於「1989 年夏末」；其二，他認為蕭文「提出了中年寫作」；其三，他把「放棄」訛為「開關」，誤引蕭文標題為《抑制、減速、開關的十年時期》。

「轉換不已」，這個詞組或許意味著文學進化論的失效——運用之妙，存乎一心，一個身手敏捷的箭頭，當不斷往返於兩個或多個年代，不斷往返於兩種或多種寫作模式。錢鍾書堅信既有「唐人之開宋調者」，又有「宋人之有唐音者」〔註 12〕，以此類推，不妨斷言八十年代亦有「中年寫作」，九十年代亦有「青春期寫作」。從錢鍾書到歐陽江河，說得很通透，很圓融，或又痛失了蕭開愚那種擒拿術一般的倔強方向感。

後來的當代文學史顯示，就新詩而言，九十年代或不能比肩於八十年代。這個事實不能佐證「中年寫作」的失效，也不能反證「青春期寫作」的有效。有效還是失效，既取決於寫作模式，又取決於寫作處境。兩者關係，或為水推沙，或為金鑲玉。比如蕭開愚或孫文波在九十年代，當然，就大異於柏樺、胡冬或萬夏在八十年代。很顯然，九十年代有九十年代的孤獨，八十年代有八十年代的金聲玉振：一方面，就整體而言，這是一個思想史意義上的青春期（一個時代的骨盆不斷變寬）；一方面，就個體而言，這是一個成長史意義上的青春期（一撥天才詩人的陰囊同時變紅）。兩個青春期相重疊，相撩撥，相慈愛，相匹配，故而就有彼此爭輝的兩種絕景，就有可一而不可再的無雙絕唱——這撥青春期詩人，這撥天才詩人，齊茬茬地放開了喉嚨，又齊茬茬地捂住了嘴巴。

上文提到了萬夏，那就再說幾句。此君人稱孟嘗君，慷慨急難，所編書刊薈萃各家，乃是本書的箭垛式人物。即便如此，他也必須進入九十年代。萬夏也罷，蕭開愚也罷，這撥天才詩人，從「青年」到「中年」，哪個不是在快馬加鞭？1992 年 3 月，一個星期天，萬夏回了家。衣衫破舊，剃著光頭，既沒繫腰帶，也沒繫鞋帶，城郭如故而觸目皆新。家人都不在，那就找朋友。萬夏住在成都古臥龍橋街，出門右拐向南就是轉輪街——藍馬和劉濤住在這裡，周倫佑、尚仲敏、楊黎、小安、吉木狼格和楊萍不時前來相聚；過了轉輪街就是光華街——馬松爺爺住在這裡，馬松可能正在那個四合院裏蹭吃蹭喝；穿過人民南路就是紅照壁——胡冬住在這裡；出門左拐就是青石橋，青石橋往南就是飛龍巷——石光華住在這裡，宋氏兄弟、劉太亨、張渝、席永君不時前來聚談；應該記住的還有錦熙上街——石光華奶奶和宋氏兄弟奶奶都住在這裡，因而石家與宋家不可能不成為世交；稍遠，就是南一環的跳傘塔，一邊是西南物理研究所，一邊是省軍區大院——翟永明和歐陽江河隔街相望；

〔註 12〕錢鍾書《談藝錄》，中華書局 1984 年版，第 2 頁。

南一環左轉就是東一環，就是四川工人日報社──鍾鳴似乎隨時在這裡等待翟永明、柏樺、歐陽江河或張棗的造訪。如果萬夏站在北大街口，不出幾站路，往南可以找到駱耕野，往西可以找到楊黎，往北可以找到胡冬。如果一直往北，到了火車北站，就可以找到孫文波。廖希去了香港，張棗去了德國，胡冬去了英國，還有幾個留在成都？萬夏已經走到青石橋，對了，這是當時市區最大的花鳥市場。他買了盆蘭花，去見親愛的石光華。大清早，門開了。問：「你找哪個？」答：「我是萬夏。」石光華剛打了一場通宵麻將，當他揉揉眼睛認出老友，馬上招呼諸牌友陪萬夏去吃火鍋。啊，麻將！啊，火鍋！啊，出版商！啊，毛頭小夥子！啊，野丫頭！別鬧了──別鬧了──噓──別鬧了──「生活如此廣闊，為何一定要寫詩？」〔註13〕──快來享受懂了事的中年──快來享受安逸而多金的九十年代……

〔註13〕張棗語。黃燦然《訪談張棗》，《飛地》第 3 輯，海天出版社 2013 年版，第 115 頁。

附錄 巴蜀先鋒詩紀事(1979~1990)

1979 年

不晚於 4 月。駱耕野寫出新詩《不滿》，其後不久組建新星詩社。

6 月。錦江文學社成立於四川大學，《錦江》創刊，第 1 期編者包括龔巧明和瀟瀟，印行三期後停刊。

7 月。楊黎畢業於成都第十三中學；蕭開愚畢業於綿陽中醫學校；席永君畢業於南寶山勞改農場子弟校。

8 月。蕭開愚分配到中江縣城關醫院。

9 月。李亞偉、馬松和胡玉考入南充師範學院；唐亞平考入四川大學；廖希、向以鮮和何衛東考入西南師範學院；二毛考入涪陵師範專科學校；鄧翔和北望考入成都科技大學。

10 月。《星星》復刊於成都。

是年。柏樺寫出新詩《給一個有病的小男孩》；《鼠疫》創刊於成都，編者包括楊黎，印行一期後停刊；宋渠就業於沐川縣農業銀行；何小竹考入涪陵地區歌舞劇團。

1980 年

2 月。1 日，徐敬亞寫出文論《北島的〈回答〉與駱耕野的〈不滿〉》。

春天。《錦江》第 3 期印行。

7 月。20 日，葉延濱、楊牧、梅紹靜參加第 1 屆「青春詩會」；藍馬畢業於西昌衛生學校。

8月。藍馬分配到西昌市月華鄉衛生院。

9月。萬夏考入南充師範學院；胡冬考入四川大學；劉太亨和小安考入第三軍醫大學；郭紹才考入西南師範學院；梁樂考入重慶醫學院。

9月或10月。游小蘇詩集《黑雪》印行，此後其詩集《街燈》《匯府》和《散文詩彙編》陸續印行。

10月前後。游小蘇寫出新詩《金鐘》。

10月。29日，唐亞平寫出組詩《鏡中的女巫》。

11月。8日，普通人文學社成立於西南師範學院，《普通人》創刊未果，《課間文學》創刊，印行五期後停刊。

12月。《星星》第12期推出「天府之國詩會」小輯。

不晚於是年。駱耕野寫出文論《詩和詩人》。

是年。駱耕野寫出組詩《舞迷》；鍾鳴寫出組詩《日車》；周倫佑從西昌地區製藥廠調入西昌農業專科學校圖書館；楊黎就業於成都市工商銀行；宋渠調入沐川縣農業銀行利店鎮營業所；席永君就業於邛崍縣地方國營造紙廠。

1981 年

不晚於3月。駱耕野寫出文論《覺醒者餘墨》。

5月。8日，藍馬寫出長詩《沉淪》；25日，駱耕野新詩《不滿》獲「全國中青年詩人優秀新詩獎」（主辦方為中國作家協會）。

7月。翟永明畢業於成都電訊工程學院；吉木狼格畢業於涼山衛生學校；蔡利華畢業於涪陵水電學校。

8月。翟永明分配到西南物理研究所；吉木狼格分配到西昌市疾控中心；蔡利華分配到酉陽縣水電局。

9月。趙野考入四川大學；尚仲敏考入重慶大學；胡萬俊和鄭單衣考入西南師範學院；燕曉冬、張建明和傅維考入重慶師範學院。

10月。柏樺寫出新詩《表達》。

12月。10日，宋渠宋煒寫出長詩《在天穹下，在土地上》；18日，宋渠宋煒寫出長詩《我從冬天走來》；周倫佑經流沙河推薦參加四川省作家協會文學講習班。

是年。唐亞平寫出新詩《月亮的回憶》《日出》《小院》和《諾言》；北望寫出新詩《我們》（似已佚）；宋渠調入沐川縣工商銀行。

1982 年

1 月。鄧翔寫出新詩《秋天》；《星星》開始連載流沙河系列文論《臺灣詩人十二家》。

3 月。29 日，宋渠宋煒寫出長詩《誕生》；《白色花》（板報）創刊於四川大學，編者為浦寧和趙野。

不晚於 4 月。游小蘇寫出新詩《依然是黃昏》《男人和女人》和《我和我》；彭逸林寫出新詩《城市：突然觸發的一次戀愛》。

4 月。11 日，宋渠宋煒寫出長詩《生活著是美好的：即使苦難曾經浸透大地》；《次生林》創刊於成都，第 1 期編輯為釋極樂（亦即鍾鳴），插圖為張華，木刻為健忠，裝訂為山山（亦即裘山山）、詩筠和晉西，印行一期後改辦為《外國詩選》。

5 月。5 日，四川百人詩會舉辦於樂山（主辦方為星星詩刊社）；11 日，鄧翔寫出新詩《靜物》；13 日，宋渠宋煒寫出長詩《燃燒的生命：一個東方的神話》；14 日，鄧翔寫出新詩《懷舊》；17 日，鄧翔寫出新詩《去年夏天，那彩色的玻璃》；25 日，鄧翔寫出新詩《黑色的風一定在猛烈地吹》。

6 月。21 日，鄧翔寫出新詩《六月的陣雨瞬間就來臨》和《印第安人》；鄧翔寫出新詩《雨中》。

不晚於 7 月。駱耕野寫出長詩《車過秦嶺》。

7 月。1 日，鄧翔寫出新詩《一個漢子》；同日，趙野寫出組詩《隨想》；5 日，鄧翔寫出新詩《唱片》和《男子》；13 日，鄧翔寫出新詩《柔和的眼睛》；14 日，鄧翔寫出新詩《避雨》；柏樺畢業於廣州外語學院；張棗畢業於湖南師範大學；游小蘇畢業於四川大學；鍾鳴畢業於西南師範學院；石光華和宋奔畢業於四川師範學院；郭健畢業於四川大學；宋煒畢業於沐川中學。

8 月。12 日，宋渠宋煒寫出長詩《人碑》；柏樺寫出新詩《震顫》；張棗分配到湖南株洲冶金工業學校；柏樺分配到中國科技情報所重慶分所，不久調入西南農學院；游小蘇分配到四川省交通廳；鍾鳴分配到四川師範學院；石光華分配到成都工農兵中學（第四十六中學）；郭健分配到西南林學院；宋奔分配到沐川中學；二毛分配到酉陽第四中學。

不晚於 9 月。駱耕野寫出長詩《弔圓明園》。

9 月。8 日，郭紹才起草文論《第三代人宣言》，廖希參與討論；30 日，「第三代人詩會」舉辦於西南師範學院（發起人為廖希、胡冬和萬夏），主要

參會者來自四川大學、南充師範學院和西南師範學院；邱正倫考入西南師範學院；胡曉波和溫恕考入四川大學。

10月。8日，郭紹才改定文論《第三代人宣言》，廖希參與討論；21日，宋渠宋煒寫出文論《這是一個需要史詩的時代》。

11月。12日，宋渠宋煒寫出長詩《廢墟上的沉思》；柏樺寫出新詩《抒情詩一首》。

是年。鍾鳴寫出新詩《飛鳥》《紅茶菌》和《跳房》；鍾鳴詩集《日車》印行；周倫佑借調到星星詩刊社。

1983 年

1月。10日，郭紹才寫出新詩《致北島或致第二代人》；21日，宋渠宋煒寫出長詩《東方人》；唐亞平寫出新詩《死海》。

3月。11日，鄧翔寫出新詩《故事》和《初雪》；25日，鄧翔寫出新詩《我們相愛》和《我們相愛，是藍色的》；廖希寫出新詩《給大森林來的孩子》；郭紹才寫出文論《第三代人——作為潛流的創作群》（似已佚）。

4月。15日，李鋼、龍郁、張建華參加第3屆「青春詩會」；21日，宋渠宋煒寫出長詩《大佛》；周倫佑參加四川省首屆青年創作積極分子代表大會。

春天。駱耕野寫出組詩《大海傳奇》。

5月前後。馬松被南充師範學院退學。

5月。20日，宋渠宋煒寫出長詩《孩子們玩耍著大西北》。

6月。12日，成都大學生詩歌藝術聯合會成立；唐亞平寫出組詩《田園曲》。

7月。19日，石光華寫出組詩《東方古歌》；郭紹才寫出新詩《贈別》。

夏天。宋渠宋煒長詩集《給一個民族的獻詩》印行。

7月或8月。胡冬組團赴神農架開展科學考察。

不晚於8月。唐亞平寫出新詩《悼亡》；北望寫出長詩《城牆》和《無題》；胡曉波寫出長詩《故鄉》。

8月。17日，宋奔寫出文論《給渠煒的一封信》；《第三代人》（詩刊）創刊於成都，名義主編為趙野，執行主編為北望，印行一期後停刊；李亞偉分配到酉陽第三中學；小安分配到西南醫院；唐亞平分配到鐵道部第五工程局黨校；鄧翔分配到葛洲壩電廠；廖希分配到成都西鄉路中學；何衛東留西南

師範學院任教；北望分配到秦安國營第八七一廠。

9 月。6 日，歐陽江河寫出新詩《天鵝之死》；8 日，蔡利華寫出組詩《曼陀鈴》；12 日，石光華寫出組詩《黑白光》；向以鮮開寫大型組詩《石頭動物園》；鍾鳴寫出新詩《伐木工》《白蝴蝶》和《堆沙的孩子》；駱耕野詩集《不滿》出版（湖南人民出版社）；張棗考入四川外語學院（就讀英美文學專業碩士研究生）；唐丹鴻考入四川大學；向以鮮考入南開大學（從王達津就讀古典文學專業碩士研究生）；王琪博考入重慶大學。

10 月。唐亞平寫出新詩《分泌出山泉的夢》。

11 月。26 日，宋渠宋煒寫出組詩《紅與黑的時辰》。

12 月。10 日，石光華寫出長詩《雪夜，北方的柴門前》。

是年。楊黎寫出長詩《怪客》和《中午》；向以鮮寫出文論《潤州詩派考》和《神秘的陶罐》；《然而》創刊於成都，編者包括楊黎，印行三期後停刊；藍馬調入西昌市衛生局。

1984 年

1 月。胡冬寫出新詩《我想乘上一艘慢船到巴黎去》和《女人》；胡冬在成都命名「莽漢」，萬夏或參與討論。

2 月。12 日，周倫佑寫出新詩《狼谷》；25 日，萬夏寫出新詩《青油燈》；29 日，宋渠宋煒寫出長詩《讚美》；唐亞平寫出長詩《二月的湖》。

2 月或 3 月。李亞偉寫出新詩《蘇東坡和他的朋友們》《我是中國》和《老張和遮天蔽日的愛情》。

3 月。23 日，石光華寫出長詩《混沌之初》；柏樺寫出新詩《海的夏天》；柏樺無題詩集印行（藍色封面），助印者為周忠陵。

4 月。10 日，胡玉寫出新詩《血肉之軀》；14 日，石光華完成文論《摘自給友人的一封信》；張棗寫出新詩《白日六章》和《春天》；唐亞平寫出新詩《征服》《在你的懷抱裏我要沉睡一百個冬天》《四月裏沒有神話》和《從此我有了山的命運》；尚仲敏寫出新詩《鋼鐵是怎樣煉成的》；張棗詩集《十月詩選》印行，不久其詩集《蘋果樹林》印行（似已佚），助印者皆為周忠陵；萬夏詩集《打擊樂》印行（似已佚）。

春天。柏樺寫出新詩《春天》；石光華詩集《企及磁心》印行，不久其詩集《圓境》印行（似已佚）。

5 月。1 日，田家鵬、余以建、L 參加第 4 屆「青春詩會」；11 日，胡玉寫出新詩《男人的求婚宣言書》；12 日，馬松寫出長詩《我們流浪漢》；柏樺寫出新詩《或別的東西》；唐亞平寫出長詩《五月的湖》；尚仲敏寫出新詩《我對你說》。

6 月。唐亞平寫出新詩《夏雨是豪爽女人》和組詩《頂禮高原》。

7 月。25 日，宋渠宋煒寫出長詩《頌辭（一首關於雪山人神的抒情詩）》；26 日，周倫佑寫出長詩《帶貓頭鷹的男人》；李亞偉寫出新詩《硬漢》；唐亞平寫出新詩《要幸福就幸福得透出光輝》《月亮的歡樂》《山麓少女》和《向日葵不知去向》；尚仲敏寫出新詩《我在等一個人想不起她的名字》；溫恕寫出新詩《不會太久》；胡玉寫出新詩《風景》。

8 月。3 日至 16 日，石光華在沐川命名「整體主義」，宋渠宋煒參與談論；24 日，馬松寫出新詩《生日》；柏樺寫出新詩《再見，夏天》；馬松寫出新詩《咖啡館》；胡玉寫出長詩《大鼓連奏》；胡冬分配到天津市和平區文化館；萬夏拒絕分配直入江湖；郭紹才分配到重慶衛生學校。

9 月。25 日，陳小蘩寫出長詩《情感 B 大調》；歐陽江河寫出長詩《懸棺》。

10 月。15 日，石光華寫出長詩《囈鷹》；24 日，周倫佑寫出文論《現代詩的想象形式》；唐亞平寫出新詩《秋天的花是不會凋謝的》。

秋天。柏樺寫出新詩《光榮的夏天》和《懸崖》；宋渠宋煒長詩集《詩稿》印行。

11 月。9 日，楊遠宏寫出新詩《射線》；李亞偉寫出新詩《中文系》；海子寫出新詩《黑森林──給渠煒》；翟永明詩集《女人》印行；四川省青年詩人協會成立，會長為駱耕野，副會長為周倫佑、歐陽江河和黎正光，秘書長為周倫佑，副秘書長有萬夏、楊黎和趙野，後來萬夏等三位副秘書長發動事變，重新選舉副會長為楊黎和趙野，秘書長為萬夏。

秋冬。張棗寫出新詩《鏡中》和《何人斯》。

12 月。5 日，張棗寫出新詩《題辭》和《等待》；黎正光寫出長詩《臥佛》；周倫佑詩集《狼谷》印行；海子詩集《傳說──獻給中國大地上為史詩而努力的人們》印行，收有自序《民間主題》，此詩此序與沐川宋氏兄弟大有關聯。

冬天。柏樺寫出新詩《夏天還很遠》《惟有舊日子帶給我們幸福》和《等待》。

是年。翟永明寫出組詩《女人》；張棗寫出新詩《蘋果樹林》和《早晨的風暴》；楊黎寫出新詩《街景》《小鎮》《紅色日記》《有一條河》和《鳳向》；鄭單衣寫出新詩《下雪的夜晚》和《憂傷》；胡玉寫出新詩《我看我還年輕得很》；趙野寫出新詩《老樹》；楊政寫出新詩《少年往事》和《那年我們去鄉下》；鍾鳴開寫學術隨筆集《頹廢者研究》（後中斷），寫出隨筆《山上訓眾——死亡研究》；李亞偉等人詩合集《恐龍蛋》印行；二毛詩集《獵人》《實驗詩十首》和《四根詩》印行；荒原文學社成立於重慶大學，《荒原》創刊，社長及主編為尚仲敏；楊黎從成都市工商銀行辭職；鍾鳴調入四川工人日報社；鄧翔調入西南石油學院；唐亞平調入貴州電視臺；郭健調入四川省社科院。

1985 年

不晚於 1 月。柏樺寫出文論《我的詩觀》；翟永明寫出文論《談談我的詩觀》。

1 月。6 日，重慶市大學生聯合詩社成立於西南師範學院，名譽社長為於漢卿（時為市長）和方敬，社長為胡萬俊，副社長為張建明，秘書長為燕曉冬；12 日，蔡利華寫出新詩《在長沙》；15 日，蔡利華寫出新詩《火車上》；21 日，張棗寫出新詩《故園》；24 日，翟永明寫出文論《黑夜的意識》；張棗寫出新詩《維昂納爾：追憶似水年華》；鄭單衣寫出新詩《妹妹》。

2 月。20 日，石光華寫出組詩《結束之遁》。

2 月或 3 月。《新詩潮詩集》和《青年詩人談詩》印行，編選者為老木，收錄多家巴蜀青年詩人。

不晚於 3 月。燕曉冬寫出新詩《到我房間裏來坐一坐》和《有二位藍色的朋友》；尚仲敏寫出新詩《孩子氣的你》；柏樺寫出文論《新詩漫談》；燕曉冬寫出文論《舉起帥旗，開拓「大學生詩派」——重慶市大學生聯合詩社成立簡報》；張建明寫出文論《重慶市大學生聯合詩社宣言》。

3 月。19 日，歐陽江河寫出新詩《蛇》；25 日，《大學生詩報》創刊於重慶，第 1 期主編為燕曉東和張建明，印行四期後停刊；《大學生詩報》第 2 期印行，主編為鄭單衣；北島、馬高明和彭燕郊來重慶並與柏樺和張棗等聚談。

不晚於 4 月。駱耕野寫出新詩《等待》；宋渠宋煒寫出長詩《靜和》；萬夏寫出長詩《鯨婦》；胡曉波寫出長詩《玫瑰 1 號》。

4月。5日，歐陽江河寫出文論《關於現代詩的隨想》；10日，溫恕寫出新詩《無題》；溫恕寫出新詩《另有一種喧囂》；胡玉寫出長詩《渴望生活》；張棗譯出榮格（Carl Gustav Jung）文論《論詩人》；《現代詩內部交流資料》創刊於成都，主編為萬夏，副主編為楊黎和趙野，責任編輯為宋煒、胡冬、趙野、石光華、萬夏、楊黎和王谷，刊出簡訊《四川省青年詩人協會簡介》《整體主義與詩人》和《莽漢主義》，印行一期後停刊。

春天。柏樺寫出新詩《三月》《下午》《家居》和《書》；李亞偉寫出組詩《酒巷》。

4月前後。《大學生詩報》第3期印行，主編為邱正倫；周倫佑多次舉辦現代詩講座於西昌市工人文化宮。

不晚於5月。彭逸林寫出組詩《雅歌》。

5月。1日，尚仲敏寫出新詩《關於大學生詩報的出版及其他》；5日，尚仲敏寫出新詩《今年七月我大學畢業》；《日日新》創刊於重慶，第1期主編為柏樺和周忠陵，編委為張棗、江河（歐陽江河）、彭逸林、柏樺、周忠陵和陳樂陵，印行一期後停刊；周倫佐和周倫佑赴成都、重慶、武漢各高校講學。

不晚於6月。燕曉冬寫出新詩《第101首詩》和《詩嚇啞了的男人我》；尚仲敏和燕曉冬寫出文論《對現存詩歌審美觀念的毀滅性突破——談大學生詩派》。

6月。5日，楊遠宏寫出新詩《我們》；8日，《大學生詩報》第4期印行，主編為燕曉冬和尚仲敏；11日，何小竹寫出組詩《巴國王》；14日，楊遠宏寫出長詩《極光》；歐陽江河寫出新詩《陽光中的蘋果樹》；周倫佑寫出文論《現代詩歌中的意象創造》；《現代詩報》創刊於重慶，第1期編者為桑子（亦即鄭單衣）和王凡，印行兩期後停刊（第2期編者為劉大成）；《當代大學生抒情詩》出版（四川文藝出版社），收錄多家巴蜀青年詩人。

不晚於7月。楊黎寫出長詩《十二個時刻和一聲輕輕的尖叫》；馬松寫出長詩《最後》；二毛寫出長詩《銅像》；胡曉波寫出新詩《空房》。

7月。19日，周倫佑寫出長詩《人日》；31日，何小竹寫出新詩《菖蒲》；溫恕寫出新詩《黃昏》；《中國當代實驗詩歌》創刊於涪陵，第1期主編為楊順禮和雷鳴雛，編輯為陳樂陵、李亞偉、萬夏和L，印行一期後停刊。

7月前後。廖希詩集《斷想》印行。

　　8月。3日，李亞偉寫出長詩《困獸》；5日，唐亞平、陳紹陟參加第5屆「青春詩會」。李亞偉寫出長詩《盲虎》和《行者》；唐亞平寫出新詩《獵歌》；燕曉冬分配到華鎣光學儀器廠，不久辭職；尚仲敏分配到水利部；鄭單衣分配到貴州農學院；劉太亨分配到西南醫院；傅維分配到重慶重型汽車職工大學；梁樂拒絕分配應聘到十堰市婦幼保健院；胡萬俊分配到重慶晚報社；張建明分配到西昌師範專科學校；廖希移居香港。

　　8月前後。萬夏長詩《梟王》印行。

　　9月。吉狄馬加詩集《初戀的歌》出版（四川民族出版社）；楊政考入四川大學。

　　10月。30日，唐亞平寫出長詩《銅鏡與拉鍊》；同日，胡玉寫出長詩《蒼茫時刻》；同日，「龐德（Ezra Pound）誕辰一百週年紀念會」舉辦於重慶市圖書館，發起人包括張棗；31日，席永君寫出組詩《眾妙之門》；唐亞平寫出新詩《鵝卵石與狗尾草》；《第三代人》（詩報）創刊於邛崍，責任編輯為何潔民，印行一期後停刊。

　　秋天。柏樺寫出新詩《秋天》和《魚》；張棗寫出新詩《秋天的戲劇》；李亞偉寫出新詩《一個劍客是怎樣中劍的》。

　　11月。歐陽江河寫出新詩《手槍》。

　　12月。翟永明寫出長詩《靜安莊》。

　　歲末。何小竹寫出新詩《對於巫術的解釋》；宋渠宋煒寫出文論《作為生命存在的詩歌》（乃是《意圖：1985》之局部）。

　　冬天。胡玉寫出新詩《根》。

　　是年。柏樺寫出新詩《道理》《名字》《途中》《浪子》《民國的下午》《誰》《奈何天》和《在秋天》；李亞偉寫出組詩《棋局》和《峽谷酒店》；唐亞平寫出組詩《黑色沙漠》；翟永明寫出新詩《迷途的女人》；鄭單衣寫出新詩《態度》《春天》和《成長，永無休止的成長》；胡冬寫出組詩《九行詩》；趙野寫出新詩《阿蘭》和組詩《河》；小安寫出新詩《沒有什麼的夜晚》；何小竹寫出新詩《夢見蘋果和魚的安》；杜喬寫出新詩《男性河》；郭紹才寫出組詩《成群的自白》；楊政寫出新詩《風》和《給阿水的詩》。

　　是年前後。歐陽江河寫出文論《受控的成長——略論南方詩歌的發展，兼論幾位四川詩人的創作》，翟永明參與討論，鍾鳴和孫文波參與起草。

1986 年

1 月。6 日，胡玉寫出長詩《第二十四號肖像》；29 日，周倫佑寫出新詩《遠足》；溫恕寫出新詩《偶然》；二毛寫出新詩《握手》。

不晚於 2 月。尚仲敏寫出文論《談第二次浪潮》；白航寫出文論《天府詩群圖》。

2 月。5 日，周倫佑寫出新詩《第二道假門》；7 日，周倫佑寫出新詩《埃及的麥子》；28 日，周倫佑寫出文論《當代青年詩歌運動第二浪潮與新的挑戰》。

不晚於 3 月。燕曉冬寫出新詩《我往回走》和《劉燕找工作及其他》；尚仲敏寫出新詩《夏季來時》《小時候》和《牆》；王琪博寫出新詩《阿博和阿明的命運》和《戀愛辯證心理》。

3 月。4 日，溫恕寫出新詩《致 LZ》；7 日，尚仲敏寫出新詩《海》；10 日，尚仲敏寫出新詩《朋友》；11 日，楊遠宏寫出新詩《時差》；13 日，楊遠宏寫出新詩《錯》和《遠村》；15 日，楊遠宏寫出新詩《通感》；16 日，柏樺寫出新詩《望氣的人》；20 日，《中國當代詩歌報》創刊於成都，第 1 期主編為王琪博和尚仲敏，印行一期後停刊；22 日，何小竹寫出新詩《人頭和鳥》；溫恕寫出新詩《那年夏天》；《星星》第 3 期推出「流派詩專號（四川）」。

4 月。2 日，歐陽江河寫出新詩《放學的女孩》；5 日，周倫佑寫出新詩《十三級臺階》；10 日或 14 日，周倫佑在西昌命名「非非主義」，藍馬參與討論；19 日，尚仲敏寫出新詩《四月十九日》；同日，楊遠宏寫出新詩《尋根》；20 日，《關東文學》第 4 期闢出「第三代詩會」欄目，以後該刊陸續刊出多家巴蜀青年詩人；23 日，尚仲敏寫出新詩《卡爾·馬克思》；24 日，尚仲敏寫出新詩《獵人阿金》；歐陽江河寫出新詩《蕭斯塔科維奇：等待槍殺》；劉太亨寫出組詩《生物》；二毛寫出新詩《序詩》；胡玉寫出新詩《南方》。

春天。柏樺寫出新詩《態度》《印度的局勢在一個夏天平息》和《李後主》。

初夏。駱耕野寫出長詩《再生》；李亞偉開寫組詩《酒之路》。

不晚於 5 月。何小竹寫出新詩《葬禮上看見那隻紅公雞的安》《雞毛》《梅花的預感》《牌局》《一種語言》和《大紅袍》；蕭開愚寫出文論《以詩的名義——從〈星星〉流派詩專號談起》。

　　5 月。2 日，周倫佑寫出文論《變構：當代藝術啟示錄》；11 日，馬松寫出新詩《殺進夏天》；19 日，馬松寫出新詩《空虛》；同日，吉木狼格寫出新詩《側面》；22 日，楊遠宏寫出新詩《象徵》；27 日，蔡利華寫出新詩《電梯獨舞》；28 日，敬曉東寫出新詩《一種有關此時此地的閒話》；萬夏寫出組詩《給 S 氏姐妹的抒情詩六首》；尚仲敏寫出新詩《橋牌名將鄧小平》和《寫信──致燕曉冬》；歐陽江河寫出新詩《我們》；唐亞平寫出新詩《老海》和《黑紗》；二毛寫出新詩《流行性感冒》和《照照鏡子》；藍馬寫出文論《前文化導言》（第五節即《非非主義宣言》）；周倫佑和藍馬寫出文論《非非主義詩歌方法》和《非非主義小辭典》；漢詩編委會寫出文論《漢詩自序》（疑為石光華執筆）。

　　6 月。12 日，郭紹才寫出組詩《端午》；18 日，中國新詩研究所設立於西南師範大學，所長為呂進；唐亞平寫出新詩《誰對你說》；二毛寫出新詩《小酒店》。

　　不晚於 7 月。劉濤、凡凡和楊萍寫出文論《非非主義與中國新詩流派的前途》；嚴之寫出文論《新的意識背景和語言態度──淺析楊黎詩歌的可行性實驗》。

　　7 月。15 日，「四川詩人小輯」刊於《大拇指》（香港）總第 218 期，組稿者為廖希和葉輝；劉太亨寫出長詩《載國的女》；張渝寫出長詩《巴土》；《非非》創刊於西昌（印行於成都），第 1 期主編為周倫佑，理論副主編為藍馬，作品副主編為楊黎和敬曉東，評論副主編為尚仲敏，印行四期後暫停刊；《新穗詩刊》（香港）第 6 期刊出「大學生詩派」小輯。

　　8 月。10 日，宋渠宋煒寫出組詩《家語：昨夜洗陶的消息》（乃是組詩《塗在南風地》之局部）；15 日，周倫佑寫出文論《論第二詩界》；16 日，藍馬寫出文論《新文化誕生的前兆》；24 日，于堅、阿吾、翟永明、吉狄馬加參加第 6 屆「青春詩會」。25 日，尚仲敏赴蘭州和敦煌參加「中國新詩理論研討會」；同日，李亞偉寫出文論《莽漢宣言》；28 日，《非非評論》（報紙）創刊於西昌，編者為周倫佑、藍馬和楊黎，印行兩期後暫停刊；《探索詩集》出版（上海文藝出版社），收錄多家巴蜀青年詩人；唐丹鴻分配到華西醫科大學圖書館；趙野分配到中國科技情報所重慶分所；向以鮮分配到四川大學；邱正倫留西南師範學院任教；胡曉波分配到四川省社科院。

　　8 月前後。石光華寫出文論《提要：整體原則》（乃是《東方的抽象》之導言）。

9月。7日，歐陽江河寫出新詩《整個天空都是海水》；12日，《深圳青年報》總第 173 期推出「第三代詩」專版；16日，何小竹寫出長詩《第馬著歐的城》；溫恕寫出新詩《秋》；柏樺考入四川大學（從龔翰熊就讀西方文學思潮專業碩士研究生）；張棗經香港赴德國；傅維進修於四川大學。

不晚於 10 月。黃燦然寫出新詩《致燕曉冬》。

10月。3日，歐陽江河寫出新詩《公開的獨白——悼念埃茲拉‧龐德》；6日，「中國新時期詩歌研討會」舉辦於重慶，主辦方為中國新詩研究所；16日，歐陽江河寫出新詩《紙上的秋天》；21日，《詩歌報》總第 51 期推出「莽漢主義」「新傳統主義」「群岩突破主義」和「新感覺派」等巴蜀詩群小輯，刊出《莽漢宣言》（李亞偉執筆）；同日，《深圳青年報》總第 184 期推出「非非主義」「大學生詩派」和「九行詩」等巴蜀詩群小輯，刊出《非非主義宣言》（周倫佑和藍馬執筆）和《大學生詩派宣言》（尚仲敏執筆）；24日，《深圳青年報》總第 185 期推出「四川五君」「整體主義」「自由魂」「無派之派」和「莫名其妙」等巴蜀詩群小輯，刊出《五君說》（孫文波執筆）和《整體主義者如是說》（疑為宋渠宋煒執筆）；柏樺寫出新詩《在清朝》和《痛》；翟永明寫出長詩《肖像》。

秋天。柏樺寫出新詩《秋天的武器》；李亞偉寫出長詩《我和你》。

11月。13日，張棗寫出新詩《刺客之歌》；24日，徐敬亞寫出長篇文論《圭臬之死》，論及多家巴蜀青年詩人；25日，《中國詩人》（詩報）創刊於重慶，主辦方為現在派詩歌研究學會，主編為夏陽和燕曉冬，刊出《現在派宣言》；《星星》第 11 期推出「中國詩歌社團詩選」專號；柏樺寫出新詩《側影》；溫恕寫出新詩《風》。

不晚於 12 月。楊黎寫出長詩《如女》；石光華寫出組詩《門前雪》；萬夏寫出新詩《瘋鐘》《繫辭》《白馬》《隱夢》和《空谷》；李亞偉寫出長詩《闖蕩江湖：1986》。

12月。6日，「星星詩歌節」舉辦於成都，主辦方為星星詩刊社，舒婷、北島、顧城、葉文福、傅天琳和李鋼應邀入蜀；22日，周倫佑寫出長詩《自由方塊》；劉太亨寫出組詩《樹的門人》；溫恕寫出新詩《抒情詩三首》；孫文波寫出長詩《村莊》；宋渠宋煒寫出文論《導書》（乃是《可能的超越 ──整體主義藝術論》之導言）；李亞偉寫出文論《莽漢手段》；唐曉渡寫出文論《女性詩歌：從黑夜到白晝——讀翟永明的組詩〈女人〉》；《漢詩》創刊於成都

（印行於重慶），印行兩期後停刊；《中外詩歌交流與研究》創刊於重慶，主辦方為中國新詩研究所。

冬天。尚仲敏寫出文論《從 A 到 K：我的幾點想法》；謝冕寫出文論《美麗的遁逸——論中國後新詩潮》，論及多家巴蜀青年詩人。

是年。柏樺寫出新詩《黃昏》《青春》和《犧牲品》；張棗寫出新詩《穿上最美麗的衣裳》；歐陽江河寫出組詩《人物或反人物》和《烏托邦》；翟永明寫出新詩《頭髮被你剪去！》《我對你說》《白色的走廊》和組詩《人生在世》；李亞偉寫出組詩《太子、刺客和美人》；鄭單衣寫出新詩《一棵樹在秋天》和《來到世上的鳥》；胡玉寫出新詩《決鬥》；趙野寫出新詩《感覺》《此刻，你一定願意》《忠實的河流》和《四月的遊戲》；小安寫出新詩《種煙葉的女人》；宋渠宋煒寫出長詩《大曰是》；梁樂寫出長詩《擂臺》；蕭開愚寫出新詩《晚餐》和《陟岵之歌》；徐永寫出新詩《矮種馬》《竹籃》和《山中黎明》；楊黎寫出文論《比喻止步》和《激情止步》；郭紹才詩集《三月謠曲》印行；歐陽江河轉業到四川省社科院；翟永明從西南物理研究所辭職；尚仲敏調入成都電力勘測設計院。

1987 年

1 月。9 日，劉濤寫出組詩《披羊皮的女人》；14 日，張棗寫出新詩《死亡的比喻》；18 日，張棗寫出新詩《薄暮時分的雪》；張棗寫出新詩《選擇》；鄭單衣寫出新詩《南中國海》；藍馬寫出新詩《六八四十八》；《當代詩歌》第 1 期推出「非非主義」小輯，刊出《非非主義簡介》（司徒閔執筆）。

從 1 月到 3 月。《詩選刊》陸續推出「1986 年中國現代主義詩歌群體展覽」，刊出多家巴蜀青年詩人。

2 月。1 日，張棗寫出新詩《夜半的聲音》；21 日，溫恕寫出新詩《致小弋》。

初春。何小竹寫出組詩《第馬著歐的寓言》。

不晚於 3 月。石光華寫出文論《整體主義緣起》；宋渠宋煒寫出文論《與現代詩有關的兩則筆記》。

3 月。7 日，張棗寫出新詩《麓山的回憶》；同日，敬曉東寫出長詩《圖書館》；9 日，張棗寫出新詩《老師》；同日，何小竹寫出文論《鱉魚之路》；12 日，張棗寫出新詩《白天的天鵝》；13 日，張棗寫出新詩《惜別莫尼卡》；

14 日，阿吾寫出新詩《對一個物體的描述》；21 日，宋渠宋煒寫出組詩《黃庭內照》；28 日，尚仲敏寫出新詩《生日》；鍾鳴寫出新詩《垓下誦史》；藍馬寫出文論《前文化系列還原文譜》和《語言作品中的語言事件及其集合》。

不晚於 4 月。石光華寫出長詩《偈語》；二毛寫出新詩《沼澤地》《斜塔》和《暗影》。

4 月。2 日，溫恕寫出新詩《多少次我想像老年》；27 日，宋渠宋煒寫出組詩《家語》；溫恕寫出新詩《如今我已知道》；郭紹才開寫組歌《條條大路通向朋友的家》；謝冕寫出文論《再生：悲哀的祈願——駱耕野〈再生〉序》。

春天。駱耕野寫出組詩《季候與風箏》；柏樺寫出新詩《我歌唱生長的骨頭》；柏樺被四川大學退學。

初夏。巴鐵寫出文論《「巴蜀現代詩群」論》；《巴蜀現代詩群》創刊，執行編輯為 L，特約編輯為何小竹、周忠陵和巴鐵，印行一期後停刊。

5 月。1 日，尚仲敏寫出新詩《獻給博爾赫斯》；鍾鳴寫出新詩《落花》《水仙》和《磨坊》；溫恕寫出新詩《致意》。

不晚於 6 月。楊黎寫出長詩《高處》《後面》《對話》和《風向》；吉木狼格寫出新詩《懷疑駱駝》《紅狐狸的樹》《晚安》和《陌生人》；劉濤寫出長詩《阿維尼翁》；陳小蘩寫出長詩《橡皮獵人》。

6 月。11 日，尚仲敏寫出新詩《現狀》；12 日，張棗寫出新詩《楚王夢雨》；13 日，尚仲敏寫出新詩《面龐》；15 日，尚仲敏寫出新詩《形勢》；20 日，《關東文學》第 6 期推出「第三代詩」專輯；鍾鳴寫出新詩《在我與戽水者之間》《背》和《著急的蝴蝶》；尚仲敏寫出新詩《街頭的少女之歌》；《非非》第 2 期印行，主編為周倫佑，理論副主編為藍馬，作品副主編為楊黎和劉濤，評論副主編為尚仲敏和敬曉東；唐亞平詩集《荒蠻月亮》出版（貴州人民出版社）；《中國當代實驗詩選》出版（春風文藝出版社），編選者為唐曉渡和王家新，收錄多家巴蜀青年詩人；王琪博被重慶大學退學。

不晚於 7 月。陳超寫出文論《非非：新藝術大陸的發現》。

7 月。15 日，溫恕寫出新詩《向日葵》；歐陽江河寫出新詩《漢英之間》；胡冬寫出新詩《練習》；劉太亨寫出新詩《水的事蹟》《雪月與鳥》和《懷病的詩》；《非非評論》第 2 期印行。

夏天。石光華寫出新詩《煉氣士》；梁樂寫出新詩《第二十三個夏天》。

8 月。9 日，溫恕寫出新詩《無題》；12 日，溫恕寫出新詩《往事》；24 日

歐陽江河參加第 7 屆「青春詩會」；25 日，尚仲敏寫出新詩《生命》；柏樺寫出新詩《群眾的夏天》。

9 月。2 日，溫恕寫出新詩《致 HL》；6 日，歐陽江河寫出新詩《玻璃工廠》；10 日，尚仲敏寫出新詩《歌唱》；15 日，張棗寫出新詩《三隻蝴蝶》；尚仲敏寫出新詩《杜甫》；鍾鳴寫出組詩《坐的藝術》（含《中國雜技：硬椅子》）。

10 月。4 日，張棗寫出新詩《與夜蛾談犧牲》；5 日，尚仲敏寫出新詩《讀書》；10 日，周倫佑寫出文論《語言的奴隸與詩的自覺》；13 日，溫恕寫出新詩《聲音》；15 日，周倫佐寫出文論《當代文化運動與第三文化》；25 日，尚仲敏寫出新詩《詩人》；萬夏寫出組詩《關於農事的五首詩》；周倫佑寫出長詩《頭像（一幅畫的完成）》；翟永明寫出新詩《房東！房東！》；鍾鳴寫出組詩《沒有時態的女人》；溫恕寫出新詩《十月》；郭紹才寫出組詩《九首抒情詩》；孫文波寫出新詩《十二月》；《當代大學生抒情詩精選》出版（四川大學出版社），編者為董小玉和周安平，收錄多家巴蜀青年詩人。

秋天。萬夏寫出詩性小說《喪》；阿吾寫出新詩《相聲專場》；席永君寫出長詩《魚鳧》。

11 月。1 日，周倫佑寫出文論《「第三浪潮」與第三代詩人》；6 日，尚仲敏寫出新詩《寫作》；8 日，尚仲敏寫出新詩《後代》；14 日，張棗寫出新詩《別了，威茨堡》；柏樺寫出新詩《冬日和男孩》《獻給曼傑斯塔姆》和《美人》；歐陽江河寫出新詩《冷血的秋天》；孫文波寫出新詩《歌頌》；歐陽江河寫出文論《西爾維亞‧普拉斯與死亡玄學》。

12 月。5 日，周倫佑、藍馬和楊黎參加「北京大學首屆文化藝術節」；15 日，楊遠宏寫出文論《詩的自覺與詩人的迷失》；16 日，張棗寫出新詩《你認識的所有的人……》和《為幸福而歌》；柏樺寫出新詩《瓊斯敦》；鍾鳴寫出長篇隨筆《天堂之水》。

冬天。柏樺寫出新詩《這寒冷值得紀念》。

年底。《紅旗》創刊於成都，編輯為孫文波、漆維（傅維）、向以鮮和潘家柱，印行四期後停刊；席永君詩集《中國的風水》印行。

不晚於是年。張棗寫出新詩《南京》《十月之水》《姨》《深秋的故事》《早春二月》《虹》《黃昏》和《鄧南遮的金魚》；梁樂寫出新詩《祖父》；向以鮮寫出新詩《割玻璃的人》《水上人》和《水果》；傅維寫出新詩《不再歸去》《致妻》

和《冬天》；孫文波寫出新詩《秋天》《一席之地》和《黃昏》。

　　是年。萬夏寫出新詩《本質》；李亞偉寫出組詩《好色的詩》；柏樺寫出新詩《恨》；歐陽江河寫出長詩《聆聽》；翟永明寫出新詩《綠房間》和長詩《死亡的圖案》；鄭單衣寫出新詩《一首獻給亞亞的秋歌》和《遠離啊，遠離這個秋天》；藍馬寫出新詩《凸與凹》和《某某》；唐亞平寫出新詩《心境》；趙野寫出新詩《二月》《我們總是走向同一地方》《卡斯蒂利亞的河流》《有多少可能》和《冬天》；石光華寫出新詩《桑》；孫文波寫出新詩《十四行詩組》；文康寫出新詩《獨幕劇》；楊政寫出新詩《大雨》《秋天》和《冬日的懷念》；《紅旗》第 2 期印行；張棗進入德國威茨堡大學；藍馬調入成都市新都縣文化館；尚仲敏調入成都水力發電學校；小安轉業到成都市第四人民醫院；宋渠調入沐川縣文化館；孫文波從四川建築機械廠辭職。

1988 年

　　1 月。8 日，楊遠宏寫出文論《現代詩：對語言、言語格局的觸犯》；18 日，張棗寫出新詩《雲天》；石光華寫出文論《重合的境界——萬夏小說〈喪〉的意識和語言分析》。

　　不晚於 2 月。歐陽江河寫出文論《也談口語詩》。

　　2 月。10 日，蔡利華寫出新詩《內參》；楊黎寫出文論《聲音的發現》，在此前後寫出系列文論《立場》。

　　3 月。2 日，鍾鳴寫出新詩《鹿，雪》；5 日，周倫佑寫出文論《第三代詩論》；8 日，周倫佑從西昌農業專科學校圖書館辭職；22 日，尚仲敏寫出新詩《告別》；25 日，尚仲敏寫出新詩《祖國》；30 日，蔡利華寫出新詩《肢解》；萬夏寫出詩性小說《宿疾》；宋渠宋煒寫出組詩《下南道：一次閒居的詩紀》；劉太亨寫出組詩《府上生活》；尚仲敏寫出新詩《春天》；郭紹才寫出新詩《我在北碚的美好時光》；柏樺詩集《表達》出版（灕江出版社）；翟永明詩集《女人》出版（灕江出版社）；海子到成都，去沐川，並與若干蜀中青年詩人聚談。

　　不晚於 4 月。楊黎寫出長詩《後怪客》；馬松寫出新詩《在冬天》；劉濤寫出組詩《手寫體》；二毛寫出新詩《願望》《為我們活著乾杯》和《太陽出來紅又紅》；李亞偉寫出文論《我對詩的一些看法》；楊黎寫出文論《之後》；蕭開愚寫出文論《三段話》。

　　4月。14日，歐陽江河寫出新詩《美人》；20日，《關東文學》第4期推出「第三代詩」專號；23日，藍馬寫出長詩《世的界》；26日，張棗寫出新詩《蝴蝶》；27日，張棗寫出新詩《木蘭樹》和《此時此刻》；28日，周倫佑、藍馬、楊黎和尚仲敏寫出對話《第三代詩：對混亂的澄清》；李亞偉寫出組詩《天》；翟永明寫出新詩《吃魚的日子》；鍾鳴寫出新詩《小蟲，甜食》《塔，夜梟》《傑弗斯和他的鷹》和《懿公和他的鶴》；尚仲敏寫出新詩《四月》；楊遠宏寫出新詩《藝術家》。

　　春天。李亞偉寫出組詩《島‧陸地‧天》；宋渠宋煒寫出文論《〈喪〉：一部形而上話本的實境構造》。

　　不晚於5月。彭逸林寫出新詩《下午‧父親》；歐陽江河寫出文論《從三個視點看今日中國詩壇》。

　　5月。1日，楊遠宏寫出新詩《夏日記事》；5日，張棗寫出新詩《望遠鏡》；10日，張棗寫出新詩《娟娟》；17日，馬松寫出新詩《懷念春天》；18日，張棗寫出新詩《風向標》；20日，張棗寫出新詩《桃花園》；楊遠宏寫出新詩《日常印象》；周倫佑赴淮陰、揚州、南京參加「全國當代新詩理論研討會」。

　　不晚於6月。二毛寫出新詩《女朋友》和《他和烤鴨》；楊黎寫出新詩《撒哈拉沙漠上的三張紙牌》；石光華寫出文論《語言內外——中國詩歌現象談》。

　　6月。8日，尚仲敏寫出新詩《老虎》；9日，蔡利華寫出新詩《蟲》；12日，溫恕寫出新詩《大雷雨》；15日，蔡利華寫出新詩《導遊》；20日，程小蓓、蕭開愚參加第8屆「青春詩會」；22日，蔡利華寫出新詩《兵工廠》；28日，藍馬寫出文論《形容詞與文化價值》；鄭單衣寫出新詩《鳳兒》和《石榴》；溫恕寫出新詩《字》；尚仲敏寫出文論《反對現代派》《死亡是別人的事情》和《向自己學習》。

　　7月。4日，萬夏在長春寫出新詩《呂布之香》（現場贈給郭力家）；8日，周倫佑寫出文論《反價值》；11日，蔡利華寫出新詩《鳥的傳說》；溫恕寫出新詩《夏之樹》；蔡利華寫出新詩《蘆葦蕩》；藍馬寫出文論《非非主義第二號宣言》。

　　不晚於7月。劉太亨寫出新詩《夜裏的杯子》《鄰居的燈》《鏡子與香水》和《女人的空氣》。

　　夏天。宋奔寫出文論《〈整體主義詩選〉編後記》（此書並未出版）。

8月。22日，宋渠宋煒寫出組詩《戶內的詩歌和迷信》；27日，宋奔寫出無題文論（乃是對《家語》的導讀）；孫文波寫出新詩《曲城》；郭紹才寫出組詩《七首抒情詩》。

不晚於9月。胡冬寫出文論《詩人同語言的鬥爭》。

9月。6日，蔡利華寫出新詩《背景》；10日，尚仲敏寫出新詩《井岡山》；24日，宋渠宋煒寫出組詩《戊辰秋與柴氏在房山書院度日有旬，得詩十首》；溫恕寫出新詩《給我紊亂的一天》和《波特萊爾》；鄭單衣詩集《詩十六首》印行；《藍色風景線》出版（四川大學出版社），編者為仲先，乃是四川大學青年詩人選集；《中國現代主義詩群大觀》出版（同濟大學出版社），編者為徐敬亞等，推出「非非主義」「莽漢主義」「整體主義」「新傳統主義」「大學生詩派」和「四川七君」等巴蜀詩群小輯，刊出《整體主義藝術宣言》（疑為宋渠宋煒執筆）《新傳統主義藝術自釋》（疑為L執筆）和《我們的幾句話》（孫文波執筆）。

不晚於10月。劉太亨寫出新詩《手術》《玫瑰》和《紅裳》；龔蓋雄寫出文論《非非主義與造天運動》。

10月。1日，《王朝》（詩報）創刊於成都，第1期主編為楊政和熊劍，印行一期後停刊；10日，尚仲敏寫出新詩《暴動的孩子》；17日，蔡利華寫出長詩《歸程》；25日，郭紹才寫出新詩《在夏天的道路上》；30日，馬松寫出新詩《砸向秋天的話》；柏樺寫出新詩《往事》；翟永明寫出新詩《年輕的褐色植物》《我的蝙蝠》和《土撥鼠》；溫恕寫出新詩《再致向日葵》和《讀書》；石光華寫出文論《背景》；《天籟》創刊於成都，第1期編者為鄭單衣、向以鮮、查常平和長風（張同道）、戴光郁和浪子（劉蘇），印行兩期後停刊。

秋天。石光華寫出長詩《如玉真身》；瀟瀟寫出長詩《樹下的女人和詩歌》。

10月或11月。何小竹調入黔江地區文化局。

不晚於11月。楊黎寫出長詩《聲音》《大雨》《Aa》和《動作》；小安寫出新詩《女子》《花園》《今天下午》《早起的尼姑》《道姑》《從上邊垂下來一根繩子》《地方》《茶壺》《一件小事》《大風》《稻草人》《消息》《死了一個和尚》和《外邊的聲音》；吉木狼格寫出新詩《睡覺或做夢》《兩個兒童》《想問題》《看書》《關燈》《可以清心》《我們總有發抖的時候》《舊社會》和《回頭》；何小竹寫出長詩《組詩》；劉濤寫出組詩《天目》；周倫佑、藍馬和楊黎寫出文論《非非主義小辭典（第二批詞彙）》。

初冬。楊政寫出新詩《小木偶》。

11月。1日，尚仲敏寫出新詩《大地》；3日，蔡利華寫出新詩《象牙塔中的男人》；7日，鍾鳴寫出文論《翟永明的形象以及詞根和其他》；8日，蔡利華寫出新詩《回頭是岸》；17日，蔡利華寫出新詩《舞會》；歐陽江河寫出新詩《一夜蕭邦》；萬夏寫出組詩《空氣／皮膚和水》；馬松寫出新詩《給秋天的假信》；溫恕寫出新詩《想起〈瓦爾登湖〉》《為了延緩那嚴峻的時辰》和《冬之樹》；席永君寫出組詩《下午的瓷》；石光華寫出文論《語言之詩》；《非非》第3期（理論專號）和第4期（作品專號）印行於宜昌，主編為周倫佑，理論副主編為藍馬和楊黎，作品副主編為劉濤和何小竹，評論副主編為尚仲敏和周倫佑（兼）；《黑旗》創刊於成都，第1期主編為大川（陳大川）、青森（龔青春），印行一期後停刊。

不晚於12月。傅維寫出新詩《瑪捷珀》《馬》《蜻蜓和螢火蟲》和《穿衣的魚和不穿衣的魚關於衣服的討論》；孫文波寫出新詩《蒲草》《桉樹的氣味》《泥土》《零度以下》和《夜晚，睡眠把我帶到另一所房子》。

12月。18日，尚仲敏寫出新詩《風暴》；20日，溫恕寫出新詩《致安德魯·懷斯》；29日，歐陽江河寫出組詩《最後的幻象》；溫恕寫出新詩《河》《冬天的杯子》和《問候》；潘家柱寫出長詩《祈禱書》；郭紹才寫出新詩《步行者的天堂在海面》；漢詩編委會寫出文論《存在的智慧》（疑為石光華執筆）；潘家柱寫出文論《冬天的永在見證：關於哲學與詩的基本沉思》；《紅旗》第4期印行；「第三代詩與當代詩歌多元化問題座談會」召開於北京；《帶三代詩人探索詩選》出版（中國文聯出版公司），主編為溪萍，收錄多家巴蜀青年詩人。

不晚於是年。駱耕野寫出長詩《橡膠林》《沸泉》《二月》《米洛的維納斯》《長城：姜女墳潮汐》《蒼茫時刻》和《鱉魚》；張棗寫出新詩《昨夜星辰》；萬夏寫出新詩《詞，內心》《詞，房子》《詞，刀鋒》《純粹的人》《詩人無飯》《一生》和《月落》；石光華寫出新詩《樂者》《大宗師》《十月》《琴和女兒之身》《母難之期》《梅花》和《刀》；劉太亨寫出新詩《紀念麗的一個冬天》《琴房》《皇氏的鳥》和《東谷》；張渝寫出新詩《清音》《綠袖子》《花的供養人》《帶人物的風景》《晚》《忍冬》《書》和《小小鷓鳥》；歐陽江河寫出文論《對抗與對稱：中國當代實驗詩歌》。

是年。張棗寫出新詩《歷史與欲望》《第六種辦法》《燈芯絨幸福的舞蹈》《蒼蠅》和《中國涼亭》；李亞偉寫出組詩《空虛的詩》和長詩《航海志》；

柏樺寫出新詩《夏天，啊，夏天》；翟永明寫出新詩《未曾出世的孩子》《我策馬揚鞭》《身體》和長詩《稱之為一切》；鄭單衣寫出新詩《宜於憂傷的日子在秋天》《蝴蝶之歌》《杯子》《有多少靈魂的耳朵聽到》《小巫師的心願》《舊歌單》《晚安》《末日》《玫瑰花浴池》《清香的夏季》和《秋韆》；楊黎寫出長詩《語錄與鳥》；藍馬寫出新詩《獻給桑葉》；趙野寫出新詩《十四行詩》《有所贈》和《字的研究》；唐亞平寫出新詩《不死之症》《死不懂絕望》《我得有個兒子》《身上的天氣》《天上的穴位》《主婦》《走神的正午》《分居》和《鏡子之一》；鍾鳴寫出新詩《馬嵬坡的樹枝》《香溪》《臉譜》和組詩《徵候》；梁樂寫出新詩《父親》；溫恕寫出新詩《無題》《讓光輝照亮你，先生》《這圓心，這力量》《你好啊，陽光》《致》《愛倫·坡》《茨維塔耶娃》《帕斯捷爾納克》和《諾瓦利斯》；楊政寫出新詩《前奏》《星星》《湖蕩》《死孩子》和《蟬》；楊遠宏寫出文論《歐陽江河：詩化哲學與大師理論》《柏樺：孤寂的「皇后」》《翟永明：黑女人的對抗與誘惑》和《石光華：變革、衝突背景下的「陶淵明」》；尚仲敏詩集《歌唱：二十首》印行；吉狄馬加詩集《初戀的歌》獲中國第 3 屆新詩（詩集）獎；柏樺調入南京農業大學；宋煒就業於沐川縣文化館；趙野從中國科技情報所重慶分所辭職；石光華經孫靜軒推薦借調到星星詩刊社；劉太亨轉業到重慶市沙坪壩區文化局；溫恕被四川大學退學；張建明調入廣元日報社。

1989 年

年初。萬夏寫出新詩《櫻桃樹下》。

1 月。15 日，馬松寫出新詩《我們是這樣相愛的》；鄭單衣寫出新詩《詩篇》《船》《我知道這個地區的夢》《在一本打開的書裏》《從兩首詩中遠去的風暴》《對於安寧的祈求》；翟永明寫出新詩《失眠之夜的印象》；石光華寫出文論《突圍和自瀆》；《漢詩》第 2 期印行；吉狄馬加詩集《一個彝人的夢想》出版（民族出版社）。

2 月。柏樺寫出新詩《飲酒人》《活著》和《請講》；鍾鳴寫出新詩《鄧楠遮的金魚》《奧菲麗亞》和《紙上談兵》；溫恕寫出新詩《讀舊作》。

3 月。7 日，柏樺寫出新詩《踏青》；12 日，溫恕寫出新詩《這就是》；15 日，翟永明寫出文論《「女性詩歌」與詩歌中的女性意識》；17 日，蔡利華寫出長詩《天才不可雕》；20 日，溫恕寫出新詩《北京》；柏樺寫出新詩

《節日》《祝願》《回憶》《自由》《望江南》《流逝》和《幸福》；鄭單衣寫出新詩《另一個秋天》；鍾鳴寫出新詩《玄》和《衡石量書的皇帝》；溫恕寫出新詩《三月》；《上海文學》第3期推出「四川青年詩人作品」專輯；《銀河系》創刊於重慶，主編為方敬、呂進和楊山。

　　不晚於4月。石光華、L、楊遠宏、翟永明和歐陽江河寫出對話《先鋒詩歌的歷史見證》。

　　4月。1日，石天河寫出文論《低谷的沉思——「第三代詩」的得失》；2日，溫恕寫出新詩《回答》；同日，楊遠宏寫出新詩《坐式及其他》和《眩暈及其他》；5日，楊遠宏寫出新詩《語言及其他》；6日，石光華寫出新詩《水意》；10日，溫恕寫出新詩《向日葵（三）》；23日，尚仲敏寫出新詩《夏天》；24日，尚仲敏寫出新詩《傾聽》；周倫佑開寫長詩《遁辭》（後中斷）；劉太亨寫出組詩《兩個男人與一個世界》；溫恕寫出新詩《別樣的方法》；郭紹才寫出散文詩《給亡友的七封信》；徐敬亞詩論集《崛起的詩群》出版（同濟大學出版社），論及多家巴蜀青年詩人；「海子紀念會」舉辦於成都科技大學，發起人包括向以鮮、潘家柱、龔青森和楊政。

　　春天。柏樺寫出新詩《騎手》《春之歌》和《鄉村日暮》；《寫作間》創刊於重慶，主編為漆維（傅維）、鍾山和鄭單衣，印行兩期後停刊。

　　5月。4日，向以鮮寫出新詩《風暴》；鄭單衣寫出新詩《在一個夏天，在一個夏天》；溫恕寫出新詩《我要痛悼一種滅亡》《回歸》《散步》和《白花》。

　　6月。溫恕寫出新詩《石榴花》《秋天僅有一次》《讚美音樂》和《娜娜》；唐亞平寫出新詩《眼下的情形》；尚仲敏寫出新詩《檢查》；向以鮮寫出新詩《黑鑽石》；瀟瀟寫出長詩《氣候中的女人》；鍾鳴寫出組詩《日蝕》，寫出隨筆《中間地帶》和《單血管人》。

　　6月前後。王琪博寫出新詩《我的大學》。

　　不晚於7月。孫甘露寫出文論《萬夏的〈喪〉》。

　　7月。5日至10日，加拿大漢學家戴邁河（Michael Martin Day）來西昌拜訪周倫佑；12日，蔡利華寫出新詩《港務局》；鄭單衣寫出新詩《薩克斯與其吹奏者》《哭泣》；溫恕寫出新詩《奈麗·薩克絲（一）》和《轉機》；駱耕野詩集《再生》出版《人民文學出版社》；何小竹詩集《夢見蘋果和魚的安》出版（四川民族出版社）。

7 月至 8 月。鍾鳴寫出動物詩《城市裏的駱駝》《松鼠》《狐狸書信》和《牆裏面的貓》，寫出動物隨筆《細鳥》《驢牙》《政治動物》《塔》《獅子和皇帝》《狐狸》《烏鴉》《卡夫卡》和《率然》。

8 月。16 日，石光華寫出新詩《給愛詩、酒、女人和字畫的病中詩人》；18 日，周倫佑閉關；鄭單衣寫出新詩《夏天最後幾個憔悴的日子》；溫恕寫出新詩《進軍》和《不行，真的、不行》；孫文波寫出新詩《一首與彌爾頓有關的謠曲》；《當代青年詩人自薦代表作選》出版（河海大學出版社），編者為周俊，收錄多家巴蜀青年詩人；《中國探索詩鑒賞辭典》出版（河北人民出版社），編著者為陳超，收錄多家巴蜀青年詩人；楊政分配到福建省新聞出版總社。

9 月。3 日，藍馬寫出新詩《可能的果園》；10 日，石光華寫出新詩《葉芝》；柏樺寫出新詩《十夜，十夜》；鄭單衣寫出新詩《口琴》；唐亞平寫出新詩《惆悵的風景》；溫恕寫出新詩《遙寄秋天》和《黃昏》。

9 月至 10 月。鍾鳴寫出新詩《標題》《貿易》《秋天的散步》和組詩《角度及含義》。

10 月。1 日，蔡利華寫出長詩《中國》；8 日，唐亞平寫出新詩《自白》；20 日，孫文波寫出新詩《沒有你的存在》；歐陽江河寫出長詩《快餐館》；唐亞平寫出新詩《一個名字的葬禮》《意外的風景》和《野獸的表情》；席永君寫出長詩《事物》；《象罔》創刊於成都，第 1 期編者為鍾鳴、趙野、陳子弘和向以鮮，印行十二期後停刊。

11 月。3 日，蕭開愚寫出新詩《舞臺》；柏樺寫出新詩《紀念朱湘》；《星星》第 11 期推出「四川青年詩人新作」專號。

12 月。1 日，周倫佑寫出新詩《到具體到抽象的鳥》；17 日，周倫佑寫出新詩《想像大鳥》；同日，溫恕寫出新詩《奈麗·薩克絲（二）》；20 日，石光華寫出新詩《詠梅三章》；26 日，柏樺寫出新詩《1966 年夏天》；柏樺寫出新詩《蘇州記事一年》和《童年遺事》；唐亞平寫出新詩《死亡表演》；《九十年代》創刊於成都，編者為蕭開愚和孫文波，印行四期後停刊。

冬天。柏樺寫出新詩《夏日讀詩人傳記》《種子》《麥子：紀念海子》《教育》和《紀念》。

不晚於是年。溫恕寫出新詩《奧斯卡·王爾德的最後時光》；梁樂寫出新詩《生育》。

是年。張棗寫出新詩《在夜鶯婉轉的英格蘭一個德國間諜的愛與死》，並開寫組詩《卡夫卡致菲麗絲》；李亞偉寫出組詩《野馬與塵埃》；胡冬寫出新詩《游泳池》；翟永明寫出長詩《顏色中的顏色》；趙野寫出新詩《春秋來信》和《阿拉斯加的鯨魚》；唐亞平寫出新詩《母女》；蕭開愚寫出新詩《家庭生活》《姑娘》《秋天》、長詩《原則》《公社》和組詩《北歌》《望村野》；溫恕寫出新詩《小詩（一）》《小詩（二）》《凡‧高》；瀟瀟寫出新詩《焰火的音樂》《冬天》和《氧氣》；楊政寫出新詩《奧賽羅》《櫻桃》《回憶十年前的夏天》《夜曲》《艾拉》《小丑》《暑夜》《酒中曲》《風向標》《薔薇》《迷途的孩子》《小紙人紅玉》和《小孩子與苦行僧》；張棗轉入德國特里爾大學；胡冬移居英國；石光華從成都第四十六中學辭職；吉木狼格從西昌市疾控中心辭職；傅維調入廠長經理日報社。

1990 年

1月。2日，孫文波寫出長詩《迴旋》；14日，歐陽江河寫出文論《柏樺詩歌中的道德不潔》；15日，藍馬寫出新詩《少女的光榮》；李亞偉閉關。

不晚於2月。蕭開愚寫出文論《抑制、減速、放棄的中年時期》。

2月。7日，藍馬寫出文論《走向迷失——先鋒詩歌運動的反思》；15日，歐陽江河寫出新詩《馬》；鄭單衣寫出新詩《我信奉那住在天上的神》；劉太亨寫出組詩《內心的妹妹和她的姨》。

3月。5日，楊黎寫出組詩《非非1號》；17日，楊遠宏寫出文論《本真詩歌》；21日，瀟瀟寫出新詩《杜鵑》；24日，溫恕寫出新詩《記憶》；鄭單衣寫出新詩《偽裝的祝福》《在一棵橙子樹的下面》《致秋天》《輓歌》《幻滅的旅行》和《玫瑰或火焰的房子》；萬夏寫出詩性小說《農事》。

4月。5日，歐陽江河寫出新詩《拒絕》；7日，歐陽江河寫出文論《深度時間：通過倒置的望遠鏡》；8日，楊遠宏寫出組詩《微笑或平靜》；12日，周倫佑寫出新詩《看一支蠟燭點燃》；20日，歐陽江河寫出新詩《春天》；24日，楊遠宏寫出組詩《曇花或者秋天》；29日，蔡利華寫出新詩《洪水》；歐陽江河寫出長詩《咖啡館》；藍馬寫出長詩《需要我為你安眠時》；鄭單衣寫出新詩《我已從悲傷中逃脫》和《黑草莓》；何小竹寫出長詩《序列》。

4月或5月。《反對》創刊於成都，編者為蕭開愚和孫文波，印行六期或七期後停刊。

　　5 月。5 日，歐陽江河寫出新詩《豹徽》；10 日，周倫佑寫出新詩《果核的含義》；16 日，劉濤寫出長詩《色》；鄭單衣寫出新詩《幸福》；孫文波寫出新詩《散步（給蕭開愚）》；唐亞平寫出新詩《斜依雨季》《愛是一場細雨》和《孤獨的風景》；張棗擔任《今天》編委。

　　6 月。11 日，石光華寫出新詩《蝴蝶》；12 日，石光華寫出新詩《高處》；21 日，石光華寫出新詩《玉米》；27 日，蔡利華寫出長詩《黑鳥》；29 日，溫恕寫出新詩《彼德·阿伯拉》；藍馬寫出長詩《攀枝花樹下》；唐亞平寫出新詩《等的狀態》《舊夢》《雨點》和《鏡子之二》。

　　7 月。6 日，蔡利華寫出新詩《醜醜》；11 日，楊遠宏寫出新詩《家居》；孫文波寫出新詩《地圖上的旅行》；石光華寫出新詩《中午》。

　　8 月。唐亞平寫出新詩《自己的事自己做》《情緒日記》《胎氣》和《老風景》；楊遠宏寫出組詩《大江東去》；《非非詩歌稿件集》創刊於成都，編者為尚仲敏、藍馬和楊黎，印行兩集後停刊。

　　8 月至 11 月。張棗為美國邁阿密市駐市作家。

　　9 月。4 日，歐陽江河寫出新詩《寂靜》；8 日，周倫佑寫出新詩《永遠的傷口》和《幻手之握》；14 日，蔡利華寫出新詩《鳥瞰》；18 日，歐陽江河寫出長詩《傍晚穿過廣場》；30 日，柏樺寫出新詩《生活》和《演春與種梨》；唐亞平寫出長詩《形而上的風景》。

　　10 月。3 日，周倫佑寫出新詩《石頭構圖的境況》；8 日，蔡利華寫出新詩《隨季節變化的感覺》；19 日，周倫佑寫出新詩《厭鐵的心情》；23 日，蔡利華寫出新詩《水杯和午後的那一片陽光》。

　　秋天。石光華寫出新詩《墓園》。

　　11 月。12 日，周倫佑寫出新詩《畫家的高蹈之鶴與矮種馬》；20 日，向以鮮寫出新詩《玻璃馬車》；楊遠宏寫出文論《變焦鏡：有關詩歌的幾點思考》。

　　12 月。11 日，柏樺寫出新詩《現實》《以樺皮為衣的人》和《愛的運動》；17 日，歐陽江河寫出新詩《墨水瓶》；29 日，石光華寫出新詩《複印的個人形象》；柏樺寫出新詩《未來》；溫恕寫出新詩《信心》和《無枝可棲的鳥》；蕭開愚詩集《前往和返回》印行。

　　不晚於是年。張棗寫出新詩《德國工具雪曼斯基的死刑》《天鵝》《風暴之夜》《夜色溫柔》《讓我指給你看那毀滅的痕跡》《朦朧時代的老人》《以朋友的

名義》《詩篇》《椅子坐進冬天》《雨》《我們的心要這樣向世界打開》《一首雪的輓歌》《給另一個海子的信》和《希爾多夫村的憂鬱》；小安寫出新詩《日期》《蜘蛛一》《藍花》《路上一盞燈》和長詩《樹葉》；楊黎寫出文論《楊黎說詩》。

是年。張棗寫出新詩《斷章》；柏樺寫出新詩《春日》和《詩人病歷》；鄭單衣寫出組詩《夏天的翅膀》；趙野寫出新詩《漢語》《雨季》《無題》《成長書》《下雪的早晨》《夜晚在陽臺上，看腫瘤醫院》《除夕》《春天》《生日》《牆壁》《黃昏·1990》《黎明》《時間·1990》《一間封閉屋子裏的寫作活動》《侷限》《和雄貓穆爾的對話》《名詞》和《瑪麗》；蕭開愚寫出長詩《幾隻鳥》和《葡萄酒》；二毛寫出長詩《1990，在病中》；梁樂寫出新詩《張，心臟》；瀟瀟寫出新詩《等候》；楊政寫出新詩《呆子歐陽》《燈籠》《黃昏》《塔頭行》《炎夏》和《月光曲》；郭紹才寫出組詩《懷念冬夜》；鍾鳴寫出動物隨筆《希羅多德筆下的聖獸》《雨果筆下的角怪》《刑天》《蝦蟆，蟾蜍》《愛倫·坡的普魯托和中國貓》《托卡皮、河童或帕克》《商羊，天雨》《鼠王》《曼陀羅》《捉獺先得射雉》《頭髮，蝴蝶》《金鴉》《蟲臆》《魚鳥蟲獸》《多刺的梨樹和頭顱》和《春秋來信》；《蒼茫時刻：中國十家詩人詩選》在荷蘭出版（Poetry International），收錄柏樺等人新詩；程光煒詩論集《朦朧詩實驗詩藝術論》出版（長江文藝出版社），論及多家巴蜀青年詩人；柏樺得到第二十一屆荷蘭鹿特丹國際詩歌節邀請，因故未能成行；張棗進修於盧森堡大學；翟永明暫移居美國；唐丹鴻辭職；劉太亨被動離職；溫恕就業於德陽製藥廠。

是年或是年後不久。蕭開愚寫出新詩《下雨——紀念克魯泡特金》。

後　記

　　費正清（John King Fairbank）教授有個觀點，作史，最好以二十年為研究範圍。其弟子黃仁宇教授，似乎頗不以為然。他既能以一年為研究範圍，撰成《萬曆十五年》，又能以一百年為研究範圍，撰成《明代十六世紀之財政與稅收》——前者可謂微觀歷史學（micro-history），後者可謂宏觀歷史學（macro-history）。黃仁宇先生還撰有《中國大歷史》，只用二十萬字，講了五千年事。這樣的「學術專著」，很容易寫成「通識讀本」或「常識讀本」，其價值更多體現為某種普及性，而非認知上的孤勇和深入性。鑒於此，筆者還是要附議費正清教授那個觀點。

　　筆者久欲以八十年代巴蜀先鋒詩群為題，寫出一系列「學術隨筆」，或者說寫成一部「鬆散的專著」。研究範圍起於 1979 年，訖於 1990 年，前後共計十二年，也算是勉強響應了費正清教授的忠告。筆者最近二十年所藏文獻，所覽文獻，自忖也能支撐這項研究。而終於下決心動筆，則有兩個看似偶然的外因：其一，2019 年，吳思敬教授領銜教育部課題《百年新詩學案》，承蒙錯愛，特邀筆者撰寫「第三代詩」「莽漢」「大學生詩派」「非非」和「四川五君」等章；其二，2020 年，新型冠狀病毒肺炎忽而蔓延於全球，不宜外出，也讓筆者得到了一點兒空閒（當然，更多空閒，都如拔牙於虎口）。本書動筆於 2020 年 2 月，收筆於 2021 年 4 月，其間惜時如金，惜墨如金，費盡周折而吃盡苦頭，到全書竣稿竟有大病初愈之感。

　　全書總共分為十個部分——弁言，「1979 年：駱耕野與新星詩社」；卷一，「從第三代人到第三代詩」》；卷二，「四川大學：一個抒情詩派？」；卷三，「莽漢俱樂部」；卷四，「整體主義與漢詩」；卷五，「大學生詩派或『反騎士』」；

卷六，「紅非非，藍非非，白非非」；卷七，「四川五君與『南方性競猜』」；尾聲，「1990 年：蕭開愚與中年寫作」；附錄，「巴蜀先鋒詩紀事（1979～1990）」。卷二本為原計劃所無，柏樺教授建議增補，正文也就恰好湊足北斗之數。

　　即便最終被驗證為「瞎子不怕崖高」，筆者也不憚於重提空想般的理想——本書的研究或追憶角度，既包括宏觀歷史學，又包括微觀歷史學，既包括發生學，又包括知識考古學，既包括詩學或比較詩學，又包括哲學，既包括語言學，又包括修辭學，既注重義理、考據和辭章，又注重現場、細節和氛圍，既有理性，又有感性，既用寫意（小寫意或大寫意），又用工筆（文本細讀），既用文論筆法，又用隨筆乃至小說筆法（胡冬先生從倫敦發來電子郵件，語帶調侃，甚至說是「章回體小說筆法」），因而，本書既是一部夾敘夾議的新詩斷代史，又是一部半遮半掩的小型文化史或小型思想史。筆者寄望於不但要把「被研究者」（也就是傳主），而且要把「研究者」（不限於筆者），同時推向一個錙銖必較的競技場。「研究者」的文體學自覺，多麼艱難地，頡頏於「被研究者」的文體學自覺。此種文體學自覺，並非無視學術規範，而試圖在學術規範與未知邊界之間求得一種獨樹。筆者向來就有點眼高手低，並沒有較好地實現預設目標。但是，這並不妨礙，筆者通過本書向各路高手發出一個熱烈籲請——中國至少應該有一個考利（Malcolm Cowley），或洛特曼（Herbert Lottman），漢語世界至少應該有一部《流放者歸來：二十年代的文學流浪生涯》，或《左岸：從人民陣線到冷戰期間的作家、藝術家和政治》。

　　藉此機會，筆者要感謝駱耕野先生、柏樺教授、歐陽江河教授、翟永明女士、鍾鳴先生、孫文波先生、周倫佑先生、藍馬先生、楊黎先生、尚仲敏先生、吉木狼格先生、何小竹先生、燕曉冬先生、鄭單衣先生、王琪博先生、胡萬俊先生、張建明先生、石光華先生、宋煒先生、宋渠先生、萬夏先生、劉太亨先生、席永君先生、胡冬先生、李亞偉先生、馬松先生、二毛先生、蔡利華先生、郭健先生、趙野先生、楊政先生、向以鮮教授、胡曉波先生、傅維先生、郭紹才先生、廖希先生、北望先生、鄧翔教授和何衛東教授，感謝吳思敬教授、徐敬亞先生、王家新教授、宋琳先生、李怡教授、敬文東教授、黃小初先生、程永新先生、沈浩波先生、周忠陵先生、黛小冰女士、朱懷金先生、姜紅偉先生、世中人先生、樊傑先生、馬曉雁女士、楊碧薇博士、王學東博士和楊安文博士，他們或惠賜著述，或複製史料，或接受採訪，或提供線索，或啟迪思路，或審讀書稿，或訂正外文，或推薦發表，給了我很暖心很及時的

幫助；感謝《收穫》《現代中國文化與文學》《文藝爭鳴》《中國當代文學研究》《上海文化》《藝術廣角》《草堂》《重慶評論》和《漢語先鋒》，這些刊物或年鑒，選發或即將選發本書部分章節。

「回顧所來徑，蒼蒼橫翠微。」筆者曾經掉入了一個無底洞——這個無底洞充滿了迷霧，布滿了歧路，堆滿了發黃發脆的手稿、書信、日記、刊物、詩集和論著。筆者像一個偵探，必須不斷辨偽，又像一隻困獸，絕對不容灰心。到了周末或假期，為了節約時間，筆者甚至每天只吃兩頓飯。這樣的焚膏繼晷，兀兀窮年，但願沒有給筆者的腸胃——還有眼睛——留下什麼後遺症才好。十五個月以後，我爬出這個無底洞，終於領取到睽違已久的貞楠和柚子樹之清氛。

胡亮

2021 年 4 月 18 日